# SAUVEZ
## SON
## ÂME

# OUVRAGES ÉCRITS PAR LISA REGAN

En français

*Jeunes disparues*

*La Fille sans nom*

*La Tombe de sa mère*

*Ses Ultimes Aveux*

*Les Ossements qu'elle a enterrés*

*Son cri silencieux*

*Reste calme*

*Retrouvez-la vivante*

*Sauvez son âme*

*Ton Dernier Soupir*

*Chut, ma puce*

En anglais

Detective Josie Quinn

*Vanishing Girls*

*The Girl With No Name*

*Her Mother's Grave*

*Her Final Confession*

*The Bones She Buried*

*Her Silent Cry*

*Cold Heart Creek*

*Find Her Alive*

*Save Her Soul*

*Breathe Your Last*

*Hush Little Girl*

*Her Deadly Touch*

*The Drowning Girls*

*Watch Her Disappear*

*Local Girl Missing*

*The Innocent Wife*

*Close Her Eyes*

*My Child is Missing*

*Face Her Fear*

*Her Dying Secret*

*Remember Her Name*

*Husband Missing*

# LISA REGAN

# SAUVEZ SON ÂME

Traduit par Anne-Emmanuelle Boterf

Bookouture

L'édition originale de cet ouvrage a été publié en 2020 sous le titre *Save Her Soul*
par Storyfire Ltd. (Bookouture).

Publié par Storyfire Ltd.
Carmelite House
50 Victoria Embankment
London EC4Y 0DZ

www.bookouture.com

Le représentant légal dans l'EEE est Hachette Ireland
8 Castlecourt Centre
Dublin 15 D15 XTP3
Ireland
(email: info@hbgi.ie)



ISBN : 978-1-83618-970-1
eBook ISBN : 978-1-83618-968-8

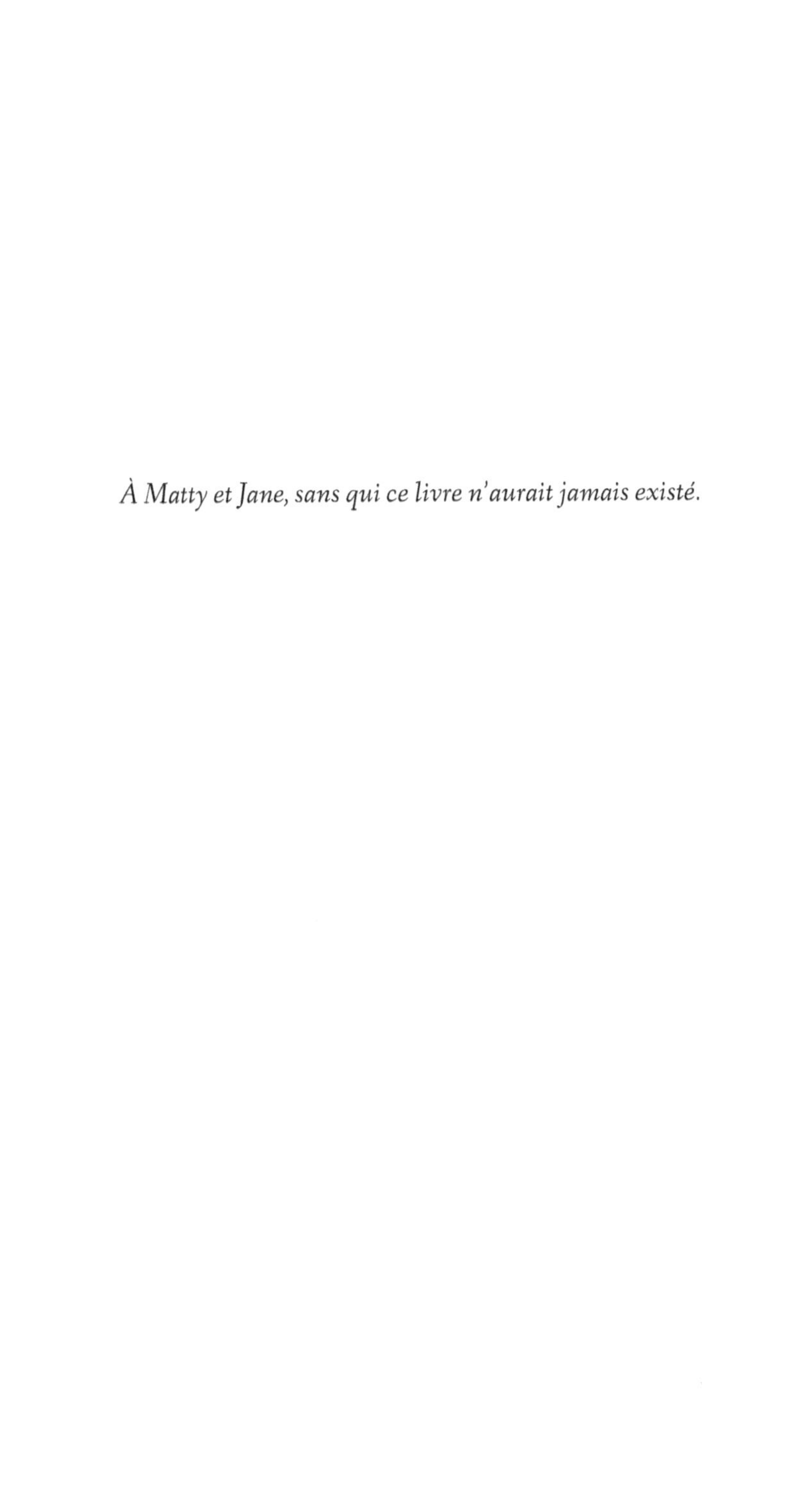

*À Matty et Jane, sans qui ce livre n'aurait jamais existé.*

1

La pluie fouettait le visage de l'inspectrice Josie Quinn. Sous son casque, des mèches de cheveux noirs échappées de sa queue-de-cheval lui collaient à la peau. Son bateau pneumatique de sauvetage était chahuté par les eaux de crue, ce qui lui donnait la nausée. Derrière elle, sa collègue, l'inspectrice Gretchen Palmer, s'accrochait fermement à l'une des cordes qui faisaient le tour de l'embarcation. Son visage avait pris une teinte verdâtre.

— Ça va ? lui demanda Josie en hurlant pour couvrir le bruit du moteur et de l'eau.

Gretchen hocha la tête et lui fit signe de continuer. Près d'elle se trouvait Mitch Brownlow, membre des services d'urgence de la ville de Denton. L'homme, âgé d'une soixantaine d'années, était toujours aussi alerte malgré ses cheveux grisonnants. Cela faisait quarante ans qu'il effectuait des sauvetages. Il dirigeait le bateau au cœur de la zone inondée, dans la partie est de Denton, sans leur adresser un regard.

Une grosse branche fonçait vers eux à une vitesse effrayante. Josie se tendit, prête à encaisser l'impact, mais

Brownlow la contourna habilement sans se départir de son calme.

Normalement, assister les sauveteurs ne faisait pas partie des attributions de la police de Denton, mais la ville – et une bonne part du comté – vivait depuis quelques jours l'une des pires inondations de son histoire. Située en Pennsylvanie centrale, Denton était une petite ville entourée de montagnes, si bien que l'essentiel des habitations et commerces était concentré dans la vallée, le long d'un bras du fleuve Susquehanna. Le reste des maisons était disséminé au gré de petites routes tortueuses. Denton s'étendait sur une quarantaine de kilomètres carrés, une surface en grande partie occupée par des flancs de montagne boisés. Après un hiver excessivement chaud, suivi d'une longue saison des pluies, le sol était gorgé d'eau. Plusieurs jours de fortes précipitations et d'orages avaient achevé de faire sortir de leur lit le Susquehanna et ses affluents : le centre-ville s'était rapidement retrouvé sous l'eau. La plupart des habitants avaient été déplacés et campaient dans des abris de fortune installés dans les auditoriums du lycée. Chaque fois que les services d'urgence semblaient reprendre le contrôle de la situation, un nouveau déluge s'abattait, provoquant des inondations dans d'autres zones de la ville. Seul élément positif, la douceur des températures : le thermomètre n'était pas descendu en dessous de vingt degrés depuis plusieurs semaines, et le mois de mai touchait à sa fin.

Le département de police de Denton faisait tout pour aider les services d'urgence de la ville : tout le monde était sur le pont. Les officiers de police avaient doublé, voire triplé leur temps de travail pour venir en aide aux citoyens, protéger les habitations évacuées et empêcher quiconque de pénétrer dans les zones inondées, lesquelles étaient pleines de débris et de produits nocifs. Josie et ses collègues enquêteurs – l'inspectrice Palmer, l'inspecteur Finn Mettner et le lieutenant Noah Fraley –

avaient eux aussi donné un coup de main dès qu'on avait eu besoin d'eux. De toute façon, vu la situation, ils n'avaient pas beaucoup de crimes à élucider. Après la terrible inondation de 2011, la maire Tara Charleston avait choisi de consacrer une part importante du budget de la ville à l'acquisition de matériel afin de pouvoir faire face au mieux aux prochaines. Denton était ainsi mieux préparée que la plupart des communes inondables de Pennsylvanie. Quelques années auparavant, Josie et Noah avaient même été formés au sauvetage en eaux vives. Mettner possédait déjà cette qualification. Pour une fois, Josie approuvait une décision de la maire.

Gretchen n'ayant rejoint l'équipe que bien plus tard, elle était la seule à n'avoir aucune expérience en la matière. Cependant, elle avait déjà fait du rafting, aussi Brownlow avait-il insisté pour qu'elle les accompagne. « Elle pourra nous aider à hisser les victimes dans le bateau, non ? avait-il dit. De plus, elle sera attachée. » Quelqu'un lui avait trouvé une combinaison étanche et un casque dans le stock municipal, et ils s'étaient mis en route.

Ce jour-là, ils avaient été appelés pour porter secours à une personne âgée dans le Nord-Est de Denton. L'émetteur radio à l'épaule de Josie crachota :

— Bateau 2-9-2 en chemin pour Hempstead Road.

— Bien reçu, répondit Brownlow. Bateau 3-7-1 déjà en chemin. Arrivée prévue dans cinq minutes.

— On se retrouve sur place.

Située en bordure de la ville, Hempstead Road était composée de quelques vieilles bâtisses au pied d'une colline. Un peu plus loin se trouvait Kettlewell Creek, un petit affluent apprécié des pêcheurs qui entrait rarement en crue. Ce matin-là, pourtant, plusieurs centimètres de pluie s'étaient abattus sur Denton en quelques heures, provoquant une inondation éclair qui avait atteint les maisons du quartier. Tous les résidents avaient évacué, sauf une personne : Evelyn Bassett n'avait pas pu se mettre en sécurité avant la montée des eaux. Elle venait juste d'appeler les secours, et un journaliste qui survolait la zone en hélicoptère avait également fait remonter son signalement, précisant qu'elle se trouvait devant chez elle et que l'eau montait très vite. Tous les autres bateaux de sauvetage étaient partis en mission ailleurs : seuls Brownlow, Josie et Gretchen étaient disponibles. Heureusement, le bateau 292 pourrait bientôt les assister.

— Attention ! cria Gretchen.

Droit devant, il y avait un gros amas de débris coincés par les remous entre deux arbres. Une partie se détacha, emportée par le courant.

— Foutus panneaux, pesta Brownlow en avisant les éclats de rouge, de bleu et de blanc à la surface. À droite toute !

Josie et Gretchen s'agrippèrent au côté droit du bateau tandis que Brownlow virait de bord pour contourner l'amoncellement de détritus. Ils évitèrent de peu un paquet de panneaux « Votez Dutton », suivis de près par leurs homologues « Votez Charleston », et Josie soupira de soulagement.

Les élections municipales devaient se tenir deux semaines plus tard, et Denton croulait sous les panneaux de campagne des deux candidats : Tara Charleston, maire sortante, et son adversaire – et voisin – Kurt Dutton, à la tête d'une grande société de promotion immobilière, Dutton Enterprises. Dutton avait toutes les chances d'évincer Charleston, qui dirigeait la ville depuis près de dix ans. Le problème, c'était que ces panneaux étaient plantés dans le sol à l'aide de piquets en acier galvanisé qui, avec le courant, pouvaient causer de sérieux dégâts aux bateaux de sauvetage et aux victimes coincées dans l'eau.

Ils suivirent le bruit des rotors au-dessus de leurs têtes, et leur embarcation plongea brusquement en avant quand Brownlow tourna dans Hempstead Road. Le panneau vert et blanc indiquant le nom de la rue n'était plus qu'à cinquante centimètres au-dessus de la surface. Ils furent dépassés par un nouveau tas de débris – des branches d'arbres, divers objets, et ce qui ressemblait au toit d'une voiture.

— C'est catastrophique, par ici, fit Gretchen quand les dernières maisons de la rue leur apparurent.

Au-delà, il n'y avait plus que de l'eau, là où Josie se rappelait la présence d'un petit bois, dont ne dépassaient que quelques maigres branches dressées vers le ciel gris. Josie replongea le regard vers les abysses. *Que restera-t-il, quand l'eau se retirera ?* se demanda-t-elle.

La présence de l'hélicoptère au-dessus d'eux formait un creux dans l'eau. Josie ressentit une certaine pesanteur ; la pression de l'air l'écrasait dans le fond du bateau. Elle leva les yeux et distingua les lettres « WYEP » peintes en jaune vif sur le flanc noir de l'appareil. Elle leva une main pour leur ordonner de s'éloigner et, quelques secondes plus tard, l'hélicoptère reprit un peu de hauteur.

Gretchen se rapprocha tant bien que mal de Josie et pointa le doigt sur leur droite.

— Là, cria-t-elle.

L'eau avait recouvert les pelouses et les terrasses devant les maisons. La dernière de la rue était une petite bâtisse à un étage en préfabriqué, avec un porche dont le toit était soutenu par de minces poteaux carrés en PVC blanc. Plusieurs pancartes électorales s'étaient retrouvées coincées contre l'un d'eux. Les bras décharnés d'Evelyn Bassett étaient agrippés autour d'un autre. Son visage était gris, ses cheveux blancs collés à son crâne. L'eau, qui lui arrivait aux aisselles, menaçait de l'emporter. Brownlow approcha le bateau autant que possible, mais vit que la femme faiblissait déjà.

— Elle ne tiendra pas beaucoup plus longtemps. Prenez le sac à lancer !

Josie chercha à tâtons sur le sol en métal du bateau le sac

rouge qui contenait quinze mètres de corde flottante jaune fluo. Josie parvint rapidement à l'ouvrir et enroula quelques mètres de cordage autour de la main qu'elle n'utiliserait pas pour le lancer. Pendant ce temps, Brownlow mena le bateau en aval, à distance de Mme Bassett, au cas où elle lâcherait prise. Il avait eu raison d'envisager cette possibilité : le bras de la femme se décrocha du poteau et elle fut immédiatement emportée par le courant. Josie se leva, les jambes écartées pour conserver son équilibre, le sac à lancer dans sa main droite.

— Rappelez-vous, hurla Brownlow, lancez loin, juste devant la victime. Vous n'avez pas droit à l'erreur.

— Loin et devant, marmonna Josie pour elle-même.

Son cœur tambourinait dans sa poitrine tandis qu'elle voyait la femme frôler la noyade. Elle lança le sac, en visant un endroit un peu au-delà de la position de Mme Bassett : ainsi, elle pourrait se saisir de la corde dès qu'elle serait à portée de main. Le sac atterrit exactement où il fallait, la corde jaune tombant sur ses épaules. Alors que le courant l'éloignait du bateau, elle parvint à attraper la corde d'une main. Sans attendre, Josie enroula le bout qu'elle tenait autour de sa taille.

— Donnez la corde à Palmer ! cria Brownlow. Elle sera le point d'ancrage.

Après avoir remis l'extrémité du cordage à Gretchen, Josie s'agenouilla et se pencha par-dessus bord pour tirer Mme Bassett vers eux.

La tête de la femme passait régulièrement sous la surface, avant de réapparaître.

— Elle ne va pas tenir, hurla Gretchen.

D'un coup d'œil à Brownlow, Josie comprit qu'il était d'accord avec sa collègue : le courant était trop puissant, et Mme Bassett trop faible pour se cramponner à la corde en attendant d'être hissée à bord.

— Allez-y, Quinn ! lui ordonna-t-il.

Josie vérifia la corde qui reliait son gilet de sauvetage au bateau et se redressa. Elle plongea dans l'eau et nagea vers Mme Bassett. Cette dernière avait lâché la corde, tête en arrière et bouche grande ouverte.

— Au… au secours, bégaya-t-elle en apercevant Josie.

La policière redoubla d'efforts. Heureusement, elle nageait dans le sens du courant. Quand elle fut suffisamment proche, elle tendit le bras, et Mme Bassett réussit à s'agripper à son poignet, juste au moment où une grosse branche filait près d'elles. Elle heurta l'épaule de Josie et frappa le crâne de Mme Bassett, qui replongea sous la surface. Josie se jeta en avant pour la rattraper. Il était hors de question que cette femme meure devant ses yeux. Quelque chose de dur et osseux frôla ses doigts, et Josie le saisit. Une épaule, comprit-elle, tandis que le courant pressait son corps contre celui de Mme Bassett. À l'aveugle, Josie glissa ses bras sous les aisselles de la femme et se pencha en arrière pour la sortir de l'eau. Elle était à présent dos à Josie, contre son gilet de sauvetage qui les maintenait toutes deux à la surface. Josie s'accrochait à elle aussi ferme-ment que possible, et sentit le soulagement l'envahir quand elle entendit une quinte de toux.

— Pas de panique, dit Josie. Je vous tiens.

Elle tourna la tête et vit que Gretchen bataillait avec la corde pour tenter de les ramener vers le bateau. L'hélicoptère de la presse s'était de nouveau rapproché, et un homme équipé d'un harnais se penchait par la porte latérale, caméra à l'épaule. Le souffle du rotor exerçait une pression monstre. Josie ne perçut qu'à moitié un bruit nouveau, celui d'un moteur de bateau plus bruyant que le leur, provenant de la direction opposée à celle dont ils venaient, remontant le courant vers eux en évitant la cime des arbres. Ce bateau était bien plus impo-sant que la petite embarcation de Brownlow. Il était bleu, et non rouge vif comme ceux de la flotte de secourisme de Denton, ce qui signifiait qu'il appartenait à une commune voisine. Il devait s'agir du bateau 292. Une corde de sauvetage fut lancée par-dessus bord et atterrit à quelques centimètres de Josie et Mme Bassett. Tout en maintenant d'un bras la tête de la femme hors de l'eau, Josie s'agrippa de l'autre au cordage. Un homme se pencha pour les tirer à lui. Josie ne le reconnut pas, mais il portait un uniforme des services d'urgence de la ville de Dalrymple, et l'insigne sur sa poitrine indiquait « Hayes ».

— Contente de vous voir, lui dit Josie quand il agrippa les épaules de Mme Bassett.

Ensemble, ils la montèrent à bord. Hayes se dépêcha de l'équiper d'un gilet de sauvetage, tandis que son coéquipier s'occupait du moteur. Celui-ci rugissait, peinant à garder le bateau statique face au courant. Une fois la victime en sécurité, le moteur embraya, et le bateau repartit vers l'amont, en direction des habitations. Gretchen tracta Josie jusqu'à ce qu'elle puisse grimper dans leur embarcation. Brownlow fit demi-tour et remonta la rue pour rejoindre le bateau de Hayes. La maison de Mme Bassett et ses voisines réapparurent devant eux.

— Beau sauvetage, la félicita Brownlow.

Josie allait répondre quand une série de craquements retentit. Toutes les têtes se tournèrent pour en chercher l'origine.

— C'était du tonnerre ? demanda Gretchen.

— Ça m'étonnerait, répondit Brownlow.

Le bruit reprit en même temps qu'une vague roulait vers eux. Prise d'effroi, Josie comprit d'où cela provenait.

— C'est une des maisons ! cria-t-elle.

Ils observèrent la rangée d'habitations sur Hempstead Road, dont les porches étaient désormais tous submergés. Les craquements se poursuivirent jusqu'à ce que la maison de Mme Bassett se mette à glisser vers la gauche, comme au ralenti. L'un des murs de la façade tomba. La toiture du porche éclata.

— Elle va partir, hurla Hayes.

Il traça un grand cercle en l'air avec une main, et les deux bateaux s'éloignèrent de la maison qui venait de se décrocher totalement de ses fondations. Elle s'effondra en avant et fut emportée par le courant, étonnamment lentement étant donné la puissance de celui-ci. Hayes baissa les yeux vers Mme Bassett, qui était recroquevillée sur elle-même, les bras autour des genoux, et Josie crut l'entendre dire :

— Désolé pour votre maison, madame.

Un rire hystérique s'échappa soudain de la bouche de Mme Bassett. Josie ne pouvait pas l'entendre à cause du bruit environnant, mais elle le devina au visage de la femme et à la manière dont ses épaules tressautaient, engoncées dans le gilet de sauvetage. Tout le monde avait les yeux rivés sur elle, mais elle continuait à rire comme une forcenée. Josie comprit qu'il s'agissait d'une de ces crises de rire étranges et inappropriées qui survenaient parfois quand quelqu'un vivait une expérience traumatisante. Dans sa carrière, elle avait côtoyé de nombreuses victimes traumatisées et il arrivait que certaines, submergées par l'émotion, se mettent à rire au lieu de pleurer. Finalement, Mme Bassett retrouva contenance. Il était difficile de dire si elle pleurait, à cause de la pluie qui tombait, mais elle s'essuya les yeux. Josie n'entendit pas ce qu'elle répondit à Hayes.

Les bateaux, malmenés par le courant, peinaient à avancer. Tous prirent un moment pour observer l'œuvre sauvage de la nature autour d'eux.

Là où s'était trouvée la maison, une eau brunâtre bouillonnait en recrachant des débris, provoquant même un tourbillon quand l'eau s'engouffra dans le trou laissé par la maison. Un gros bloc de béton se décrocha et fut emporté, bientôt suivi par de plus petits morceaux. Josie reconnut ce qui ressemblait à une machine à laver ou un sèche-linge, ainsi que des canalisations. Puis un objet bleu vif apparut. Au départ, on aurait simplement dit un bout de tissu coincé par quelque chose sous la surface. Mais, quand un nouveau bloc de béton fut libéré, l'ensemble remonta à la surface, et l'on put voir que le tissu était accroché à quelque chose de plus grand. Bien plus grand. De la taille d'un homme.

— Qu'est-ce que c'est que ce truc ? hurla Brownlow.

— Un corps ! s'exclamèrent Gretchen et Josie à l'unisson.

Le tissu bleu était en réalité une grande bâche en plastique, enroulée autour d'un objet que Josie estima mesurer un peu moins de deux mètres de long sur soixante centimètres de large. Du gros Scotch avait été appliqué en quatre endroits.

Josie se redressa sur ses genoux et croisa le regard de sa collègue, qui acquiesça et se tourna vers Brownlow.

— Rapprochez-vous !

— Vous êtes folle ou quoi ?

Josie se mit debout en se tenant au rebord du bateau.

— On doit le récupérer. Dans quelques secondes, il sera emporté.

— Qu'est-ce que vous fichez ? cracha la voix de Hayes dans la radio. Avancez !

Brownlow répondit dans sa propre radio, qui était protégée par un sac étanche :

— Elle veut le récupérer.

— Non ! C'est trop dangereux. On doit y aller !

Josie tira sur sa corde et parla dans sa radio :

— Je vais aller le chercher, et ensuite Gretchen me tirera jusqu'au bateau.

— Non, il a raison, c'est beaucoup trop dangereux, contra Brownlow.

Depuis l'autre bateau, Hayes les observait.

— Vous n'êtes même pas sûres qu'il s'agit d'un corps, ajouta Brownlow. Tout ce qu'on a vu, c'est une bâche.

— C'est un corps, asséna Josie. J'en suis certaine.

— Ça pourrait être n'importe quoi.

Josie repensa à tous les restes humains qu'elle avait vus ces dernières années. Toutes les victimes de meurtre qu'elle avait retrouvées, les tombes de fortune qu'elle avait découvertes.

— Non, insista-t-elle. C'est un corps.

La voix de Hayes s'éleva encore de la radio :

— On est sur une opération de sauvetage, pas de récupération.

— On ne peut pas l'abandonner ici, répliqua Josie dans sa propre radio.

Elle regarda la bâche qui commençait à glisser. Elle avait dû être enterrée sous les fondations de la maison. Les gens normaux n'enterraient pas des corps sous leur maison. Ce corps était donc forcément celui d'une victime de meurtre. Josie pouvait faire confiance à son instinct. Et elle savait qu'avec la vitesse du courant et l'imprévisibilité de l'inondation, il leur faudrait des semaines pour retrouver ce corps s'ils le laissaient dériver. Et si quelqu'un d'autre que des secouristes tombait dessus ?

— Je dois le récupérer, répéta Josie dans sa radio.

Une grosse branche fila et décrocha la bâche au passage. Josie reprit son équilibre puis posa un pied sur le rebord du bateau. Une nouvelle flopée de panneaux électoraux vint frôler l'embarcation, menaçant de percer la coque.

— Restez à bord, Quinn ! ordonna Brownlow.

Josie sauta à l'eau et commença à nager vers la bâche, sans tenir compte des hurlements derrière elle et de la radio à son épaule. Les remous ne lui facilitaient pas la tâche, mais le souffle du rotor de l'hélicoptère qui venait de se placer au-dessus d'elle vint freiner le courant suffisamment longtemps pour qu'elle s'approche de sa cible. Chacun de ses muscles brûlait sous l'effort. Son gilet de sauvetage l'aidait à se maintenir à flot, mais la gênait dans ses mouvements. Elle parvint malgré tout à atteindre le morceau de plastique bleu, qu'elle attrapa d'une main et tira vers elle avant de l'entourer de ses deux bras. Un instant plus tard, le bateau de Hayes apparut près de son épaule et la bloqua sur place tandis que Brownlow se rapprochait. Gretchen tira sur la corde jusqu'à ce que seule la bâche enroulée les sépare. Après avoir hissé l'objet à bord, elle aida Josie à remonter.

Une fois que tout le monde fut en sécurité autour du corps, Josie se retourna pour voir que le deuxième bateau était parti depuis longtemps. Brownlow secoua la tête et redémarra le moteur sans un mot.

2

L'inondation avait forcé les services d'urgence de la ville à établir un poste de commandement temporaire sur l'un des parkings de l'université de Denton. Le campus était situé sur les hauteurs de la ville, et sa proximité avec les quartiers les plus touchés en avait fait l'endroit idéal d'où envoyer les équipes et le matériel nécessaires. Des tentes avaient été installées, et plusieurs ambulances et véhicules de police étaient garés dans un coin, attendant d'être appelés. Le reste du parking était occupé par des camionnettes et des remorques chargées de bateaux de sauvetage de toutes formes et tailles. Certains appartenaient à la ville, d'autres avaient été amenés par des bénévoles des communes voisines venus apporter leur aide. À moins de deux kilomètres de là, une autre aire de rassemblement avait été installée dans le parc municipal, dont le terrain de softball était partiellement inondé. Les équipes de sauvetage tractaient leurs bateaux à travers le parc et les mettaient à l'eau là-bas. Quand Brownlow dirigea leur embarcation vers la rampe improvisée, ils étaient seuls sur place. Josie et Gretchen bondirent sur la terre ferme et l'aidèrent à tirer le bateau hors de l'eau.

— Ça ira, leur indiqua Brownlow quand celui-ci fut posé

sur l'herbe. Bien. Avant toute autre chose, je voudrais vous signaler, Quinn, que vous avez agi de manière totalement imprudente et irresponsable, tout à l'heure. Je vous interdis de remettre les pieds sur mon bateau à l'avenir.

Josie tenta de se défendre, mais il lui coupa la parole :

— Je ne veux rien entendre. Je n'ai ni le temps ni l'envie d'écouter ça. Je vais chercher ma camionnette pour charger le bateau à l'arrière. Et vous, qu'est-ce que vous comptez faire de… ça ?

Il désigna la bâche enroulée au fond du bateau. Josie, les joues rouges, retira son casque et secoua ses cheveux pour les égoutter. Non pas que ce soit très efficace, étant donné les averses qui ne cessaient de tomber.

— Nous allons devoir l'emmener à la morgue, dit-elle. La légiste fera une autopsie.

— On va aussi devoir appeler l'équipe d'identification criminelle, ajouta Gretchen.

— L'identification criminelle ? répéta Brownlow, sceptique. Votre scène de crime a été emportée par les eaux.

— Pas pour la scène de crime, précisa Josie. Pour analyser la bâche, le Scotch, et ce qu'il pourrait y avoir à l'intérieur avec le corps.

— Pour rechercher des indices contextuels, compléta Gretchen.

Il secoua la tête.

— Eh bien, mesdames, j'espère pour vous qu'il s'agit bien d'un cadavre, sans quoi vous allez avoir du mal à justifier ce plongeon inconscient à la télévision.

Elles le dévisagèrent.

— Que voulez-vous que ce soit d'autre ? demanda Gretchen.

— Je n'en sais rien. Un chien, peut-être ? Qu'est-ce qui vous prouve qu'il s'agit d'un humain ?

— J'en suis sûre à cent pour cent, assura Josie. Malgré tout, j'espère que nous nous sommes trompées, et si c'est le cas, on en sera ravies, car cela voudra dire que nous n'avons pas une nouvelle victime de meurtre sur les bras.

Gretchen se pencha vers le bateau.

— Mettons-le dans la camionnette.

Brownlow leva les deux mains en l'air.

— Il est hors de question que ce truc entre dans ma camionnette.

— Vous êtes sérieux ? fit Josie.

Comme il ne répondait pas, elle enchaîna :

— Aidez-nous juste à le rapporter au poste de commandement. Là-bas, je pourrai le transférer dans ma voiture et l'amener à la morgue.

— Désolé, mesdames. Je vous avais dit de ne pas aller récupérer ce truc dans l'eau, et vous n'avez rien écouté. Je ne veux pas de ça dans ma camionnette. C'est aussi valable pour vous, d'ailleurs.

Alors qu'il s'éloignait, Gretchen souffla quelques grossièretés.

— Incroyable, soupira Josie. Bon, aide-moi à sortir le corps du bateau. Tu resteras ici à surveiller pendant que je vais récupérer ma voiture à pied.

Elles s'emparèrent de la bâche et la hissèrent hors du bateau avant de la déposer à distance de l'eau, à un endroit où Gretchen pourrait s'asseoir en attendant le retour de Josie.

— Ta *nouvelle* voiture ? demanda Gretchen de manière espiègle.

En effet, la vieille Ford Escape de Josie avait été détruite dans un accident le mois précédent, et elle venait de s'en acheter une nouvelle. Elle soupira en pensant à son intérieur gris immaculé, encore imprégné d'une odeur de neuf.

— Oui, ma nouvelle voiture.

Gretchen s'installa dans l'herbe près du cadavre et retira

son casque avant de passer une main dans ses cheveux bruns teintés de gris.

— Demande une des ambulances, suggéra-t-elle. Ils pourront nous emmener à la morgue.

— Non, répondit Josie en se mettant en route vers le parking de l'université. On a besoin d'elles pour les vivants. On ne peut pas se permettre d'en réquisitionner une.

— Tu as raison.

Josie essuya de nouveau son visage ruisselant d'eau de pluie, passa près de Brownlow, qui accrochait le bateau de sauvetage à l'arrière de son pick-up, et entama sa longue marche jusqu'au parking.

Lorsqu'elle aperçut enfin le panneau orange fluo qui marquait l'emplacement du poste de commandement, elle remarqua immédiatement les fourgons des médias autour d'une des tentes. Des journalistes, vêtus de ponchos et d'imperméables, se massaient autour d'Evelyn Bassett, assise sur une civière, un pack de glace collé contre son visage. Leur téléphone tendu à bout de bras, ils lui hurlaient leurs questions. Derrière eux, des cameramen manœuvraient de lourdes caméras emballées dans du plastique. Hayes était au côté de Mme Bassett. Lui aussi s'était débarrassé de son casque, laissant apparaître ses cheveux noirs ébouriffés. L'homme, mal rasé, semblait avoir la trentaine. Il enroula une couverture autour des épaules de la vieille femme.

— Avez-vous eu peur, madame Bassett ? demanda un journaliste. Avez-vous cru être emportée par les eaux ?

— Bien sûr que j'ai eu peur, répondit-elle. J'ai soixante-dix-huit ans ! Mais je n'ai pas pensé que je me ferais emporter par le courant. J'imagine que vous savez qui m'a sauvée ?

— L'inspectrice Quinn, cria un autre journaliste.

Josie se sentit soudain mal à l'aise. Cinq ans plus tôt, elle avait élucidé une grosse affaire de jeunes filles disparues à Denton et, depuis, elle avait joué un rôle déterminant dans plusieurs affaires délicates qui avaient attiré l'attention au niveau national. Trois épisodes de *Dateline* lui avaient déjà été consacrés – grâce à sa sœur, journaliste de renom –, et elle était devenue une sorte d'héroïne locale. Cette semi-célébrité ne lui plaisait pas vraiment. Les affaires qui l'avaient projetée sur le devant de la scène la hantaient encore. Tout ce qu'elle voulait, c'était faire son travail du mieux possible, mais la notoriété qui en découlait était souvent inévitable. Josie se recoiffa d'une main et s'approcha de l'attroupement. La voix de Mme Bassett s'éleva de nouveau :

— La voilà ! L'inspectrice Quinn ! Mon héroïne ! Elle a sauté à l'eau sans hésiter pour venir me sauver !

Josie se figea. Pendant la seconde suspendue avant que tous les journalistes se retournent et se massent autour d'elle, elle remarqua les sourcils froncés de Hayes. Les questions fusaient, et aucune n'avait le moindre lien avec Mme Bassett :

— Inspectrice Quinn, qu'y avait-il dans la bâche ?

— Est-ce que c'est un cadavre que vous avez repêché ?

— Inspectrice, pouvez-vous nous confirmer qu'il y avait bien un corps dans cette bâche ?

— Y avait-il des restes humains cachés dans cette bâche ?

Josie leva les mains pour obtenir le silence.

— Je ne peux pas faire de commentaire pour le moment.

Les cris reprirent de plus belle, plus enthousiastes cette fois. Josie dut élever la voix pour les couvrir.

— Dès que nous aurons plus d'informations, nous vous tiendrons au courant. Pour le moment, j'ai du travail. Si vous le voulez bien, j'aimerais m'entretenir en privé avec Mme Bassett.

Les journalistes se dispersèrent à contrecœur. Josie avança jusqu'à la tente, contente d'échapper momentanément à la pluie. Elle attendit d'être certaine qu'il n'y avait plus d'oreilles indiscrètes avant de prendre la parole :

— Comment vous sentez-vous, madame Bassett ?

La femme lui adressa un clin d'œil.

— Bien, grâce à vous. Mais je vais avoir besoin d'un endroit où vivre.

Hayes posa la main sur son épaule.

— Je vais vous trouver quelque chose de bien, ne vous en faites pas.

— Votre maison était-elle assurée ? Vous pourriez peut-être reconstruire ? suggéra Josie.

Mme Bassett secoua la tête.

— J'étais locataire. Je n'ai perdu que ce qu'il y avait à l'intérieur.

— Je suis désolée. Plusieurs commerces en ville font des donations de vêtements et d'autres objets aux personnes touchées par l'inondation. Vous devriez pouvoir vous procurer l'essentiel.

— Je m'en occupe, se hâta de répondre Hayes.

Mme Bassett posa le pack de glace sur ses genoux et attrapa le poignet de Josie.

— J'ai perdu mon mari dans un incendie il y a quinze ans. J'échangerais tout ce que j'ai jamais possédé contre sa vie. Les objets, ça se remplace.

Josie était abasourdie par sa positivité. La semaine passée avait été un enfer sur terre, elle avait vu les citoyens de sa ville adorée vivre des situations très difficiles. Certains avaient perdu leur maison, d'autres quasiment tout ce qu'ils possédaient. Il n'y avait heureusement aucun décès à déplorer pour le moment, mais des gens avaient dû être relogés et étaient dévastés. Josie prit la main de Mme Bassett dans les siennes.

— Je suis vraiment désolée pour votre mari. Acceptez-vous que je vous pose quelques questions ?

— Ce n'est pas vraiment le moment, intervint Hayes.

Josie l'ignora et poursuivit :

— Depuis combien de temps viviez-vous dans cette maison ?

— Quinze ans. J'y ai emménagé juste après l'incendie. Avec

l'argent de l'assurance, j'aurais pu faire reconstruire, mais je ne voulais pas me lancer dans la construction d'une maison sans mon mari. Il me restait le terrain, dont j'étais propriétaire. Je ne savais pas quoi faire, j'avais besoin de temps pour y réfléchir. J'étais à la rue, et ma belle-sœur m'avait accueillie chez elle bien trop longtemps, donc je me suis mise à la recherche d'un bien à louer le temps de me retourner. Un avocat de la ville avait mis sa maison en location. Il était plutôt gentil. On est partis sur une location au mois.

— Mais vous n'êtes jamais repartie, conclut Josie.

Mme Bassett relâcha les mains de Josie et resserra la couverture autour de ses épaules.

— Le temps passe vite, vous savez ? J'ai revendu mon terrain et j'ai mis cet argent de côté. Mais je n'ai jamais fait les démarches pour redevenir propriétaire. Je n'avais pas le cœur à ça, honnêtement. C'était plus simple pour moi de rester en location. M. Plummer, le propriétaire, s'est toujours occupé de tout. Quand quelque chose casse, il le répare. Quand un appareil a besoin d'être remplacé, il en commande un nouveau et le fait installer. Il prend tout en charge, même l'entretien du terrain et le déneigement. Il s'est toujours bien comporté avec moi. Je ne paie que le loyer et les charges. Si j'étais propriétaire de ma maison, qui est-ce que j'appellerais pour tout ça ?

— Connaissez-vous le prénom de M. Plummer ? demanda Josie.

— Calvin. Calvin Plummer. Son cabinet est dans le bas de la ville.

— Vous dites qu'il s'occupe de tout. Depuis que vous vivez dans cette maison, a-t-il engagé des travaux au niveau des fondations ?

— Pas que je me souvienne, non.

— Savez-vous quoi que ce soit sur l'objet que nous avons récupéré ?

— Moi ? Non. Je ne savais pas que c'était là. Le sous-sol était en béton, vous avez vu les morceaux se décrocher.

— En parlant de sous-sol, poursuivit Josie, avez-vous déjà eu des soucis à cet endroit depuis que vous vivez dans la maison ?

— Une fuite d'eau de temps en temps, rien de plus. M. Plummer appelait un plombier pour faire les réparations, c'est tout.

— Vous avez vécu seule ici ces quinze dernières années ?

Mme Bassett hocha la tête.

— Personne de votre famille n'est venu habiter chez vous pendant un temps ? Pas de colocataire ?

— Non, juste moi, inspectrice Quinn. Mon mari et moi n'avons pas eu d'enfants.

— Josie.

Mme Bassett esquissa un sourire, que Josie lui rendit.

— Connaissez-vous le nom du locataire précédent ?

— Non. Il faudrait poser la question à M. Plummer.

— Je le ferai. Je vous laisserais bien ma carte, mais je n'en ai pas sur moi. J'ai tout laissé dans ma voiture. Si vous avez besoin de quoi que ce soit, appelez au commissariat et demandez à me parler.

Josie repartit vers sa voiture sous la pluie. À l'entrée du parking, elle vit que les journalistes s'étaient massés autour de la camionnette de Brownlow, qui venait juste de se garer. Puis son champ de vision fut obstrué par l'apparition de Hayes, qui marchait droit sur elle en la fixant de ses yeux bleus. Josie s'arrêta et, sans lui laisser le temps de parler, elle lâcha :

— Il y a un problème ?

— Oui, et vous le savez très bien, répliqua-t-il. Vous êtes délibérément passée outre les ordres du conducteur de votre bateau pour sauter à l'eau et récupérer... le truc que vous avez récupéré.

— Ce que j'ai récupéré est un cadavre, de toute évidence une victime de meurtre.

— Ce que vous avez fait était dangereux, irresponsable et imprudent. Vous nous avez tous mis en danger, aujourd'hui, tout ça pour un morceau de bâche...

— Un corps.

Il lâcha un soupir de frustration.

— Une *bâche*, insista-t-il. Vous ne savez pas encore s'il s'agit d'un corps. Là où je veux en venir, c'est que vous vous êtes mise dans une situation qui aurait pu nécessiter de vous secourir, ce qui nous aurait tous fait prendre de gros risques. Les ressources de la ville sont déjà mises à rude épreuve.

— Je n'ai pas besoin que vous m'expliquiez à quel point la situation est dramatique, Hayes. C'était quand, la dernière fois que les services d'urgence de la ville ont dû réquisitionner des inspecteurs de police ?

Il ne répondit pas.

— Écoutez, Hayes, vous travaillez au service médical d'urgence, c'est bien ça ?

Il croisa les bras sur sa poitrine.

— Je suis secouriste. Ainsi que sauveteur en eaux vives diplômé.

— Vous travaillez pour la commune de Dalrymple ?

Muet, il lui adressa un regard noir.

— Dalrymple ne fait même pas partie du comté de Denton. Vous êtes ici bénévolement, et je vous en remercie. Mais je travaille pour la police municipale, ajouta-t-elle. Comme vous le savez.

— Je sais pertinemment qui vous êtes, cracha-t-il, le visage dégoulinant de pluie. Si vous croyez que votre réputation va vous sauver, vous rêvez.

Josie s'avança d'un pas et répliqua :

— Me sauver de quoi ?

— Vous avez mis des vies en danger, aujourd'hui, en allant récupérer cette bâche.

Elle enfonça son index dans la poitrine de Hayes.

— Vous verrez ça avec mon chef mais, pour ma part, sachez que je n'abandonne jamais personne. Mort ou vivant. Le corps emballé dans cette bâche était l'enfant de quelqu'un. Un frère, une sœur, un proche... Vous apprécieriez, vous, qu'une personne que vous aimez se retrouve emballée dans une bâche et enterrée sous une maison ?

De nouveau, il garda le silence et baissa les yeux.

— Je ne pense pas, conclut Josie. Votre boulot, c'est de sauver des gens, le mien, c'est de m'occuper de cadavres. Alors occupons-nous chacun de ce qui nous concerne, qu'est-ce que vous en dites ? Maintenant, si vous voulez bien, j'ai rendez-vous à la morgue.

3

— Quel connard, grogna Josie.

Gretchen et elle étaient en route pour la morgue, la dépouille bâchée dans le coffre de sa nouvelle Ford Escape. L'odeur de terre humide emplissait l'habitacle, masquant celle de voiture neuve qu'avait tant appréciée Josie la semaine passée. De plus, le dossier de son siège s'imbibait un peu plus d'eau à chaque minute qui passait. Gretchen et elle avaient retiré leur combinaison au parc et entreposé leur matériel de plongée sur la banquette arrière. Josie avait fait son maximum pour sécher ses cheveux avant de s'installer au volant, mais elle n'avait trouvé qu'une petite serviette, celle qu'elle utilisait habituelle-ment pour essuyer les pattes de Trout[1], son Boston Terrier, après une promenade dans les bois.

— Patronne, dit Gretchen en naviguant sur son téléphone. Il n'a pas complètement tort.

— Pardon ?

Gretchen tapota sur l'écran.

— J'écris à Hummel pour qu'il envoie l'agente Chan à la

---

1. *Trout* signifie « truite » en anglais.

morgue avec du matériel. Je vais aussi lui demander de vérifier que la docteure Feist nous attend bien sur place.

Josie s'arrêta à un feu rouge et dévisagea sa collègue.

— Gretchen. Comment ça, il n'a pas complètement tort ?

Gretchen soupira et rempocha son téléphone.

— Ne le prends pas mal, mais...

Josie ne la laissa pas terminer sa phrase.

— En général, quand on commence par me dire « Ne le prends pas mal », j'ai tendance à le prendre mal, justement.

Gretchen eut un petit rire.

— Écoute, depuis le mois dernier, depuis l'affaire impliquant ta sœur, tu sembles un peu... ailleurs.

Josie sentit immédiatement la colère bouillonner en elle. Elle ravala une réplique acerbe et attendit que sa collègue développe le fond de sa pensée. Le feu passa au vert, et Josie pressa l'accélérateur pour s'engager dans la longue montée menant à l'hôpital Denton Memorial.

— Tu es plus impulsive, reprit Gretchen. Tu t'emportes facilement. Tu es plus...

Elle s'interrompit, et Josie devina quel était le mot qu'elle n'osait pas prononcer.

— Émotive ? suggéra-t-elle.

Gretchen ne répondit pas.

— Je ne suis pas...

Mais Josie laissa sa phrase en suspens. Gretchen avait raison. Un mois plus tôt, sa sœur jumelle, Trinity Payne, avait été enlevée, et Josie avait pris part à l'enquête. La relation qu'elle entretenait avec elle avait particulièrement compliqué les choses. Elles n'avaient appris qu'elles étaient sœurs que quelques années plus tôt. Pour Trinity, cette découverte avait été source de bonheur mais, pour Josie, elle s'était accompagnée de la prise de conscience que toute sa vie avait été bâtie sur un mensonge et que ses traumatismes d'enfance auraient pu être évités. Le kidnapping de Trinity avait réveillé chez Josie des sentiments enfouis de chagrin, de perte et de rage. Elle avait imaginé qu'après avoir retrouvé Trinity vivante, ces sentiments disparaîtraient, mais il n'en fut rien. Le fait d'avoir Trinity à proximité l'avait aidée, mais cette dernière avait dû repartir deux semaines plus tôt à New York pour espérer sauver sa carrière de journaliste. Elle manquait terriblement à Josie. Tous ces événements la submergeaient d'émotions difficiles et déroutantes, qu'elle était persuadée d'avoir réussi à étouffer comme elle l'avait toujours fait. Pas si bien que ça, a priori.

— Tu es plutôt sèche avec les collègues en ce moment, continua Gretchen. L'autre nuit, tu as aboyé sur le mec arrêté pour ivresse publique et manifeste et, la semaine dernière, je t'ai entendue pleurer dans les toilettes.

Josie ne quittait pas la route des yeux. Impossible de nier tout cela. Malgré tout, les mots sortirent de sa bouche contre son gré :

— Je ne pleurais pas, dans les toilettes. Je ne pleure jamais. Je...

Elle s'interrompit. Que faisait-elle quand elle était énervée ou stressée ? Quand ses démons menaçaient de prendre le dessus ? Avant, elle buvait jusqu'à en perdre connaissance. Mais elle avait arrêté l'alcool depuis deux ans, consciente que cela ne lui apportait rien de bon.

— Très bien, répondit Gretchen. Disons que tu essayais de ne pas pleurer, alors.

Josie serra les doigts sur le volant.

— C'était le jour où ce conducteur soûl s'est planté dans un arbre. C'est moi qui me suis occupée du certificat de décès. Il avait une... une petite fille de six ans.

Pourtant, ça ne ressemblait pas à Josie de craquer comme ça. Des certificats de décès, elle en avait rédigé des dizaines dans sa carrière. Les enfants endeuillés qu'elle avait réconfortés et les victimes d'abus qu'elle avait aidées se comptaient par centaines. Elle avait toujours su rester professionnelle, même quand tout son être lui hurlait de craquer et de laisser les larmes couler. La compartimentation était sa spécialité. Que lui arrivait-il ? Pourquoi cette affaire avait-elle été si éprouvante ? Pourquoi tout était si dur, en ce moment ?

— Aujourd'hui, reprit encore Gretchen, tu nous as tous mis en danger en replongeant dans l'eau. Je pense que tu en as conscience. À mon avis, en d'autres circonstances, tu aurais pris un peu plus de recul sur la situation et tu aurais laissé ce corps partir à la dérive.

— Je suis désolée, lâcha Josie sans regarder sa collègue.

Elles arrivaient à destination. La morgue de la ville avait été installée au sous-sol de l'hôpital. Josie ignorait si les architectes avaient pris en compte le risque d'inondation en décidant de construire l'hôpital ici, mais force était de constater que le grand bâtiment en briques se situait suffisamment en hauteur pour être hors de danger.

— Josie, je suis toujours de ton côté, ajouta Gretchen. Tout ce que je dis, c'est que j'ai remarqué un changement chez toi dernièrement. Hayes était contrarié. Son boulot est de sauver des gens. Tout le monde est tendu avec ce qui arrive, on essaie juste de sauver des vies.

— Je sais, souffla Josie.

— Enfin bref, oublions Hayes pour le moment, OK ? Quelles sont les chances que tu sois amenée à retravailler avec lui, ou même à le recroiser, une fois que l'inondation sera terminée ? En attendant, on a du pain sur la planche.

Josie soupira. Elle repoussa une mèche de cheveux de son visage. Il lui fallait un café.

— Oui, tu as raison.

Elles se garèrent devant l'entrée des urgences, et Gretchen entra dans le bâtiment pour récupérer une civière. Dix minutes plus tard, elles s'enfonçaient dans le dédale de couloirs froids et humides pour présenter leur trouvaille à la légiste. Les portes de la morgue s'ouvrirent à leur approche. La docteure Feist et son assistant, Ramon, les invitèrent à entrer dans la grande salle d'examen.

— Je viens de recevoir un appel, dit Anya Feist. Votre équipe d'identification criminelle sera là d'une minute à l'autre.

— Super, répondit Josie.

Ramon poussa la civière jusqu'au milieu de la pièce puis, aidé par sa supérieure, transféra la bâche sur l'une des tables d'examen en inox.

— Nous allons attendre leur arrivée pour prendre des photos, dit-elle.

Elle leva les yeux et sourit à Josie tout en enfonçant ses cheveux blonds sous une charlotte.

— Vous avez eu une matinée chargée, pas vrai ? Une sacrée aventure. J'ai tout vu aux infos. C'était en direct.

— C'est pas vrai... murmura Josie.

Merveilleux. Son humiliation avait donc été enregistrée et préservée pour la postérité. Non seulement elle avait mis son équipe en danger, mais la situation aurait pu dégénérer à tout moment devant les caméras de télévision.

— Heureusement que le sauvetage et la récupération de ce corps se sont bien passés, dit Gretchen.

Le soulagement envahit Josie quand l'agent Hummel et sa collègue de l'équipe d'identification criminelle, l'agente Jenny Chan, passèrent la porte. Tous s'installèrent autour de la bâche sur la table. Hummel et Chan déballèrent leur matériel. Gretchen sortit son bloc-notes et son stylo. Chan dégaina son appareil photo pendant que Hummel prenait des mesures et des notes de son côté.

Quand ils eurent terminé, la docteure Feist demanda :

— Comment voulez-vous procéder ? Est-ce qu'on découpe la bâche ?

Hummel étudia l'objet et croisa le regard de Chan. Il avait officieusement pris la tête de l'équipe d'identification criminelle de Denton depuis cinq ans, mais Chan était issue d'un département plus important et possédait une grande expérience des scènes de crime. Elle se tourna vers Josie.

— Combien de temps est-il resté dans l'eau ?

— Quelques minutes ?

— Peut-être dix minutes, précisa Gretchen. Dès qu'il est remonté et s'est détaché, la patronne l'a récupéré, et nous l'avons rapidement mis dans le bateau.

— Il y a donc une chance que l'on puisse relever des empreintes sur la bâche, et peut-être même sur le Scotch, expliqua Chan à Hummel. Il faudrait procéder par fumigation de cyanoacrylate.

— De quoi ? interrogea Ramon depuis un coin de la pièce.

— C'est une façon de relever des empreintes invisibles en utilisant une sorte de superglu, explicita Josie. Les vapeurs réagissent au contact du cyanoacrylate et forment un film blanc collant à la surface des objets, ce qui fait apparaître les empreintes pour qu'on puisse les photographier.

— Ça fonctionne plutôt sur les surfaces non poreuses, compléta Chan. On pourrait récupérer quelque chose sur la bâche ou le Scotch, voire les deux.

— Très bien, dit Josie. Ça vaut le coup d'essayer.

— Il était enterré, nuança Gretchen. On ne sait pas depuis combien de temps il était sous cette maison. Des années, peut-être. Vous pensez vraiment pouvoir récupérer des empreintes ?

Chan haussa les épaules.

— Comme je l'ai dit, les chances sont minces, mais l'inspectrice Quinn a raison : ça vaut le coup d'essayer.

— Nous allons donc tenter de décoller minutieusement l'adhésif et de dérouler la bâche au lieu de la couper, conclut Hummel.

Personne ne le contredit. Josie et Gretchen restèrent en retrait et observèrent Hummel, Chan, la docteure Feist et Ramon se mettre au travail. Sous la bâche, ils en découvrirent une deuxième, elle aussi scotchée. Ramon plaqua la civière contre la table d'autopsie, et ils s'attaquèrent à cette nouvelle couche de plastique. Une odeur de décomposition mêlée à celle du moisi emplit peu à peu la pièce. Enfin, au bout d'une heure de travail méticuleux, les bâches et les rubans adhésifs étaient entreposés dans des sacs et étiquetés, et la docteure Feist et son assistant installèrent le corps sur la table d'autopsie.

Josie et Gretchen s'avancèrent d'un pas pour mieux voir. Le souffle coupé, Josie sentit son cœur palpiter. Hummel sortit son appareil photo et commença à prendre des clichés.

— Est-ce que... Est-ce qu'elle est momifiée ? demanda Gretchen.

— Absolument, répondit doucement la légiste en examinant le corps.

Josie s'était attendue à découvrir un squelette, étant donné que le corps avait été enterré sous les fondations de la maison de Mme Bassett. Pourtant, si les ossements étaient bien visibles, ils étaient reliés entre eux par des restes de peau et de tendons noircis. Un enchevêtrement de longs cheveux bruns était visible au niveau du crâne, poussé sur le côté par le glissement de la peau sur les os. Des doigts dépassaient des manches d'une veste passée du bleu et doré au brun délavé, mais autrement intacte. L'emblème du lycée de Denton East, un geai bleu, était visible sur la gauche de sa poitrine, et les lettres D et E étaient brodées du côté droit. Les jambes étaient couvertes d'un jean, et les pieds desséchés étaient toujours enfermés dans une paire de ballerines argentées. Ces deux éléments aussi avaient bruni à cause de la décomposition. Josie sentit monter en elle une vague de tristesse.

— Enveloppée aussi hermétiquement dans du plastique juste après sa mort, puis enterrée sous une maison, elle n'a pas été en contact avec l'oxygène, expliqua la docteure Feist. Dans ces conditions, ni les insectes ni les bactéries n'ont pu coloniser le corps. Le processus normal de décomposition n'a pas pu avoir lieu.

Gretchen leva la tête de son bloc-notes.

— On dirait une adolescente.

— Oui, souffla Josie. Il semblerait qu'on ait fréquenté le même lycée.

— Est-ce qu'on a une année ? demanda Gretchen.

Hummel continuait de prendre des photos tandis que Chan, de ses mains gantées, soulevait les manches de la veste.

— Ici, il y a un écusson du championnat de base-ball de Pennsylvanie...

Elle l'épousseta.

— C'était celui de 2004, compléta-t-elle.

Josie avait l'impression que quelque chose lui remontait de la nuque jusque dans les cheveux. Elle passa la main sur sa tête.

Gretchen tourna la tête vers elle.

— C'était ton année de terminale, non ?

— Non, j'ai terminé le lycée en 2005. En 2004, j'étais en première.

Chan passa du côté de Josie et tira un peu plus sur la manche.

— Il y a aussi un numéro ici. Le 27.

Les picotements s'intensifièrent, et Josie se prit la tête entre les mains.

— Patronne, l'appela Gretchen. Tout va bien ?

— Oui, ça va. Vous voyez autre chose, Chan ?

Cette dernière se pencha en avant.

— Il y a encore un autre badge. Une balle de base-ball, avec des flammes dessus.

Désormais, Josie avait l'impression qu'on venait de lui vider un seau d'eau glacée sur la tête. Elle se souvenait du championnat de base-ball qui avait eu lieu pendant son année de première. Elle se rappelait les vestes bleu et or des membres de l'équipe cette année-là. Elle avait assisté à leur victoire. Elle les avait encouragés. Chacune de ces vestes portait le numéro du joueur sur une manche, et l'écusson du championnat sur l'autre. Un seul des joueurs avait reçu un écusson avec une balle enflammée. Il était mort dans les bras de Josie cinq ans plus tôt, au moment de l'affaire des jeunes disparues. Il ne pouvait pas s'agir de sa veste, si ? Comment était-ce possible ? Comment s'était-elle retrouvée ici ? Et qui était cette fille qui avait été enterrée avec ?

— Je pourrai confirmer son âge après l'autopsie. Mais avant toute chose, il va falloir lui retirer ces vêtements et lui faire passer des radios.

— Est-ce que tu te souviens d'une fille de ton lycée qui aurait été portée disparue, patronne ? demanda Gretchen.

— Non, répondit Josie. Et pendant l'affaire des jeunes disparues, on a passé en revue l'intégralité des avis de disparition de la ville, et même du comté, sur plusieurs dizaines d'années.

Josie avait la tête qui tournait.

— Est-ce que... On peut retourner au commissariat ? On pourra commencer à faire quelques recherches pendant que la docteure Feist s'occupe de l'autopsie.

Gretchen ne posa pas plus de questions. Elle rangea son bloc-notes et son stylo, puis remercia la légiste et son assistant.

— Bonne idée, patronne. On va contacter le propriétaire de cette maison, et peut-être qu'on pourra retrouver quelques *yearbooks* de Denton East. Vous savez, ces annuaires des élèves et des profs publiés chaque année.

— Je vais rester ici avec Chan, dit Hummel, pour récupérer et étiqueter les vêtements et tout ce qui pourrait être utile.

— Parfait, dit Josie. Est-ce que vous pourriez ajouter les clichés des vêtements au dossier aussi vite que possible ?

— Pas de souci, patronne.

4

Josie eut un mouvement de recul en sentant l'odeur âcre et terreuse qui persistait dans sa voiture. Elle n'avait qu'une hâte : rentrer chez elle et prendre une douche chaude – sa deuxième de la matinée. Mais avant qu'elle ait eu le temps de démarrer, Gretchen posa une main sur son bras.

— Tu ne veux pas me dire ce qui se passe ?

Les épaules de Josie s'affaissèrent. Elle tourna la tête vers sa collègue, ouvrit la bouche, puis la referma. Son esprit n'était que confusion. Qu'est-ce que cette veste faisait là ? S'agissait-il de la même ? Oui, forcément. C'était la seule explication. Elle fouilla dans ses souvenirs de lycéenne.

— Josie. On dirait que tu viens de voir un fantôme.

« C'est le cas », eut-elle envie de répondre, mais elle en était incapable.

— Commence par les faits, l'encouragea Gretchen. Par ce que tu sais.

Josie lui adressa un sourire triste. C'était plus simple, comme ça.

— Tu te souviens de Ray ? Enfin, je sais que tu ne l'as jamais rencontré, mais tu te souviens de qui c'est ?

— Ton mari décédé, répondit-elle sans hésitation. Évidemment que je m'en souviens.

Josie hocha la tête.

— On est tombés amoureux au lycée, dit-elle. Je le connaissais depuis mes neuf ans. Je vivais dans un parc de mobile-homes, et lui dans le lotissement qui avait été construit derrière. On avait l'habitude de se retrouver dans le bois situé entre les deux. Mais quand on est entrés au lycée, notre relation a pris un nouveau tournant. On a toujours été dans la même classe, y compris en première. L'année où Ray était lanceur dans l'équipe de base-ball.

— La fameuse équipe qui a remporté le championnat de Pennsylvanie, releva Gretchen.

— Oui, confirma Josie. Il était excellent. Il avait été repéré par un recruteur, d'ailleurs, et c'est comme ça qu'il a obtenu une bourse pour entrer à l'université. Là-bas aussi, on a cherché à le recruter, mais il avait toujours voulu devenir policier, alors il n'a pas donné suite.

— Il faisait partie de l'équipe, compléta Gretchen. Ils portaient des vestes aux couleurs de leur lycée et, quand ils ont remporté ce championnat, on leur a offert des écussons spéciaux à coudre dessus. Son numéro était le 27, n'est-ce pas ?

Josie acquiesça. En contrebas, dans les rues inondées de la ville, trois bateaux de sauvetage vrombissaient.

— Et celui avec la balle en flammes ?

— Ray s'est battu. Pour moi. Il me défendait. Un truc idiot. Il était du genre sanguin. Moi aussi, à vrai dire. Il a déchiré sa veste ce jour-là, alors qu'il venait d'y coudre l'écusson du championnat. Il était vraiment énervé. Ces vestes coûtaient une fortune. Heureusement, sa mère a dit qu'elle pourrait sans problème la recoudre. Ce qu'elle a fait, mais le résultat était atroce, alors elle a eu l'idée d'apposer ce patch avec la balle de base-ball en flammes par-dessus. Elle a dit...

Sans crier gare, les larmes lui montèrent aux yeux. Elle se

rappelait l'expression de Ray quand sa mère lui avait rendu sa veste en lui disant : « Je suis tellement fière de toi. » Leur enfance à tous les deux avait été ponctuée de traumatismes, d'abus, de culpabilité et de honte. Alors entendre ces quelques mots de la bouche de sa mère, pour Ray, c'était comme gagner au loto.

Josie ravala son émotion et poursuivit :

— Elle lui a dit qu'elle était très fière de lui.

— Ray était donc le seul joueur de l'équipe à arborer ce patch sur sa manche cette année-là, dit Gretchen.

— Oui.

— Mais le corps qui se trouve actuellement à la morgue n'est pas celui de Ray.

— Non, dit Josie d'une voix rauque. Je l'ai enterré il y a cinq ans. Je ne sais pas du tout comment cette veste a pu se retrouver sur le corps d'une fille enterrée sous une maison de Hempstead Road. Ça n'a absolument aucun sens.

— Est-ce qu'un des autres lanceurs de l'équipe n'aurait pas pu voir cet écusson sur la veste de Ray et s'en procurer un ?

Josie croisa le regard de Gretchen.

— Et il aurait aussi changé son numéro de joueur pour le remplacer par celui de Ray ?

— OK, alors qu'est-il arrivé à cette veste ? Est-ce qu'il l'a perdue ? Ou on la lui a volée ?

Josie ferma les yeux pour réfléchir, mais ses souvenirs du lycée étaient assez flous, comme s'ils appartenaient à une autre vie.

— Je n'en sais rien. Je ne me rappelle pas. Ils ont reçu ces vestes juste avant l'été. Je m'en souviens, parce qu'il faisait très chaud, mais il l'a quand même portée pendant un temps. J'imagine que je n'ai pas posé de questions quand il a arrêté, ça semblait logique, vu la température qu'il faisait.

— Est-ce que tu as gardé des affaires à lui ? demanda Gretchen.

— Quelques-unes, oui. Sa mère en a aussi récupéré, et Misty, bien sûr.

Misty était la femme qu'avait fréquentée Ray après l'échec de son mariage avec Josie.

Gretchen sortit son téléphone et commença à écrire.

— La manière la plus efficace de s'assurer que cette veste est bien celle de Ray, ce serait de demander à Hummel de retourner la manche qui porte l'écusson pour regarder si le tissu est déchiré en dessous, non ?

— Oui, dit Josie. Mais je sais déjà que cette veste est celle de Ray.

— Alors il va falloir découvrir qui est cette fille et comment elle s'est retrouvée avec ça sur le dos. Peut-être que ça nous aidera à comprendre ce qui lui est arrivé. On peut jeter un œil aux *yearbooks* et passer en revue les précédents propriétaires et locataires de la maison sous laquelle elle était enterrée. Mais pour commencer, on a toutes les deux besoin d'une douche et de vêtements propres.

Le commissariat de Denton était un bâtiment en pierres à deux étages percé de nombreuses fenêtres arrondies et ouvragées, avec une tour à l'une de ses extrémités. Jusque-là, il avait évité de peu l'inondation. Quand l'eau avait commencé à monter ces derniers jours, les sauveteurs et bénévoles avaient apporté des sacs de sable pour ériger un mur devant l'entrée, faisant office de barrage. Un dispositif gonflable, bien plus pratique, aurait dû être installé mais, quand les services d'urgence étaient allés le récupérer dans la salle de stockage, ils avaient constaté sa disparition.

Si les sacs de sable faisaient leur office, il était impossible d'entrer ou sortir par l'entrée principale. Josie déposa Gretchen à l'arrière du bâtiment et lui promit de revenir avec son *yearbook* du lycée.

Josie mesurait sa chance : la maison qu'elle partageait avec son petit ami et collègue, le lieutenant Noah Fraley, se trouvait dans l'un des quartiers qui n'avaient pas été impactés par l'inondation. Noah avait été envoyé dans le Sud de la ville pour prêter main-forte aux services de secours. Aussi, elle ne s'attendait pas à le trouver chez eux. Pourtant, un véhicule était garé dans l'allée : c'était celui de Misty Derossi. Cette dernière était propriétaire d'une belle et grande maison victorienne dans le quartier historique de Denton, sous l'eau depuis plusieurs jours. Josie lui avait donc proposé de s'installer chez elle et Noah avec Harris, son fils de quatre ans, et leur chienne Pepper. Quand Josie tourna la clé dans la serrure, elle entendit le cliquetis des griffes de chien sur le sol du vestibule, suivi de deux aboiements : un haut perché pour Pepper, un bien plus grave pour Trout. Les deux chiens se jetèrent dans ses jambes lorsqu'elle ouvrit la porte, la langue pendante, jappant pour attirer son attention. Trout, habituellement très amical envers Pepper, fit mine de la mordre pour l'éloigner de sa maîtresse. Josie le gronda et s'agenouilla pour leur grattouiller les flancs tout en leur rappelant à quel point ils étaient de bons chiens.

— JoJo !

Harris accourut vers elle depuis la cuisine, les bras grands ouverts.

Les chiens s'écartèrent pour le laisser lui sauter dans les bras. Elle rit et se releva en le calant sur sa hanche avant de planter un baiser sur ses cheveux blonds.

— Qu'est-ce qui se passe ?

— Tu es mal coiffée, remarqua-t-il.

— Je suis là ! résonna la voix de Misty dans la cuisine.

Harris adressa un regard très sérieux à Josie.

— Maman fait de la cuisine antistress.

Josie éclata de rire en se dirigeant vers la cuisine, les chiens sur les talons.

— De la cuisine antistress ?

Misty se détourna du four et offrit un large sourire à Josie.

— Il a entendu sa grand-mère dire ça et, depuis, il le répète à tout le monde.

Deux tartes refroidissaient sur le plan de travail. Sur la table, deux miches de pain étaient enroulées dans des torchons. Misty était en train de sortir du four une plaque recouverte de cookies qu'elle déposa sur le seul espace restant, puis elle retira ses maniques.

Josie haussa un sourcil.

— On n'est que quatre à la maison, tu sais ? Je ne suis pas sûre qu'on réussisse à manger tout ça.

— Mais non, c'est pour les secouristes ! Je vais faire des paniers-repas que je déposerai au poste de commandement.

Les deux chiens reniflaient le sol de la cuisine, à la recherche de miettes éventuelles. Mais Misty était la personne la plus propre et maniaque que Josie avait jamais rencontrée. Ce n'était pas la première fois qu'elle et Harris logeaient chez elle. Au fil des années, une curieuse amitié avait fini par lier les deux femmes. Après le divorce, Ray avait commencé à fréquenter un club de strip-tease, où Misty travaillait comme danseuse. Ils étaient sortis ensemble. Si Josie avait commencé par la détester, aveuglée par sa jalousie mal placée, elle avait fini par comprendre que Misty n'avait joué aucun rôle dans leur divorce et avait accepté l'idée que Ray était tombé amoureux d'elle peu de temps avant sa mort. Misty avait ensuite donné naissance à leur fils. Josie s'était attendue à ce qu'il soit vraiment difficile pour elle de poser les yeux sur l'enfant de Ray. À l'époque, ils avaient pris la décision de ne pas en avoir. Leurs enfances respectives avaient été si traumatisantes qu'ils avaient eu peur de mettre au monde un bébé et d'être de très mauvais parents. Pourtant, à la seconde où elle avait vu Harris et l'avait pris dans ses bras, elle avait été submergée par une vague d'amour et d'instinct protecteur. Elle avait su, immédiatement, qu'elle donnerait sa vie pour cet enfant et s'était promis de faire tout son possible pour aider Misty à l'élever et à s'en occuper. Cette dernière était devenue secrétaire médicale dans un cabinet réservé aux femmes. Elle travaillait beaucoup et n'avait aucune famille pour la relayer, si bien que Josie et la mère de Ray faisaient régulièrement office de baby-sitters.

— Pourquoi tu as les cheveux tout sales ? demanda Harris en tirant sur une de ses mèches. Tu t'es pas coiffée aujourd'hui ?

Josie le reposa par terre.

— Je suis restée sous la pluie. Je n'ai pas encore eu le temps de me recoiffer.

Apparemment satisfait de la réponse, Harris réclama à sa mère de jouer à un jeu sur sa tablette.

— Pas plus d'une demi-heure, répondit Misty. Allez, vas-y, je l'ai posée dans le salon.

Dès qu'il eut quitté la pièce, elle se tourna vers Josie.

— Je t'ai vue à la télé. Tu m'as fichu une de ces frousses. Je croyais que tu avais arrêté de faire des trucs fous dangereux.

— Je n'ai jamais dit ça, lâcha Josie dans un éclat de rire.

— C'était un cadavre ?

Josie hocha la tête.

— Je suis désolée, dit Misty. Quelle horreur.

— Misty... Quand Ray était encore en vie...

Elle vit les épaules de Misty se tendre. Malgré les années, parler de Ray était toujours difficile pour elle, ce que Josie comprenait. Il avait été son meilleur ami, son petit copain, puis son mari. Il avait été le fil rouge de sa vie. Misty ne l'avait pas connu aussi longtemps que Josie, mais elle en était tombée très amoureuse. Avant de mourir, Ray avait fait des choses moralement discutables, et Josie savait que Misty peinait autant qu'elle à faire cohabiter l'amour qu'elle avait ressenti pour lui avec l'idée de l'homme qu'il était devenu. Parler de lui faisait chaque fois ressurgir ces sentiments contradictoires.

Misty s'appuya contre le plan de travail et croisa les bras.

— Ça va. Je t'écoute.

Josie repoussa une mèche de cheveux derrière son oreille.

— Quand Ray était encore en vie, est-ce qu'il lui arrivait de parler du lycée ?

— Non, pas trop. Vous étiez en couple, à cette époque, donc ce n'est pas un sujet qu'on abordait spécialement. Il ne pouvait pas vraiment en parler sans prononcer ton nom. C'était un peu bizarre, du coup.

Josie lui adressa un sourire peiné et compréhensif. Elle non plus ne pouvait évoquer ses années de lycée sans parler de Ray. Mais alors, pourquoi n'avait-elle aucun souvenir de ce qu'était devenue cette veste de base-ball ?

— Est-ce qu'il t'a déjà parlé de base-ball ?

— Oui, bien sûr. Il a été premier lanceur lors du championnat de Pennsylvanie, quand il était en première. J'ai entendu cette histoire des millions de fois, surtout quand il avait un coup dans le nez. Presque tous les soirs, donc.

— Oui... Et quel genre de choses est-ce qu'il racontait à ce sujet ?

Misty plissa les yeux.

— Josie, j'en sais suffisamment sur ton boulot pour savoir que, quelle que soit l'affaire sur laquelle tu travailles, tu ne peux pas me donner de détails. Pour le moment, en tout cas.

Elle baissa la voix et imita le ton que prenaient tous les policiers quand ils passaient à la télévision.

— « Nous ne pouvons pas commenter une enquête en cours. » Donc contente-toi de me poser tes questions, conclut-elle avec un sourire.

— Mais tu ne peux pas y répondre par d'autres questions, précisa Josie. Enfin, tu peux, mais je n'y répondrai pas.

— Je sais, oui.

— Est-ce que Ray t'a déjà parlé de sa veste de base-ball ?

Misty leva les yeux au ciel, mais le sourire qui se dessina sur son visage était empreint d'amour et de nostalgie.

— Sa veste chérie recousue par sa mère quand il a déchiré sa manche ? Celle avec le fameux écusson cousu dessus, la balle en flammes ? Pour le plus rapide des lanceurs ?

Josie sentit sa gorge se nouer. Il lui était toujours inconfortable d'entendre de la bouche de Misty des histoires qu'elle avait intimement partagées avec Ray, ou dont elle avait été témoin. Misty ne l'avait connu que quelques années, et pourtant Ray lui avait confié ce qu'il avait fallu une vie entière à Josie pour découvrir.

— Oui, coassa-t-elle. Cette veste-là.

— Les premières fois qu'il m'a raconté cette histoire, il m'a dit qu'il l'avait perdue.

— Perdue ? répéta Josie. Où ?

— Je n'y ai jamais cru. Vu comment il parlait de cette équipe, de cette saison et de ce dernier match, c'était évident que cette veste représentait vraiment quelque chose pour lui. C'est impossible qu'il l'ait perdue. Je lui ai demandé plusieurs fois ce qu'elle était réellement devenue.

— Qu'est-ce qu'il t'a répondu ?

— J'ai eu droit à une dizaine d'explications différentes. Il te l'a donnée. Il l'a laissée dans son casier au lycée, et quelqu'un la lui a volée. Il l'a prêtée et on ne la lui a jamais rendue. Il l'a entreposée dans le grenier chez sa mère et, quand il a voulu la récupérer, elle avait disparu. Il l'a perdue pendant un déménagement. Tu es partie avec quand vous vous êtes séparés.

Josie passait en revue ces différentes explications dans sa tête. Quatre d'entre elles pouvaient être éliminées d'office. Il ne l'aurait jamais mise au grenier chez sa mère. Il aurait voulu la remettre dès que les températures l'auraient permis. Mais il ne l'avait pas fait. Josie ne l'avait jamais vu porter cette veste après son année de première. Il ne l'avait pas donnée à Josie, et elle ne l'avait pas emportée au moment du divorce. Elle n'avait pas été perdue pendant un déménagement. Ils avaient vécu dans plusieurs appartements miteux avant d'acheter une maison ensemble, et Josie n'avait jamais vu cette veste au moment de faire les cartons. Restait donc la possibilité qu'on la lui ait volée, ou qu'il l'ait prêtée à quelqu'un. Mais s'il s'agissait d'un vol, pourquoi ne pas le dire, tout simplement ? Pourquoi aller inventer un tas de mensonges sur ce qui serait arrivé à cette veste ? Josie avait probablement connu Ray mieux que quiconque. Il lui était arrivé de faire des choses stupides et de mentir par la suite parce qu'il savait que Josie ne les verrait pas d'un bon œil.

— J'en conclus que tu n'as pas cette veste, dit Misty, tirant Josie de ses pensées.

— Non, je ne l'ai pas.

Si elle n'avait pas été volée, cela signifiait que Ray l'avait prêtée à quelqu'un. Mais il avait menti à Misty à ce sujet. Pourquoi ? Un frisson lui parcourut l'échine. Était-ce parce que la personne à qui il l'avait prêtée ne la lui avait jamais rendue ? Parce qu'elle la portait le jour de sa mort ?

Misty la dévisageait.

— Mais tu l'as vue, dit-elle. Aujourd'hui. Après avoir plongé dans l'eau.

Josie garda le silence.

Misty se retourna, saisit une spatule et déposa les cookies un par un dans un Tupperware.

— Je dois aller récupérer quelque chose dans le garage avant de prendre ma douche, lâcha Josie.

Elle faisait demi tour lorsque la voix de Misty résonna dans son dos.

— Ray était une personne complexe. Il avait des bons et des mauvais côtés. Il nous a déçues. Des gens ont été blessés à cause de ce qu'il a fait. Ou ce qu'il n'a pas fait, plutôt. C'était un lâche. Mais... Josie...

Celle-ci tourna la tête et leurs regards se croisèrent. Misty acheva sa phrase :

— Ray n'était pas un meurtrier.

5

2004

Josie resserra sa veste tout contre elle. La couverture qu'avait ramenée Ray ne suffisait pas à rendre la pierre sur laquelle elle était installée plus chaude ou plus confortable. En même temps, les Stacks n'avaient rien de confortable... Ce qui n'empêchait pas les élèves de Denton East de s'y retrouver. Dissimulé dans les bois derrière le lycée, ce lieu était idéal pour échapper à l'attention des adultes. Là-bas, les lycéens buvaient, fumaient et faisaient toutes sortes de choses que désapprouveraient leurs aînés. Les Stacks consistaient en un amoncellement de rochers tombés de la montagne, formant une véritable pile de pierres plates. Il y avait énormément de monde ce jour-là, bien plus que d'habitude, sans doute parce qu'il ne manquait plus qu'une victoire aux Blue Jays, l'équipe de base-ball du lycée, pour remporter le championnat de Pennsylvanie.

— On aurait dû s'installer plus près du feu, dit Josie à Ray. Je suis gelée.

Il posa sa canette de bière et retira sa veste. Il la plaça sur ses épaules et l'attira contre lui. Après avoir déposé un baiser sur ses lèvres, il dit :

— Et là, ça va mieux ?

Josie sourit et colla son front contre le sien.

— Ta veste de base-ball ? Carrément ?

Il recula un peu pour qu'elle puisse voir son visage.

— C'est un prêt, hein.

— Évidemment. Tu en auras besoin pour y mettre ton badge après avoir remporté le championnat.

Il l'embrassa de nouveau.

— Il nous reste encore un match.

Josie regarda sa montre.

— D'ailleurs, il commence à se faire tard, Ray. Tu as bu combien de bières ?

— Pas tant que ça. Mais tu as raison, il est tard. On ne va pas tarder à rentrer. J'en prends encore une et on y va, OK ?

Josie se pelotonna dans la veste, savourant sa chaleur.

— Une seule, hein ?

— T'inquiète, Jo.

Il bondit du rocher où ils étaient assis et avança vers un groupe de joueurs de son équipe, regroupés près du feu de camp. Ils arboraient tous leur veste de base-ball, et certains étaient accompagnés de leur petite amie. Entre deux éclats de rire, l'un d'eux alpagua Ray en le voyant approcher :

— Quinn !

Il lui tendit une bière.

— On se met une mine ! Qu'est ce que t'en dis ?

Ray attrapa la canette et sourit.

— Non, pas ce soir, on a cours et entraînement demain. Pas envie d'avoir la gueule de bois.

Un grognement collectif s'éleva.

— Décoince-toi un peu, fit un autre garçon du nom de Harley.

— Ouais, renchérit un troisième. T'es pas toujours obligé d'obéir à maman, tu sais.

C'était Carter, l'un des lanceurs remplaçants. Il avait

prononcé le mot « maman » avec sarcasme et un regard appuyé en direction de Josie.

— Mec, dit Harley. Ne va pas sur ce terrain-là, tu vas te faire éclater.

Josie s'était levée et avait rejoint le groupe.

— Ray, dit-elle. On y va.

À la lueur des flammes, elle vit un muscle de sa mâchoire se contracter.

— Laisse tomber, ajouta-t-elle, si bas que lui seul put l'entendre.

— Allez, Quinn, obéis, rentre à la maison avec maman, se moqua Carter.

Josie se tourna vers lui.

— Tu ne t'es jamais demandé pourquoi on ne te proposait pas d'être autre chose que remplaçant dans l'équipe, Carter ?

Le silence s'abattit, et Josie sentit que tous les regards avaient convergé vers elle. Celui de Carter étincelait dans la lumière vacillante du feu de camp.

— C'est à cause de ton attitude, l'éclaira Josie.

— Ferme-la, sale...

— Attention, le menaça Ray en le poussant avec force.

Harley s'interposa entre eux, les mains en l'air.

— Calmez-vous, les gars. Zen.

Ray rendit sa canette de bière intacte à Harley.

— Je me casse. On se voit demain à l'entraînement.

Il entrelaça ses doigts à ceux de Josie et l'entraîna vers le parking du lycée.

— Tu sais, Ray, tu n'es pas obligé de te battre avec tous les gens qui se comportent comme des cons, dit Josie une fois arrivée à la voiture de sa grand-mère.

Il lui sourit.

— S'ils te manquent de respect, si.

Elle retira sa veste et la lui tendit.

— Garde-la. Tu vas avoir froid.

— Pas dans la voiture, rétorqua-t-elle. Tiens.

Il s'en saisit et s'installa sur le siège passager.

Josie s'assit à son tour et démarra.

— Ce que je veux dire, Ray, c'est que tu n'as pas besoin de te battre à chaque fois. Tu aurais pu laisser couler.

Il posa sa main chaude sur sa cuisse.

— J'en ai rien à foutre de Carter et de tous ces mecs. J'en ai rien à foutre de qui que ce soit sur cette planète, Jo, sauf de toi. Seulement toi.

Josie sentit le rouge lui monter aux joues tandis qu'elle quittait le parking du lycée et s'engageait sur une route de campagne. À leur gauche, les minces arbres de la forêt perçaient l'obscurité. À leur droite s'étendait un champ à perte de vue. D'épais nuages cachaient la lune, si bien que la nuit était particulièrement noire. Il n'y avait pas un seul lampadaire, et aucune des maisons n'était éclairée. Alors qu'ils parvenaient au sommet d'une colline, ils aperçurent des gyrophares bleu et rouge tourner au loin. La police avait arrêté un véhicule sur le bas-côté.

— Qu'est-ce qui se passe ? se demanda Josie à haute voix en ralentissant.

— Je reconnais cette voiture, dit Ray. C'est à une fille de notre classe. Comment elle s'appelle, déjà...

Ils continuèrent leur route et virent qu'un officier de police de Denton se tenait à côté de la petite berline bleue qu'il avait fait se garer. Il ouvrit la portière, et Josie aperçut des cheveux blonds à l'intérieur de l'habitacle. Le policier fit signe à la fille de sortir.

— Merde, lâcha Josie. C'est Jimmy la Fouille.

— Fais demi-tour, dit Ray en se retournant pour regarder derrière eux. Vite.

Jimmy la Fouille était le surnom que les jeunes donnaient à l'agent James Lampson. Il avait la réputation d'arrêter des jeunes filles ayant commis un délit mineur – voire pas de délit du tout – pour les faire sortir de leur véhicule afin de procéder à une fouille, du genre très tactile, d'après les rumeurs.

— Lana, dit Ray. C'est Lana, son prénom.

Josie se gara de l'autre côté de la route et observa la Fouille tout en défaisant sa ceinture de sécurité. Lui et sa proie étaient tous deux bien éclairés par les phares de la voiture de patrouille. Lana était dos à Josie, les jambes écartées, ses deux mains posées contre la voiture. L'agent soutint le regard de Josie.

— Reste ici, dit-elle.

Ray l'attrapa par le poignet.

— Tu te fiches de moi ? Non. Toi, tu restes ici. J'y vais.

— Tu crois que je fais pas le poids face à ce mec, c'est ça ?

— Jo, je sais très bien que tu fais le poids face à n'importe qui. C'est pas la question. Jimmy la Fouille est un porc. Il le prendra mieux si c'est moi qui y vais.

— Tu as bu, Ray. S'il remarque ton haleine, il va t'embarquer direct. Il peut détruire ta vie. Plus de base-ball. Plus de bourse. Plus d'université. Tu restes ici.

Avant qu'il ait eu le temps de répondre, Josie était sortie de la voiture. Elle traversa la route, comme engloutie par la nuit. Lampson croisa les bras et lui adressa un regard lubrique.

— Eh bien, eh bien, qui avons-nous là... Vous êtes perdue, jeune fille ?

Josie jeta un œil à Lana, toujours debout contre sa voiture. Son corps fut parcouru d'un tressaillement à peine perceptible.

— J'étais censée la suivre jusque chez elle, mentit Josie. On a un devoir à rendre pour demain. On devait le terminer ce soir, mais je me suis perdue en route.

— Oh, vraiment ? demanda la Fouille, un sourire carnassier sur les lèvres. Il est très tard, pour faire ses devoirs, non ?

— Oui. C'est pour ça qu'il faut vraiment qu'on y aille.

Elle fit un geste vers Lana. Ni elle ni le policier n'esquissèrent le moindre mouvement.

Josie sentit son cœur s'emballer. Elle n'avait pas réfléchi

à la façon dont cela pouvait tourner. Elle n'avait pas de plan. Tout ce qu'elle savait, c'était qu'elle ne voulait pas que Jimmy la Fouille pose ses sales pattes sur une adolescente. Mais comment faire ? Elle n'avait aucun pouvoir sur lui. Légalement, elle n'était même pas majeure. S'enfuir avec Lana n'était pas vraiment une option. Alors quoi ? Que faire ?

— Monsieur l'agent, tenta-t-elle. Si nous vous promettons de conduire prudemment, accepteriez-vous de nous laisser rentrer chez nous ?

— J'ai arrêté cette jeune femme en raison d'un feu arrière cassé, répondit-il. Vous pensez vraiment qu'il serait prudent de la laisser repartir ?

— Un phare cassé ? hoqueta Josie. Vous avez besoin de la fouiller pour un phare cassé ?

Elle regretta ses mots à l'instant où ils s'échappèrent de sa bouche. Lampson plissa les paupières puis se rapprocha de Lana.

— À vrai dire, pas mal d'élèves de Denton East ont été vus en possession de drogues. Votre amie ici présente avait un comportement douteux. En fait, je trouve que vous avez toutes les deux un comportement douteux. Alors, si vous le voulez bien, mettez-vous en position, et je vais procéder à une fouille sur vous deux.

Le corps de Josie se mit à trembler. Elle aurait aimé pouvoir le dissimuler. Les bras serrés autour de son torse, elle leva les yeux vers lui.

— Non, dit-elle.

Les ombres déformèrent son visage lorsqu'il éclata de rire. Josie parcourut des yeux la route, priant pour que quelqu'un passe par là. Un autre adulte, un autre policier, peut-être. En même temps, pour quelle raison s'arrêteraient-ils ? Tout ce qu'ils verraient, c'était un policier en train de verbaliser un conducteur.

— Pardon, tu as dit quoi ? fit la Fouille. Tu viens de dire « non » à un représentant de la loi ?

Avant que Josie ait eu le temps de répondre, une portière claqua et Ray traversa la route à petites foulées.

— Agent Lampson, lança-t-il avec un sourire, est-ce que tout va bien ?

Jimmy la Fouille l'étudia.

— Je ne vois pas en quoi ça te concerne, mon garçon.

— Oh pardon, monsieur, je n'ai pas voulu vous manquer de respect. À vrai dire, on ne voulait vraiment pas vous déranger. On cherchait juste notre amie Lana, et la voilà. On a vraiment cru qu'on l'avait perdue. Vous nous avez évité des heures de recherches, je crois bien. Hein, Jo ?

Il croisa son regard, la suppliant silencieusement d'abonder dans son sens. Elle ne parvint qu'à hocher la tête. Jimmy la Fouille étudia Ray, avec son sourire assuré et sa veste.

— Hé, dit l'officier. Tu es lanceur, c'est ça ? Tu fais partie des Blue Jays de Denton East.

Ray lui tendit la main.

— Absolument, monsieur. Ray Quinn.

La Fouille saisit sa main et la serra un peu plus longtemps que nécessaire.

— Vous allez remporter le championnat, les gars.

— J'espère bien, confirma Ray quand Lampson relâcha sa prise. Maintenant, si vous le voulez bien, j'aimerais vraiment ramener ces jeunes femmes chez elles.

Le silence s'étira un long moment, seulement interrompu par la stridulation des criquets dans la nuit. Les yeux du policier passèrent de Ray à Josie, puis à Lana, avant de se reposer sur Ray, comme s'il pesait le pour et le contre. Finalement, il se décida.

— Vous ne devriez pas faire veiller notre lanceur star si tard, mesdemoiselles.

Il leur fit signe de rejoindre Ray.

— Partez, et rentrez chez vous tout de suite.

— Merci, monsieur, dit Ray en venant se placer entre le policier et les deux filles.

Josie glissa son bras sous celui de Lana et la tira vers la voiture de sa grand-mère. Elle ouvrit la portière arrière et la poussa à l'intérieur.

— Entre.

Ray s'installa sur le siège passager. Les mains de Josie tremblaient sur le volant quand elle démarra.

— Go, go, go, l'encouragea Ray.

— Et ma voiture ? s'enquit Lana.

— On viendra la récupérer demain matin, lui dit Ray. Là, il faut vraiment qu'on dégage d'ici avant que cet abruti change d'avis et décide de nous emmerder tous les trois.

Une fois que la voiture de la Fouille eut disparu de leur champ de vision et qu'ils furent de retour en ville, Josie laissa échapper un soupir de soulagement.

Depuis la banquette arrière, Lana reprit la parole :

— Merci.

— Pas de souci, répondit Ray.

— Comment vous saviez ? les interrogea Lana. Pour lui ?

— Je tiens une liste, expliqua Josie, et Ray éclata de rire.

— Une liste de quoi ? demanda-t-elle.

— Des pervers à éviter, explicita Ray.

— Comme M. Rand ?

— Le prof de chimie ? dit Josie. Oui. Exactement. Du coup, ce gars, là, il est sur la liste. On l'appelle Jimmy la Fouille.

— C'est lui, Jimmy la Fouille ? J'avais entendu parler de lui, mais je ne savais pas à quoi il ressemblait.

Elle tapota l'épaule de Ray.

— Merci d'être intervenu. Tu as pris un sacré risque.

Josie lui coula un regard en coin.

— Elle a raison. Il aurait pu t'arrêter pour avoir bu alors que tu es mineur. Franchement, il aurait pu inventer n'importe quoi pour te mettre en cellule. Au revoir, le championnat ; bonjour, le casier judiciaire. Tu penses que ta mère aurait de quoi payer un avocat en ce moment ?

Ray regarda la route derrière eux, mais aucun gyrophare de police n'était lancé à leur poursuite.

— On a eu de la chance.

— De la chance que tu sois là, c'est clair, confirma Lana. On va t'inscrire sur la liste des types bien.

6

Une demi-heure plus tard, après s'être douchée, changée et avoir avalé un déjeuner sur le pouce, Josie était de retour au commissariat. La pluie tombait toujours sans discontinuer, ce qui n'avait pas découragé quelques journalistes irréductibles qui se massaient devant l'entrée du bâtiment. Un unique cameraman ployait sous le poids d'une grosse caméra emballée dans du plastique. Ces derniers jours, ils avaient parcouru la ville pour immortaliser les ravages causés par l'inondation et le travail des secouristes. S'ils patientaient sous la pluie en ce moment même, cela signifiait qu'ils espéraient obtenir des informations sur le cadavre repêché par Josie. Avec un soupir, elle attrapa sur le siège passager son *yearbook* – elle l'avait retrouvé dans son garage – ainsi que le panier-repas préparé par Misty pour ses collègues. Elle avait feuilleté l'album dans sa chambre avant d'aller prendre sa douche, mais elle n'avait rien repéré de particulier qui ait fait ressurgir un souvenir. Cela l'aurait marquée, si quelqu'un avait été porté disparu pendant sa scolarité à Denton East. Et en admettant qu'elle ait oublié, toutes les affaires de disparitions inquiétantes avaient été réétudiées récemment.

Elle sortit de son véhicule et se précipita vers la porte. Regardant droit devant elle, elle ignora le flot de journalistes qui accourait en lui criant les mêmes questions qu'un peu plus tôt, au poste de commandement. Elle se contenta de quelques « pas de commentaires » avant de pénétrer dans le bâtiment. Elle se rua dans la grande salle au premier étage. Au mur, un écran de télévision diffusait les images de l'inondation. Josie l'ignora et se dirigea vers les quatre bureaux au centre de la pièce. Ceux-ci étaient réservés aux enquêteurs : elle-même, l'inspectrice Gretchen Palmer, le lieutenant Noah Fraley et l'inspecteur Finn Mettner.

Josie et Noah avaient commencé leur carrière à Denton et intégré l'équipe des enquêteurs après avoir passé plusieurs années à patrouiller. Gretchen, elle, avait travaillé quinze ans à Philadelphie dans la brigade criminelle avant d'arriver ici. C'était en réalité Josie qui l'avait engagée, à l'époque où elle était cheffe de police par intérim. Elle avait par la suite cédé ce poste à Bob Chitwood, leur chef actuel. Ce dernier avait promu Finn Mettner, ancien agent de patrouille devenu inspecteur. Mettner était le plus jeune d'eux quatre, mais il était très consciencieux, minutieux, et avait déjà pris la tête de plusieurs affaires importantes depuis son changement de grade.

Josie déposa le panier au centre des quatre bureaux et regarda autour d'elle. Il n'y avait personne, à l'exception d'un agent occupé à faire de la paperasse. La voix de Bob Chitwood résonnait derrière la porte close de son bureau. Rien de surprenant. Comme Josie et ses collègues aimaient le dire, Chitwood ne savait parler que de deux manières : fort et très fort. Josie s'approcha de la porte, captant des bribes de conversation :

— J'en ai rien à battre que la maire vive dans ce lotissement. Ou vous, Dutton. Vous êtes candidat aux municipales, et alors ? En quoi ça me concerne ? Vous pourriez être le pape ou la reine d'Angleterre et habiter Quail Hollow, ce serait pareil : vous n'avez pas le droit de détourner des fonds publics dont les zones les plus touchées ont besoin...

Josie leva les yeux au ciel. Le « scandale de Quail Hollow », pour reprendre le titre d'un journal local, rendait la vie impossible au chef de la police depuis le début des inondations. Ce quartier de la ville était prisé des plus riches, y compris la maire, Tara Charleston, son mari chirurgien, ainsi que son adversaire aux élections à venir, Kurt Dutton et sa femme. Ces dernières années, Dutton avait participé activement au développement de cette zone résidentielle, construisant de nouvelles propriétés prestigieuses destinées aux plus aisés. Il avait fait creuser un petit ruisseau tout autour, que les habitants des quartiers voisins appelaient « les douves ». Mais les résidents de Quail Hollow en tiraient une grande fierté, et Josie devait reconnaître qu'il apportait beaucoup au paysage, grâce à ses rives joliment aménagées. Ce que les architectes du projet n'avaient pas anticipé, en revanche, c'était une potentielle crue. Une partie du ruisseau en particulier avait été très impactée par les récents orages, au point de déborder dans le jardin d'une maison encore en construction. Les artisans avaient stoppé le chantier, car il était trop dangereux de travailler dans ces conditions. On redoutait un glissement de terrain, qui s'avérerait catastrophique pour tous les résidents de Quail Hollow, sans parler des quartiers adjacents.

Il avait été récemment porté à l'attention des autorités que les résidents de Quail Hollow avaient subtilisé du matériel de la ville – des barrières, des pompes, ce genre de choses. Quand un journaliste de WYEP avait rendu l'affaire publique, la maire avait tenté de faire remplacer le mot « voler » par « détourner », comme si cela était moins choquant. Les autres citoyens de la ville enrageaient, ce qui n'avait pas empêché les résidents de Quail Hollow de poursuivre leur « détournement » de ressources pour éviter à leurs maisons d'être inondées.

La voix du chef Chitwood s'éleva encore plus fort de l'autre côté de la porte.

— Ce sont des ressources publiques ! Elles ne sont pas à votre disposition, que vous soyez pété de thunes ou non ! Oui, absolument. Elles sont la propriété de la ville, et la ville décide à qui elles doivent servir et quand. Qui ? Le directeur des services d'urgence, voilà qui. Supervisé par qui ? Je suis en train de la faire, la supervision, là. Je vous demande donc de rendre les barrières et tout le reste du matériel avant la fin de la semaine, sans quoi je vais devoir demander à mes hommes de quitter les bateaux de sauvetage pour aller vous passer les menottes !

Il y eut un moment de silence. Puis Chitwood brailla :

— Pas de menaces avec moi, mon gars ! Je faisais déjà ce boulot que vous portiez encore des couches. Les intimidations ne marchent pas sur moi. Allez, j'ai du travail !

Elle entendit le téléphone être raccroché brutalement, et s'empressa de retourner à son bureau. Gretchen était arrivée et passait en revue les victuailles.

— Toujours ces gens de Quail Hollow ?

— Oui, confirma Josie. Je crois qu'il était en ligne avec Dutton. Il lui a sorti sa réplique : « Je faisais déjà ce boulot que vous portiez encore des couches. »

Les deux femmes éclatèrent de rire. C'était l'une des phrases fétiches de Chitwood, celle qu'il prononçait quand il était vraiment énervé. Il avait la soixantaine, avait passé l'âge de la retraite et ne se laissait pas dicter sa conduite par des politiques. Au départ, Josie n'avait pas apprécié ses manières un peu brutes, mais elle et son équipe avaient désormais gagné son respect : il les soutenait invariablement, et ils avaient fini par l'accepter tel qu'il était.

Josie tendit son *yearbook* à sa collègue.

— Je l'ai feuilleté, rien ne m'a sauté aux yeux. Pas de filles disparues.

Gretchen avala un cookie et tourna les pages jusqu'à trouver le portrait de Ray.

— Et personne avec qui Ray aurait été ami à cette époque ?

— D'autres filles, tu veux dire ? On avait tous les deux peu d'amis au lycée. Je peux te montrer de qui il s'agit là-dedans mais, pour ce que j'en sais, ils sont tous encore en vie.

— OK, on peut commencer par ça. Je pense qu'on devrait aussi chercher les locataires précédents de la maison. Au cas où.

Josie alluma son ordinateur et ouvrit la base de données pour les recherches de propriété dans le comté. Quelques minutes plus tard, elle avait l'historique de la maison de Hempstead Road.

— Apparemment, Calvin Plummer en est le propriétaire depuis des décennies.

Elle ouvrit une nouvelle fenêtre de recherche et y tapa cette fois le nom.

— Il a six maisons en location à Denton, plus son cabinet et ce qui doit être sa résidence principale qui se trouve, tiens-toi bien, à Quail Hollow.

Gretchen s'enfonça dans son fauteuil.

— Quelle surprise.

Josie afficha la maison sur Google Maps.

— Oui, mais sa maison fait partie des propriétés anciennes, pas des constructions récentes. Il vivait déjà là-bas avant la création de Quail Hollow.

— Tu crois qu'il représentera ses voisins du quartier en tant qu'avocat quand Chitwood viendra les arrêter ? plaisanta Gretchen.

Josie cliqua sur le site internet de Plummer.

— Je ne pense pas. Apparemment, il est spécialisé en droit fiscal.

— Excusez-moi ?

Une voix inconnue venait de retentir depuis la cage d'escalier.

Josie et Gretchen pivotèrent et découvrirent une jeune femme aux longs cheveux auburn qui patientait en haut des marches. Elle était vêtue d'une jupe moulante taille haute ; son chemisier blanc était rentré à l'intérieur, mettant en valeur sa silhouette. Elle avait laissé ouverts les boutons du haut, dévoilant une peau très blanche. Un long collier avec un pendentif en ambre ornait son cou. Dans une main, elle tenait une mallette. Elle esquissa quelques pas hésitants, ses talons cliquetant sur le carrelage, et regarda Josie. Elle sourit, et la policière remarqua à quel point elle était belle, avec des yeux d'un bleu si intense qu'ils paraissaient presque turquoise.

— Vous êtes Josie Quinn, dit-elle.

Josie lui retourna son sourire et serra la main qu'elle lui tendait.

— En quoi puis-je vous aider ?

— Amber Watts, se présenta-t-elle. Je suis la nouvelle attachée de presse.

Josie regarda Gretchen. Pendant un instant, elles gardèrent le silence, immobiles, puis Gretchen répéta :

— Attachée de presse ?

— Oui, confirma Amber. Je suis ici pour faciliter et maintenir une communication fluide entre les services de police et la population. Je travaillerai également à améliorer la communication entre la police et la mairie.

— Vous vous occuperez des conférences de presse à notre place, quoi, dit Gretchen.

— Oui, c'est à peu près ça, fit-elle avec un petit rire.

— Qui vous a engagée ? demanda Josie.

— La maire, Mme Charleston, répondit innocemment Amber.

— Le chef va adorer... marmonna Gretchen.

— Pardon ? demanda Amber, troublée.

— Rien, rien, fit Josie. C'est juste que nous n'avions pas été mises au courant qu'une attachée de presse allait être embauchée. Il faut vraiment que vous en parliez au chef. Venez, je vais vous accompagner à son bureau.

Mais à cet instant, la porte du bureau de Bob Chitwood s'ouvrit à la volée. Il s'avança dans la grande salle, des mèches de cheveux blancs flottant au-dessus de son crâne. Ses yeux marron scrutèrent les environs et les trois femmes devant lui.

— Quinn, Palmer. Il faut qu'on discute de... C'est qui, ça ?

Amber marcha à sa rencontre et lui tendit la main.

— Amber Watts. Je suis envoyée par la maire. Je suis l'attachée de presse du commissariat.

Chitwood la dévisagea pendant un long moment. Son visage virait au rouge à vue d'œil. Finalement, il jura.

— C'est quoi, ces conneries ? On n'a pas besoin d'une attachée de presse. Vous êtes une espionne, voilà la vérité. Alors retournez voir la maire et dites-lui qu'elle peut aller se faire foutre.

Amber eut le mérite de ne pas se laisser démonter. Elle afficha un sourire étincelant, comme s'ils venaient d'échanger une plaisanterie, et déclara :

— Chef, je comprends votre point de vue.

— Ah oui ? répondit-il en croisant les bras.

— Oui, répondit-elle sans hésitation. Entre cette histoire avec le lotissement de Quail Hollow et les conflits autour des ressources matérielles de la ville, vous êtes en désaccord avec la maire, et vous avez certainement le sentiment qu'elle m'a envoyée ici pour vous garder à l'œil. Je peux vous assurer qu'il n'en est rien.

— Vraiment ?

— J'ai envoyé ma candidature en réponse à une offre d'emploi parue il y a des mois. Quand j'ai passé l'entretien d'embauche, l'inondation n'avait pas commencé.

— Encore des conneries. La maire ne peut embaucher personne sans m'en parler avant.

— Eh bien... J'imagine que vous devriez en discuter avec

elle. Mon travail consiste à gérer la presse et d'autres choses en interne, mais aussi à coordonner le discours de la police et de la mairie afin de m'assurer que le message communiqué à la population est bien le même.

— Vous voulez dire que vous êtes ici pour vous assurer qu'on ne contredira pas ce que la mairie a décidé de dire, rectifia Josie.

Chitwood, qui l'aurait en temps normal rabrouée pour avoir osé prendre la parole ainsi, garda le silence, les yeux rivés sur Amber, attendant sa réponse.

Cette dernière se tourna vers Josie ; elle ne s'était toujours pas départie de son sourire.

— Non, ça ne fait pas partie de mes attributions. Je ne suis pas le laquais de la maire.

— Elle est ici pour faire de la comm', intervint Gretchen.

— Excusez-moi, je crois que nous n'avons pas été présentées. Vous êtes ?

— Inspectrice Gretchen Palmer.

— Oh ! oui. Si mes souvenirs sont bons, vous avez personnellement été impliquée dans une affaire criminelle il y a quelques années, laquelle a été largement relayée dans les médias.

— En quoi ça vous concerne ? cracha Josie.

Gretchen posa une main sur le bras de sa collègue.

— Ça va, patronne.

Le sourire d'Amber faiblit.

— Je ne suis pas ici pour me faire des ennemis. Loin de là. Je comprends que vous voyiez les choses différemment, d'autant que j'ai été embauchée par la maire, mais je suis de votre côté. Si j'ai évoqué votre passé, inspectrice Palmer, c'était uniquement pour mettre en avant le fait que cette ville a été le théâtre de nombreuses affaires criminelles d'envergure ces cinq dernières années. Des affaires qui ont eu un retentissement au niveau national. Vous auriez dû faire appel à quelqu'un comme moi depuis longtemps. Mon travail n'est pas de vous mettre des bâtons dans les roues. Au contraire, je suis là pour vous faciliter la vie. Je m'occupe des relations avec la presse pour que vous puissiez vous concentrer sur vos enquêtes. Rien que ce matin, l'inspectrice Quinn a été filmée en train de récupérer ce qui ressemblait à un cadavre dans une zone inondée. Les journalistes font le pied de grue dehors, et ils sont de plus en plus nombreux. Je peux vous aider à gérer ça. C'est ça, mon travail.

Les trois policiers la considérèrent avec méfiance. Comme aucun d'eux ne prenait la parole, Amber reprit :

— Il semblerait que la maire n'ait pas vraiment facilité mon intégration. L'idée n'était pas de partir du mauvais pied avec vous.

Elle se tourna vers le chef.

— Et si j'organisais une entrevue avec Mme Charleston ? Nous pourrions évoquer tout cela en privé, tous les trois. Cela vous conviendrait-il ?

Chitwood haussa un sourcil.

— Ce qui me conviendrait, ce serait que la maire me foute la paix et arrête de faire n'importe quoi avec les services d'urgence.

Amber ouvrit sa mallette et en sortit un téléphone portable.

— Nous pouvons évoquer vos inquiétudes pendant cette réunion. Je vais appeler Mme Charleston tout de suite.

Josie et Gretchen se figèrent, prêtes à encaisser l'explosion de Chitwood. Il était le policier le plus caractériel qu'elles aient jamais rencontré. La plupart des gens étaient intimidés face à lui, ou au minimum agacés, mais Amber demeurait indifférente. Pendant toute sa conversation avec la maire, elle ne se départit pas un seul instant de son attitude professionnelle. Imperturbable. Elle décala le téléphone de son oreille pendant une seconde pour poser une question au chef :

— Aujourd'hui à 14 heures ? Au restaurant juste derrière le campus ? Je pense qu'il vaut mieux rester en terrain neutre.

Le visage grêlé du chef de la police vira écarlate.

— Euh, oui, d'accord, répondit-il d'une voix mal assurée.

Amber confirma le rendez-vous auprès de la maire puis raccrocha.

— Merveilleux, dit-elle. Je sais que vous êtes tous très occupés, je ne vais pas vous déranger plus longtemps. Chef, on se voit plus tard.

Il ne répondit pas.

— Indépendamment de mon arrivée quelque peu gênante, poursuivit Amber d'une voix douce, sachez que j'ai hâte de collaborer avec chacun d'entre vous. Inspectrice Quinn, je vous admire depuis longtemps.

Josie parvint à articuler un « merci », et ils regardèrent Amber disparaître dans la cage d'escalier. Chitwood se recoiffa et laissa échapper un chapelet de jurons à voix basse avant de s'adresser à Josie :

— Quinn, vous me retrouvez cette offre d'emploi illico, c'est entendu ?

— Bien sûr, dit-elle, soulagée que l'arrivée d'Amber ait éclipsé ses prouesses de la matinée.

Elle s'était vraiment attendue à passer un sale quart d'heure, mais le chef semblait bien plus inquiet des manigances de la maire.

— Je ne peux pas me rendre à ce rendez-vous sans y être préparé, fit-il. Hors de question de me laisser intimider par cette femme. Je m'en fous, qu'elle soit ma supérieure.

Josie se remémora sa propre expérience auprès de la maire, à l'époque où elle occupait le poste de cheffe de la police par intérim. Le mari de Tara Charleston avait fait partie des personnes interrogées dans le cadre de l'enquête concernant le passage à tabac de Misty ainsi que l'enlèvement de son fils, Harris. La maire avait explicitement demandé à Josie, en privé, de dissimuler son implication. Josie avait refusé, et la relation entre les deux femmes était depuis plutôt tendue.

— Je vais creuser tout ça, promit-elle à Chitwood.

Il hocha la tête.

— Au fait, Palmer m'a mis au courant des péripéties du jour. J'imagine qu'à l'issue de l'autopsie réalisée par la docteure Feist, nous hériterons d'un meurtre à élucider. Palmer, Quinn, vous serez toutes les deux en charge de l'enquête.

Josie attendit qu'il mentionne son plongeon dans la rivière, mais il n'en fit rien.

— On allait partir à la rencontre du propriétaire de la maison, lui indiqua Josie. Calvin Plummer.

Chitwood sembla contrarié.

— Il fait partie de ces trous du cul de Quail Hollow. Enfin, ce n'est pas le pire du lot. Bonne chance. Tenez-moi au courant. Je dois faire un saut au poste de commandement et mesurer l'ampleur du bordel en cours avant de rencontrer la maire.

7

Le cabinet de Calvin Plummer était situé dans le Sud de Denton, au sein d'un quartier essentiellement commerçant. La rue principale était bordée de petits immeubles au toit plat dont le rez-de-chaussée accueillait des boutiques, une agence de location de voitures, ou encore des locaux de stockage. Les rares habitations avaient elles aussi été transformées en commerces. Josie emprunta quelques détours afin d'éviter les artères inondées mais, quand elle voulut rejoindre la route principale, l'eau l'avait envahie, à perte de vue. Deux voitures de police étaient garées au niveau du carrefour, gyrophares allumés. Des agents en uniforme, protégés par des imperméables jaune vif, détournaient les automobilistes de cette nouvelle zone à risque.

— La partie sud du fleuve a dû déborder, dit Josie. Il y a plusieurs ruisseaux qui s'y jettent.

À environ cinq cents mètres sur sa droite, elle repéra la maison coloniale arborant un panneau « Calvin Plummer, avocat à la cour ».

— Ça continue de monter à une vitesse... commenta Gretchen.

— Tu as ramené tes bottes ? lui demanda Josie au moment d'éteindre le moteur.

— Après la semaine qu'on vient de passer ? Un peu, oui ! Elles sont dans le coffre.

Elles sortirent sous l'averse et Josie ouvrit son coffre. Elles enfilèrent leurs cuissardes et leurs imperméables, puis se mirent en route pour le cabinet de Plummer. Les agents en uniforme les saluèrent d'un signe de tête. L'eau leur arrivait aux chevilles, mais la bande d'herbe entre la route et la porte d'entrée de l'avocat était toujours émergée. À l'intérieur, elles trouvèrent une petite salle d'attente avec un canapé, deux fauteuils et une table basse au milieu. Il n'y avait personne derrière le petit bureau d'accueil en merisier. En face de l'entrée, deux portes ouvertes et, un peu plus loin sur la gauche, Josie aperçut un escalier. Un homme apparut dans l'embrasure d'une des portes, chargé de boîtes d'archives. Elle reconnut Calvin Plummer grâce à son site internet. Petit et costaud, cheveux gris et visage joufflu, il était vêtu d'une chemise et d'un pantalon de costume.

— Je suis désolé, lança-t-il, ce n'est vraiment pas le moment. La police vient de nous demander d'évacuer les lieux.

Gretchen sortit son badge et le lui montra tandis que Josie s'approchait.

— Nous sommes de la police.

— Oh, se reprit Plummer en avisant la carte de Gretchen. Inspectrice ? J'imagine que votre visite concerne ma propriété sur Hempstead Road ?

— Absolument, confirma Josie en lui présentant à son tour ses papiers professionnels.

Il y jeta un vague coup d'œil et modifia sa prise sur le carton qu'il portait.

— Je serais ravi de répondre à vos questions mais, dans l'immédiat, je dois déplacer ces dossiers à l'étage avant de quitter le bâtiment.

Le bruit métallique d'un tiroir que l'on referme retentit dans la pièce que venait de quitter Plummer.

— Ma secrétaire, expliqua-t-il. Tammy. Maintenant, si vous le voulez bien...

Il les dépassa et s'engagea dans l'escalier.

— Nous allons vous aider, décida Josie.

Gretchen lui adressa un bref regard, mais hocha la tête.

— Très bien, accepta-t-il.

D'un geste du menton, il leur désigna la pièce où étaient stockés les dossiers.

— C'est là-dedans. Tammy va vous donner les cartons à déplacer.

Dehors, la pluie redoubla d'intensité. Le long et grave signal d'alerte de la caserne des pompiers retentit.

— Dépêchez-vous, leur dit Plummer.

Tammy devait avoir une vingtaine d'années. Ses longs cheveux noirs se balançaient dans son dos tandis qu'elle récupérait les dossiers rangés dans les armoires en métal et les déposait dans des boîtes à courrier. Elle était plus petite que Josie et avait plus de formes. Sa petite robe noire et ses talons hauts suintaient plus la sensualité que le professionnalisme. Avec des chaussures pareilles, transporter des cartons de dossiers dans l'escalier à toute vitesse promettait d'être infernal.

Elles se présentèrent, et Tammy leur tendit un carton à chacune. Plummer les rejoignit et en récupéra un troisième. Josie et Gretchen le suivirent dans l'escalier.

— J'ai cette maison sur Hempstead Road depuis des années, dit-il. Quelle catastrophe. Et Mme Bassett ?

— Elle va bien. Elle a pris un coup sur la tête mais, en dehors de ça, elle n'est pas blessée. Elle est heureuse d'en être sortie vivante.

— Mais elle a tout perdu, murmura Plummer.

Parvenues en haut de l'escalier, elles le suivirent le long

d'un couloir sur la gauche. Au premier étage, le martèlement incessant de la pluie devenait presque un rugissement.

— Savez-vous comment je peux la contacter ? Je pourrais au moins lui rendre sa caution. Je n'en aurai plus besoin, maintenant. Elle a toujours été une locataire exemplaire. Si vous saviez à quel point c'est difficile de tomber sur des locataires comme ça !

— Nous ne savons pas encore où elle va être relogée, répondit Gretchen, mais, dès que l'on aura l'information, on vous la communiquera.

— En parlant de locataires, rebondit Josie, pourriez-vous nous parler des personnes qui ont loué la maison avant Mme Bassett ?

Calvin pénétra dans une grande pièce vide, à l'exception d'une pile de boîtes d'archives posées contre un mur. Il se déplaça pour leur permettre d'y ajouter leur chargement.

— J'imagine que cela a un rapport avec ce que vous avez repêché ce matin ? Aux infos, ils disent qu'il s'agissait sûrement d'un corps. C'est le cas ?

— Oui, dit Josie, débarrassée de son carton. Il s'agit bien d'un corps. Il est actuellement à la morgue pour être autopsié.

Calvin baissa la tête.

— Vous êtes en train de me dire qu'il y avait un corps enterré sous une de mes maisons ?

Gretchen posa son carton sur celui de Josie.

— Oui. Vous n'avez aucune idée de comment il aurait pu arriver là ?

Calvin éclata de rire.

— Si j'étais au courant de la présence d'un cadavre caché sous une de mes propriétés, c'est avec *mon* avocat que vous auriez cette conversation. Évidemment que je n'en ai pas la moindre idée. Cette maison a toujours été en location. Comme je vous l'ai dit, j'en suis propriétaire depuis des dizaines d'années. Avant Mme Bassett, j'ai eu plusieurs locataires. Pas vraiment le haut du panier, si vous voyez ce que je veux dire. Chacun d'entre eux aurait pu y faire des choses illégales. À vrai dire, ils avaient tous le profil. J'ai eu une chance folle de rencontrer Mme Bassett. Ça m'attriste de la voir partir. D'avoir perdu ma maison, aussi. Mais j'imagine que ça sera pris en charge par l'assurance.

— Et ces anciens locataires, vous avez leurs noms ? Un dossier, une liste ? Un moyen de remonter jusqu'à eux ?

— Je ne suis tenu de conserver mes archives que pendant sept ans, mais je peux toujours jeter un œil. En fait, vous devriez voir avec Tammy, elle saura mieux que moi où sont rangés ces dossiers.

De retour au rez-de-chaussée, il interpella sa jeune secrétaire :

— Tammy, j'ai besoin de tous les documents que nous possédons en lien avec la maison de Hempstead Road. Vous pourriez les retrouver rapidement ?

Avec un soupir, Tammy se retourna et se fraya un passage entre deux piles de casiers pour atteindre tant bien que mal une armoire d'archives dans un coin de la pièce. Elle poussa un chariot à roulettes débordant de matériel informatique qui en bloquait l'accès.

— Ça doit être là-dedans, je pense.

Ils la regardèrent se plier en deux pour ouvrir le tiroir du bas. Tandis qu'elle passait en revue son contenu, Josie remarqua que Plummer avait les yeux rivés sur le derrière de sa secrétaire, avide. Gretchen donna un coup de coude dans les côtes de sa collègue pour qu'elle cesse de le fixer, puis Josie se mit en quête d'un carton vide. Un instant plus tard, Tammy et elle le remplissaient de différents dossiers estampillés « Hempstead Road ».

— Je peux vous faire confiance pour me les rapporter quand vous n'en aurez plus besoin ? demanda Plummer. On n'a pas vraiment le temps de faire des photocopies...

Dehors, le hurlement sinistre de la sirène persistait.

— Pas besoin de photocopies, trancha Gretchen. On vous les rendra dès que possible.

— C'est parfait, dit Plummer.

Il désigna le reste des dossiers disséminés dans la pièce.

— Vous voulez bien nous aider avec tout ça ?

8

— Je me sens sale, plaisanta Gretchen quand elles furent de retour dans la voiture. Et je ne dis pas ça juste à cause de la transpiration. À partir de maintenant, consulte-moi avant de nous porter volontaires pour du travail physique.

Josie rit.

— Tu crois qu'ils ont combien d'années de différence, Tammy et Plummer ?

— Je ne veux même pas y penser, répondit Gretchen. Beaucoup trop, ça, c'est sûr.

Josie démarra et actionna les essuie-glaces à pleine vitesse. Elles croisèrent deux autres véhicules de patrouille qui les contournèrent pour bloquer la route. Lorsqu'elles étaient sorties du cabinet de Plummer, l'eau leur arrivait déjà aux mollets. Tout en quittant la zone inondée, Josie reprit sur le ton de la blague :

— Tu sais bien que l'amour n'a pas d'âge !

Gretchen secoua la tête.

— Je serais mal placée pour dire le contraire, j'avais douze ans de moins que mon mari. Mais je pense qu'il y a bien plus entre Plummer et Tammy.

Elles regagnèrent le commissariat et se frayèrent un passage au milieu de la foule de journalistes qui campaient devant la porte de derrière. Une fois débarrassées de leurs bottes et de leurs imperméables, elles éparpillèrent le contenu du carton sur le bureau de Josie.

— Il a conservé une copie de chacun des chèques que lui a envoyés Mme Bassett, commenta Josie.

— Ça en fait un paquet, constata Gretchen. Ah ! voilà le nom du locataire précédent.

Elle attrapa un mince sous-dossier dans le carton. Josie regroupa les documents concernant Mme Bassett pour faire de la place. Gretchen ouvrit la pochette et disposa les différents documents les uns à côté des autres : le bail, des photocopies de chèques, des lettres, et ce qui semblait être des courriers officiels. L'en-tête arborait le sceau du tribunal municipal de Denton.

— C'est une demande d'expulsion, dit-elle. Calvin Plummer contre Vera Urban, en date du 9 avril 2004.

Dans les tréfonds de l'esprit de Josie, quelque chose chercha à remonter à la surface.

Gretchen passa d'autres feuilles en revue.

— A priori, cette Vera a habité la maison sept ans avant que Plummer ne cherche à la mettre dehors. Est-ce que ça a abouti ?

Josie feuilleta le dossier, sans trouver la moindre preuve que Vera avait effectivement été expulsée, puis elle tomba sur une demande de rétractation.

— Ils ont dû s'arranger entre eux, dit Josie. Il a annulé sa demande d'expulsion le 18 juin 2004.

— Qu'est-ce qui a pu se passer ? s'interrogea Gretchen.

Josie observa les copies des chèques de loyer de Vera, puis revint à ceux de Mme Bassett.

— Il s'est écoulé un an entre le dernier loyer de Vera Urban et le premier d'Evelyn Bassett.

— Ça voudrait dire que la maison de Hempstead Road est restée vacante tout ce temps ?

— Il semblerait, oui. Si on en croit la procédure d'expulsion, Vera n'avait pas payé son loyer depuis deux mois quand Plummer a voulu la mettre dehors. Il s'est ensuite rétracté, mais rien ne dit qu'elle a remboursé ce qu'elle lui devait ni qu'il lui a rendu sa caution.

— Peut-être qu'elle est partie, et qu'il a gardé la caution en dédommagement.

— Il faudra lui poser la question. En attendant, voyons ce qu'on peut trouver sur cette Vera Urban.

Gretchen continua d'explorer la boîte tandis que Josie ouvrait la base de données TLOxp. Après plusieurs minutes de recherches, elle déclara :

— C'est bizarre. Elle n'a pas fait d'achat immobilier, pas payé d'abonnements et pas possédé de téléphone ces seize dernières années.

Gretchen chaussa ses lunettes de vue, et Josie décala légèrement son fauteuil pour lui permettre de lire.

— Ce n'est pas possible, marmonna Gretchen.

Josie ouvrit plusieurs autres onglets dans la base de données.

— Elle est née en 1962. Elle a fini son lycée à Denton West en 1980. Pas de casier judiciaire. Quelques contraventions pour excès de vitesse. Elle a été arrêtée une fois pour avoir émis un chèque sans provision, mais il n'y a pas eu de poursuites. Ici, j'ai ses abonnements d'eau et d'électricité pour différents logements, dont celui de Hempstead Road, mais c'est tout.

— Et son permis de conduire ? suggéra Gretchen.

Josie effectua la recherche mais, là aussi, la dernière mise à jour était vieille de seize ans. Elle sentit son estomac se tordre.

— Vera Urban a cessé d'exister après 2004, en conclut Gretchen. Ça pourrait être son corps qu'on a retrouvé.

— C'est possible. Mais pourquoi aurait-elle porté une veste de lycéen ?

*Pourquoi aurait-elle porté la veste de Ray*, compléta Josie dans sa tête. Vera aurait eu l'âge d'être sa mère.

— Aucune idée, admit Gretchen. On en saura plus après l'autopsie.

— Attends une minute, fit Josie.

Elle bondit de son fauteuil et récupéra son *yearbook* sur le bureau de sa collègue. Elle tourna quelques pages jusqu'aux portraits des élèves de première. Au lycée, son nom de famille était encore Matson. Elle trouva sa propre photo et grimaça à la vue de ses boutons d'acné et de ses cheveux filasse. Elle trouva ensuite Ray, bien moins séduisant que dans ses souvenirs. Elle l'avait toujours vu avec les yeux d'une personne folle amoureuse. Ici, il avait presque l'air ringard. Ses cheveux blonds étaient peignés sur le côté et maintenus avec du gel, et il souriait de toutes ses dents. Elle passa encore quelques pages, atteignant la fin de l'alphabet.

— Mon Dieu, souffla-t-elle.

— Qu'est-ce qu'il y a ? demanda Gretchen.

Josie s'approcha et lui montra la photo.

— Beverly Urban, expliqua-t-elle. Elle était dans la même classe que Ray et moi. Vera devait être sa mère.

Josie reposa le *yearbook* et lança une nouvelle recherche dans la base de données, en quête de quiconque aurait un lien avec Vera Urban. Sans surprise, Beverly était répertoriée comme « proche parent ». Pour s'assurer de leur lien de parenté, Josie se replongea dans le bail de location signé par Vera. Elle avait dû y spécifier son nom, son âge et son lien avec la ou les personnes qui vivraient avec elle dans la maison. Elle y avait inscrit le nom de Beverly, ainsi que son âge, et précisé qu'elle était sa fille.

Josie tapota la couverture du *yearbook*.

— J'avais vu juste. Beverly est bien la fille de Vera. Enfin...
était.

Josie prit le temps d'étudier le cliché. Beverly était plus
grande et plus pulpeuse que Josie au même âge. De toutes les
filles de leur classe, elle avait été la première à avoir de la
poitrine, la première à avoir ses règles et, à en croire les rumeurs,
la première à avoir des relations sexuelles. Alors que Josie
n'avait eu de vraies formes qu'à la fin de sa deuxième année de
lycée, Beverly, dès le collège, ressemblait à une étudiante. Elle
se rappelait à quel point elle et de nombreuses autres filles de
leur classe se sentaient moches à côté de Beverly, qui avait l'air
d'avoir traversé la puberté en une nuit. Elle se souvenait également des garçons qui n'avaient d'yeux que pour elle et cher-
chaient à attirer son attention.

— Elle est jolie, dit Gretchen.

Elle avait raison. Beverly affichait un large sourire, elle avait
la peau lisse et de longs cheveux bruns ondulés. On percevait
une pointe de malice dans ses yeux marron. Si on ne la connaissait pas, cela pouvait paraître intrigant. Mais Josie savait que
cela cachait de la malveillance.

— Elle est très jolie, confirma Josie. Mais elle n'était pas très
gentille.

— Pourquoi tu dis ça ?

— C'était le tyran du lycée.

Sa collègue haussa un sourcil.

— Je ne sais pas pourquoi, mais j'ai beaucoup de mal à
t'imaginer être tyrannisée par qui que ce soit, même au lycée.

— Je ne me laissais pas faire. Mais ça ne l'empêchait pas
d'essayer.

Gretchen sortit son téléphone pour photographier le
portrait du *yearbook*.

— Qu'est-ce qu'elle faisait ?

Josie soupira.

— Elle faisait courir des rumeurs sur les autres élèves, elle provoquait des bagarres... Elle pouvait être vraiment despotique. Tu sais, quand on est enfant, on nous raconte que certaines personnes s'en prennent à d'autres pour se sentir mieux ? Beverly était de ce genre-là.

— Est-ce qu'elle a lancé des rumeurs à ton sujet ?

— C'est arrivé, mais elle était surtout focalisée sur Ray.

Un souvenir lui revint violemment, comme une pierre reçue en pleine poitrine. Pendant quelques secondes, elle en eut le souffle coupé.

— Patronne ? s'inquiéta Gretchen.

— Elle craquait pour Ray. Enfin... je crois, en tout cas. Je ne sais pas trop si c'est ça ou si elle me détestait juste, mais elle a commencé à faire courir des bruits disant que Ray me trompait avec elle.

— Tu n'y croyais pas ?

— Bien sûr que non. Ray et moi...

Josie s'interrompit. Comment expliquer ? Ce lien entre elle et Ray, surtout les premières années, était sacré. Ils avaient tous les deux subi des abus de la part de personnes censées les aimer et les protéger. La honte était profondément ancrée en eux, marquée au fer rouge. Enfants, puis adolescents, ils avaient toujours été là l'un pour l'autre. La confiance qui s'était tissée entre eux était indestructible. À l'époque, ces rumeurs sur Beverly qui coucherait avec Ray la faisaient bien rigoler. Elle aurait parié sa propre vie qu'il ne s'agissait que de mensonges. Mais seize années avaient passé. Ils s'étaient séparés avant d'entrer à l'université, s'étaient ensuite remis ensemble, s'étaient mariés, avaient divorcé, et puis Ray l'avait trahie. Pas seulement du point de vue de leur relation amoureuse, mais parce qu'il était devenu quelqu'un de complètement différent de l'homme qu'elle connaissait. Est-ce que ces rumeurs auraient pu être vraies ?

Josie sentit la nausée monter et s'affala dans son fauteuil.

Gretchen mit le *yearbook* de côté pour ouvrir une autre base de données.

— Et le père de Beverly ?

— Inconnu au bataillon. Je ne connaissais pas spécialement sa situation familiale, mais tout le monde savait qu'elle vivait seule avec sa mère. Vera n'a indiqué personne d'autre qu'elle et sa fille dans la liste d'occupants.

Gretchen étudia le bail et le reposa sur la table avant de retourner à son ordinateur. En quelques clics, elle afficha à l'écran l'acte de naissance de Beverly Urban.

— Pas de mention d'un père ici non plus. Elle est née en 1987 à Geisinger. C'est à environ une heure d'ici, non ?

— Oui, confirma Josie. L'accouchement a dû être compliqué, si Vera a été transférée là-bas. Ils ont une plus grosse maternité.

— Qu'est devenue Beverly ?

— Je n'en sais rien, mais je commence à me demander si quelqu'un ne l'a pas tuée avant de l'enterrer sous la maison de Hempstead Road.

— Elle n'était plus dans ta classe en terminale ?

— Non. Vers la fin de l'année, les gens disaient qu'elle allait devoir déménager, car sa mère ne pouvait plus payer leur loyer. Après les vacances d'été, elle n'était plus là. Tout le monde en a conclu qu'elles étaient parties.

— De toute évidence, ce n'est pas ce qui s'est passé, déclara Gretchen. D'après les informations en notre possession, Vera a disparu de la surface de la terre et, a priori, Beverly aussi. Je suis d'accord avec toi : il y a de grandes chances que le corps retrouvé hier soit celui de l'une d'elles.

— Regarde dans TLOxp, dit Josie, au cas où on trouverait une trace de Beverly après 2004. Renouvellement de permis de conduire, carte de crédit, bail, achat immobilier, n'importe quoi.

Mais les recherches de Gretchen n'aboutirent à rien : la base de données n'offrait que peu d'informations sur les mineurs. Elle compilait des informations issues des fichiers des opérateurs téléphoniques, des fournisseurs d'énergie, ce genre de choses. Il aurait fallu que Beverly atteigne les vingt et un ans pour laisser une trace de ce type. Si elle avait terminé sa scolarité dans un autre lycée avant de vivre sa vie comme n'importe qui, son nom serait forcément apparu, ne serait-ce que sur un contrat de fourniture d'énergie. Mais il n'y avait rien.

— Bon, fit Gretchen. On dirait bien qu'elles se sont volatilisées en 2004. Je n'ai pas vu d'autre corps quand la maison a été emportée, et toi ?

— Non, dit Josie.

— Tu penses que c'est le corps de qui, qu'on a récupéré ?

— Celui de Beverly. À cause de la veste.

— Tu crois que Ray aurait pu la lui donner ? À moins qu'elle la lui ait volée ? Si elle craquait pour lui, c'est possible. Ou alors, si c'est toi qu'elle cherchait à atteindre, elle aurait pu la voler et te faire croire qu'il la lui avait offerte.

— Je n'en sais rien, admit Josie en repensant à ce que Misty lui avait raconté et à ce qu'elle savait de Ray. J'imagine qu'il lui a donné cette veste, mais je ne sais pas pourquoi.

— Tu ne crois pas que...

Josie se pinça l'arête du nez.

— Mon Dieu... Que Ray aurait pu effectivement sortir avec elle ? Qu'il l'aurait... tuée ? Je sais bien qu'en cas de meurtre, on s'intéresse en premier lieu aux amants des victimes, mais Ray n'aurait jamais fait ça. Il n'aurait jamais pu tuer quelqu'un, et encore moins une femme.

— Sans vouloir te vexer, patronne, ton jugement est sans doute biaisé.

Josie ouvrit la bouche pour protester, quand le souvenir de la nuit ayant mis un terme à son mariage avec Ray lui revint en mémoire dans toute son horreur. Ray, ivre mort, s'en était pris physiquement à elle. Elle n'avait jamais pu le lui pardonner. S'il avait été capable de frapper Josie, son amie d'enfance, sa première petite amie, sa femme, il n'était certainement pas impossible qu'il ait pu tuer quelqu'un d'autre. Aurait-il été capable d'aller jusqu'à assassiner Beverly pour cacher leur relation ?

— En admettant que le corps soit celui de Beverly et que ce soit lui qui l'ait tuée, où est Vera ?

— Je ne sais pas, dit Gretchen. Avant d'aller plus loin dans les spéculations, il nous faut la confirmation qu'il s'agit bel et bien de Beverly Urban.

— On pourrait déjà passer quelques coups de fil, voir s'il n'y a pas un dossier à son nom chez un dentiste de la ville. Si on attend le résultat du test ADN, on en a pour des semaines, voire des mois.

— J'aimerais bien savoir comment ce corps a pu se retrouver sous la dalle en béton de la maison, aussi.

— On va demander à Plummer si des travaux ont été effectués, dit Josie. Et vérifier auprès des services d'urbanisme si des permis ont été déposés.

Elles passèrent la demi-heure suivante à contacter des dentistes, jusqu'à tomber sur celui qui avait eu Beverly comme patiente quand elle était au lycée. Josie retint son souffle pendant que la secrétaire regardait si elle possédait encore des dossiers de cette époque dans ses archives. Heureusement, c'était le cas.

— Par contre, ils sont sur microfilms, dit la femme à Josie. À l'époque, rien n'était numérisé.

— Est-ce que si j'obtiens un mandat d'ici une heure, je peux venir les récupérer ?

— Bien sûr. Mais dépêchez-vous, car on risque d'être évacués, l'eau continue à monter.

— Je sais bien. Je fais aussi vite que possible.

Elle raccrocha, prête à annoncer la nouvelle à Gretchen, mais le téléphone sonna sur son bureau. C'était la docteure Feist.

— Je viens de terminer l'autopsie. Rejoignez-moi à la morgue, il faut que vous voyiez ça.

## 9

La docteure Feist était sur son ordinateur quand Josie et Gretchen pénétrèrent dans son bureau. On était très loin de la salle d'examen stérile dans laquelle elle enchaînait les autopsies sur des corps en décomposition. Ici, les cloisons étaient peintes en bleu, et la légiste avait fait en sorte de rendre les lieux gais et chaleureux. Les éclairages étaient plus doux que les néons présents dans le reste de l'hôpital. Les murs étaient décorés de toiles abstraites dans des tons pastel. Josie remarqua que la légiste avait ajouté une grande plante en pot près de son bureau depuis sa dernière visite.

— Mesdames, les accueillit-elle avec un sourire maussade. Vous avez une victime d'homicide sur les bras.

— Ce n'est pas une surprise, répondit Gretchen. Étant donné ce que nous avons découvert.

La docteure Feist se leva, attrapa un vieux sweat-shirt blanc et rêche sur le dossier de sa chaise et l'enfila par-dessus sa blouse bleue.

— Qu'est-ce que vous m'apportez ? demanda-t-elle en voyant la grande enveloppe que Josie tenait sous son bras.

— Des radios dentaires, répondit Josie. Nous pensons connaître l'identité de la victime.

Elle tendit l'enveloppe à la légiste, qu'elles suivirent dans la salle d'examen. Le regard de Josie fut immédiatement attiré par la table d'autopsie la plus proche, qui avait été recouverte d'un drap. Anya Feist traversa la pièce tout en sortant les radios de l'enveloppe, et alla en accrocher une dans le vieux négatoscope fixé au mur.

— L'une de vous deux voudrait bien m'apporter mon ordinateur portable ? demanda-t-elle par-dessus son épaule.

Gretchen s'exécuta, puis la docteure fit glisser ses doigts élégants sur le pavé tactile pour afficher les radios réalisées durant l'autopsie. Derrière elle, les deux inspectrices attendaient qu'elle compare les images. Quelques instants plus tard, elle se retourna et déclara :

— Ça correspond.

Gretchen et Josie échangèrent un regard. Josie sentit un poids s'abattre sur ses épaules. Beverly et elles s'étaient voué une haine farouche au lycée, mais jamais elle n'aurait souhaité sa mort, quoi qu'il ait pu y avoir entre cette fille et Ray. Personne ne méritait de finir comme Beverly : assassinée, enterrée et oubliée.

La docteure Feist reposa son ordinateur sur le plan de travail et se retourna vers les deux femmes.

— Qu'est-ce qu'on sait d'elle ?

— Elle s'appelait Beverly Urban. D'après les maigres informations que nous avons pu obtenir, elle a sans doute été tuée il y a seize ans.

Gretchen sortit son bloc-notes et ses lunettes.

— Elle venait d'avoir dix-sept ans. Nous allons devoir continuer nos recherches mais, d'après les informations de l'inspectrice Quinn, elle a terminé son année de première à Denton East et n'a jamais fait sa rentrée en terminale, il est donc probable que le meurtre ait eu lieu durant l'été 2004.

Gretchen sortit son téléphone et montra à la légiste la photo de Beverly.

— Mais il faut vraiment que l'on rencontre ses amis et ses proches pour estimer plus précisément quand ils l'ont vue pour la dernière fois, compléta Josie.

— Je vous laisse vous charger de ça. Après examen du corps, je peux vous dire qu'il s'agit d'une jeune femme caucasienne mesurant un mètre soixante-dix et âgée d'environ dix-sept ans. J'ai étudié pour déduire cela la forme de son crâne et la présence de sutures crâniennes encore ouvertes, ainsi que la taille de son apophyse mastoïde, l'état de ses plaques de croissance et, bien sûr, son bassin. Je vous épargne les détails scientifiques que vous connaissez déjà bien toutes les deux. Je vous enverrai une copie de mon rapport. Ce qui vous intéressera le plus, c'est sans doute ça.

Sur son ordinateur, elle afficha d'autres clichés radiographiques du crâne.

— Vous voyez, ici, à l'arrière de la tête ? Ça ressemble à une étoile, avec ce trou au milieu et toutes les fissures autour. Ça correspond à un impact de balle. J'ai réussi à la récupérer à l'intérieur de la boîte crânienne.

Elle se déplaça vers une autre partie du plan de travail où reposait un petit bac en acier inoxydable. À l'intérieur, Josie vit les restes d'une balle, noircis par les années. Elle sortit une paire de gants en latex de sa poche et les enfila.

— Je peux ?

— Oui, dit Anya Feist en lui tendant le bac. J'ai déjà contacté Hummel. Il m'a dit qu'il ne pourrait pas faire de relevés d'empreintes là-dessus.

Josie prit la balle entre ses doigts et la leva à hauteur d'yeux. Gretchen se pencha pour mieux voir, plissant les paupières derrière ses lunettes.

— Du 9 millimètres, dit-elle. Tu confirmes ?

— Oui, acquiesça Josie. Absolument. Un pistolet. Il faut

envoyer ça au laboratoire de la police scientifique pour qu'ils réalisent une analyse balistique.

— Bien sûr, fit la légiste.

Josie reposa la balle dans le bac et jeta ses gants dans une poubelle à proximité.

— On lui a tiré dessus par-derrière.

— Oui, souffla la docteure Feist. D'après les différentes mesures relevées et l'aspect de la plaie, je dirais que le tueur faisait environ un mètre quatre-vingts, à quelques centimètres près. Difficile de déterminer avec certitude la distance depuis laquelle il a tiré, l'analyse balistique nous en dira plus, mais je pense que le tireur se trouvait à moins d'un mètre de Beverly.

— D'après toi, elle était debout quand on lui a tiré dessus, explicita Gretchen.

— Oui. Si elle avait été à genoux ou assise, l'entrée de la balle se situerait sans doute plus haut, pas à l'arrière du crâne.

— Tuer une jeune fille de dix-sept ans d'une balle derrière la tête... ça ressemble à une exécution, intervint Josie.

La légiste hocha la tête.

— Les rares fois où je suis tombée sur des blessures de ce genre, il s'agissait de règlements de comptes entre gangs ou d'histoires de drogue.

Gretchen se tourna vers Josie.

— Est-ce que Beverly se droguait ?

— Je ne la connaissais pas si bien que ça, répondit Josie. Difficile à dire, mais c'est une piste que nous allons creuser.

— Ce n'est pas tout, poursuivit la docteure Feist.

À sa posture, Josie devina que ce que la légiste s'apprêtait à ajouter n'était pas une bonne nouvelle. Cette dernière fit un pas vers la table d'examen et souleva doucement le drap pour révéler les restes du corps de Beverly.

— Ici, indiqua-t-elle en pointant le corps du doigt. J'ai récupéré ces ossements dans la région pelvienne de Beverly. J'imagine que vous souhaiterez faire des tests dessus, au cas où il y aurait de l'ADN à récupérer.

Josie fit un pas en avant, prise de palpitations. Les os étaient minuscules et frêles, comme ceux d'un oiseau. Elle n'en revenait pas qu'une chose si fragile ait pu survivre pendant seize ans dans la terre. Les trois femmes restèrent immobiles autour de la table d'autopsie et gardèrent le silence quelques instants en mémoire de cette vie qui avait été ôtée avant même d'avoir pu commencer.

Gretchen se racla la gorge.

— Elle était enceinte de combien ?

— Au moment du meurtre, je dirais environ cinq mois.

— Mon Dieu... laissa échapper Josie.

# 10
## 2004

Une goutte de sueur coula le long du visage de Josie. Mal installée sur sa chaise, elle n'écoutait pas un mot de ce que racontait son professeur de chimie. L'air empestait la transpiration et le parfum qu'une des autres filles avait utilisé pour tenter de masquer la première odeur. La climatisation était tombée en panne lors de la journée la plus chaude de l'année. Même les fenêtres entrouvertes n'apportaient pas le moindre courant d'air. Un coup d'œil à l'horloge apprit à Josie qu'il ne restait heureusement plus que cinq minutes avant la fin de cette journée de cours. Elle rêvait d'une douche... Soudain, quelque chose vint lui taper l'épaule. Un morceau de papier plié atterrit près de son bureau, puis elle entendit des gloussements.

— Il y a un problème ? demanda M. Rand.

Derrière elle, Josie entendit une fille s'énerver :

— Arrêtez, sérieux !

Elle crut reconnaître Lana.

Une autre fille répondit au professeur :

— Non, aucun problème, c'est juste Josie qui a fait tomber quelque chose.

Il la fixa du regard jusqu'à ce qu'elle se penche pour ramasser le bout de papier. Elle l'écrasa dans la paume de sa main et offrit un sourire guindé à M. Rand.

— Mademoiselle Matson, dit-il. Est-ce qu'il y a un souci ?

Les autres élèves de sa classe l'avaient provoquée toute la journée, mais jamais elle ne s'abaisserait à les dénoncer. « Tout ce qu'ils veulent, c'est attirer l'attention, disait toujours sa grand-mère, alors ne leur donne pas ce plaisir. » En plus, elle passerait pour une trouillarde et une cafteuse si elle allait rapporter. Personne ne faisait ça. Josie préférait régler ses problèmes toute seule.

— Non, répondit-elle en glissant le papier à l'arrière de son livre de chimie.

Il avança d'un pas, son regard s'attardant sur sa poitrine. Josie regretta soudain de s'être mise en débardeur. Avant qu'il ait pu reprendre la parole, la cloche sonna. Tout le monde bondit de sa chaise et se rua vers la porte. Ignorant les commentaires derrière son dos, Josie se laissa emporter par la vague d'élèves se déversant dans le couloir, où il faisait à peine moins chaud. La foule la mena jusqu'à son casier.

— Tu ferais mieux de commencer à chercher quelqu'un d'autre pour le bal de promo, dit une voix derrière elle.

Josie ne se retourna pas et resta concentrée sur son cadenas.

Une autre voix s'ajouta à la première :

— Ouais, t'as raison, mais c'est pas gagné. Je vois pas qui voudrait sortir avec ça.

La rage se mit à bouillonner dans son ventre quand elle ouvrit la porte de son casier, qui claqua contre celui d'à côté. Josie prit une profonde inspiration puis commença à trier ses livres en réfléchissant à ceux dont elle aurait besoin le soir pour travailler. Au moment de déposer celui de chimie, sa main se figea.

*Ne regarde pas*, dit une voix dans sa tête. *Ce ne sont que des mensonges. Des rumeurs.*

Mais c'était déjà la troisième fois de l'année que cette rumeur en particulier circulait à Denton East.

Elle extirpa le morceau de papier et le déplia. C'était un cœur dessiné à l'encre noire et transpercé d'une flèche. À l'intérieur, les noms de Ray et Beverly. Elle fit une boule avec la feuille, referma brutalement la porte de son casier, récupéra son sac à dos et se dirigea vers la poubelle la plus proche, heureuse de voir que la plupart des élèves étaient déjà partis.

Se préparant à affronter la chaleur suffocante de la cage d'escalier, Josie poussa la porte et fonça droit sur Beverly Urban.

— Fais gaffe ! dit celle-ci de sa voix haut perchée.

Josie sentit son cœur s'emballer.

— Toi, fais gaffe, cracha-t-elle en retour.

— T'as rien à me dire, la bouffonne, répondit Beverly.

Josie la bouscula pour emprunter l'escalier, tout en rétorquant :

— Ah, c'est moi, la bouffonne ? C'est pas moi qui ai besoin de lancer des rumeurs sur les petits copains des autres pour faire comme si quelqu'un s'intéressait à moi. Trouve-toi un mec et laisse ceux des autres tranquilles.

Josie sentit alors un choc contre son sac à dos. Elle vit les marches se rapprocher, tendit les mains devant elle pour tenter de se rattraper à quelque chose, mais il était trop tard. Elle dévala l'escalier et atterrit face contre terre. Elle s'efforça de se relever et leva les yeux vers le haut des marches. Elle avait mal au genou gauche, aux mains et aux poignets. Son épaule droite aussi la lançait un peu, mais elle ne pensait pas s'être cassé quoi que ce soit. Elle se passa les mains sur le visage et ne trouva pas de traces de sang. Au-dessus d'elle, Beverly l'observait avec une drôle d'expression. Du triomphe ? Du plaisir ?

— Mais c'est quoi, ton problème ? hurla Josie. T'aurais pu me tuer !

Beverly descendit lentement les marches, un peu à la

manière d'une reine toisant l'un de ses sujets. Quand elle fut arrivée au niveau de Josie, elle la frôla avec un regard méprisant.

— Dommage, c'est raté. Ray mérite mieux.

Le poing de Josie partit tout seul. Elle frappa Beverly à l'œil gauche. Avec un cri, cette dernière porta les mains à son visage. *Ça va laisser une trace*, se dit Josie, qui regretta immédiatement son geste. Elle était déjà en mauvaise posture avec le proviseur et sa grand-mère. « Tu dois apprendre à te contrôler, tu es trop impulsive », lui disaient-ils tous les deux à chaque convocation. Si le proviseur ne l'avait pas encore renvoyée, c'était uniquement parce que Lisette s'employait à lui rappeler systématiquement les abus que sa mère avait fait subir à Josie avant que sa grand-mère obtienne sa garde. Josie ne supportait pas que Lisette remette tout le temps le sujet sur le tapis, mais c'était grâce à cela qu'elle n'avait jamais été virée. De plus, Josie n'avait habituellement pas de problèmes de comportement. Ces rendez-vous n'étaient généralement provoqués que par des altercations avec Beverly – même si, avant ce jour-là, celle-ci ne s'était jamais montrée si ouvertement violente, et, bien qu'elle en ait eu envie à maintes reprises, c'était la première fois que Josie levait la main sur elle.

Beverly retira ses mains de son visage. Josie ne pouvait y croire : ses joues étaient inondées de larmes.

— Comment tu peux me faire ça ? hoqueta-t-elle. Tu... Tu m'as frappée. Tu aurais pu... Je...

Sa phrase fut interrompue par un sanglot. Cette réaction ne ressemblait tellement pas à Beverly que Josie ne sut même pas quoi lui répondre. Beverly était la reine de la provocation, connue dans tout le lycée pour sa cruauté. Elle n'avait jamais pleuré, pas en public en tout cas. Josie la regardait renifler, stupéfaite. La douleur commençait à se faire sentir un peu partout dans son corps. Elle prit soudain conscience des gouttes de sueur qui dégoulinaient sur son visage.

Tout à coup, la porte en haut des marches s'ouvrit, et M. Rand apparut au-dessus de leurs têtes.

— Vous deux. Dans le bureau du proviseur. Tout de suite.

Une heure plus tard, Josie était assise sur un banc dans un couloir. Ses vêtements poisseux lui collaient à la peau. Son genou gauche la lançait. À l'intérieur du bureau, sa grand-mère faisait une fois encore son possible pour convaincre le proviseur de ne pas la renvoyer.

— Ah, Jo, te voilà.

Ray apparut. Elle lui sourit timidement tandis qu'il s'agenouillait devant elle.

— Non, le repoussa-t-elle lorsqu'il voulut toucher son visage. Je dégouline de sueur. Je sais que je pue.

Il sourit en retour.

— Tout le lycée pue. J'ai appris ce qui était arrivé. Tu vas bien ?

Josie détourna les yeux.

— Tu ne t'inquiètes pas pour ta petite amie ?

— C'est ce que je suis en train de faire.

Elle croisa de nouveau son regard, accusatrice.

— Tu sais très bien ce que je veux dire. Tout le lycée pense que tu couches avec Beverly derrière mon dos. Que tu vas l'accompagner au bal de promo. Les premières fois, c'était presque marrant mais, là, je commence à me poser des questions, Ray. Tu connais le proverbe, non ? Il n'y a pas de fumée sans feu.

Il leva les yeux au ciel, s'assit à côté d'elle et passa un bras autour de ses épaules pour l'attirer contre lui. Son maillot de base-ball lui grattait la joue. Malgré elle, elle se laissa faire, soulagée.

— Il n'y a pas de feu. Tu ne peux pas croire ces rumeurs, Jo. Dis-moi que tu n'y crois pas.

— Je ne sais plus ce que je crois.

Il posa un doigt sous son menton pour qu'elle lève le visage vers lui.

— Crois-moi, dit-il. Crois en nous. Je n'ai jamais parlé à Beverly Urban de ma vie. Je m'en fiche, d'elle. Je m'en fiche de tout le monde, sauf de toi. Je t'aime, Jo. Tu le sais.

Josie le regarda droit dans les yeux. Il essuya une goutte de sueur sur son front.

— Il n'y a que toi et moi, Jo. Personne d'autre n'a d'importance. Tu sais à quel point on est liés. Je sais que tu le ressens comme moi. Ce qu'on a vécu, tous les deux, toi avec ta mère, moi avec mon père... personne ne peut le comprendre comme toi. Ce ne sont que des rumeurs. Ça, c'est la réalité.

Elle essaya de s'imaginer Ray et Beverly s'embrasser, s'enlacer. Impossible. Et puis, Ray et elle passaient quasiment tout leur temps libre ensemble. Comment pourrait-il entretenir parallèlement une relation avec Beverly ? Sans parler du base-ball. Depuis le collège, Beverly semblait n'avoir qu'un but dans la vie : pourrir celle de Josie. Et quel meilleur moyen de parvenir à ses fins qu'en insinuant le doute dans son esprit au sujet de son petit ami ?

— Tu as raison, soupira-t-elle. Je suis désolée d'avoir douté de toi. C'était juste... une sale journée.

La porte du bureau s'ouvrit et Beverly sortit, seule, toujours secouée par des sanglots incontrôlables. Josie en conclut qu'elle ne s'était pas arrêtée de pleurer depuis leur bagarre. Derrière son mouchoir, Beverly leur jeta un regard avant de s'enfuir dans le couloir.

— Elle se comporte bizarrement, dit Josie à Ray.

— Et alors ? On s'en fiche, non ? Elle t'a poussée dans l'escalier, je te rappelle !

Josie jeta un œil à sa montre.

— Tu vas être en retard à l'entraînement, Ray. Le coach va te tuer.

— Tu es plus importante qu'un entraînement de base-ball.

— On parle de la finale du championnat, contra-t-elle en se

relevant. Il faut que tu y sois. Allons-y, je vais juste prévenir ma grand-mère.

Elle entra dans le bureau, interrompant une entrevue entre le proviseur, la mère de Beverly et sa grand-mère. Quand elle ressortit, Ray bondit sur ses pieds et la prit par la main. Il n'y avait plus aucune trace de Beverly.

## 11

— Il faut qu'on retourne voir Plummer, dit Josie à la sortie de la morgue.

— Oui, confirma Gretchen. Ce serait un bon début.

Gretchen chercha son adresse à Quail Hollow et Josie les y conduisit, sans cesser de penser à ce qui était arrivé à Beverly. Cette fille avait été une véritable plaie pendant des années. Elle s'était montrée parfois cruelle, parfois dangereuse. Ne pas la voir le jour de la rentrée de terminale avait été un vrai soulagement. Mais aujourd'hui, Josie envisageait cet événement sous un jour nouveau. Sa mère avait des difficultés financières. Elle le savait grâce aux rumeurs qui circulaient au lycée et au dossier de Plummer. Beverly était tombée enceinte à dix-sept ans. Qui était le père ? Est-ce que Vera était au courant ? Josie tenta de se remémorer d'autres détails au sujet de Beverly mais, pour la plupart, ses souvenirs étaient confus. Le lycée lui paraissait tellement loin... Une autre vie.

— Tiens, tiens... fit Gretchen quand elles arrivèrent à Quail Hollow. Des manifestants.

De part et d'autre du panneau à l'entrée du lotissement, quelques personnes équipées de ponchos imperméables et de

parapluies brandissaient des pancartes pour le moins hostiles :
« Quail Hollow = voleurs et criminels ! », « Ras-le-bol de la
maire ! », « Dutton escroc ! » et « Rendez le matériel ! ». L'un
des manifestants portait une pancarte qui disait à la fois « Votez
Dutton » et « Votez Charleston », le nom des deux candidats
barrés au marqueur rouge. La foule avança vers la voiture, puis
Josie fit signe à la manifestante la plus proche. La femme s'arrêta et se retourna vers ses camarades.

— C'est l'inspectrice Quinn, leur dit-elle.

Le groupe de manifestants la salua avec enthousiasme en
s'écartant pour les laisser passer.

— Pas étonnant que le chef frôle la crise de nerfs. Comme si
cette inondation n'était pas déjà assez compliquée à gérer, c'est
en train de virer au scandale.

Elles parcoururent les rues du lotissement, devant par deux
fois faire un détour pour éviter une route bloquée par l'eau.
Elles parvinrent finalement à atteindre une des allées origi-
nelles. Les maisons étaient plus anciennes, plus majestueuses,
et placées en retrait de la rue. Calvin Plummer vivait dans une
grande maison de style Tudor entourée de buissons d'azalées
roses. Josie se gara dans l'allée juste derrière une petite Subaru à
la portière abîmée.

— J'aurais cru qu'un avocat résidant à Quail Hollow roule-
rait dans quelque chose de plus luxueux, fit remarquer
Gretchen.

— Ce n'est pas la sienne, répondit Josie, c'est celle de sa
secrétaire. Je l'ai vue dans la rue quand on est reparties du cabinet. Elle a de la chance qu'elle n'ait pas été emportée.

— Je crois que je vais me sentir encore plus sale après cette
visite qu'après la précédente.

La grande porte en bois était agrémentée d'un énorme heur-
toir en fer décoré d'une tête de lion. Josie souleva l'anneau et le
frappa plusieurs fois contre la porte. Après un long moment, la
porte s'ouvrit. C'était Tammy, désormais vêtue d'un jean slim et

d'un t-shirt moulant. Elle paraissait encore plus jeune, en tenue décontractée.

— Nous devons parler à M. Plummer, commença Gretchen.

Sans un mot, Tammy les laissa entrer et les guida depuis le vestibule richement décoré jusqu'à une grande cuisine, où le marbre blanc se mariait parfaitement à la couleur des meubles, lesquels étaient ornés de moulures et de poignées argentées. Tous les plans de travail étaient en granit, couleur sable blanc. Même l'électroménager était blanc. Calvin Plummer était installé à l'îlot central en pantalon kaki et polo, un magazine dans une main, une fourchette dans l'autre. Il enroula des pâtes autour de sa fourchette et les enfourna dans sa bouche, se penchant au-dessus de l'assiette pour que la sauce qui gouttait de son menton ne tache pas sa chemise. Une assiette entamée était posée en face de lui. Tammy s'installa devant et reprit son repas comme si Josie et Gretchen n'étaient pas là.

Plummer leva les yeux.

— Je ne pensais pas vous revoir si vite. Que se passe-t-il ?

— Nous avons identifié la victime de meurtre retrouvée sous les fondations de votre maison de Hempstead Road.

Il reposa fourchette et magazine, s'essuya la bouche avec une serviette et appuya son dos contre le dossier de sa chaise. Son expression était impassible.

— Victime de *meurtre* ?

— Oui, confirma Josie.

— Comment ?

— On lui a tiré une balle dans la tête, l'informa Gretchen. Elle s'appelait Beverly Urban. Elle avait dix-sept ans. Il semblerait qu'elle ait été votre locataire.

Tammy les observait, les yeux écarquillés, sa fourchette bloquée au-dessus de son assiette.

Plummer se gratta le menton.

— Urban. C'était sa fille, c'est ça ? Je louais la maison à sa mère. Comment est-ce qu'elle s'appelait, déjà ?

— Vera, compléta Josie.

Il hocha la tête.

— Ah oui, Vera. Elle a été ma locataire pendant un moment. Une mère célibataire. Une femme agréable mais, la dernière année, elle n'arrivait plus à payer le loyer. J'ai engagé une procédure d'expulsion et, finalement, une nuit, elle est partie. Avec toutes ses affaires.

Josie et Gretchen échangèrent un regard perplexe.

— Elle a emporté toutes ses affaires ?

— Presque. Elle a laissé quelques babioles. Et tous les meubles. J'en ai conclu qu'elle était partie à cause des loyers en retard. J'ai utilisé l'argent de la vente des meubles et de sa caution pour faire quelques travaux. Je n'ai plus jamais entendu parler d'elle depuis.

— Quel genre de travaux ?

Il haussa les épaules.

— Je ne m'en souviens pas. Je faisais toujours repeindre entre deux locataires.

— Y a-t-il eu des travaux au niveau du sous-sol ? demanda Josie.

— Je n'en ai vraiment aucune idée. Écoutez, j'ai six propriétés en location, mon cabinet, et cette vieille baraque. On parle de travaux réalisés il y a seize ans. Je sais qu'il y a eu des choses de faites dans la maison de Hempstead Road au fil des ans, mais je ne me souviens pas quand exactement. Ce que je peux vous dire, en revanche, c'est qu'il m'a fallu un permis pour chacun de ces chantiers. Vous devriez vous rapprocher des services d'urbanisme.

— Nous le ferons, assura Gretchen. Vous n'avez pas conservé de documents sur ces travaux dans vos archives personnelles ?

— Pour les impôts, peut-être, dit-il. Mais ça ne remontera pas aussi loin.

— Et Beverly ? relança Josie. Vous souvenez-vous d'elle ?

— Désolé, mais non. Pas vraiment. Je ne crois pas avoir jamais croisé la gamine. Je savais juste que Vera en avait une. Elle était tenue de lister les autres résidents sur le bail. Et puis elle insistait beaucoup sur le fait qu'elle était mère célibataire. Impossible d'avoir une conversation avec elle sans qu'elle mette ça sur le tapis.

— Savez-vous si des hommes ont habité avec Vera ? demanda Gretchen.

— Non, soupira Plummer. Vous savez, je ne connais pas spécialement mes locataires. Ils me postent un chèque pour le loyer, ils m'appellent s'il y a une fuite d'eau. Et moi j'appelle un artisan pour qu'il aille réparer la fuite. C'est tout. Je ne vois jamais ces gens. Je ne m'en fais pas des amis.

— Je vois, dit Josie. Auriez-vous une liste des entreprises que vous faites intervenir régulièrement ?

— Bien sûr. Tammy pourra vous l'envoyer par mail. Vous avez une adresse ?

Gretchen la nota sur un papier qu'elle tendit à la jeune femme.

— Une dernière chose, ajouta Josie. Possédez-vous une arme à feu ?

Il baissa la tête, sourire aux lèvres.

— Évidemment. Vous vous dites que c'est peut-être moi qui ai tué cette gamine. Venez.

Il se leva et elles le suivirent jusqu'à une pièce remplie de bibliothèques en bois verni, avec un immense bureau au centre. Le long d'un des murs se trouvait une armoire à fusils ; à travers la vitre, Josie compta trois fusils de chasse et une carabine. Aucun 9 millimètres. Gretchen les analysa et prit les modèles en note.

— Je chassais, avant, expliqua Plummer. Il y a très, très longtemps. Je n'attrapais jamais rien, mais j'ai quand même gardé ces armes.

— Pas de pistolets ni de revolvers ? demanda Josie. Pour votre protection personnelle ou celle de votre maison ?

— Aucun, répondit Plummer.

Il ne serait pas compliqué de le vérifier auprès de la police d'État ou du FBI.

— Merci d'avoir pris le temps de répondre à nos questions, monsieur Plummer, conclut Josie. Nous attendons donc la liste des entreprises pour vos travaux que va nous envoyer votre...

— Secrétaire, compléta-t-il sans hésitation.

Elles le saluèrent et retournèrent à leur voiture. Josie fut heureuse de constater que la pluie s'était calmée. Ça allait bien finir par s'arrêter, non ? Alors qu'elles reprenaient la route, Gretchen grimaça.

— Un mec comme lui ? Avec un penchant pour les femmes beaucoup plus jeunes ? Impossible qu'il n'ait pas remarqué Beverly Urban, vu comme elle était jolie.

— À moins qu'il ait dit la vérité et qu'il ne l'ait jamais croisée, tempéra Josie en quittant Quail Hollow avec un signe de la main à l'intention des manifestants. Il n'a pas l'air du genre à sociabiliser avec de misérables locataires, sauf s'ils n'ont pas payé leur loyer.

— Pas faux, concéda Gretchen. Mais je ne pense pas qu'on devrait déjà l'écarter de l'enquête.

— Mets-le sur la liste des suspects, alors.

*Avec Ray*, compléta-t-elle silencieusement.

Gretchen sortit son téléphone.

— Il est tard. On ne recevra pas avant demain la liste des entreprises que doit nous envoyer Tammy la « secrétaire », et les services d'urbanisme sont fermés. Je ne sais pas toi, mais je suis épuisée. On devrait peut-être rentrer chez nous ?

— Ça marche, dit Josie. Mais je vais d'abord aller récupérer mon *yearbook*, pour le feuilleter et faire une liste des meilleurs amis de Beverly.

12

Les fenêtres du rez-de-chaussée étaient illuminées chez Josie. Les chiens l'accueillirent avec excitation tandis que de délicieuses odeurs émanaient de la cuisine. Sur le canapé, Harris sommeillait dans son pyjama Spider-Man.

— C'est toi, Josie ? appela Misty depuis la cuisine.

— Oui, répondit celle-ci en se baissant pour caresser les chiens.

Pepper finit par partir, mais Trout ne lâcha pas sa maîtresse d'une semelle.

— Je prépare un rôti, dit Misty. J'espère que tu n'as pas déjà dîné. Tu as amené du monde ? J'ai préparé beaucoup à manger.

Josie sourit.

— Non, désolée. Mais la voiture de Noah est garée devant. Il n'est pas là ?

— Sous la douche. On passe à table dans une demi-heure !

Josie monta les marches quatre à quatre, Trout sur les talons. Elle trouva Noah dans la chambre. Il était torse nu, avait noué une serviette autour de ses hanches et séchait ses épais cheveux bruns avec une deuxième serviette. Parfois, ils étaient tellement pris par leur quotidien qu'elle en oubliait de prendre le temps de l'admirer. Elle se cala contre la porte fermée et étudia le dessin des muscles sur son corps, et son regard atterrit sur la cicatrice en forme de cercle sur son épaule droite, ce qui fit ressurgir une vague de culpabilité. Un jour, elle lui avait tiré dessus. Il le lui avait pardonné, mais elle ne pourrait certainement jamais se le pardonner elle-même.

— Salut, dit-il en jetant la serviette qu'il avait utilisée pour se sécher les cheveux sur le lit.

Ses mèches brunes pointaient dans toutes les directions. Josie s'avança et les coiffa en arrière pour lui dégager le visage. Il posa les mains sur ses bras et lui sourit.

— Je t'ai vue aux infos, aujourd'hui.

— Je croyais que tu avais passé la journée à répondre aux appels d'urgence ? Tu as quand même trouvé le temps de regarder la télé ?

Il l'attira vers lui pour l'enlacer, et elle posa sa joue contre sa peau chaude.

— Avec Mett, on a fait un saut au commissariat en fin de journée, et des agents de patrouille nous ont raconté tes exploits. Je n'ai pas eu de mal à retrouver la vidéo sur le site de WYEP. Je suis content que tu ailles bien.

Elle recula un peu pour le regarder dans les yeux, heureuse de ne pas se faire sermonner.

— On t'a mis au courant pour l'attachée de presse que nous a envoyée la maire ?

— Je l'ai même croisée. Elle revenait avec le chef d'un rendez-vous avec la maire, toute guillerette. Il est rentré dans son bureau et lui a claqué la porte au nez.

— J'imagine que le rendez-vous s'est bien passé, alors.

— Je crois qu'on va devoir s'habituer à sa présence. Mett semble plutôt content, de son côté.

— Comment ça ?

— À ton avis ? Je crois qu'elle lui plaît bien. Ou alors c'est juste qu'il cherchait à la mettre à l'aise.

— Tu as déjà vu Mett essayer de mettre quelqu'un à l'aise ? Tout ce qui lui importe, c'est de faire son boulot, le reste, il s'en fiche.

— Eh bien, pas aujourd'hui. Aujourd'hui, il n'en avait que pour cette fille. Enfin bref, allez, raconte-moi ta journée.

Pendant qu'il s'habillait, Josie s'assit sur le lit et lui relata sa découverte du cadavre avec Gretchen. Noah l'écouta sans l'interrompre.

— Tu étais quoi, deux classes en dessous de moi, au lycée ? demanda Josie.

— Trois.

— Tu te souviens de Beverly ?

— Non, désolé. Je n'étais pas encore à Denton East quand elle était en première.

— Ah oui...

— Je me souviens de toi et Ray, par contre.

Josie le dévisagea. Elle n'avait jamais remarqué Noah avant qu'il intègre le commissariat de Denton, quelques années après Ray et elle.

Noah s'installa près d'elle sur le lit et attrapa une de ses mains.

— Je sais que tu n'as aucun souvenir de moi au lycée, dit-il. Je venais d'y entrer quand, toi et Ray, vous étiez en dernière année. Je ne m'attends pas spécialement à ce que tu te souviennes d'un garçon de mon âge.

— Pourtant, toi, tu te souviens de moi.

Ses joues s'empourprèrent.

— Oh, Josie, tu sais bien que j'ai toujours eu un faible pour toi.

— Je croyais que ça datait de notre rencontre au commissariat !

— Non. Je savais déjà qui tu étais au lycée. Tu étais tellement jolie, comme maintenant, et intelligente, et...

— Et quoi ?

Il rit.

— Et tu n'étais pas du genre à te laisser emmerder.

Ils restèrent assis en silence pendant un moment.

— Je l'ignorais, dit finalement Josie. Et tu te souviens de Ray, aussi ?

— Bien sûr. J'étais jaloux de lui. J'ai été jaloux de ce mec pendant un paquet d'années.

Misty les interrompit en les appelant à table. Noah tapota la cuisse de Josie.

— Ne t'inquiète pas. Quoi que tu découvres sur Ray pendant cette enquête, je suis sûr que tout ira bien. OK ?

Josie acquiesça même si, au fond d'elle, elle doutait que ce soit vrai.

Pendant tout le dîner, elle repensa à ses années de lycée. Si Noah, Misty ou Harris remarquèrent sa distraction, ils ne firent aucun commentaire. Après le repas, elle se pelotonna sur le canapé contre Trout et feuilleta son *yearbook* pendant que Noah jouait à chat avec Harris, emplissant le rez-de-chaussée d'éclats de rire.

Beverly n'avait pas beaucoup d'amies. Il ne fallut pas long-temps à Josie pour retrouver ses deux meilleures copines : Kelly Ogden et Lana Rosetti. Toutes deux étaient dans la classe de Josie. C'était le gang de Beverly, ses « complices », comme disait Lisette. Beverly était la meneuse et, tel un serpent à trois têtes, ce trio s'en prenait à toutes les autres filles du lycée. Kelly s'était montrée presque aussi cruelle que Beverly, ne remettant jamais ses ordres en question, mais Lana – si les souvenirs de Josie étaient bons – était plus gentille et sensible, souvent en désac-cord avec Beverly.

Josie se rappelait même qu'un jour, au début de son année de première, Lana avait été évincée du groupe après avoir refusé de participer à une blague cruelle. Beverly avait voulu écrire un petit mot en imitant l'écriture du garçon le plus mignon et populaire de leur classe pour le donner à une fille dont beaucoup se moquaient, car elle était en surpoids. Heureusement, grâce au refus de Lana, le plan n'avait pas été mis à exécution. Le reste de la classe n'en avait découvert l'existence que lorsque Beverly et Kelly avaient tourné le dos à Lana pour la punir. Elles ne lui adressaient plus la parole et avaient raconté à tout le monde qu'elle s'était fait pipi dessus dans un manège de fête foraine pendant les vacances d'été. Humiliée, Lana avait mangé seule à la cafétéria pendant deux semaines. Et puis, comme par magie, elle avait été réintégrée au groupe. Déjà à l'époque, Josie ne comprenait pas comment Lana pouvait continuer de fréquenter ces filles alors qu'elles passaient leur temps à chercher des idées pour torturer les plus faibles. D'autant plus si elle était punie quand elle les contredisait.

Josie récupéra son ordinateur sous une pile de jouets laissés là par Harris, l'alluma et ouvrit Facebook pour y chercher les deux femmes. Sur sa photo de profil, Kelly Ogden semblait avoir bien plus que la trentaine, avec des cheveux qui grisonnaient déjà aux racines. Sa page n'était pas privée, mais elle postait très peu. Josie parvint tout de même à en conclure qu'elle était maman d'une adolescente et qu'elle travaillait dans un supermarché de la ville. L'accès au profil de Lana était bien plus limité, mais sa photo la montrait sur une plage, accompagnée d'un homme et d'un petit garçon blond. Tous trois souriaient. Lana, cheveux blonds flottant dans le vent, peau bronzée, yeux bleus, paraissait tout droit sortie d'un magazine. Josie ferma l'onglet et accéda à la base de données de la police, où elle trouva sans difficulté l'adresse de Kelly. Lana avait beaucoup déménagé, mais son lieu de résidence le plus récent se trouvait à Denton.

Josie n'était pas ravie à l'idée de devoir discuter avec elles. Elle avait laissé ses souvenirs du lycée derrière elle, mais elle n'avait pas d'autre choix que de s'y replonger. Quelqu'un avait assassiné la fille qui lui avait pourri la vie au lycée, et c'était son boulot de retrouver cette personne pour la mettre hors d'état de nuire.

La sonnerie simultanée de deux téléphones la fit sursauter. Harris et Noah s'arrêtèrent dans l'entrée, et ce dernier sortit son téléphone de la poche arrière de son jean.

— C'est Mettner, dit-il.

Josie récupéra le sien sur la table basse.

— Et moi, c'est le chef, dit-elle.

— Ça ne sent pas bon...

Il décrocha, en même temps que Josie se faisait hurler dessus par Chitwood :

— Quinn ! Il me faut du monde dans la zone commerciale du Sud de Denton immédiatement. Il y a des pillards sur place. Un paquet. Des agents de patrouille les ont arrêtés, mais il faut les interroger, maintenant.

— Je croyais que le Sud de Denton était sous cinquante centimètres d'eau ? répondit-elle.

— A priori, les voleurs s'en foutent.

Chitwood raccrocha. Josie se tourna vers Noah, qui venait de terminer son appel.

— Je vais y aller, décida-t-il. Mett est déjà en route.

Josie songea à parlementer, mais elle était trop épuisée pour ça. Elle lui adressa un sourire.

— La prochaine fois, ce sera pour moi.

13

Noah ne se glissa dans le lit qu'au beau milieu de la nuit. Trout, qui avait profité de son absence pour prendre sa place, grogna quand Noah lui demanda de se pousser, avant de se rallonger aux pieds de Josie. Celle-ci ouvrit les yeux et vit la silhouette de Noah dans la faible lumière émise par les chiffres verts du radio-réveil.

— Comment ça s'est passé ? demanda-t-elle.

— C'était... triste, répondit-il. Le *liquor store*, la boutique de téléphones, ce petit magasin de vêtements, la pharmacie, tout a été vidé. Tout sauf la librairie. J'imagine que les criminels ne lisent pas.

— C'est nul... Vous les avez tous attrapés ?

— On en a eu cinq. Ils seront certainement libérés dans les deux jours à venir, après être passés devant le tribunal. La plupart d'entre eux sont des squatteurs du pont qui ont dû se déplacer à cause de l'inondation.

La ville de Denton possédait deux ponts : un au sud, un à l'est. Les alentours de ce dernier étaient depuis longtemps devenus un point de rencontre notoire pour les SDF et les dealers de drogue.

Josie sentit que le sommeil allait reprendre le dessus et laissa ses paupières se fermer. Noah lui toucha la joue.

— Josie ?

Elle rouvrit les yeux à grand-peine.

— Dors, lui dit-elle. Il est plus de 3 heures du matin. On doit être au commissariat dans quelques heures.

— C'est juste que…

Il fut interrompu par la sonnerie du téléphone de Josie. Elle roula sur le côté pour l'attraper sur la table de chevet.

— C'est le central, dit-elle.

Après avoir allumé la lumière, elle décrocha.

— Quinn.

— Inspectrice Quinn ? répondit une voix masculine. Officier Hiller. Je suis désolé de vous déranger à une heure pareille. Nous avons une femme en ligne qui souhaite vous parler en personne.

— Vous avez vu l'heure ? Vous n'auriez pas pu prendre un message ?

Après quelques secondes de silence, il reprit :

— J'ai pensé que vous voudriez lui parler. Elle connaissait l'identité de la victime de Hempstead Road.

Josie se redressa. Trout leva la tête au pied du lit, les oreilles tendues. Noah tapota la couverture, et le petit chien alla s'installer contre lui.

— Qu'est-ce qu'elle a dit, exactement ? demanda Josie.

— Elle a appelé pour nous dire qu'elle devait parler à l'inspectrice Quinn au sujet du meurtre de Beverly Urban.

La main de Josie se resserra autour de l'appareil. Le nom de Beverly Urban n'avait pas été divulgué à la presse. Les seules personnes qui connaissaient son identité et la cause de sa mort étaient la docteure Feist, les collègues de Josie, Calvin Plummer et sa secrétaire. Ça ne pouvait pas être Tammy qui l'appelait, si ?

— Est-ce qu'elle a donné son nom ? demanda Josie.

Elle jeta un coup d'œil à Noah, qui était en train de s'endormir.

— Elle a dit s'appeler Alice. Rien de plus.

Josie se leva et descendit discrètement dans la cuisine.

— Passez-la-moi et envoyez-moi son numéro par message, au cas où on serait coupées.

— C'est comme si c'était fait, patronne.

Le néon au-dessus de l'évier avait été laissé allumé au cas où Misty ou Harris se lèveraient pendant la nuit. Alors qu'elle attendait d'être mise en relation avec Alice, Josie ne put s'empêcher d'admirer à quel point les lieux étaient propres après le passage de Misty. Elle avait envie d'un verre d'eau, mais ne voulait pas mettre de désordre. Il y eut encore un peu d'attente puis, finalement, une voix de femme se fit entendre :

— Allô ? Inspectrice Quinn ?

*Trop âgée pour être Tammy*, songea Josie. À moins qu'elle ait modifié sa voix. Celle-ci était rauque comme celle d'une fumeuse.

— Josie Quinn à l'appareil. Que puis-je faire pour vous, Alice ? Avez-vous des informations au sujet du corps retrouvé sous la maison de Hempstead Road ?

Une hésitation. Puis :

— Oui. Je... Oui.

— Quel genre d'informations ?

— Je sais ce qui est arrivé à cette fille.

Josie se concentra sur les bruits en arrière-plan mais ne remarqua rien de particulier.

— Comment ça ?

— Je sais qu'elle a été assassinée. Je sais qui a fait ça.

Ce ne serait pas la première fois qu'ils recevraient un appel au commissariat de la part d'une personne en mal d'attention prétendant posséder des informations sur un crime. Josie devait s'assurer qu'Alice ne mentait pas.

— Comment est morte Beverly ?

— Je ne peux pas vous en parler au téléphone. On doit se rencontrer.

— Alice, je reçois beaucoup d'appels. Beaucoup de tuyaux de la part d'un tas de gens. Je veux juste vérifier que vous me dites bien la vérité.

Nouvelle hésitation.

— On lui a tiré dans la tête.

Le corps de Josie fut parcouru d'un frisson.

— D'accord, Alice. Je pense que vous avez raison. On doit se rencontrer.

— Je peux vous rencontrer en privé. Juste vous. Personne d'autre, dit précipitamment Alice.

— Très bien, accepta Josie. Demain au commissariat de Denton, cela vous conviendrait ? Savez-vous où il se trouve ?

— On ne peut pas se voir là-bas. Ce n'est pas un endroit sûr.

— Alice, je peux vous garantir qu'il n'y a pas d'endroit plus sûr dans toute la ville. J'y serai à 9 heures. Vous devrez entrer par l'arrière. Je peux vous attendre dehors, si vous préférez, au niveau du parking.

La voix d'Alice se fit murmure.

— Si vous pensez que le commissariat est un lieu sûr, alors c'est que vous n'êtes pas aussi intelligente que je le pensais.

Avant que Josie puisse répondre, elle avait raccroché. Josie récupéra le numéro dans le message reçu de la part du central et essaya de la rappeler. Après sept sonneries, elle atterrit sur la boîte vocale, mais ce n'était qu'un message automatique lui proposant de laisser un message au numéro qu'elle venait de composer.

— Alice, dit Josie après le *bip*. C'est Josie Quinn. Vous devez absolument me rappeler. Je dois vous parler. Rappelez-moi à ce numéro dès que possible, s'il vous plaît.

Elle patienta dix minutes, mais son téléphone resta silencieux. Elle ne parviendrait jamais à se rendormir, maintenant. Les questions fusaient dans son esprit. Qui était cette Alice ? Comment était-elle au courant pour le meurtre de Beverly ? Pourquoi avoir gardé le secret pendant seize ans ? Et si c'était *elle* qui avait tué l'adolescente ?

Josie remonta s'habiller.

14

Malgré les deux camionnettes de presse stationnées sur le parking, aucun journaliste n'était en vue devant l'entrée du commissariat. Laissant la petite bruine derrière elle, Josie parvint à se glisser dans le bâtiment en toute discrétion, enveloppée par l'obscurité. Elle annonça sa présence à l'agent d'accueil puis monta à l'étage.

Elle effectua des recherches dans plusieurs bases de données, mais le numéro utilisé par Alice pour la contacter était celui d'un téléphone prépayé. Josie rédigea une demande de mandat pour contacter les principaux opérateurs téléphoniques afin de localiser l'appareil d'Alice. Même les téléphones prépayés devaient utiliser les réseaux classiques pour passer des appels. Si Josie parvenait à déterminer quel réseau avait emprunté ce numéro, elle pourrait trianguler l'endroit d'où avait été passé l'appel. La réponse ne serait qu'approximative, à quelques kilomètres près, et elle ne l'obtiendrait certainement pas avant plusieurs jours selon la réactivité du service juridique de l'opérateur, mais c'était toujours mieux que rien. Elle attendrait l'ouverture des bureaux pour demander au juge son accord.

Elle retenta d'appeler Alice mais tomba sur sa messagerie. Ensuite, elle parcourut les dossiers de Calvin Plummer, puis son *yearbook*, à la recherche d'une Alice, en vain. Quand les premières lueurs de l'aube pénétrèrent par les fenêtres, ses yeux brûlaient de fatigue. Josie retint un grognement en voyant que les fenêtres étaient toujours battues par la pluie. Cela ne s'arrêterait-il donc jamais ? L'inondation prenait des proportions apocalyptiques, et le niveau du fleuve continuait encore de monter. Elle entendit la porte en haut de l'escalier s'ouvrir et, quelques secondes plus tard, un gobelet de café fumant et une boîte de pâtisseries apparurent devant elle.

— C'est Misty qui les a faites, l'informa Noah. Tu ne m'as même pas laissé de mot. Tout va bien ?

Josie sirota le café avec bonheur et se renfonça dans son fauteuil pendant que Noah s'installait face à elle à son propre bureau. Elle lui raconta l'appel qu'elle avait reçu.

— Pourquoi tu ne m'as pas réveillé ?

— Tu n'aurais pas dormi de la nuit ! Et puis pour le moment, c'est au point mort. À moins qu'elle me rappelle.

Gretchen et Mettner arrivèrent à leur tour, cheveux trempés. Ils fondirent immédiatement sur la boîte préparée par Misty et s'installèrent à leur bureau, prêts à se mettre au travail. Avant que Josie n'ait eu l'occasion d'informer Gretchen des dernières avancées de l'affaire Beverly Urban ou de l'appel qu'elle avait reçu au milieu de la nuit, Amber arriva, vêtue d'une nouvelle jupe moulante et d'un chemisier. En lieu et place de sa mallette, elle tenait un porte-gobelets qu'elle déposa sur le bureau de Mettner.

— Bonjour, tout le monde, dit-elle avec un sourire. J'ai pensé que vous en auriez peut-être besoin.

Son sourire vacilla quand elle vit que Josie avait déjà un gobelet à la main, mais elle se reprit immédiatement.

— Comme ça, vous en aurez deux, plaisanta-t-elle en posant

un deuxième gobelet devant Josie. Inspectrice Quinn, l'inspecteur Mettner m'a dit que vous preniez votre café avec deux sucres et beaucoup de crème.

— Mett, corrigea Josie. On l'appelle Mett entre nous. Merci.

Josie continua à siroter le café apporté par Noah pendant qu'Amber distribuait les boissons aux autres, chacune personnalisée d'après les instructions de Mett.

— Je lui ai dit qu'habituellement on allait chez *Komorrah's*, les informa ce dernier, mais ils sont inondés.

— C'est très gentil, la remercia Noah.

Quand elle eut terminé sa répartition, Amber tira une chaise d'un des bureaux inoccupés et sortit une tablette avec clavier qu'elle ouvrit sur ses genoux. Puis elle leva les yeux vers eux, dans l'expectative.

— Mademoiselle Watts, dit Gretchen, devrons-nous dorénavant compter sur votre présence à chaque débriefing ?

Amber lui sourit.

— Je vous en prie, appelez-moi Amber. Eh bien, peut-être pas à chaque débriefing, mais je me disais que pour le moment, afin de m'habituer à mon rôle, j'y participerai comme spectatrice autant que possible. Cela me donnera une idée des enquêtes en cours et des éventuels soucis que vous pourriez avoir avec la presse en lien avec celles-ci.

Josie aurait voulu lui répondre qu'ils s'en étaient parfaitement bien sortis avec la presse depuis qu'elle travaillait dans ce commissariat, mais de toute évidence, quoi qu'en dise le chef, Amber ne partirait pas. Comme personne ne répondait, cette dernière reprit :

— Écoutez, je ne suis pas envoyée par la maire pour vous espionner, d'accord ?

— Personne n'a dit ça, intervint Mettner.

Josie, Gretchen et Noah tournèrent tous la tête vers lui. Remarquant leur expression, il dit :

— Quoi ? Vous pensez qu'elle est là pour tout rapporter à la maire ? Sérieusement ?

— Ce n'est pas grave, fit Amber. Vraiment. Écoutez, je ne peux pas nier que c'est la maire qui m'a embauchée, mais je suis ici pour faire mon boulot, et ce boulot consiste à vous aider à gérer les relations avec la presse afin de vous dégager du temps pour faire votre boulot à vous. C'est uniquement cela que je suis censée faire et, si ça peut vous rassurer, c'est à votre chef que je rends des comptes, pas à la maire.

Personne n'ouvrit la bouche.

Mettner brisa le silence qui s'éternisait :

— Allez, franchement. On ferait mieux d'en profiter, c'est pas comme si on manquait de travail.

— Et que se passera-t-il si Mme Charleston n'est pas réélue ? interrogea Gretchen. Est-ce que vous perdrez votre emploi ?

Amber balaya sa question d'un revers de la main.

— Oh, il y a le temps, avant les élections. Je ne m'en soucie pas pour le moment.

— La primaire aura lieu très bientôt, fit remarquer Noah. L'autre parti n'a pas présenté de candidat, ce qui signifie que c'est forcément Charleston ou Dutton qui briguera le mandat de maire en novembre, sans opposition. Vous saurez donc dans deux semaines qui sera votre supérieur pour les deux années à venir.

— Dutton a fait campagne sur le sujet des coupes budgétaires, renchérit Josie. Il raconte partout que Charleston a fait n'importe quoi avec l'argent de la ville.

Amber les dévisagea, un sourire crispé sur le visage. Quelques secondes s'écoulèrent, puis elle soupira et dit :

— Je n'ai pas le temps de m'en préoccuper dans l'immédiat. J'ai du travail, alors si vous voulez bien...

Bon gré mal gré, ils se lancèrent dans leur débriefing matinal sur l'affaire Beverly Urban. Gretchen résuma toutes leurs découvertes de la veille. Josie expliqua être remontée jusqu'aux deux meilleures amies de lycée de Beverly, évoqua le coup de téléphone d'Alice, la recherche de son nom dans les documents qui concernaient les Urban, ainsi que ses demandes de mandats pour pouvoir localiser l'appel. Ensuite, Gretchen leur fit passer la liste d'artisans que la secrétaire de Plummer venait de lui faire parvenir.

Noah la parcourut rapidement.

— Là, dit-il. Newton Basement Waterproofing. Je commencerais par eux.

— J'ai pensé la même chose, approuva Gretchen. Mais j'aimerais quand même me renseigner auprès de l'urbanisme.

— Je m'en occupe, proposa Noah.

— Je suis censé rester au poste de commandement aujourd'hui, dit Mettner. Je peux demander à quelqu'un de m'emmener sur Hempstead Road pour voir si l'eau a baissé. Si ce n'est plus inondé, je pourrai en profiter pour jeter un œil, au cas où il y aurait des indices sur place.

— Tu pourrais aussi essayer de retrouver la maison qui a été emportée par le courant, ajouta Josie. Il y aura peut-être quelque chose là-bas.

— Ça marche.

Mettner se leva, récupéra son gobelet de café et sourit à Amber.

— On se voit plus tard, lui dit-il.

— Je pars tout de suite aux services d'urbanisme, annonça Noah. J'en ai probablement pour quelques heures. Pendant ce temps, toutes les deux, vous pouvez commencer à interroger des gens.

Josie parcourut les documents qu'avait imprimés Gretchen en arrivant.

— Tiens, apparemment, Vera Urban a un frère, dit-elle en levant les yeux de la page qu'elle lisait.

— Oui, confirma Gretchen. J'ai déjà fait quelques

recherches. Il vit en Géorgie. Pas marié. Ingénieur chimiste. Il aurait dix ans de plus qu'elle.

— Appelons-le.

## 15

Josie saisit son téléphone et le mit sur haut-parleur pour qu'elles puissent toutes les deux entendre la conversation. Elle composa le numéro du frère de Vera. Après six sonneries, une voix d'homme leur répondit.

— Monsieur Floyd Urban ? demanda Josie.

— Qui est à l'appareil ?

Josie se présenta ainsi que sa collègue, et lui expliqua la raison de leur appel. Pendant un long moment, ce fut le silence total. Puis l'homme au bout du fil finit par réagir :

— Ma nièce a été assassinée ? Je suis vraiment désolé, mesdames, mais je n'ai jamais eu de nièce.

— Mais vous avez une sœur, n'est-ce pas ? intervint Gretchen.

— Euh, oui, mais je ne lui ai pas parlé depuis des années. Nous sommes... comment dire... brouillés.

— Pour quelle raison ? demanda Josie.

— Je n'ai vraiment pas le temps de discuter de ça, décréta Floyd.

— D'accord. Ce que nous pouvons faire, c'est contacter la police près de chez vous pour qu'ils viennent vous chercher au moment qui vous arrangera le plus afin d'organiser une entrevue. Cela vous conviendrait-il mieux ?

Un profond soupir se fit entendre sur la ligne. Puis Floyd déclara :

— Notre mère est morte quand Vera était encore très jeune, mais notre père est décédé quand elle venait de finir le lycée. Il ne possédait pas grand-chose, mais elle voulait tout récupérer : la maison, la voiture, l'argent sur tous ses comptes bancaires. Elle en avait besoin, soi-disant, contrairement à moi qui étais parti de la maison depuis dix ans et étais installé dans ma vie. Quand j'ai insisté pour que l'on partage l'héritage équitablement, elle a tenté de faire valoir un faux testament, que mon père aurait rédigé juste avant sa mort, et dans lequel tout lui revenait à elle, tandis que je n'avais rien.

— Comment savez-vous qu'il s'agissait d'un faux ? demanda Gretchen.

— Ma sœur avait dix-huit ans à l'époque et, croyez-moi, elle n'a jamais été un génie. Je le savais, c'est tout. À l'instant où je l'ai menacée de faire appel à un avocat, elle a fait machine arrière. On a partagé l'héritage en deux, et on ne s'est pas reparlé depuis.

— Pas une seule fois ? s'étonna Josie. Même pas sur les réseaux sociaux ? Ou lors d'événements de la vie ?

— Non. Je ne l'ai pas invitée à mon mariage, pour tout vous dire. Mes enfants sont aujourd'hui adultes, et ils ne savent même pas qu'elle existe. Je ne voulais pas qu'une personne comme elle fasse partie de leur vie, de toute façon.

— Une personne comme elle, répéta Josie. Vera n'était qu'une enfant.

Floyd lâcha un rire amer.

— On croirait entendre mon père. Elle était suffisamment âgée pour faire la différence entre le bien et le mal. Bien sûr, elle n'avait rien d'une meurtrière ou quoi que ce soit, mais elle était sournoise et menteuse pathologique. Cette histoire d'héritage, c'était la goutte d'eau.

— Vous n'étiez vraiment pas au courant que Vera avait eu un enfant ? le relança Gretchen.

— Non, désolé, je n'en savais rien.

— Vous n'avez pas eu le moindre contact avec Vera depuis ses dix-huit ans ? Jamais entendu parler d'elle ? demanda Josie.

— C'est ça.

— Monsieur Urban, connaissez-vous quelqu'un du nom d'Alice ?

— Non.

— Et savez-vous si Vera connaissait quelqu'un qui s'appelait comme ça ?

— Non plus. Je vous l'ai dit, on n'a jamais été proches. Je ne vois vraiment pas en quoi je pourrais vous aider.

— Le corps de Beverly a été autopsié et nous sera bientôt rendu par la légiste. En général, ce sont aux plus proches parents de s'occuper des funérailles.

— Je ne suis pas son plus proche parent.

— J'ai bien peur que si, monsieur Urban, insista Josie.

— La fille de Vera devait bien avoir un père, non ?

— Il n'est pas mentionné sur son certificat de naissance, dit Gretchen.

— C'est marrant, ça ne m'étonne pas. Eh bien, vous savez ce qu'il vous reste à faire, alors ? Vous feriez mieux de retrouver son père, parce que je ne paierai pas un centime pour ses funérailles.

Sur ces mots, il raccrocha.

Josie croisa le regard de Gretchen.

— Il faut qu'on retrouve quelqu'un ayant connu Vera. Peut-être d'anciens collègues ou amis ?

— Peut-être que les amies de Beverly pourront nous dire où sa mère travaillait ou qui étaient ses amis ?

— Ça vaut le coup d'essayer.

La voix du chef Chitwood résonna à travers la pièce.

— Inspectrices, lança-t-il en sortant de son bureau sans un regard pour Amber. Du nouveau ?

Elles le mirent au courant des avancées de l'enquête, et les rides sur son front se creusèrent un peu plus à chaque nouvel élément. Quand elles eurent terminé, il déclara :

— On va organiser une conférence de presse.

Amber leva brusquement la tête de sa tablette.

— Chef, dit-elle, vous êtes certain que c'est une bonne idée ? L'enquête vient à peine de débuter.

— Watts, aboya-t-il. C'est à moi que revient la décision de tenir des conférences de presse. Si je demande à mes enquêteurs de raconter aux journalistes ce qui se passe, ils le feront, point barre.

— Il s'agit d'une vieille affaire, insista Amber. Il n'y a aucune urgence à...

Chitwood pointa l'index dans sa direction, l'empêchant de finir sa phrase.

— Vous estimez que mettre un meurtrier derrière les barreaux n'est pas une urgence, Watts ?

Amber leva une main en l'air.

— Ce n'est pas ce que j'ai dit. Je suggérais simplement de rester prudents et d'attendre d'avoir plus d'informations avant de dévoiler l'affaire au grand public.

Josie s'éclaircit la gorge.

— Chef, dit-elle, je crois que ce que veut dire Mlle Watts, c'est qu'une fois que les détails de l'affaire seront connus de tous, quiconque aurait des informations au sujet du meurtre de Beverly Urban ou du sort de sa mère risque de disparaître, ou bien de cacher des éléments qu'il aurait pu nous soumettre en d'autres circonstances. Et si cette Alice fuyait à l'instant où l'identité de Beverly était révélée ?

L'un des sourcils broussailleux de Chitwood tressauta, faisant ressortir un poil gris rêche comme de la paille de fer.

— Quinn, dans mon bureau. Immédiatement.

Avec un soupir, Josie l'y suivit et ferma la porte derrière elle. Il se mit à faire les cent pas, marmonnant à voix basse. Elle s'attendait à ce qu'il lui reproche de l'avoir contredit devant la nouvelle attachée de presse, mais ce ne fut pas le cas.

— Écoutez, Quinn, je dois me débarrasser de ces manifestants à Quail Hollow. Pour ça, j'ai besoin que la population se trouve un autre os à ronger. Et quelle meilleure idée que ça ? Une affaire de meurtre. Nom de Dieu, je ne peux même plus m'exprimer librement dans mon propre commissariat !

— Monsieur, je n'ai jamais été contre l'idée de tenir une conférence de presse, simplement, je pense que l'on ne devrait pas révéler toutes les informations dont on dispose. Si cette Alice s'avère être une piste sérieuse, je ne veux pas risquer de la perdre. Vous pouvez décider de ce qu'on donne ou non aux journalistes. Mais ne divulguez pas l'identité de Beverly pour le moment. Demandez à Amber de s'occuper de la conférence de presse. Elle est là pour ça, non ?

Il hocha la tête.

— Il faut que je trouve de quoi l'occuper tant que cette affaire à Quail Hollow n'est pas réglée. Si la maire s'imagine que nous envoyer une espionne va m'empêcher de leur faire respecter la loi, à elle et à ses copains, elle se met le doigt dans l'œil jusqu'au coude.

— Ne rendez publics que de vagues détails aujourd'hui, reprit Josie. Nous avons découvert le corps d'une jeune fille de dix-sept ans sous la maison de Hempstead Road. Nous cherchons actuellement à l'identifier et à déterminer depuis combien de temps elle était enterrée là. La légiste a confirmé que la cause de la mort était bien un homicide. Et demain, nous renverrons Amber devant les journalistes avec quelques éléments supplémentaires.

Il acquiesçait en silence.

— Oui, je peux lui donner la charge d'un numéro que les

gens peuvent contacter s'ils ont des infos. Bon boulot, Quinn. Prenez Palmer, occupez-vous de ces mandats et suivez les pistes que nous avons. Maintenant, sortez d'ici et envoyez-moi Mlle Watts. Je vais m'organiser avec elle. Et après, je vais retourner plonger dans ce merdier à Quail Hollow avant que ça tourne au pugilat.

Josie retourna à son bureau et informa Amber que le chef souhaitait lui parler. Elle se leva, lissa sa jupe, afficha un grand sourire et traversa la pièce jusqu'au bureau du chef.

— Alors ? demanda Gretchen.

Josie attendit qu'Amber ait refermé la porte derrière elle pour lui relater la conversation.

— Waouh, dit Gretchen. Peut-être que c'est finalement pas si mal, d'avoir une attachée de presse.

— Hein ? Pourquoi tu dis ça ?

— Il sera plus souvent de notre côté, à partir de maintenant.

Le téléphone de Josie vibra plusieurs fois. Elle le déverrouilla et lut les messages que venait de lui envoyer Noah.

— On a une piste, dit-elle. A priori, il y avait de gros soucis de plomberie dans la maison de Hempstead Road à la période où Vera et Beverly étaient locataires. L'un des murs porteurs a pourri. Le chantier a été réalisé par Zurzola Contracting.

Gretchen fit rouler sa chaise jusqu'à son ordinateur et commença à taper sur son clavier.

— Ils ont fermé en 2007.

Elle récupéra une copie du mail que lui avait envoyé Tammy et le lut.

— Ils n'apparaissent même pas sur cette liste. Tu n'aurais pas le nom de la personne qui a travaillé sur ce chantier, par hasard ?

— Si, répondit Josie. Pas la peine de chercher à le retrouver, le plombier en question est mort.

— Génial, soupira Gretchen. On n'a vraiment pas de veine...

— Attends, reprit Josie en faisant défiler les messages et les documents PDF de Noah. Fais une recherche sur Newton Basement Waterproofing, l'entreprise dont parlait Noah tout à l'heure. À la même époque, ils ont répondu à un appel d'offres pour une reprise en sous-œuvre dans le sous-sol. Si le problème de plomberie était grave au point de devoir creuser le sous-sol partiellement ou totalement, il est possible que Plummer ait décidé d'en profiter pour faire rabaisser l'ensemble de la pièce.

Les mains de Gretchen volaient au-dessus de son clavier. Son visage s'illumina.

— La chance nous sourit enfin. L'entreprise existe toujours, et son siège ne se trouve pas dans une zone inondée !

16

Après s'être occupées des mandats, elles se mirent en route pour les bureaux de Newton Basement Waterproofing. La pluie avait cessé, mais les nuages au-dessus de leurs têtes étaient lourds et gris : pas d'éclaircie à l'horizon. Josie rêvait d'un coin de ciel bleu et d'un rayon de soleil. La météo n'arrangeait pas son humeur.

— Tu as trouvé quelque chose sur cette boîte ? demanda-t-elle à Gretchen.

— C'est une entreprise familiale. Fondée il y a une quarantaine d'années. Le fils a repris après le père. Le gérant actuel est George Newton. La quarantaine. Ils ont dix employés.

Josie emprunta une route sinueuse en direction du nord de Denton, portion de la ville plus montagneuse où peu de gens habitaient. Le siège de Newton Basement Waterproofing était abrité dans un bâtiment en parpaings avec un toit-terrasse jouxté d'un grand parking. Deux camionnettes attendaient devant l'entrée du bâtiment, leur plateau débordant de matériel, et Josie se gara à côté. Quand elles poussèrent la porte d'entrée, un *ding* résonna au-dessus de leurs têtes. À leur gauche, quelques chaises vides et, droit devant, un grand bureau avec des piles de brochures disposées dessus. Une voix masculine émergea d'une porte à l'arrière :

— J'arrive tout de suite !

Après cinq minutes d'attente, un homme au teint rougeâtre et aux cheveux courts les rejoignit finalement. Il portait un jean sale et un t-shirt où il était inscrit en lettres blanches : « Newton Basement Waterproofing. Depuis 1980. »

— Que puis-je faire pour vous ? demanda-t-il.

Gretchen et Josie sortaient leur badge et leur mandat quand il pointa un doigt vers cette dernière.

— Hé, mais je vous connais. Vous êtes l'inspectrice, là.

Elle lui tendit sa carte.

— Oui, inspectrice Josie Quinn.

Concentré sur Josie, il ne jeta qu'un vague coup d'œil à celle de Gretchen.

— En quoi puis-je vous aider ?

— Je ne sais pas si vous avez eu l'occasion de regarder les informations à la télévision ces dernières vingt-quatre heures, mais nous avons trouvé des restes humains sous une maison sur Hempstead Road.

Il grimaça.

— Oh, oui, j'ai vu ça. C'était un cadavre, c'est ça ?

— Oui, malheureusement. Il s'agit du corps d'une jeune fille ayant vécu dans cette maison entre 1997 et 2004. Elle a été enterrée sous les fondations. Nous avons vérifié auprès des services d'urbanisme si des travaux avaient été entrepris dans le sous-sol de cette maison, et nous avons découvert que votre entreprise a effectué un chantier de reprise en sous-œuvre en 2004.

Son visage s'assombrit quand il demanda :

— Vous pensez que j'ai quelque chose à voir avec ça ?

— Vous devez être M. Newton ? intervint Gretchen.

— Oui. George Newton.

— Pour le moment, nous essayons juste de déterminer quand et comment ce corps a pu se retrouver sous la maison. Vous souvenez-vous de ce chantier ?

— Non. Enfin, si on a fait une demande, c'est qu'on a réalisé ce chantier, bien sûr, mais je ne m'en souviens pas personnellement.

— Est-ce que vous travailliez déjà ici à l'époque ? demanda Josie.

— Oh oui, je n'avais aucune responsabilité, mais j'ai longtemps travaillé pour mon père avant de prendre les rênes de l'entreprise. Je faisais partie du personnel. Il envoyait une équipe à tel ou tel endroit, et on faisait le boulot.

Josie afficha sur son téléphone le document PDF que lui avait envoyé Noah et le lui montra. L'homme tapota le col de son t-shirt puis fourragea dans les compartiments du bureau pour y récupérer ses lunettes.

— Je peux ? demanda-t-il, une main tendue vers le téléphone.

— Bien sûr, dit Josie en lui remettant l'appareil.

Il étudia le document pendant plusieurs minutes avant de déclarer :

— On dirait que c'est mon père qui s'est occupé de la demande de permis pour ce chantier. C'est sa signature. Il y avait un gros boulot à faire sur la plomberie et les évacuations. On a dû creuser l'intégralité du sous-sol et couler de nouvelles fondations.

— Votre père est-il toujours en vie ?

— Non, désolé. Il est décédé l'année dernière.

— J'en suis désolée, dit Josie. Auriez-vous conservé des traces de ce chantier dans vos archives personnelles ?

George secoua la tête.

— On ne conserve les dossiers que pendant sept ans. Navré.

— Est-ce que vous connaissez quelqu'un qui aurait pu faire partie de l'équipe sur ce chantier ? persista Josie.

— Je n'en ai aucune idée, admit-il. J'en faisais certainement partie. Mais vous savez, on fait plus de cent chantiers par an et, là, ça commence à vraiment dater. Quasiment vingt ans !

Josie récupéra son téléphone pour y afficher la dernière photo de permis de conduire de Vera.

— Vous souvenez-vous d'elle ?

Il se frotta le menton.

— Elle me dit quelque chose.

Gretchen sortit elle aussi son téléphone pour lui montrer un portrait de Beverly.

— Et elle ?

— Oh ! oui, elle... Quelle calamité, celle-là.

Josie ressentit une pointe d'excitation.

— Pourquoi dites-vous ça ?

— Je m'en souviens, maintenant. Ce chantier... Franchement, je ne garde pas beaucoup de souvenirs du boulot. Comme je vous l'ai dit, on en fait plus d'une centaine chaque année. On ne peut pas tous les garder en tête. Ce sont les pires qui laissent des traces...

— Oui, répondit Gretchen et Josie à l'unisson.

— Sa mère était malade ou un truc comme ça. Handicapée. Je ne sais pas. Elle restait tout le temps enfermée dans sa chambre. Mais cette fille nous accueillait tous les matins quand on arrivait pour travailler, et l'après-midi, quand elle rentrait du lycée, elle était toujours dans nos pattes. Impossible d'avancer quand elle était là. Elle était intéressée par un de nos gars.

— Quel gars ? demanda Gretchen.

— Son nom ne me revient pas. Il n'est resté que quelques mois dans l'entreprise. C'est mon père qui l'avait embauché. On a essayé de le former, mais ça ne l'intéressait pas du tout. Tout ce qu'il voulait, c'était pouvoir se payer sa dose.

— Il avait des problèmes de drogue ? demanda Josie.

— Et pas qu'un peu. Comme j'ai dit, il a dû rester quoi, deux mois, et puis un jour, juste après avoir touché sa paie, il ne s'est plus présenté au travail, sans prévenir. Je n'ai plus jamais entendu parler de lui, et j'ai fini par lire dans le journal qu'il avait fait une overdose.

— Il est donc décédé, conclut Josie.

Encore une impasse.

— Qu'est-ce que Beverly lui voulait ?

Il haussa les épaules.

— Je n'en sais rien. J'avais autre chose à faire que les espionner. On avait un chantier à finir. Mais chaque fois qu'elle était dans le coin, il s'enfermait dans une chambre avec elle ou ils s'isolaient dehors pour discuter.

— Vous ne vous rappelez rien d'autre à son sujet ? le relança Josie.

George prit un moment pour y réfléchir en se frottant de nouveau le menton. Il plissait les yeux, comme si remonter dans ses souvenirs lui demandait un réel effort. Finalement, il dit :

— Son nom commençait par un A. Andrew, Ambrose, quelque chose comme ça.

Gretchen sortit son bloc-notes pour y inscrire les prénoms.

— Vous avez une idée de l'âge qu'il avait ?

— On avait à peu près le même âge, donc il devait avoir dans les vingt-cinq, trente ans à l'époque.

— Savez-vous si Beverly le voyait en dehors du travail ? demanda Josie.

— Non, désolé. Je n'étais pas ami avec lui. Si je me souviens de lui, c'est uniquement parce que c'était une très mauvaise recrue et que j'espérais que mon père se débarrasserait de lui. Comme si ça ne suffisait pas qu'il ne foute rien au boulot, en plus, il flirtait avec une lycéenne ! Ça ne se fait pas, franchement. Je ne l'aimais pas du tout.

— Savez-vous, monsieur Newton, si ce jeune homme possédait des armes à feu ? le questionna Josie.

— Je ne crois pas, mais je n'en sais rien.

— Et vous ? rebondit Gretchen. Possédez-vous des armes à feu ?

— Non, pas moi.

— Combien de temps a duré ce chantier ? reprit Josie avant qu'il ait pu leur demander en quoi le fait qu'il possède une arme les intéressait.

Il haussa les épaules.

— Je ne pourrais pas vous le dire précisément. Sans doute comme d'habitude. Quelques mois.

— Y a-t-il eu des moments d'interruption pendant le chantier ? demanda Gretchen. Dont vous vous souviendriez aujourd'hui ? Rien d'inhabituel ?

Son regard passa de Gretchen à Josie avant de revenir sur Gretchen.

— Vous pensez que quelqu'un a enterré cette fille sous les fondations pendant notre chantier ? Et qu'on ne s'en est pas rendu compte ?

Elles ne répondirent pas.

Il grimaça de nouveau, signe qu'il fouillait dans sa mémoire.

— Si je me rappelle bien, on a été obligés d'interrompre le chantier plusieurs fois, le temps que le plombier intervienne, et on ne travaillait pas le week-end. Vers la fin, il n'y avait plus personne dans la maison. Mon père avait dû se faire prêter une clé par le propriétaire, j'imagine. Sur le moment, on s'est juste dit que la mère et la fille étaient parties en vacances. C'est tout ce que je me rappelle. Enfin, oui, il est possible que quelqu'un l'ait mise là en plein chantier s'il a fait ça pile au bon moment en remettant tout en place après son passage. C'est vraiment terrible. Je n'arrive pas à croire qu'on ait pu couler du béton sur cette fille sans même nous en apercevoir.

Josie sortit une carte de visite et la lui tendit en lui recommandant de ne pas hésiter à la contacter si un détail digne d'intérêt lui revenait. Il la saisit lentement, paraissant soudain abasourdi, sous le choc.

— Monsieur Newton ? s'inquiéta Gretchen. Tout va bien ? Est-ce qu'il y a autre chose ?

Il secoua la tête, et Josie crut voir ses yeux briller.

— C'est juste... Qui ferait ça, franchement ? Un truc aussi horrible ?

— C'est ce que nous essayons de découvrir, dit Josie.

## 17

Elles se remirent en chemin pour se rendre chez Kelly Ogden. Sur la route, Gretchen envoya un message à Noah en lui demandant de vérifier si Calvin Plummer et George Newton avaient déclaré posséder des armes à feu. Elle lui demanda également de rechercher un avis de décès pour un homme d'environ vingt-cinq ans avec un prénom commençant par A durant l'été 2004.

— Donc, dit Josie, parmi les suspects potentiels, nous avons le propriétaire de la maison, Ray, George Newton, et maintenant le type embauché par Newton avec qui Beverly flirtait.

— La liste s'allonge chaque fois que l'on parle à quelqu'un, commenta Gretchen.

— Et pour ne rien arranger, la moitié des gens qui y figurent sont morts.

Elles se garèrent devant un immeuble délabré à quatre étages situé dans un quartier de Denton ayant pour le moment échappé à l'inondation. Elles n'eurent pas de difficulté à trouver l'appartement mais, bien qu'elles aient sonné plusieurs fois et frappé pendant de longues minutes, personne ne vint leur ouvrir. Comme Josie avait appris sur Facebook que Kelly

Ogden travaillait dans un supermarché du coin, elles s'y rendirent et la découvrirent derrière la caisse numéro 7. Elle scannait les articles sans montrer la moindre expression sur son visage, ne parlant aux clients que pour leur annoncer le montant de leurs achats et leur demander leur carte de fidélité. Comme sur sa photo de profil, ses cheveux étaient tirés en queue-de-cheval. On lui aurait donné bien plus que ses trente-trois ans.

Gretchen laissa Josie à l'entrée du magasin et partit chercher le directeur. Quinze minutes plus tard, Kelly leur indiquait de la suivre jusqu'au parking. Dehors, une fine bruine avait commencé à tomber. Sous un petit auvent, un unique cendrier se dressait parmi les mauvaises herbes qui avaient poussé dans les fissures du bitume. Kelly aspira une longue bouffée de sa cigarette et enroula un bras autour de son torse comme un bouclier.

— J'ai rien à voir avec le vol de la nuit dernière. Je sais que vous avez arrêté mon frère, mais j'étais pas là-bas, moi. J'ai un boulot. J'ai pas besoin de voler des trucs. Mon frère, vous savez, il se drogue, ce genre de choses. Moi, j'ai jamais touché à la drogue. Cette histoire d'aller piller les boutiques, c'était même pas son idée au départ. Ça, c'est depuis qu'il a commencé à traîner avec ce vieux type, là, comment il s'appelle, déjà ? Lui aussi a été arrêté la nuit dernière. C'est à lui que vous devriez poser des questions, pas à moi.

Josie et Gretchen la dévisagèrent.

— Ce n'est pas du tout le sujet de notre visite, l'informa Josie.

Kelly leva sa cigarette en l'air.

— Zeke ! s'exclama-t-elle. C'est ça, son nom.

Le cœur de Josie s'emballa pendant quelques secondes, puis elle glissa discrètement à Gretchen :

— Zeke a été arrêté cette nuit pour vol ?

— Aucune idée, patronne. C'est Noah et Mett qui s'en sont occupés.

Pourquoi Noah ne lui avait-il rien dit ? À moins qu'il ait essayé de le faire, juste avant ce coup de téléphone de la part d'Alice. Il n'avait pas eu l'occasion de lui parler en privé depuis. *Est-ce que c'est important ?* se demanda-t-elle. Elle décida que non. Rien de ce que pouvait faire Larry Ezekiel Fox n'avait d'importance à ses yeux. Elle le chassa de son esprit et se reconcentra sur le moment présent.

— Kelly, nous sommes ici pour vous parler de Beverly Urban, lui expliqua Gretchen.

Kelly l'observa longuement. Elle prit une dernière bouffée de sa cigarette, la lança par terre et l'écrasa avec son pied. Puis elle en sortit une nouvelle et l'alluma. Avec une profonde inspiration, elle dit :

— Beverly Urban. Je n'ai plus pensé à elle depuis le lycée.

— C'était une bonne amie à vous, fit Josie.

Kelly se redressa et, avec une certaine fierté, déclara :

— J'étais sa meilleure amie.

— Quand lui avez-vous parlé pour la dernière fois ? demanda Gretchen.

Kelly laissa retomber son menton contre sa poitrine. Elle tira encore une bouffée sur sa cigarette et souffla la fumée.

— Pourquoi ne pas plutôt me demander quand *elle* m'a parlé pour la dernière fois ? On était meilleures amies et, un beau matin, elle a arrêté de m'appeler et n'est plus jamais venue me voir.

— Vous n'avez pas pensé à vérifier qu'elle allait bien ? s'étonna Josie.

— Vérifier quoi ? Qu'elle n'était pas malade ? Bien sûr que non, elle n'était pas malade. Je suis allée chez elle, et il n'y avait plus personne là-bas. Ni elle ni sa mère. Elles étaient parties. Sans rien dire à personne.

— Ça ne vous a pas semblé curieux ? demanda Gretchen.

— Bof, non… Elles disaient qu'elles allaient devoir déménager. Elles étaient complètement fauchées. Elles avaient vraiment pas le choix, il fallait qu'elles quittent cette maison. Mais je pensais qu'elles préviendraient avant de partir, ou qu'au moins Beverly continuerait de m'appeler. C'était sans doute à cause de sa mère. Elle en tenait une sacrée couche, celle-là.

— C'est-à-dire ? demanda Josie.

Kelly éclata de rire.

— Vous croyez que je me souviens pas de vous ? Vous étiez là. « C'est-à-dire ? » Non mais sérieusement… Vous savez très bien comment était Beverly. Elle était tout le temps en train de s'attirer des ennuis.

— Je n'étais pas amie avec elle. J'ai besoin de savoir quels ennuis elle s'était attirés avant de partir.

Kelly parut soudain prendre la mesure de ce que signifiait le fait que deux policières se soient déplacées sur son lieu de travail pour lui poser des questions sur une amie de lycée avec qui elle n'avait pas eu de contact depuis seize ans.

— Hé, attendez une minute, fit-elle en pointant sa cigarette sur Josie. Qu'est-ce qui se passe ? Beverly a fait quelque chose de mal ?

— Non, répondit Gretchen. Elle n'a rien fait. J'ai bien peur qu'elle soit morte, Kelly.

— Oh merde ! s'exclama cette dernière.

Elle se mit à marcher en rond, incapable de dissimuler son état de choc.

— Merde, c'était elle dans la bâche, c'est ça ? Celle qu'on a vue aux infos ? Elle était sous la maison ? Elle a été assassinée, c'est ça ?

— Oui, confirma Josie. On essaie de déterminer ce qui lui est arrivé et qui aurait pu la tuer. Est-ce qu'elle avait d'autres fréquentations, en dehors de vous et Lana Rosetti ?

Kelly secoua la tête, puis dit :

— Non, on était toutes les deux ses meilleures amies.

— Est-ce que Beverly prenait de la drogue ? poursuivit Josie.

— Non. Non, pas de drogue. Son addiction, c’était plutôt ses mecs.

— Ses mecs ? répéta Gretchen.

Kelly leva les yeux au ciel.

— C’est comme ça qu’elle en parlait. Je suis même pas sûre qu’ils existaient vraiment. Beverly aimait bien se la raconter. Elle était persuadée d’être hypersexy. Bon, c’est vrai qu’elle était pas mal. Elle pouvait avoir n’importe quel mec, sans problème, mais elle aimait bien inventer des histoires, exagérer un peu les choses. Dès qu’un mec lui tapait dans l’œil, elle faisait comme s’ils étaient ensemble, même si c’était faux.

— Vous vous souvenez de comment s’appelaient ces hommes ?

— Elle ne nous a jamais dit leurs noms. C’est pour ça que c’était difficile de savoir si c’était vrai ou pas. Elle parlait d’eux tout le temps, mais on n’en a jamais rencontré aucun.

— Et qu’est-ce qu’elle racontait à leur sujet ? relança Gretchen, son stylo posé sur son bloc-notes. Quelques mois avant que vous perdiez contact avec elle, notamment ?

— Elle nous racontait ce qu’ils lui disaient, tous les compliments qu’ils lui faisaient, comment ils étaient, tout ça.

— Avait-elle des relations sexuelles avec certains d’entre eux ? demanda Josie.

— À l’entendre, ils rêvaient tous de la mettre dans leur lit, mais je ne sais pas si c’était vraiment le cas. Je vous ai dit, Beverly était vraiment une grande gueule. En général, tout ce qu’elle pouvait raconter, à n’importe quel sujet, c’étaient des conneries.

Pourtant, Josie savait qu’il y avait une part de vérité dans ce qu’avait laissé entendre Beverly, puisqu’elle était enceinte de cinq mois quand elle avait été assassinée.

— De combien d’hommes est-ce qu’on parle ? questionna Gretchen.

— Quatre, dit Kelly. Je pense qu'il y en avait un avec qui elle couchait vraiment, parce qu'il avait un tatouage dont elle nous parlait tout le temps. Comme si ça faisait de lui un gros dur. Tout le monde a des tatouages ! Mais bon, on était jeunes et naïves à l'époque. Alors, sortir avec un mec tatoué, c'était un truc de dingue pour nous.

— Quel genre de tatouage ? demanda Gretchen.

Kelly haussa les épaules et tapota de nouveau sur sa cigarette pour en faire tomber la cendre. La bruine était en train de se transformer en vraie pluie.

— Je m'en souviens pas. Mais il était gros, je crois.

— Il était tatoué à quel endroit ? Est-ce qu'elle vous l'a dit ? demanda Josie.

Kelly prit quelques secondes pour y réfléchir.

— J'en ai aucune idée.

— Mais vous vous rappelez qu'elle parlait de quatre hommes différents, reprit Gretchen.

— Oui. L'un d'eux était... euh...

Elle observa Josie en se mordant la lèvre.

— Ray Quinn, compléta Josie. Est-ce qu'elle sortait avec lui ?

— C'est ce qu'elle nous disait, qu'elle sortait avec lui derrière votre dos, mais je suis pas sûre que c'était vrai. Chaque fois que je l'ai vue essayer de lui parler, c'est tout juste s'il répondait.

Et pourtant, c'était sa veste chérie que Beverly portait le jour de son meurtre.

— Et les autres ? fit Gretchen.

— Elle disait qu'ils étaient plus âgés. Ray était le seul mec du lycée à l'intéresser. Un des types travaillait sur un chantier chez elle, un truc comme ça.

Cela concordait avec ce que leur avait dit George Newton.

— Si elle ne vous donnait pas leurs prénoms, continua Josie, comment est-ce qu'elle les appelait, alors ?

— Elle leur donnait des surnoms.

— Lesquels ?

Kelly secoua la tête. Elle aspira une dernière bouffée de sa seconde cigarette et jeta le mégot.

— C'était il y a tellement longtemps, je me souviens plus. Désolée.

— Est-ce qu'il y en avait un de plus sérieux que les autres ? demanda Gretchen.

— Je sais pas s'il y en avait un qu'elle aimait plus qu'un autre. Mais à un moment, il y en a un qui s'est désintéressé d'elle, et ça l'a rendue folle.

— Une idée de qui ça pouvait être ? demanda Josie.

— Non, désolée.

— Et le père de Beverly ? Est-ce que ça lui arrivait d'en parler ? Est-ce qu'elle le connaissait ?

— Elle ne le connaissait pas, et tout ce que sa mère lui disait, c'était qu'il ne voulait rien savoir d'elle. Beverly ne l'a jamais crue mais, à mon avis, c'était parce qu'elle n'avait pas envie d'admettre que son père ne voulait pas entendre parler d'elle.

En apprenant ce triste détail de la vie de Beverly, Josie se demanda quelle était l'intention de Vera quand elle avait raconté ça à sa fille. N'y aurait-il pas eu un moyen moins brutal de lui expliquer l'absence de son père dans leur vie ? Peut-être que non. Pas sans recourir au mensonge, en tout cas...

— Que pouvez-vous nous dire sur sa mère, Vera ?

— Elle était... euh... handicapée.

— Quel genre de handicap ? demanda Gretchen.

— Elle avait un problème au dos, au niveau d'une vertèbre. Elle était obligée de prendre des tonnes d'antidouleurs pour faire le moindre truc.

— Est-ce qu'elle avait eu un accident ? questionna Josie.

Kelly ressortit son paquet de cigarettes écrasé et le secoua pour en récupérer une, qu'elle alluma. La pluie martelait maintenant l'auvent en aluminium.

— C'était une bagarre.

Gretchen et Josie échangèrent un regard. Josie savait que sa collègue pensait au casier judiciaire de Vera. N'y apparaissaient que quelques excès de vitesse et une plainte classée sans suite pour avoir rédigé un chèque sans provision. Rien de violent.

— Ça ne s'est pas passé dans un bar ou autre, précisa Kelly. Elle et Beverly se sont battues. Elles passaient leur temps à ça. La mère de Beverly pouvait être une vraie connasse. Quand elle était au collège, elles se sont sérieusement pris la tête, et Beverly l'a poussée dans l'escalier.

— Beverly a poussé sa mère dans l'escalier ? s'étrangla Josie.

Kelly pouffa, crachant un nuage de fumée au visage de l'inspectrice.

— Ça vous surprend ?

— Non, pas vraiment. C'est juste que j'imaginais qu'elle ne passait ses nerfs que sur les gens qu'elle n'aimait pas.

— Qu'est-ce qui vous fait croire qu'elle aimait la vieille Vera ? Je vous assure, c'était une plaie, celle-là. Elle laissait jamais sa fille rien faire. Elles se sont jamais entendues.

— Est-ce que vous savez pourquoi ?

— Vous avez écouté ce que je viens de dire ? Parce que Vera était une connasse, voilà pourquoi !

— OK, OK. Nous avons encore quelques questions à vous poser, Kelly. Vous avez dit que Vera était handicapée à cause d'un problème au dos. Est-ce que vous savez si elle travaillait, avant ça ?

— Oui, elle était coiffeuse. Elle a arrêté après son plongeon dans l'escalier. Pas le choix. Elle disait qu'elle arrivait pas à rester debout toute la journée. Elle s'est fait opérer, mais ça a fait qu'empirer les choses.

— Vera avait-elle un petit ami ? demanda Gretchen.

— Non, jamais. Beverly arrêtait pas de lui dire qu'elle avait besoin de se faire baiser et qu'elle ferait mieux de se trouver un mec, ce à quoi Vera répondait qu'aucun mec ne voudrait jamais d'elle à cause de sa pourriture de fille.

De nouveau, Josie ressentit une pointe d'empathie pour Beverly, bien qu'elle n'ait jamais été en mesure de le faire à l'époque où elles étaient au lycée ensemble. En même temps, elle n'avait pas la moindre idée de ce que vivait Beverly chez elle, à ce moment-là.

— Une dernière question, Kelly. Est-ce que Beverly vous a un jour parlé d'une grossesse ?

Elle écarquilla les yeux.

— Non. Jamais. Vous pensez qu'elle était enceinte ?

— Nous ne pouvons pas donner de détails, intervint Gretchen. Est-ce que Beverly ou Vera étaient proches d'une personne nommée Alice ? Est-ce que vous vous souvenez de quelqu'un qui s'appelait comme ça ?

Kelly secoua la tête.

— Non, ça me dit rien.

— Quand est-ce que vous avez parlé à Lana Rosetti pour la dernière fois ? demanda Josie.

— Je ne lui ai pas parlé depuis le lycée.

Gretchen tendit à Kelly une carte de visite.

— Merci pour votre aide précieuse. N'hésitez pas à nous appeler si vous vous rappelez quoi que ce soit.

## 18

2004

L'atmosphère crépitait d'énergie et d'excitation. La foule grouillait aux abords du stade de base-ball, dont les gradins étaient déjà pleins. Certains habitants de Denton s'étaient déplacés avec leur propre chaise pliante pour s'installer là où il restait de la place. Le soleil était presque couché, et pourtant la chaleur et l'humidité étaient toujours aussi présentes. Josie souleva ses longs cheveux noirs de sa nuque pendant un moment, se délectant de cette sensation de fraîcheur. Elle patientait devant le grillage qui entourait le terrain, juste derrière la première base, parmi les proches des joueurs de Denton East. Elle était bousculée de toutes parts, mais elle ne céda pas sa place. Pendant ce temps, Lisette faisait la queue à la buvette.

La foule se mit à rugir lorsque les joueurs posèrent le pied sur le terrain. Josie reconnut immédiatement Ray à sa foulée bondissante. Il tourna la tête vers elle et lui fit un clin d'œil avant de se mettre en place et de commencer à s'échauffer. Autour de Josie, les cris d'encouragement fusaient. Quelques minutes plus tard, l'équipe sortit pour laisser la place à leurs adversaires qui s'échauffèrent à leur tour. Tapant son gant contre sa cuisse, Ray partit nonchalamment rejoindre Josie. Il semblait très sûr de lui, mais elle savait, à la manière dont il regardait partout alentour, à quel point il était nerveux.

Elle se pencha au-dessus de la barrière pour l'embrasser.

— Détends-toi, lui dit-elle. Tu vas assurer.

Il coinça son gant sous son aisselle et, d'une main, vint repousser une mèche de cheveux de son visage.

— Tu crois, Jo ?

Josie sourit.

— J'en suis sûre. Ce sera ton meilleur match. Tu vas voir.

Ils échangèrent un nouveau baiser jusqu'à ce que quelqu'un leur crie :

— Il y a des hôtels, pour ça !

Puis l'entraîneur apparut sur le terrain en compagnie de plusieurs hommes bien habillés et rassembla ses joueurs. Ray regarda par-dessus son épaule.

— Merde. Il faut que j'y aille. On doit prendre des photos avec nos sponsors avant le début du match.

Josie tendit la main pour redresser sa casquette sur sa tête.

— Je te souhaiterais bien bonne chance, mais je sais que tu n'en as pas besoin. On se voit juste après.

Elle le regarda s'éloigner à petites foulées, son cœur tambourinant dans sa poitrine. Elle espérait tant qu'ils gagneraient. Ray avait adoré cette saison de base-ball, qui l'avait aidé à sortir de la dépression dans laquelle il s'enfonçait parfois. Il avait travaillé dur, et elle souhaitait vraiment que ses efforts paient. Les membres de l'équipe se positionnèrent en ligne et s'agenouillèrent, le coach et quatre hommes d'affaires debout derrière eux. Josie reconnut le fondateur du *Komorrah's Koffee* à ses fins cheveux blancs et ses épaules voûtées. Elle avait entendu dire qu'il partirait bientôt à la retraite, et que le café serait repris par sa fille. À côté de lui se trouvait le propriétaire d'une pizzeria située juste devant le campus. Josie lui donnait une cinquantaine d'années. Il avait des cheveux blonds et gras, et une moustache qui semblait avoir du mal à pousser. Manifestement, il mangeait autant de pizzas qu'il en vendait. Les deux autres hommes devaient approcher la quarantaine. Le premier était grand et longiligne avec d'épais cheveux bruns ondulés et une paire de lunettes à monture épaisse qui ne cessait de glisser sur son nez. Elle était presque sûre qu'il s'agissait du gérant d'une boîte d'informatique qui avait connu un certain succès récemment, bien qu'elle ne parvienne pas à se rappeler son nom. Le dernier homme était de taille moyenne, bronzé et musclé, avec des cheveux formant des pics fixés au gel sur le dessus de sa tête, comme s'il cherchait à paraître plus jeune qu'il ne l'était. Elle ne connaissait ni son identité ni son entreprise, mais elle l'avait déjà vu plusieurs fois à la télévision. Il était question de la reconstruction du théâtre historique du centreville.

Le crépitement des flashs attira l'attention de Josie. Elle se détourna du terrain et vit plusieurs personnes armées de caméras jouer des coudes pour traverser la foule. Les photographes atteignirent la barrière juste au moment où elle s'en éloignait. Il lui fallut plusieurs minutes pour retrouver Lisette le long des gradins, assise dans une chaise de jardin à proximité de la troisième base. Un deuxième siège, identique, était installé près d'elle.

— Ah ! Te voilà, dit Lisette. Tu ferais mieux de t'asseoir avant que quelqu'un essaie encore de piquer ta place.

Elle avait acheté de quoi tenir une bonne semaine à elles deux : quatre hot-dogs, six paquets de chips, des frites couvertes de sauce et des brownies.

— C'est beaucoup trop, mamie.

— Ray mourra de faim après le match. On lui offrira nos restes. Oh, zut ! J'ai oublié les serviettes. Tu veux bien courir à la buvette pour en récupérer ? Prends-en une poignée.

Le match allait débuter dans quelques minutes, les spectateurs affluaient vers les sièges en se bousculant pour trouver de la place. Josie contourna les gradins et se retrouva sur une pelouse couverte d'emballages vides, close par un grillage. Derrière, on apercevait le parking puis, au-delà, un bois. Les gens continuaient de pénétrer dans le stade par la petite porte donnant sur le parking, et elle eut toutes les peines du monde à marcher à contre-courant vers la buvette. Soudain, elle faillit se retrouver par terre après avoir percuté un mur. Non, pas un mur, se rendit-elle compte quand de larges mains la saisirent par les bras : un homme. Elle leva les yeux et tomba nez à nez avec l'un des sponsors. Celui qui était bronzé et musclé.

— Excusez-moi, dit-il avec un grand sourire qui dévoila une belle rangée de dents blanches.

Il aurait pu être sexy s'il n'avait pas fait en sorte de prolonger inutilement le contact, en profitant pour lui effleurer la poitrine avec son pouce.

Josie s'écarta, baissa la tête et tenta de reprendre sa route.

— Pas grave, fit-elle.

Autour d'eux, les gens passaient sans leur accorder un regard.

Il lui posa une main sur l'épaule, la figeant sur place.

— On se connaît, non ?

— Je suis la petite amie du lanceur. Vous m'avez sans doute aperçue avec lui.

Son sourire se fit conspirateur, comme s'il s'apprêtait à lui révéler un secret.

— Il est bon, lui. Sur le terrain.

Josie sentit ses joues rosir.

— Je dois...

Avant qu'elle ait pu finir sa phrase, il sembla voir quelque chose derrière elle et mit fin à la conversation :

— Heureux de vous avoir rencontrée.

Il la contourna et reprit sa route. Soulagée, Josie se promit de l'inscrire sur sa liste de pervers.

La buvette n'avait toujours pas désempli, et plusieurs clients la hélèrent quand elle voulut les doubler dans la file pour attraper quelques serviettes en papier. Elle se résigna alors à piétiner devant le stand pendant dix longues minutes avant d'obtenir les fameuses serviettes. Elle se dépêcha ensuite de rejoindre sa grand-mère, décidant d'emprunter un détour afin de ne pas risquer de tomber sur M. Bronzé-Musclé. Elle se retrouva néanmoins de nouveau bloquée par la foule qui faisait la queue devant les toilettes. Si ça continuait, elle allait rater l'hymne national. La pauvre Lisette risquait de croire qu'elle avait été enlevée. Alors qu'elle dépassait la file devant les toilettes des dames, un joueur de l'équipe adverse fila à travers la foule et lui heurta l'épaule au passage. Déstabilisée, elle laissa échapper les serviettes qu'elle tenait à la main. Elle jura intérieurement et s'accroupit pour les ramasser. Une des personnes qui faisaient la queue cria au garçon :

— Hé ! Tu pourrais faire gaffe !

Les serviettes récupérées, Josie repartit. Le présentateur commença à parler dans son micro, souhaitant la bienvenue au public, à qui il demanda de se lever pour l'hymne national. Elle n'avait pas atteint la troisième base que quelqu'un jaillit des toilettes et lui coupa la route.

— Hé, dit Josie. Attention !

Devant elle se tenait Beverly Urban, les yeux écarquillés, comme un lapin pris dans les phares d'une voiture. Ses boucles épaisses étaient tout ébouriffées.

— Merde, lâcha Josie.

Mais Beverly n'afficha aucun sourire narquois. Pas une insulte ne sortit de sa bouche. Elle se contenta de dévisager Josie, comme si elle voyait à travers elle. Les premières notes de l'hymne national se firent entendre dans les haut-parleurs. Le cou de Beverly était couvert d'éclaboussures roses, et elle tenait fermement un objet dans sa main. Un bout de tissu blanc. Sans réfléchir, Josie demanda :

— Ça va ?

Comme si elle reprenait soudain ses esprits, Beverly étrécit les yeux et fourra son poing dans la poche de sa jupe.

— Dégage, grogna-t-elle.

Josie leva les yeux au ciel et reprit son chemin.

— Avec plaisir, dit-elle sans un regard en arrière.

## 19

L'adresse qu'elles avaient pour Lana Rosetti se trouvait du côté ouest de Denton, dans un quartier de maisons individuelles entourées de grands jardins. Les pelouses étaient impeccables, bien que gorgées d'eau à cause de la pluie qui tombait sans discontinuer. Pour le moment, seule une partie du quartier avait été inondée. Josie et Gretchen empruntèrent de nombreux détours avant de finalement atteindre la maison, qui avait été épargnée. Devant, un panneau annonçait : « Rosetti, psychologue. »

— Elle est psychologue ? s'étonna Gretchen.

— Apparemment, répondit Josie tandis qu'elles descendaient du véhicule et remontaient l'allée.

Cinq marches menaient à la porte d'entrée, qui était peinte en rouge foncé et entourée de plantes en pots. Josie appuya sur la sonnette, et elles patientèrent. Quelques instants plus tard, une femme vint leur ouvrir. Elle ressemblait à Lana Rosetti, mais était trop âgée pour être elle. Sa frêle silhouette était drapée dans une robe fleurie qui lui tombait sur les chevilles. Ses yeux d'un bleu profond étudièrent les deux policières par-dessus ses lunettes.

— En quoi puis-je vous aider ?

Elles présentèrent leurs badges.

— Êtes-vous la mère de Lana Rosetti ? lui demanda Josie.

— Oui, c'est bien moi. Je m'appelle Paige. Vous vouliez voir Lana ?

— Nous aimerions lui parler, si possible, répondit Gretchen. Est-ce qu'elle est là ?

Paige les observa longuement toutes les deux.

— Je peux savoir de quoi il s'agit ?

— Bien sûr, dit Josie. Nous enquêtons sur la mort d'une de ses amies du lycée. Nous espérions pouvoir en discuter avec elle, au cas où elle se souviendrait de quelque chose qui pourrait nous aider dans nos recherches.

— Oh non... lâcha Paige. Vous feriez mieux d'entrer.

Elles la suivirent dans un vaste vestibule au parquet clair, puis dans une cuisine dont l'espace était en grande partie occupé par une gigantesque table rustique en bois. Un ordinateur portable était posé sur un côté, ouvert. Paige regarda Josie par-dessus son épaule.

— Vous étiez au lycée avec ma fille, non ?

— Oui, confirma Josie. Mais nous n'étions pas amies.

Paige se dirigea vers les chaises dépareillées disposées autour de la table.

— Asseyez-vous, je vous en prie. Vous voulez boire quelque chose ? Un verre d'eau ? Un café ?

Elles déclinèrent toutes deux sa proposition.

— Est-ce que Lana est ici ? demanda Gretchen.

Paige sourit.

— Non, mais nous sommes censées nous appeler en visio dans dix-sept minutes, si vous souhaitez attendre un peu.

— Nous préférerions la rencontrer en personne si possible, dit Josie.

— Je crains que ce soit difficile. Ma fille et sa famille sont à l'autre bout de la planète. Les seuls moments où je peux la voir ou lui parler, ce sont ces rendez-vous en visio et, la moitié du temps, ils tombent à l'eau. Les infrastructures ne sont pas géniales, où elle se trouve.

— Et où est-elle ? demanda Gretchen.

— Au Burundi. C'est en Afrique. Lana et son mari travaillent pour Médecins sans frontières. Mon petit-fils est là-bas avec eux.

— Eh bien, finalement, peut-être qu'un café...

Paige pouffa.

— Excellente décision.

Elle prépara la cafetière pendant qu'elles attendaient que Lana se connecte.

— Vous avez dit que cela concernait une amie du lycée ?

— Beverly Urban, précisa Gretchen. Son cadavre a récemment été retrouvé à Denton. Elle aurait été assassinée peu après la fin de son année de première.

— Quelle tristesse, commenta Paige. C'est terrible.

— Vous vous souvenez de Beverly ? demanda Josie.

— Oui. Je me rappelle que sa relation avec Lana était parfois un peu tumultueuse. J'ai toujours pensé que ça ne devait pas être rigolo pour elle à la maison, car elle faisait souvent des bêtises. Elle cherchait toujours à attirer l'attention, et Lana, à l'époque, était trop gentille. Elle se laissait complètement écraser.

— Connaissiez-vous la mère de Beverly ? Est-ce que vous avez eu l'occasion de lui parler ?

Paige disposa des tasses et des cuillères sur la table, ainsi qu'un sucrier et une brique de lait. Pendant que chacune préparait son café, elle prit le temps de réfléchir puis secoua la tête.

— Non, jamais. Ça m'arrivait d'y penser. Beverly se montrait parfois cruelle envers Lana, mais elles se rabibochaient toujours. Quand Beverly a déménagé, on n'en a plus parlé.

L'ordinateur portable émit un *ding*. Josie et Gretchen burent leur café pendant que Paige et Lana discutaient un peu.

Ensuite, Paige expliqua que la police était là et pour quelle raison. Elles entendirent la voix de Lana.

— Mon Dieu... Pauvre Beverly. La police est là en ce moment ? Je vais leur parler.

Josie et Gretchen vinrent se poster derrière Paige. Elles se voyaient dans le coin en haut à droite de l'écran, par-dessus l'image de Lana. Ses cheveux blonds bouclés étaient attachés à la va-vite en queue-de-cheval. Elle avait pris un coup de soleil ; la peau de son nez pelait. Elle portait un vieux t-shirt « Médecins sans frontières » et semblait se trouver sous une tente. Josie lui présenta la situation, ce qui prit plus de temps que prévu étant donné que, régulièrement, l'image se figeait et le son coupait. Malgré la frustration, Josie parvint à garder son calme et à rester concentrée. Enfin, elles purent poser leurs questions.

— Lana, commença Gretchen, nous savons que vous étiez une bonne amie de Beverly. D'après nos informations, aucun de ses proches ne l'a revue après la fin de votre première. Quand lui avez-vous parlé pour la dernière fois ?

— La dernière fois, c'était environ une semaine après la fin des cours. Elle était venue dormir à la maison. Elle est rentrée chez elle le lendemain matin, et je n'ai plus jamais eu de nouvelles.

— Êtes-vous allée chez elle ? demanda Josie. L'avez-vous appelée, avez-vous essayé de comprendre où elle était passée ?

— Évidemment, répondit Lana. Il n'y avait personne chez elle. Personne d'autre ne l'avait vue. On savait qu'elle était censée déménager, on en a donc conclu que c'était ce qui était arrivé.

L'image se détraqua de nouveau, on ne voyait plus que des lignes dans tous les sens. Elles attendirent que la connexion soit rétablie, et Gretchen reprit :

— Nous avons parlé à Kelly Ogden, tout à l'heure. Elle nous a confié que Beverly était intéressée par plusieurs hommes à ce moment-là.

— C'est vrai, confirma Lana.

— D'après Kelly, il y en avait quatre, intervint Josie. Ça vous semble exact ?

— Oui.

— Est-ce que Ray Quinn en faisait partie ?

— Oui.

— Est-ce que vous vous souvenez de moi ?

Lana se pencha en avant et plissa les yeux pour mieux voir.

— Oui, je me souviens de vous. Honnêtement, je ne sais pas s'il y avait vraiment quelque chose entre elle et Ray. C'est ce qu'elle prétendait, mais j'ai des doutes. Je n'y ai jamais vraiment cru. À mon avis, elle aurait aimé, mais lui n'était pas intéressé.

— Est-ce qu'un des hommes qu'elle appréciait était un homme travaillant sur le chantier de sa maison ? demanda Gretchen.

Lana se cala contre le dossier de sa chaise et gratta la peau morte de son nez.

— Oui. Ça, je m'en souviens. Il était plus âgé. Elle l'aimait vraiment beaucoup. Et ça semblait réciproque. Un jour, quand j'étais chez elle, je les ai vus flirter. Je ne me souviens pas de son nom, par contre.

— Et les deux autres hommes, vous les connaissiez ? demanda Josie.

— Non, Beverly était très secrète à leur sujet. C'est pour ça qu'avec Kelly, on n'était pas vraiment sûres qu'elle nous disait la vérité. Mais ce que je peux vous dire, c'est qu'elle ne couchait qu'avec un seul de ces garçons. Elle se faisait toujours passer pour une irrésistible séductrice, comme si les hommes étaient incapables de se contrôler en sa présence, mais il n'y en avait qu'un avec qui elle avait des rapports. C'est ce qu'elle m'a dit, en tout cas. Je ne sais pas lequel c'était, je sais juste qu'il était tatoué. Je ne sais pas pourquoi, elle était persuadée qu'un mec avec un tatouage, c'était hyper... mature. Sexy.

— Oui, c'est aussi ce que nous a dit Kelly, intervint Gretchen. Vous savez quel genre de tatouage c'était ?

Lana lissa une mèche de cheveux rebelle tombée devant ses yeux.

— Euh, je crois que c'était...

Le son coupa et, à l'écran, le visage de Lana se figea.

— Oh là là... soupira Paige. Attendez une minute, la connexion devrait finir par revenir.

Après un long moment, Lana fut de retour. Elles reprirent leurs questions au sujet du tatouage.

— Je n'en mettrais pas ma main à couper, mais je suis quasi sûre que c'était une tête de mort. Je ne sais pas où elle était tatouée, par contre.

— Lana, est-ce que Beverly prenait de la drogue ? l'interrogea Josie.

Lana secoua la tête.

— Non. Je ne l'ai jamais vue en prendre.

— Et avez-vous une idée de qui aurait pu la tuer ?

— Oh, mon Dieu, non. Je suis désolée. Je n'en ai aucune idée. Je sais qu'elle fréquentait un garçon plus âgé et qu'elle se disputait à longueur de temps avec sa mère, mais de là à imaginer que quelqu'un puisse la tuer... Enfin...

Elle s'interrompit, et Josie crut que la connexion faisait encore des siennes, mais Lana prenait simplement le temps de réfléchir. Elle finit par reprendre la parole à voix basse, comme pour elle-même :

— J'imagine que ça n'a plus d'importance, maintenant. Si elle a été assassinée peu de temps après la fin de l'année scolaire, vous l'avez certainement vu à l'autopsie. Beverly était enceinte.

— Oui, confirma Josie, étonnée que Beverly se soit confiée à Lana mais pas à Kelly.

Quand elles étaient au lycée, tout portait à croire que Kelly était la plus proche de Beverly. Puis Josie se fit la réflexion que

Kelly faisait plutôt office de larbin. Elle faisait toujours tout ce que lui ordonnait Beverly. Son rôle n'était pas d'apporter des conseils ou du réconfort. Lana était sans conteste la plus sensible de ses deux amies, celle qui refusait d'exécuter les ruses les plus cruelles de Beverly.

— Sa grossesse a été confirmée à l'autopsie. Vous savez qui était le père ?

— Non. Mais comme je le disais, ça ne pouvait être qu'un de ces garçons. C'est d'ailleurs comme ça que j'ai découvert qu'elle n'avait des relations intimes qu'avec un seul d'entre eux. Quand elle m'a parlé de cette grossesse, je lui ai demandé si elle savait de qui était le bébé, et c'est là qu'elle a avoué qu'elle n'était pas aussi active sexuellement que ce qu'elle voulait faire croire.

— Est-ce qu'elle vous a donné leurs noms ? En dehors de Ray ? demanda Josie.

— Non.

— Kelly nous a dit qu'elle utilisait des surnoms pour en parler. Est-ce que vous vous en souvenez ?

— Non, pas du tout. C'était il y a si longtemps. Je suis sincèrement désolée. Je vais continuer d'y réfléchir, mais... Enfin, c'était le lycée, quoi.

— Je comprends, fit Josie. Et une certaine Alice ? Est-ce que vous connaissiez une personne portant ce prénom ? Vera était-elle amie avec une Alice ?

— Pas que je me souvienne, non.

L'écran clignota de nouveau, Lana disparut, et d'étranges cliquetis sortirent des enceintes. Paige essaya de bouger la souris, cliqua à plusieurs reprises pour rétablir la connexion. Elles entendirent la voix de Lana avant que son visage réapparaisse.

— Vera était au courant.

Josie sentit un frisson dans sa nuque.

— Vera était au courant ? Sa mère savait, pour ces garçons ?

Des lignes multicolores recouvrirent l'écran. Un son ressemblant à un « oui » leur parvint.

Gretchen se pencha sur l'ordinateur et demanda en forçant la voix :

— Est-ce que Vera connaissait leurs noms ?

— Oui.

Pendant un long moment, elles ne virent rien de plus qu'un écran noir. Puis Lana revint enfin. Josie reprit son souffle, sans avoir eu conscience de le retenir.

— Désolée, s'excusa Lana. La connexion n'est pas géniale.

— Est-ce que Vera savait, pour la grossesse ? demanda Josie.

— Oui, Vera savait que Beverly était enceinte. De toute évidence, elle savait aussi qui était le père, même si je ne sais pas comment elle l'a su, vu que Beverly ne nous avait rien dit, ni à moi ni à Kelly. Je ne crois même pas qu'elle ait avoué à Kelly qu'elle était enceinte. Mais elle et Vera ont eu d'énormes disputes à ce sujet.

— Vous diriez que Vera était maltraitante envers sa fille ? demanda Gretchen.

— C'est difficile à dire. Je ne pense pas qu'elle l'était volontairement. C'est juste qu'elles avaient une relation très tendue.

— À votre avis, Vera aurait-elle pu tuer Beverly ? demanda Josie.

L'écran se chargea de nouveau d'un kaléidoscope de pixels. Elles entendirent néanmoins la réponse de Lana avant que la connexion soit définitivement coupée :

— Peut-être.

## 20

Paige les invita à revenir quelques jours plus tard pour une autre visio. Elle leur fournit également l'adresse mail de Lana, tout en les prévenant qu'elle trouvait rarement le temps de répondre aux messages. De retour au commissariat, Josie et Gretchen allèrent chercher de quoi déjeuner et s'installèrent à leur bureau avec Noah, qui venait de rentrer des services de l'urbanisme. Amber n'était pas là, mais sa tablette reposait toujours sur l'un des bureaux inutilisés. Josie et Gretchen résumèrent à Noah leurs discussions avec Kelly et Lana.

Il avala la dernière bouchée de son hamburger et s'essuya les mains sur une serviette.

— Vous pensez que Vera aurait pu tuer sa propre fille, l'enterrer et filer ?

Josie grignotait une frite, songeuse. Puis elle se dirigea vers son ordinateur et y afficha une photo du permis de conduire de Vera.

— Il est écrit ici que Vera mesure un mètre soixante-sept. La docteure Feist pense que la personne qui a tué Beverly mesurait au moins un mètre quatre-vingts. C'est donc peu probable. Mais Vera a disparu de la circulation depuis seize ans. Alors soit elle se planque – et si elle a effectivement assassiné sa propre fille, ça expliquerait pourquoi –, soit la personne qui a tué Beverly a aussi tué sa mère. Je pencherais plutôt pour cette deuxième hypothèse, personnellement.

— Pourquoi ça ? demanda Gretchen.

— Parce que si son état de santé était aussi mauvais que l'ont indiqué George Newton, Kelly et Lana, je ne vois pas comment elle aurait pu enterrer le corps de Beverly sous les fondations de la maison.

— Bien vu, remarqua Noah. Mais quelqu'un a pu l'y aider.

— Qui ? fit Gretchen. Vera n'avait pas de petit ami. Elle ne semblait pas avoir d'amis tout court.

— À notre connaissance, précisa Josie. On n'en sait pas suffisamment sur elle. Il faut vraiment qu'on trouve des gens l'ayant connue.

— Commençons par trouver où est-ce qu'elle travaillait avant son accident. C'était forcément un salon du coin.

Le téléphone de Josie se mit à sonner. Quand elle vit le numéro à l'écran, son cœur fit un bond dans sa poitrine.

— C'est Alice, dit-elle en décrochant.

Tout le monde dans la pièce se tut, les yeux rivés sur elle.

— Inspectrice Quinn ? dit Alice. C'est bien vous ?

— Oui, Alice, c'est moi. Je suis contente que vous m'ayez rappelée. Il faut vraiment qu'on se parle.

— Oui, il le faut.

— Je peux venir vous rencontrer dans un lieu confidentiel, mais je dois venir avec une collègue. Je suis sûre que vous pouvez le comprendre. C'est pour la sécurité de tout le monde.

— Qui ? Vous viendriez avec qui ?

Josie pensa à ce qu'Alice avait laissé entendre au sujet du commissariat qui n'était pas un lieu sûr. Elle n'imaginait pas une seconde que quiconque dans son équipe soit corrompu, mais il était évident qu'Alice avait des doutes à ce sujet. Elles pourraient en discuter quand elles se verraient.

— L'inspectrice Gretchen Palmer, répondit Josie. Elle est arrivée de Philadelphie il y a quelques années.

Le silence s'éternisa au bout de la ligne, puis Alice dit :

— Très bien. Venez avec elle. Mais seulement elle. Vous comprenez ?

— Oui, confirma Josie. Je comprends. Où voulez-vous qu'on se rencontre ?

— Il y a une station essence *Stop & Go* près de la Route 80. Vous voyez où c'est ?

— Oui, je connais. On se donne rendez-vous sur le parking ? Dans une demi-heure ?

— Non, pas le parking, répondit Alice. Derrière le *Stop & Go*.

— Derrière le... Mais Alice, il n'y a rien d'autre que des arbres et de l'herbe, derrière la station. Et juste après, c'est la route.

— Comme ça, personne ne nous verra. Personne ne pensera à nous chercher là-bas. Vous comprenez ? Personne. Si j'aperçois qui que ce soit en dehors de vous deux, n'importe qui d'autre, je pars. Compris ?

— Compris.

— On se voit dans une demi-heure, conclut Alice, et elle raccrocha.

Josie rempocha son téléphone et leva les yeux vers Gretchen.

— Allons-y.

Dans le parking, une armée de journalistes abrités sous des parapluies se précipita à leur rencontre, hurlant toujours plus de questions. Inlassablement, Josie et Gretchen répétèrent qu'elles ne feraient pas de commentaires et parvinrent à s'extirper de la mêlée. La pluie avait un peu faibli. Avec les routes barrées, il leur fallut vingt minutes pour parcourir les quelques kilomètres qui les séparaient du *Stop & Go*. La station essence, qui faisait aussi épicerie, était située en haut d'une colline, juste à la sortie de la Route 80. Josie se gara sur le parking, puis elle et sa collègue marchèrent lentement jusqu'à l'arrière du bâtiment. Les autres clients entraient et sortaient en courant, capuches baissées sur leur visage, pressés de se mettre à l'abri de la pluie : personne ne remarqua les deux policières. Josie sentit l'odeur de la benne à ordures avant de la voir, juste derrière le bâtiment. Sa peinture verte était écaillée et son couvercle noir grand ouvert. Il y avait tout juste assez de bitume pour que le camion poubelle puisse venir récupérer les déchets et faire demi-tour. Au-delà de cette bande goudronnée, comme Josie l'avait fait remarquer à Alice, se trouvait environ un demi-hectare d'herbe parsemée d'arbres çà et là. Le terrain surplombait ensuite directement la Route 80.

Elles se dirigèrent vers les arbres, leurs bottes émettant des bruits de succion dans l'herbe trempée.

— Je ne vois personne, chuchota Gretchen.

— Attendons un peu, dit Josie.

Elles trouvèrent refuge sous un grand érable et patientèrent. La Route 80 s'étendait devant elles. Côté est, à environ cinq cents mètres de là, le fleuve Susquehanna qui jouxtait la route ressemblait à une coulée de boue. Les lumières rouges des feux de freinage étincelaient par moments, quand les voitures approchaient de l'échangeur.

— Merde, murmura Josie. Regarde, j'ai l'impression que le fleuve va bientôt inonder la route.

Gretchen essuya l'eau qui lui dégoulinait dans les yeux et regarda dans la direction que lui indiquait Josie.

— Il y a un ruisseau de l'autre côté, c'est bien ça ?

— Oui, confirma Josie. L'échangeur va se retrouver sous l'eau dans l'heure.

Elle appela le central afin qu'ils préviennent les services d'urgence et la police d'État. Qu'est-ce qui arrivait à sa ville ? Combien de temps cela allait-il durer ? À quoi ressemblerait-elle après tout ça ? Elle avait passé toute sa vie à Denton. Elle y avait été élève au lycée, s'y était mariée, y était policière depuis des années. Elle avait tant donné pour cette ville. Elle avait littéralement donné son sang pour elle en plusieurs occasions. C'était *sa* ville, et elle était ravagée. Elle tourna le dos à Gretchen, prit une grande inspiration et essaya de se concentrer sur les instructions à donner au central.

Dix minutes plus tard, les lumières des feux de stop brillaient sans discontinuer tandis que l'eau franchissait la barrière et envahissait la route. Toujours aucun signe d'Alice. Josie tenta de l'appeler, mais elle ne répondit pas.

— Qu'est-ce que tu en penses ? demanda Gretchen. Elle a eu peur ?

Josie se massa les tempes dans une tentative d'empêcher la migraine qui se formait derrière ses yeux d'empirer.

— Je n'en sais rien. Peut-être qu'elle a juste voulu nous tester. Peut-être qu'elle nous voit, mais qu'on ne la voit pas. Elle voulait s'assurer qu'on viendrait bien seules.

Elles se remirent lentement en route vers le *Stop & Go*, scrutant les alentours à la recherche d'une femme assise dans une voiture ou debout sous un arbre. En face de la station essence ne se trouvait qu'un monticule enherbé jouxtant la rampe d'accès à la Route 80. De l'autre côté, il y avait une banque, actuellement fermée, et une unique maison. D'où elles se trouvaient, Josie ne voyait personne qui aurait pu être Alice.

— Partons, décida-t-elle.

À l'instant où elles entraient dans la voiture, le long gémissement de la sirène d'urgence résonna au loin.

## 21

Au commissariat, elles eurent droit à une bonne surprise : les journalistes étaient partis. À l'étage, Mettner était assis à son bureau, cheveux bruns ébouriffés et vêtements mouillés.

— Salut, patronne, dit-il.

— Où sont les journalistes ?

— Amber tient une conférence de presse au poste de commandement. Au fait, j'ai un truc pour vous deux.

Il ramassa un carton par terre et le posa sur son bureau.

— Qu'est-ce que c'est ? demanda Josie en s'approchant pour regarder à l'intérieur.

— Hempstead Road est toujours sous l'eau. Rien à voir là-bas. Mais j'ai quand même réussi à localiser les décombres de la maison de Mme Bassett.

Il désigna le carton du doigt.

— Ce sont des affaires à elle. J'ai récupéré ce que je pouvais. Peut-être qu'une fois que les sauveteurs auront sécurisé les lieux, ils pourront mieux fouiller la maison et récupérer d'autres objets.

Josie observa ses trouvailles : quelques photos encadrées,

une petite boîte à bijoux, deux paires de chaussures et un certain nombre de vêtements.

— C'est super, Mett. Je suis sûre qu'elle va être ravie. Il faut juste qu'on trouve où elle a été relogée pour lui rapporter tout ça.

Gretchen plongea la main dans le carton et commença à en sortir ce qu'il contenait.

— On pourrait les faire sécher.

Sur l'un des bureaux inutilisés, ils disposèrent chacun des objets sur du papier absorbant. Mettner trouva un petit ventilateur dans la salle de stockage au deuxième étage, qu'ils utilisèrent pour accélérer le processus.

Tandis que Mettner répondait aux appels d'urgence, Gretchen essayait de déterminer dans quel salon de coiffure avait travaillé Vera Urban près de vingt ans auparavant. Josie, pour sa part, se chargea de retrouver Mme Bassett. Elle découvrit qu'elle avait été installée à Rockview Ridge, la seule maison de retraite médicalisée de Denton. C'était là-bas que vivait aussi sa grand-mère, Lisette Matson.

Josie se leva et rassembla les possessions désormais sèches d'Evelyn Bassett.

— Je vais les lui apporter. J'en profiterai pour discuter avec ma grand-mère. Elle se souviendra forcément de Vera Urban. Peut-être qu'un détail pourra nous aider dans l'enquête.

Rockview Ridge se trouvait en périphérie de Denton, en haut d'une colline rocailleuse. La grand-mère de Josie, âgée de quatre-vingt-trois ans, y résidait depuis près de dix ans. En vieillissant, son arthrite avait rendu son quotidien de plus en plus difficile, si bien que Josie et Ray l'avaient installée chez eux. Ils avaient pris soin d'elle aussi longtemps que possible mais, après plusieurs chutes survenues quand elle était seule à la maison, ils avaient dû se résoudre à lui trouver un logement plus adapté. Josie se sentait toujours très coupable de ne pas avoir pu garder Lisette chez elle, mais elle savait que tout le monde à Rockview était aux petits soins pour elle, et Lisette passait du temps chez Josie chaque fois qu'elle en avait l'occasion.

Josie déposa les biens de Mme Bassett à l'accueil et attendit que le réceptionniste lui indique son numéro de chambre. Josie connaissait bien la configuration de l'établissement. Elle apporta le carton directement à Mme Bassett et l'aida à poser quelques photos encadrées sur sa commode et sur le rebord de la fenêtre. Elle partit ensuite rejoindre Lisette. Comme toujours, cette dernière se trouvait dans la salle commune, assise à une table, en train de mélanger un jeu de cartes. Un homme aux cheveux noirs et aux larges épaules était assis face à elle. Curieuse, elle accéléra le pas et atteignit la table en quelques enjambées, découvrant alors que l'homme en question n'était autre que Hayes.

— Oh, Josie, quelle joie de te voir, dit Lisette.

Josie dévisagea l'homme, puis croisa le regard de sa grand-mère. Son sourire était tendu, les rides autour de ses yeux bleus se creusèrent.

— Mamie, lâcha Josie. Qu'est-ce qui se passe ?

— Rien de spécial. C'est un ami à moi, Sawyer.

— Sawyer ? répéta Josie.

— C'est mon prénom, explicita Hayes.

— Vous êtes amis ?

— Josie, fit Lisette.

Sawyer se leva, un sourire crispé aux lèvres.

— Je vais y aller. Madame Matson, c'était un plaisir de vous voir.

Josie le regarda s'éloigner et s'installa sur sa chaise.

— Eh bien, je t'ai connue plus polie, la réprimanda Lisette.

— Désolée, s'excusa Josie. On a eu un différend, hier, lors

d'un sauvetage. Je ne l'apprécie pas spécialement, et je pense que c'est largement réciproque.

Lisette baissa les yeux et entreprit de mélanger ses cartes pour installer un jeu de solitaire devant elle.

— C'est dommage.

— Tu le connais d'où ? demanda Josie.

Lisette retourna quelques cartes.

— Avec les inondations, on a accueilli un certain nombre de nouveaux résidents. Sawyer a amené beaucoup de monde ici. On a sympathisé, voilà tout.

Josie l'étudia pendant un long moment. Lisette refusait de lever les yeux vers elle. Josie avait la sensation particulière que sa grand-mère lui cachait quelque chose, sans parvenir à déterminer de quoi il pouvait s'agir. À moins que Lisette soit profondément déçue que Josie n'ait pas réservé un meilleur accueil à Sawyer Hayes. Elle savait qu'elle se sentait parfois seule, à Rockview Ridge. Qui était Josie pour juger de ses amitiés ? Elle tendit la main et lui toucha le bras.

— Je m'excuse, mamie. C'était vraiment impoli. Je te promets que, la prochaine fois que je croiserai Sawyer, je ferai un effort.

Lisette leva brièvement les yeux avant de retourner à son jeu de cartes.

— J'apprécierais, oui.

Josie laissa quelques secondes passer, observant les mains noueuses de Lisette terminer son solitaire et regrouper les cartes de nouveau. Finalement, elle releva la tête.

— J'ai vu à la télévision que tu travailles sur un nouvel homicide. Une jeune fille ?

— Oui.

Tout en parlant, elles se mirent à jouer, comme en pilote automatique. Elles jouaient aux cartes depuis que Josie avait une dizaine d'années.

— Entre tout ce qui se passe en ce moment à Denton et

cette affaire de meurtre, j'imagine que tu n'es pas venue ici juste pour me voir.

Josie se pencha vers sa grand-mère.

— Tu sais, le corps que l'on a retrouvé... c'est celui de Beverly Urban.

Le choc se lut sur le visage de Lisette.

— Mon Dieu...

— Elle a été assassinée, mamie. On lui a tiré une balle dans la tête avant de l'enterrer sous sa maison. Tout le monde pensait qu'elle avait juste déménagé. Pour autant qu'on le sache, sa mère a elle aussi disparu à la même période. On n'a pu trouver aucune trace de Vera Urban après l'année de première de Beverly.

Lisette secoua la tête.

— Quelle tragédie. Cette pauvre fille. Je sais que vous ne vous entendiez pas très bien, toutes les deux. Crois-moi, je l'aurais bien étranglée de mes propres mains, quand vous étiez au lycée, mais j'ai toujours eu le sentiment qu'elle avait des soucis chez elle.

— C'est pour ça que je suis ici, lui dit Josie. Je sais que tu as eu l'occasion de croiser Vera plusieurs fois, quand Beverly et moi on...

— Se battait ? Vandalisait le casier de l'autre ? Quand ce n'était pas la voiture ?

— Je ne m'en suis prise à son casier et à sa voiture que pour lui rendre la monnaie de sa pièce. En plus, elle avait tagué des horreurs sur mes affaires. Moi, je me suis contentée de casser le cadenas de son casier et d'enrouler sa voiture dans du papier toilette.

Lisette l'observa avec un sourcil haussé, mais Josie pouvait voir qu'elle se retenait de sourire.

— Et la fois où Beverly t'a poussée dans l'escalier au lycée, et que tu t'es vengée en lui mettant un coup de poing ? Elle avait un œil au beurre noir. Vous avez failli être virées, toutes les deux. À vrai dire, vous l'auriez mérité. J'ai eu le proviseur à l'usure.

— Elle aurait pu me tuer, se défendit Josie. Pousser quelqu'un dans l'escalier n'est pas excusable.

— Mais donner un coup de poing à quelqu'un, ça l'est ?

— OK, j'étais sanguine. C'est ça que tu voulais entendre ?

Lisette éclata de rire.

— Je te taquine, Josie. Tu étais une adolescente débordant d'hormones, et tu essayais encore de te remettre des abus dont tu avais été victime avant de venir vivre chez moi. Je reste persuadée qu'aller voir un psychologue t'aurait aidée, mais tu l'as toujours refusé.

La partie se termina, remportée par Lisette. Josie ramassa les cartes et les mélangea pour une deuxième manche.

— Je n'avais pas besoin d'aller voir un psy.

— Ha ! lâcha Lisette en riant. Tu en aurais bien besoin aujourd'hui.

Josie se hérissa mais ne répondit pas. Elle savait que rien ne ferait changer d'avis Lisette.

— Là où je veux en venir, mamie, c'est que tu as eu plusieurs fois l'occasion de rencontrer Vera et de lui parler. J'ai besoin que tu me dises tout ce que tu sais à son sujet.

— Voyons voir... commença Lisette tandis que Josie distribuait les cartes. Ce dont je me souviens, c'est à quel point Beverly était incontrôlable. Sa mère était totalement dépassée. Moi aussi, j'étais un peu comme une mère célibataire élevant seule une fille du genre forte tête, exactement comme elle, mais je m'en sortais bien. Vera... Elle était épuisée, à bout. On aurait dit qu'elle avait baissé les bras, avec Beverly. En même temps, elle était la plupart du temps shootée aux antidouleurs. Quand vous étiez au lycée, en tout cas.

— On nous a dit qu'elle avait eu un accident.

— Oui. Elle l'a évoqué lors de l'une de nos convocations chez le proviseur. Elle a expliqué avoir très mal au dos, que l'opération chirurgicale n'avait pas fonctionné, et que devoir se déplacer si souvent au lycée était compliqué pour elle. Elle se plaignait de devoir trouver quelqu'un pour l'y conduire. Elle ne conduisait pas, de toute évidence... ou elle ne pouvait plus, à cause de son dos.

— Qui la conduisait au lycée, alors ? Tu sais ?

Lisette secoua la tête.

— Un homme. Je ne l'ai vu que deux ou trois fois. Il ne sortait jamais de la voiture. Il la déposait et revenait la récupérer ensuite.

— Quel genre de voiture ?

Lisette sourit.

— Une voiture bleue. Je n'en sais pas plus, ma chérie. Je suis désolée. C'était il y a très longtemps.

— C'est normal. Vera en parlait comme d'un ami, pas d'un petit ami ?

— Oui, confirma Lisette. Je ne crois pas qu'ils étaient en couple. Lors des rendez-vous, elle ne parlait jamais de personne d'autre qu'elle et Beverly. Je ne crois pas qu'il y avait d'homme dans leur vie. Elle disait toujours qu'elle devait « trouver » quelqu'un pour l'amener, comme si c'était une énorme contrainte. Elle parlait beaucoup de ses problèmes de dos, aussi, mais elle n'a jamais dit qu'elle avait quelqu'un pour l'aider.

— Tu crois qu'elle était aussi handicapée que ce qu'elle racontait ?

Lisette y réfléchit quelques instants.

— Elle avait un souci au dos, c'est certain, mais elle semblait se déplacer sans difficultés, quand je la voyais. Le vrai problème de Vera, c'étaient les médicaments, pas la douleur.

— Qu'est-ce qui te fait dire ça ?

Lisette soupira et plongea son regard dans celui de sa petite-fille.

— Josie, j'ai suffisamment côtoyé une certaine toxicomane pour reconnaître les signes.

— C'est vrai.

Alors qu'elle était âgée de trois semaines, l'une des femmes de ménage des parents de Josie avait mis le feu à la maison et l'avait kidnappée. Les parents biologiques de Josie n'étaient pas chez eux, ce jour-là. Seule la sœur de Josie semblait avoir survécu à l'accident. Toute sa famille biologique en était arrivée à la conclusion que la petite Josie avait péri dans les flammes. En réalité, sa ravisseuse, Lila, l'avait ramenée à Denton et, dans une tentative de se réconcilier avec son ex, Eli Matson – le fils de Lisette –, elle avait fait passer Josie pour sa fille. Elle avait raconté à Eli qu'au cours de l'année où ils n'étaient plus ensemble, elle avait donné naissance à un bébé, et qu'il était le père. Eli avait élevé Josie comme sa propre fille jusqu'à sa mort, survenue quand elle n'avait que six ans. Après cela, Lila s'était enfoncée dans la drogue et la violence, avant de finalement abandonner Josie et d'en confier la garde à Lisette quand elle était entrée au lycée.

— Tu penses que Vera était violente envers Beverly ? demanda Josie.

— Je n'en sais rien, ma chérie. Je ne crois pas. Vera était une femme frustrée, épuisée, qui ne pensait à rien d'autre que rester chez elle pour assouvir son addiction. Tu sais qu'à l'un des rendez-vous, nous avons attendu, moi et le proviseur. Une heure plus tard, Beverly a débarqué. Elle a expliqué que Vera avait pris trop d'oxycodone et qu'elle avait perdu connaissance. C'était terriblement gênant pour elle. C'est la première fois que j'ai senti que le quotidien de Beverly était loin d'être rose.

— Je n'avais aucune idée de tout ça.

— Bien sûr que non. Tu n'étais qu'une enfant.

— Tu connaissais Vera, avant son accident ?

— Je l'avais vue quelques fois. C'était une femme dynamique et très gentille. Qu'est-ce qu'on a pu rire en parlant de vous, les filles. Elle n'était pas aussi fatiguée, à l'époque, même si Beverly lui en faisait voir, bien plus que toi avec moi.

— C'est-à-dire ?

— Elle me disait qu'à la maison, Beverly lui manquait de respect, qu'elle avait peur que sa fille la déteste. Je l'ai rassurée en lui disant que toutes les adolescentes passaient par là mais, pour elle, c'était plus grave qu'une simple phase.

— Est-ce qu'il lui arrivait de parler du père de Beverly ?

— Seulement pour dire qu'il était absent et n'avait jamais été là.

— Est-ce que tu te rappelles si Beverly ou Vera ont un jour mentionné une Alice ?

— Non, désolée.

— Et... Mamie, est-ce qu'avec un peu de chance tu te souviendrais de l'endroit où travaillait Vera avant d'avoir son accident ? On nous a dit qu'elle était coiffeuse.

— Ah oui, tout à fait, confirma Lisette. Avant son accident, elle était toujours apprêtée et bien habillée. Quelqu'un du salon la coiffait régulièrement. Elle était splendide, vraiment. Mais après l'accident, elle est devenue une autre personne.

— Tu saurais me dire dans quel salon de coiffure elle travaillait ?

Lisette fit la moue et plissa les paupières en réfléchissant.

— Je ne me souviens plus du nom. Un salon très chic, sur Maygrove Street, à côté de l'université, entre le... Oh, je ne sais plus, les magasins ont changé tant de fois depuis... Il me semble que, maintenant, il y a un Starbucks d'un côté et une boutique de téléphones de l'autre. Le salon existe encore, je crois bien, mais il a changé de gérante depuis l'époque où Vera y travaillait. Je suis sûre que le nom n'est plus du tout le même aujourd'hui.

Josie ressentit une pointe d'excitation. Enfin une piste. Elle non plus ne se rappelait pas le nom de ce salon de coiffure, mais elle était souvent passée devant. En plus, si c'était près de l'université, ce n'était pas inondé. Si l'endroit avait toujours été un salon de coiffure, il se pouvait que l'un des employés se souvienne de Vera. Les chances étaient minces, mais elle avait envie d'y croire.

Elles terminèrent leur partie de cartes, et Josie se leva pour partir. Elle fit le tour de la table pour embrasser sa grand-mère. Lisette l'agrippa, la tira vers elle et lui murmura à l'oreille :

— Tu sais à quel point je t'aime, hein ?

Josie sentait les boucles de Lisette lui chatouiller les joues.

— Mais oui, moi aussi, je t'aime, mamie.

— Tu es à moi et je suis à toi, Josie. Quoi qu'il arrive. Rien au monde ne pourra changer ça. Ne l'oublie jamais.

Troublée, Josie se recula et regarda Lisette droit dans les yeux.

— Tout va bien, mamie ? Est-ce qu'il y a quelque chose que tu voudrais me dire ?

Lisette sourit et lui caressa la joue.

— Je viens de le faire.

Josie soutint son regard quelques secondes supplémentaires. Elle avait la gorge sèche.

— Tu n'es pas mourante, hein ?

Lisette éclata de rire et relâcha son étreinte.

— Pas du tout. Tu n'as aucune raison de t'inquiéter, ma chérie. Allez, retourne au travail, je sais que tu es très occupée. On se voit bientôt.

22

Les étranges paroles de Lisette tournaient en boucle dans la tête de Josie tandis qu'elle traversait Denton à la recherche du salon mentionné par sa grand-mère. Lorsqu'elle le trouva dans une rue commerçante, elle découvrit, en lisant l'inscription au-dessus de la grande vitrine, qu'il s'appelait *Envy*. Elle savait que le salon ne s'était pas toujours appelé ainsi, mais impossible de se remémorer le nom précédent. Elle se gara et entra, immédiatement assaillie par l'odeur des produits de soin. L'intérieur du salon semblait tout droit sorti d'un magazine. Dans la zone d'attente, on trouvait des fauteuils rembourrés, des tables basses couvertes de revues, et même de quoi boire et grignoter, avec une douce musique en fond sonore. Derrière le comptoir d'accueil, une dizaine de fauteuils de coiffure étaient installés de part et d'autre d'une grande pièce, avec une zone pour le lavage des cheveux à une extrémité. Trois des sièges étaient occupés. Les coiffeuses, habillées tout en noir, voletaient, balayaient, mélangeaient de la teinture tout en discutant avec les clientes.

Josie patienta devant le comptoir jusqu'à ce que quelqu'un lui lance :

— J'arrive tout de suite !

Quelques minutes plus tard, une porte sur la droite de l'entrée s'ouvrit, et une femme d'une soixantaine d'années s'approcha. Elle paraissait flotter dans sa longue robe noire en coton, un sourire chaleureux sur le visage.

— Quel est votre nom ? demanda-t-elle à Josie tout en s'installant devant l'ordinateur.

— Oh, je ne suis pas là pour un rendez-vous.

Josie lui exposa les raisons de sa visite et lui montra ses papiers professionnels. La femme les lui rendit avec un sourire.

— Que puis-je faire pour vous, inspectrice Quinn ?

— Je me demandais si vous ou l'un de vos employés travailliez déjà ici avant que le salon soit rebaptisé *Envy* ?

La femme hocha la tête et posa une main manucurée sur sa poitrine.

— Je suis la gérante. Je l'étais déjà quand le salon s'appelait *Bliss*. Pour être tout à fait exacte, j'étais la cogérante de *Bliss*, mais j'ai racheté les parts de mon associé il y a une dizaine d'années et changé le nom du salon. Je m'appelle Sara Venuto, au fait.

— Ravie de vous rencontrer, dit Josie. Je suis ici pour obtenir des informations au sujet d'une de vos anciennes employées. Vera Urban.

— Vera Urban...

Josie sortit son téléphone pour lui montrer la photo du permis de conduire de Vera.

— Ah mais oui ! s'exclama Sara. Vera. On l'appelait V. Waouh. Je n'ai pas pensé à elle depuis une éternité. Est-ce qu'elle...

Elle s'interrompit et les rides se creusèrent sur son visage. Elle reprit d'une voix basse :

— Si vous venez me poser des questions sur elle, j'imagine que ce n'est pas bon signe.

Josie rangea son téléphone.

— Non, en effet. Vous avez peut-être vu aux informations qu'un corps a été retrouvé sur Hempstead Road.

— Non, désolée. Je ne regarde pas trop la télévision, en ce moment. C'est trop déprimant de voir notre petite ville ravagée par les inondations. J'ai du mal à regarder un reportage sans avoir l'impression que je vais faire une dépression nerveuse.

— Je comprends, compatit Josie. La maison dans laquelle vivait Vera avec sa fille a été emportée par les eaux, hier. Nous avons retrouvé le corps de Beverly sous les fondations.

Sara hoqueta et agrippa le comptoir, attirant l'attention des personnes derrière elle.

— Mon Dieu...

Elle se retourna pour faire signe aux coiffeuses de se remettre au travail, puis reporta de nouveau son attention sur Josie.

— Allons plutôt dans mon bureau.

Elle guida Josie vers la porte par laquelle elle était arrivée, et elles pénétrèrent dans une petite pièce peinte en gris meublée d'une simple table et de quelques rangements. Sara invita Josie à s'asseoir sur la chaise destinée aux visiteurs. Puis elle alla chercher sa propre chaise qu'elle installa à proximité, si bien qu'aucune barrière ne les séparait. Sara, toujours bouleversée, s'assit, serra les bras autour de son buste et se pencha vers Josie.

— Racontez-moi, s'il vous plaît.

— Beverly Urban a été assassinée. Nous ne savons pas où se trouve Vera.

— J'aimerais vous aider, inspectrice, mais Vera ne travaille plus ici depuis vingt ans, si ce n'est plus.

— J'en ai bien conscience, répondit Josie. Mais Vera a disparu. À vrai dire, nous pensons que sa disparition remonte à plusieurs années. Ce que nous essayons de faire en ce moment, c'est retrouver les gens qui la connaissaient et qui pourraient nous donner des informations sur sa vie avant qu'elle disparaisse. N'importe quel élément pourrait nous aider à la localiser ou à faire avancer l'enquête sur le meurtre de Beverly.

— Quelle histoire, c'est vraiment terrible. Vous croyez... vous croyez qu'elle est morte, elle aussi ?

— Impossible à dire à ce stade de l'enquête, madame Venuto.

— Oh, appelez-moi Sara, je vous en prie. Je comprends. Bien, laissez-moi réfléchir. Vera a travaillé chez nous pendant longtemps, vous savez. On avait créé cette entreprise avec mon associé, et le salon existait depuis quelques années quand on a embauché Vera. À l'époque, comme je vous l'ai dit, on s'appelait *Bliss*. Mon idée était d'offrir une expérience. On ne se contentait pas de couper ou coiffer des cheveux. Je voulais que le salon soit un véritable havre de paix pour mes clientes, un lieu où elles pouvaient se décharger de leurs soucis et se faire chouchouter. Je voulais que ce soit... la béatitude, de venir chez nous.

Elle pouffa, mais les larmes qui débordaient de ses yeux la coupèrent dans son élan.

— Mon Dieu, je n'arrive pas à y croire. Pauvres Vera et Beverly. Elle aimait tellement sa petite fille. Je me souviens qu'on lui avait organisé une *baby shower* au salon – le personnel et les clientes. Ses clientes l'adoraient. C'était juste avant qu'elle doive s'arrêter. On l'a organisée en avance car elle a dû être alitée très tôt dans sa grossesse. Mais on a fait en sorte qu'elle ait tout ce dont elle aurait besoin avant ça. Ensuite, on ne l'a pas vue pendant plusieurs mois. Elle est partie habiter chez son frère jusqu'à la naissance de Beverly.

— Son frère ? s'étonna Josie. Floyd ?

— Je ne me souviens pas de son nom. Je sais juste qu'elle avait un grand frère...

— Qui vivait en Géorgie, compléta Josie.

— J'ignore où il vivait. Vera nous a juste dit qu'il prendrait soin d'elle pendant sa grossesse. Quand on l'a revue, elle était accompagnée d'un magnifique bébé.

— Est-ce que Vera évoquait le père de Beverly ? demanda Josie.

— Non, pas que je me souvienne. Elle disait qu'il ne voulait pas être impliqué. Mais elle débordait de joie à l'idée d'être mère. Beverly était si mignonne.

Sara se décomposa soudain, comme si un souvenir dérangeant venait de refaire surface.

— Jusqu'au jour où elle ne l'était plus, dit Josie.

— Je ne veux pas... Écoutez, c'était difficile pour Vera d'être mère célibataire. Les enfants peuvent parfois être très compliqués, particulièrement quand ils grandissent, vers onze ou douze ans. Juste avant la puberté.

— Beverly avait des problèmes de comportement, compléta Josie.

— Oui, fit Sara, comme résignée. Mais croyez-moi, je ne veux en aucun cas dire du mal des morts.

— Je ne m'intéresse qu'aux faits, la rassura Josie. Peu importe les problèmes qu'a pu avoir Beverly dans sa courte vie, mon travail est de découvrir qui l'a tuée et de mettre cette personne hors d'état de nuire.

Sara afficha un sourire triste.

— Vera lui a fait passer des tests chez des professionnels. Un psychiatre et un psychologue. Elle était... indomptable. Irrespectueuse. Ça a commencé quand elle a eu onze ou douze ans, je crois. Je n'en suis pas certaine du tout. Mais je m'en souviens, parce que Vera était dans tous ses états. Tous les jours, elle arrivait ici, souvent en pleurs, en disant à ses collègues : « Qu'est-ce qui est arrivé à ma gentille petite fille ? » Les autres femmes qui avaient des enfants en riaient, lui disaient que ce n'était qu'une phase mais, en privé, Vera m'avait confié que c'était bien plus que ça. Beverly était... destructrice. Elle cassait des choses à la maison, faisait des crises de rage. Je crois que Vera avait peur d'elle... Et elle avait raison, puisqu'un jour, lors d'une dispute, Beverly l'a poussée dans l'escalier.

— Oui, j'ai appris cela, acquiesça Josie.

— C'était un accident. Vraiment. Je suis allée plusieurs fois leur rendre visite pour les aider. Beverly s'en voulait réellement.

— Vera vous a-t-elle dit ce qu'avaient donné les tests réalisés par le psychiatre ou le psychologue ?

— Non. Elle m'a juste dit que Beverly souffrait d'un manque de confiance en elle, qu'elle était trop impulsive et dépressive. Il avait été question de la mettre sous traitement médicamenteux, mais Vera y était farouchement opposée. Les choses se sont un peu apaisées entre elles après l'accident.

— Vera a démissionné juste après cela ? demanda Josie.

— Je l'ai gardée aussi longtemps que j'ai pu, d'abord à mi-temps, puis dès qu'elle se sentait capable de travailler, mais c'est devenu trop difficile pour elle. Je l'aurais gardée toute sa vie si j'avais pu. C'était une femme charmante et très talentueuse. Ses clientes étaient bouleversées quand elles ont appris son départ. Certaines étaient devenues très proches d'elle. Je pense même qu'elles étaient amies en dehors du salon.

— Et après sa démission, poursuivit Josie, est-ce que vous avez gardé contact ? Est-ce qu'elle a continué à vous rendre visite ?

— Bien sûr. Mais les occasions se sont faites de plus en plus rares au fil des années, jusqu'à ce qu'on n'entende plus du tout parler d'elle.

— Et ses clientes ?

— Ça, je n'en sais rien. Elles ont continué de fréquenter le salon, mais je ne les ai jamais entendues parler d'elle.

— Vous souvenez-vous si l'une de ses clientes s'appelait Alice ?

— Non, je ne me souviens de personne portant ce prénom.

— J'imagine que vous n'avez pas gardé d'archives remontant aussi loin, mais auriez-vous les noms de ses anciennes clientes ? Celles dont elle était particulièrement proche ?

Sara secoua la tête.

— Non, je n'ai pas d'archives aussi anciennes.

— Et vos autres employées ? Est-ce que certaines de vos coiffeuses actuelles travaillaient déjà au salon quand Vera y était ?

— Oui, deux filles. Euh... femmes. Je leur poserai la question. Ou vous pouvez le faire vous-même. Elles n'arriveront qu'un peu plus tard dans l'après-midi. Mais je doute qu'elles aient plus de souvenirs que moi de cette période.

— Si vous pouviez leur demander les noms des clientes de Vera, cela nous serait très utile, dit Josie.

— Oh, mais j'y pense ! J'ai des albums photos ! Avant les téléphones portables et les réseaux sociaux, on avait pour habitude de prendre des photos de nos clientes qu'on gardait dans des albums pour que nos nouvelles clientes puissent s'inspirer de leurs coiffures. Je pourrais demander à ces deux filles de feuilleter les vieux albums et de dresser une liste des clientes de Vera. Ce ne serait pas exhaustif, mais c'est toujours mieux que rien, non ?

Josie sourit.

— Je vous en serais très reconnaissante. Peut-être que vous pourriez aussi nous prêter quelques photos ?

— Absolument, confirma Sara. Je vous recontacte dès que j'ai des infos.

Josie récupéra une carte de visite dans sa poche quand son téléphone sonna. Elle décrocha machinalement.

— Allô ?

Il y eut un souffle, puis une voix lui répondit.

— Inspectrice ? C'est Alice.

Josie tendit la carte à Sara et s'excusa.

— Vous pouvez me joindre à ce numéro. Je dois y aller.

Elle sortit précipitamment sur le parking, le téléphone pressé contre l'oreille.

— Alice ? Vous êtes là ?

— Je suis là.

— Que s'est-il passé ? On s'est rendues à l'endroit convenu. Vous n'y étiez pas.

— Je n'ai pas pu. Je ne pouvais pas y aller. Ce n'était pas sûr.

— Pas sûr ? répéta Josie en s'installant dans sa voiture pour se protéger de la pluie. Êtes-vous en danger, Alice ? Est-ce que quelqu'un cherche à s'en prendre à vous ? Si c'est le cas, je peux vous rencontrer dès maintenant et vous placer sous protection rapprochée le temps qu'on éclaircisse tout ça.

Ils n'avaient pas le personnel pour mettre en place une protection rapprochée, mais si Josie pouvait convaincre cette femme de la rejoindre, elle trouverait une solution avec le chef et son équipe pour s'assurer qu'Alice soit hors de danger.

— Je ne peux pas. Je ne peux vraiment pas. C'est... compliqué. Je peux vous expliquer, mais pas au téléphone.

— Eh bien, dites-moi où vous êtes, et je viens vous chercher immédiatement. Personne n'a besoin de le savoir. Personne ne nous verra.

— Non, refusa Alice. Si on se voit, c'est selon mes conditions. Demain matin. Tôt. À 7 heures. Vous voyez la rue parallèle à la Route 80 ? Il y a quelques bâtiments par là-bas. Un motel, un entrepôt, un bowling abandonné.

— Lockwood Drive, dit Josie. Cet endroit est en partie inondé, Alice. La partie de la route qui est juste derrière est sous l'eau depuis quelques heures. On a pu le constater depuis le *Stop & Go*. C'est trop dangereux.

— Tout n'est pas inondé, insista Alice. On se donne rendez-vous derrière le bowling. Personne n'ira me chercher là-bas.

*Personne n'irait chercher quiconque là-bas*, pensa Josie. *Toute cette zone n'est qu'un cimetière.*

— Alice, c'est très dangereux. Je pense qu'on devrait se retrouver autre part.

Alice laissa échapper un grognement de frustration.

— Derrière le bowling abandonné de Lockwood Drive, à 7 heures. C'est la dernière fois que je sors. Que vous veniez ou non, demain à 7 h 15, je serai partie, et vous n'entendrez plus jamais parler de moi.

Puis ce fut le silence.

L'heure du dîner approchait quand Josie fut de retour au commissariat. La première chose qu'elle fit fut d'appeler le département de police du district de Géorgie, où vivait Floyd Urban. Elle expliqua qu'ils étaient sur une affaire de meurtre et de disparition et que la femme disparue, Vera Urban, aurait vécu chez son frère pendant sa grossesse pathologique en 1987. Elle leur demanda s'ils pouvaient interroger Floyd ainsi que les autres membres de sa famille, peut-être même ses voisins, puisqu'il vivait a priori dans la même maison depuis plus de trente ans. Quelqu'un se souviendrait peut-être d'y avoir vu Vera. Ensuite, elle leur envoya la photo de l'ancien permis de conduire de Vera par mail. Josie avait le sentiment que ça n'aboutirait à rien et que Vera avait simplement menti en disant être allée habiter chez son frère, mais il serait irresponsable de ne pas creuser cette piste.

Une fois ces tâches effectuées, Josie alla rejoindre Gretchen et Noah. Mettner était reparti sur une intervention d'urgence, et Amber était installée à un bureau, son minuscule ordinateur sur les genoux. Elle avait beau faire comme s'ils n'étaient pas là,

Josie était persuadée qu'elle ne manquait rien de leur conversation.

— J'ai retrouvé votre ouvrier, annonça Noah en brandissant des feuilles de papier. Vous savez, celui qui travaillait dans l'entreprise de George Newton ?

Josie récupéra les documents et commença à les feuilleter, bientôt rejointe par Gretchen qui fit rouler sa chaise de bureau jusqu'à elle. Il y avait là un certificat de décès et une notice nécrologique.

— Il s'appelait Ambrose McNeil, poursuivit Noah. Comme vous pouvez le voir, il avait été arrêté plusieurs fois pour trafic de stupéfiants. Il a été condamné pour détention d'héroïne – quatre grammes – et a passé deux ans en prison avant de travailler pour Newton.

Josie pointa du doigt une ligne sur le certificat de décès.

— Il est mort d'une overdose d'héroïne.

— À seulement vingt-sept ans, compléta Gretchen.

— Oui, confirma Noah. C'était moins d'un an après l'achèvement des travaux de la maison de Hempstead Road.

— Est-ce que tu as vérifié auprès de la police d'État et du FBI si Ambrose possédait des armes à feu ?

Noah fit un peu de rangement sur son bureau avant de retrouver les papiers qu'il cherchait.

— Oui. D'ailleurs, j'en ai profité pour vérifier la même chose pour toutes les personnes de la liste.

— Super, s'enthousiasma Gretchen. Ça a donné quoi ?

Il lut la liste à haute voix avant de leur remettre le papier.

— Ambrose McNeil possédait un pistolet, un .45 ACP. Il n'y a aucune trace d'un achat d'arme par George Newton. Calvin Plummer possède trois fusils de chasse, un acheté en 1986, un en 1999, et le dernier en 2003. Il a aussi une carabine qu'il a achetée en 2001.

Josie récupéra les documents qu'il lui tendait et passa la liste en revue.

— Pas de 9 millimètres, commenta-t-elle.

— Pas qu'ils se soient procuré légalement, en tout cas, confirma Noah.

— N'importe lequel d'entre eux aurait très bien pu se procurer un 9 millimètres sur le marché noir, sans qu'il y ait aucune trace officielle de cet achat, réagit Gretchen.

— Mais pour le moment nous n'avons aucune preuve que l'un de ces hommes possédait une arme du même calibre que celle qui a tué Beverly, fit Josie.

— Malheureusement, non, déplora Noah. J'ai aussi fait des recherches sur Vera. Aucun achat d'arme enregistré à son nom.

— Et le dossier carcéral d'Ambrose McNeil ? Est-ce qu'on pourrait le récupérer ? Il y aura peut-être une mention de ses tatouages dedans.

— Je m'en suis occupée, dit Gretchen. Apparemment, il en avait plusieurs, mais pas de tête de mort.

Josie se laissa tomber sur sa chaise. Elle était totalement épuisée. Elle ferma les yeux un instant, tentant de mettre de l'ordre dans le flot de ses pensées et d'apaiser son sentiment de frustration.

— Tout va bien, patronne ? demanda Gretchen.

Josie ouvrit brutalement les paupières.

— Oui, ça va. J'ai quand même quelques pistes.

Elle leur résuma sa visite au salon de coiffure et commença à enchaîner sur l'appel d'Alice mais, en voyant Amber derrière eux, elle s'interrompit. Alice ne cessait de dire qu'une rencontre dans les locaux de la police la mettrait en danger. Elle avait clairement peur d'être suivie. Elle n'avait pas cru Josie et Gretchen quand elles lui avaient promis de venir seules au rendez-vous ce matin-là. En temps normal, Josie n'aurait pas imaginé un seul instant qu'un de ses collègues puisse représenter une menace pour Alice, ou pour qui que ce soit d'ailleurs, mais les circonstances n'étaient pas normales. En fait, l'unique changement dans l'équipe ces deux derniers jours avait été l'arrivée d'Amber.

— Qu'est-ce qu'elle t'a dit ? demanda Noah. Vous avez convenu d'un nouveau rendez-vous ?

— Oui. On la rencontrera demain, dit Josie. J'attends qu'elle me rappelle pour me préciser le lieu et l'heure.

Elle donnerait les vrais détails du coup de téléphone à Gretchen ultérieurement. Pour l'instant, si Alice doutait à ce point de la police, il était de son devoir de prendre ses craintes au sérieux.

Avant que Gretchen ou Noah puissent poser d'autres questions, la porte donnant sur la cage d'escalier s'ouvrit pour laisser entrer Hummel, un papier dans une main, un sac dans l'autre. Il se dirigea vers les bureaux et, ignorant Amber, déposa un rapport devant Josie.

— Patronne, déclara-t-il. Voilà les empreintes que nous avons pu relever sur la bâche et l'adhésif. On a trouvé de nombreuses empreintes digitales non identifiées sur la bâche.

Son cœur commença à s'emballer, mais se calma vite quand elle lut le rapport.

— Ainsi que les empreintes de Vera et Ambrose McNeil...

— Mais pas sur l'adhésif, termina Hummel à sa place.

— Vous avez réussi à relever des empreintes sur l'adhésif ? demanda Noah.

— Une seule qui soit exploitable, répondit Hummel. Mais aucune correspondance dans le fichier. La personne qui a laissé cette empreinte n'avait donc jamais été arrêtée ou condamnée.

— Les bâches étaient sans doute entreposées dans la maison ou utilisées pour protéger des choses, s'il y avait un chantier en cours, fit remarquer Gretchen. Ce n'est pas très étonnant que les empreintes de Vera et de cet Ambrose aient été retrouvées dessus. En revanche, il y a de grandes chances que l'empreinte relevée sur l'adhésif soit celle du tueur.

— Ce qui ne nous avance pas du tout, pesta Noah. On n'a pas de correspondance.

— On finira par en trouver une, positiva Josie. Beau boulot, Hummel, merci.

Ce dernier hocha la tête.

— J'ai aussi jeté un œil à la doublure de la manche de la veste, et il y avait une déchirure recousue, comme vous le pensiez. Et il y avait ça.

Il sortit un vieux morceau de papier emballé dans du plastique et leva le bras pour que tous puissent le voir.

— J'ai trouvé ça dans une des poches.

— C'est une facture de la clinique Wellspring, dit Josie.

— Qui est ? demanda Noah.

— C'était un établissement de soins destiné aux personnes avec peu de ressources. Ou aux gens mal, voire pas du tout assurés. Le tarif était dégressif selon les revenus du foyer. J'y suis allée jusqu'à la fin de l'université. Il se trouvait dans le centre de Denton, dans le quartier historique, mais le cabinet a fermé il y a plusieurs années.

— Ça semble logique que Beverly soit allée là-bas, dit Gretchen, étant donné ce qu'on sait d'elle et de la situation financière de Vera. Il n'y a rien d'autre sur la facture ?

L'encre était à moitié effacée et, même avec ses lunettes de vue, Gretchen peinait à déchiffrer ce qui était écrit.

— Apparemment, elle y était allée pour un examen.

— On pourrait utiliser le photocopieur pour augmenter le contraste, suggéra Noah.

Hummel lui tendit le bout de papier.

— Je voulais vous le montrer avant qu'on procède au relevé des empreintes, donc portez des gants et faites vraiment attention.

— Ça marche, dit Noah.

Depuis l'endroit où elle était assise, quelques mètres plus loin, Josie remarqua qu'Amber les observait avec intérêt. Ils regardèrent Noah enfiler une paire de gants, récupérer la facture dans le sachet en plastique, la placer dans le photocopieur et appuyer sur divers boutons. Quelques instants plus tard, il distribua à chacun une copie contrastée de la facture originale. Josie regarda la date : 28 mai 2004. Quelques semaines seulement avant la fin de l'année scolaire.

— On ne retrouvera jamais de dossier pour cette visite, déplora Josie. Wellspring n'existe plus et, de toute façon, les soignants n'ont pas d'obligation de garder des documents aussi anciens.

— Hummel, c'est tout ce qu'il y avait dans les poches de la veste ? reprit Noah.

— Il y avait aussi quelques dollars, un gloss. C'est tout.

Gretchen soupira.

— Donc, en attendant de pouvoir rencontrer Alice ou d'obtenir la liste des clientes de Vera de la part de son ancienne patronne, si elle parvient à en faire une, on n'a pas la moindre piste.

Personne ne répondit.

Depuis l'autre côté de la pièce, Amber se racla la gorge.

— Ce serait peut-être le bon moment pour révéler l'identité de Beverly. On pourrait aussi demander l'aide de la population pour localiser Vera. Le chef m'a expliqué qu'il était envisageable d'ouvrir une ligne téléphonique pour les témoins, comme c'est une vieille affaire. J'ai déjà bien préparé le terrain lors de ma conférence de presse, tout à l'heure. Tout ce que j'aurai à faire, c'est diffuser un communiqué et quelques photos. Les journalistes seront ravis d'en parler à la télévision et sur les réseaux sociaux. Je peux m'occuper de répondre au téléphone, si vous voulez.

Josie regarda Noah, puis Gretchen, et vit à leur expression qu'ils n'y voyaient pas d'inconvénient.

— Si le chef est d'accord, alors c'est bon pour nous, décida-t-elle.

— Venez, Watts, fit Gretchen. Je vais vous accompagner pour aller lui parler. Il faut qu'on détermine quelles informations on veut rendre publiques ou non.

Josie et Noah les regardèrent se diriger vers le bureau du chef. Ils patientèrent ensuite un long moment, s'attendant à l'entendre hurler, mais seuls des bruits de voix étouffées leur parvinrent, ainsi que le cliquetis des touches de clavier d'Amber.

— On rentre à la maison ? proposa Noah. Misty m'a dit qu'elle préparait une paella. Patrick est censé passer, en plus. Avec sa nouvelle petite copine, si j'ai bien compris.

Josie sourit. Elle n'avait pas vu son petit frère depuis plusieurs semaines. Il était étudiant à l'université de Denton. En général, Josie parvenait à le convaincre de lui rendre visite en lui proposant d'utiliser sa machine à laver et son sèche-linge. Il lui avait dit qu'il avait rencontré quelqu'un, mais elle n'avait pas encore vu l'heureuse élue.

— Super programme, répondit-elle en souriant. Il faut juste que je parle à Gretchen avant de partir. Tu peux y aller, je te rejoins vite.

Comme ils étaient seuls, Noah s'avança vers elle et se pencha pour l'embrasser.

— Ne sois pas trop longue.

Gretchen et Amber ressortirent du bureau du chef quelques minutes plus tard. Amber reprit sa place derrière un bureau et se remit à taper sur son clavier.

— Le communiqué sera prêt dans cinq minutes, inspectrice Palmer, annonça-t-elle. Vous n'aurez plus qu'à le relire.

Gretchen lui adressa un pouce levé et se dirigea vers l'escalier. Josie la suivit et attendit que la porte se soit refermée derrière elles pour la mettre au courant de leur rendez-vous avec Alice le lendemain matin.

Gretchen balaya les environs du regard.

— Tu ne veux pas qu'Amber le sache ?

— Je ne préférerais pas... Alice est persuadée que cet endroit n'est pas sûr. La seule chose qui a changé ici, c'est cette nouvelle attachée de presse.

— Mais elle n'a de lien avec personne ici. Quel mal pourrait-elle faire à cette mystérieuse Alice ?

— Elle a des liens avec la maire, laquelle est liée au conseil municipal. Ce n'est peut-être pas de la police qu'Alice a peur. Ça pourrait être de quelqu'un d'autre. Quelqu'un de plus haut placé.

Gretchen fit la moue mais prit le temps d'y réfléchir.

— Ça me semble un peu tiré par les cheveux, mais bon, Amber n'a de toute façon pas réellement besoin d'être mise au courant, donc je resterai discrète.

Josie la remercia et rentra chez elle.


Le dîner fut délicieux, comme toujours, et, grâce à la présence de Patrick et de sa petite amie Brenna, Harris avait de nouveaux adultes à qui parler des insectes qu'il avait vus dehors, du dentier de sa grand-mère et des exploits de Trout et Pepper. Josie riait quand tout le monde riait, mais elle ne parvenait pas à penser à autre chose qu'au travail. Après le repas, Patrick et Brenna retournèrent au campus, et les autres s'installèrent dans le séjour pour regarder les informations de la chaîne locale, largement monopolisées par Beverly et Vera Urban. Josie s'assit sur le canapé, flanquée de Trout et Pepper.

Noah jouait avec des Duplo par terre avec Harris.

— Le chef doit être ravi, plaisanta-t-il. Pour la première fois de la semaine, ils parlent d'autre chose que de Quail Hollow.

Josie écouta la présentatrice évoquer les éléments dévoilés au public par la police de Denton : l'identité de la victime retrouvée lors de l'inondation de Hempstead Road avait été confirmée ; celle-ci avait été assassinée ; elle avait été élève au lycée de Denton East en 2004 et sa mère, Vera Urban, était portée disparue. Le numéro de téléphone mis à disposition de la population clignota à l'écran, puis le journal se poursuivit avec un nouveau sujet d'actualité.

— Tu crois que des gens vont appeler ? demanda Noah.

— Non, répondit Josie. Personne ne semble jamais avoir remarqué que Vera et Beverly n'avaient pas juste déménagé. C'est comme si elles n'avaient personne dans leur vie.

— À part un tueur.

— Et le père du bébé de Beverly, compléta Josie.

## 24

## 2004

Il y avait un monde fou dans le centre-ville de Denton en ce samedi matin. Josie se gara dans l'un des parkings municipaux et partit se promener du côté d'Aymar Avenue. C'était une journée magnifique : ciel bleu, grand soleil et légère brise qui venait chatouiller ses bras nus. La température devait grimper dans l'après-midi mais, pour le moment, tout était parfait... jusqu'à ce qu'elle approche du chantier et entende le vacarme : des cris d'hommes, le martèlement métallique d'un brise-roche hydraulique, le grincement des foreuses et le fracas des pelleteuses qui creusaient la terre et la pierre. Autour de l'immeuble à cinq étages en construction à l'angle d'Aymar Avenue et de Stockton Street, une haute barricade en métal avait été érigée le long du trottoir, agrémentée d'un filet de sécurité orange fluo pour prévenir les passants de la dangerosité du site. Josie trouva le portail que Ray lui avait indiqué. Plusieurs écriteaux y étaient accrochés, interdisant l'accès aux personnes extérieures au chantier. Un homme avec un casque et une veste orange lisait un magazine, assis sur un bloc de béton.

— Bonjour, lui lança Josie.

Il ne leva même pas les yeux vers elle.

— Bonjour, appela-t-elle de nouveau. Je cherche Ray Quinn.

Toujours sans lui adresser un regard, l'homme décrocha le talkie-walkie à sa ceinture et pressa un bouton.

— J'ai besoin de Quinn, aboya-t-il. Sa copine est là.

Il retourna à sa lecture pendant que Josie patientait. Cinq minutes plus tard, Ray apparut, vêtu d'un pantalon de travail et d'un marcel blanc taché de brun. Des gouttes de sueur coulaient le long de ses bras et faisaient briller son visage. Il attendit de s'être éloigné du gardien avant de l'embrasser rapidement.

— Tu as combien de temps ? lui demanda Josie.

— Une demi-heure. On n'a qu'à marcher jusqu'à l'angle, là-bas. Il y a un marchand de glaces.

— Une demi-heure seulement ? s'étonna Josie. Ray !

Il glissa sa main dans la sienne tout en marchant.

— On se verra ce soir après le boulot.

— Ce n'est pas vrai, rétorqua Josie. Comme tous les soirs, tu t'endormiras immédiatement après le dîner. Ce travail est trop dur, Ray.

— Il faut juste que je m'y habitue. Ça fait des longues journées en plein cagnard. Mais c'est seulement le week-end.

Elle tira sur sa main pour qu'il se rapproche d'elle.

— Le week-end, c'est le seul moment où je peux te voir. Tu vas travailler ici combien de temps ?

— L'année est presque terminée, Jo. Dès qu'on sera en vacances, je pourrai travailler en semaine.

— Je croyais qu'on travaillerait comme surveillants de baignade au centre social, cet été. Comme l'été dernier. Comme ça, on pourrait se voir tous les jours.

Ray lâcha sa main et passa le bras sur ses épaules, la serrant contre lui. La transpiration imbiba sa robe blanche en lin, mais elle ne le repoussa pas.

— Je gagne plus en travaillant ici, tu sais.

Ils arrivèrent à un carrefour et s'arrêtèrent au feu. Josie regardait ses pieds.

— Depuis quand tu as besoin de gagner plus d'argent que l'été dernier ? Il y a un problème ? Tout va bien avec ta mère ?

— Oh, Jo, soupira Ray en se tournant vers elle. Je voulais te faire la surprise, mais bon... Si j'ai accepté ce job, c'est pour toi.

Josie le regarda droit dans les yeux.

— Pour moi ? Je préférerais pouvoir te voir. On part tous les deux bientôt à l'université. J'aimerais profiter du temps qu'il nous reste ensemble.

Il l'enlaça et croisa les mains dans le creux de ses reins.

— Tu te souviens, quand tu m'as dit que tu adorerais aller à la plage ?

— Oui, et ?

— Si je travaille ici pendant deux mois, je gagnerai assez pour aider ma mère à payer les factures, économiser pour l'université et t'emmener à la mer une semaine entière. J'avais l'intention de te faire la surprise à la fin de l'été. J'en ai déjà parlé à ta grand-mère. Elle va m'aider à organiser tout ça.

Josie ne put se retenir d'afficher un large sourire. Elle vint coller sa joue contre son torse moite.

— Ray ! Je n'arrive pas à y croire ! Une semaine entière ? Vraiment ?

— Oui. Ta grand-mère est d'accord, et ma mère aussi. Ça va être trop bien ! Un petit séjour en amoureux avant notre dernière année de lycée.

Lorsque le feu passa au vert pour les piétons, Josie sautilla en serrant fort la main de Ray dans la sienne. Elle n'avait presque jamais ressenti une telle sensation d'euphorie. Jusqu'à ses quatorze ans, année où elle était venue vivre chez Lisette, sa vie n'avait été que traumatismes. Partir en vacances n'avait jamais été une option, réussir à manger un repas par jour était déjà une prouesse. Quand sa grand-mère avait finalement obtenu sa garde, elle avait fait tout son possible pour essayer en quelque sorte de rattraper le temps perdu. C'était Lisette qui avait emmené Josie à la mer pour la première fois, à la fin de sa première année de lycée. Josie était immédiatement tombée amoureuse d'Ocean City, une petite ville du New Jersey. Depuis, Lisette et elle y avaient séjourné plusieurs fois en dormant une nuit sur place, mais Josie avait toujours rêvé de pouvoir y rester une semaine entière. Ce rêve était désormais à portée de main, et elle le réaliserait avec Ray. Elle avait l'impression de flotter sur un petit nuage.

— Ils font de super bonnes glaces ici, dit Ray en s'arrêtant devant *Jessie Mae's Ice Cream*.

Il aurait pu lui proposer de manger du verre pilé que Josie aurait accepté sans hésiter. À l'intérieur de la jolie petite boutique, il faisait un froid polaire. Des tables pour deux étaient alignées contre les murs, et un comptoir courait presque jusqu'au milieu de la salle. Il était encadré de présentoirs congélateurs vitrés renfermant de nombreux bacs de glaces aux parfums variés. Elle s'apprêtait à passer sa commande quand la vague de bonheur qu'elle avait ressentie juste avant s'évapora.

Debout derrière la caisse, Beverly lui jetait un regard noir. Un petit chapeau en forme de cerise était posé sur sa tête, ses boucles brunes voluptueuses coiffées en queue-de-cheval. Son uniforme était composé d'un bustier rose pâle et d'une salopette blanche. Même avec ce chapeau ridicule, elle était magnifique. Féminine. Sensuelle, même.

Ray parut ne pas la remarquer, ou alors il faisait semblant de ne pas l'avoir vue. Il avait les yeux rivés sur le menu accroché derrière Beverly. Est-ce qu'il venait souvent ici ? Savait-il que Beverly y travaillait ?

— Ray, lui chuchota-t-elle à l'oreille, on devrait peut-être aller ailleurs.

Avant qu'il ait pu répondre, Beverly fit volte-face et cria à un collègue en train de nettoyer une machine derrière elle :

— Morgan, il y a une cliente à la caisse. Je prends ma pause.

Sans un regard en arrière, elle fonça vers l'arrière-boutique.

## 25

Le lendemain matin, Josie se réveilla à 5 heures en entendant le tonnerre gronder et la pluie s'abattre sur le toit. Trout s'était glissé entre elle et Noah : il tremblait et gémissait. Josie voulut lui caresser le dos, et sa main tomba sur celle de Noah, déjà posée à cet endroit.

— Il n'aime pas le tonnerre, dit-il doucement.

— Je sais, répondit Josie en grattouillant Trout derrière les oreilles.

Ils restèrent allongés tous les trois jusqu'à ce que l'orage s'éloigne et qu'il soit temps pour Josie d'aller rejoindre Gretchen.

Cette dernière patientait dans sa voiture sur le parking du *Stop & Go*. Elle monta dans la voiture de Josie, puis elles repartirent en direction de Lockwood Drive. La pluie avait cessé, mais le ciel était toujours aussi menaçant. Josie repensa à Trout, tout tremblant sous sa main, et à la ville qui semblait s'enfoncer sous l'eau chaque jour un peu plus que la veille. Elle fut saisie par la peur, une peur si intense qu'elle semblait presque physique, comme une ombre qui se rapprochait à la périphérie de son champ de vision.

Cette route était peu empruntée. Elle ne menait à rien d'autre qu'une forêt d'un côté et des bâtiments professionnels de l'autre. Ces derniers étaient abandonnés pour la plupart, à l'exception d'un des motels les plus miteux de la ville, étonnamment toujours ouvert. Les équipes chargées de l'entretien de la voirie ne prenaient pas la peine de s'occuper de cette portion de la route. L'asphalte était craquelé et bourré d'ornières. Les marquages au sol s'étaient effacés depuis longtemps, ne laissant derrière eux que des taches disséminées au milieu de la route. Lockwood Drive partait du *Stop & Go* et filait le long de la Route 80 sur plusieurs kilomètres, même si, aujourd'hui, on apercevait au loin les grandes barrières orange qui avaient été installées en travers des voies là où l'eau était montée. Un énorme panneau indiquait : « Route fermée. »

Alice avait vu juste : le bowling était le dernier bâtiment accessible avant la zone inondée. Josie entra dans le parking, ses pneus crissant sur le gravier, et alla se garer à l'arrière du bâtiment. Une clôture en piteux état les séparait d'une bande de terre qui longeait les murs en béton délimitant la route, juste derrière. Elles sortirent et regardèrent autour d'elles, mais il n'y avait personne.

— Tu crois qu'on devrait entrer ? demanda Gretchen.

— Non, elle a dit derrière le bowling, pas à l'intérieur. En plus, ce bâtiment est à l'abandon depuis des années, ça pourrait être dangereux.

À leur droite, à environ huit cents mètres en contre-haut, elles apercevaient l'arrière du *Patio Motel*. Au-delà, le terrain continuait de monter jusqu'au surplomb où elles s'étaient rendues la veille, derrière le *Stop & Go*. À leur gauche, une pelouse éparse menait aux eaux troubles du Susquehanna, vingt mètres plus bas, là où le fleuve avait inondé cette portion de Lockwood Drive en même temps que la Route 80. La police d'État avait érigé des barricades en béton à travers les voies et le trafic avait été dévié par le centre-ville. Tout était calme et silencieux, sauf le fleuve et son courant vif.

— Je ne pense pas qu'elle viendra, dit Gretchen.

— Elle va pas nous refaire le coup, soupira Josie en sortant son téléphone. Je vais l'appeler.

Cette fois, Alice répondit sans délai.

— Alice, on est au point de rendez-vous. Où êtes-vous ?

— Je vous vois, chuchota-t-elle.

Josie tourna sur elle-même pour observer les environs.

— Où êtes-vous ? Si vous nous voyez, venez nous rejoindre. Il n'y a personne d'autre ici.

— Vous n'en savez rien. J'attends d'être sûre que vous n'avez pas été suivies.

— Je pense qu'on le saurait, si on avait été suivies, rétorqua Josie.

Gretchen pivotait lentement en regardant autour d'elle. Elle pointa du doigt la façade du *Patio Motel*. Josie lui emboîta le pas dans cette direction, mais Alice réagit :

— Ne partez pas. Juste quelques minutes pour qu'on soit certaines que personne ne vous a suivies. C'est tout ce que je vous demande.

Josie s'arrêta. Elle tourna la tête vers Gretchen et lui fit signe de faire demi-tour.

— Alice, vous devez absolument nous dire ce qui se passe. Si vous vous sentez à ce point en danger, je pense que vous devriez nous laisser venir vous chercher.

Silence.

— Alice ?

— Je crois avoir entendu quelque chose, dit-elle.

Josie écarta le téléphone et tendit l'oreille, à l'affût de bruits de pneus ou de pas, mais il n'y avait rien. Gretchen fit un geste vers la route et articula en silence : « Je pense qu'elle est là-bas. »

Josie regarda dans la direction qu'elle indiquait et vit les barricades en béton qui avaient été placées là pour empêcher les conducteurs d'entrer dans la zone inondée. Une partie des voies était encore émergée derrière elles. Ce n'était pas la cachette la plus sécurisée qui soit, mais elle offrait à Alice une vision dégagée sur l'arrière des bâtiments sans être vue, et personne n'irait la chercher sur une route fermée à la circulation.

Josie acquiesça et suivit lentement Gretchen. Alice se remit à parler, mais ses mots furent couverts par la sonnerie du téléphone de Josie. Elle l'écarta de son oreille pour lire ce qui s'affichait à l'écran. Noah. Quelle que soit la raison de son appel, ça pouvait attendre. Elle raccrocha pour l'envoyer sur sa boîte vocale.

— Vous disiez, Alice ?

Le téléphone de Gretchen sonna à son tour.

— Noah, dit-elle après avoir jeté un coup d'œil à l'écran.

Elle aussi le fit basculer sur sa messagerie. Alors qu'elles escaladaient la rambarde de sécurité et posaient le pied sur l'asphalte, une femme surgit de derrière les barricades, un téléphone collé à l'oreille. Elle appuya sur l'écran et le rangea dans la poche de sa veste. Elle portait un imperméable bleu marine, un jean noir et des baskets blanches. Elle était extrêmement mince, avec de longs cheveux noirs qui avaient clairement été teints, mais Josie la reconnut au premier coup d'œil.

— Vera ?

La femme se figea et leva les deux mains en l'air.

— Stop. C'était une erreur.

— Non, ce n'était pas une erreur, contra Gretchen. Quoi qu'il se passe, nous pouvons vous aider.

Le téléphone de Josie vibra de nouveau. Noah, encore. Elle rangea l'appareil dans sa veste elle aussi et laissa la messagerie prendre le relais. De là où elles se trouvaient, si proches du fleuve, le bruit du courant était plus fort que jamais. Derrière les barricades, il semblait que le débit de l'eau s'était accéléré. La pluie continuait de s'acharner et de gagner en intensité. Cela signifiait que l'eau continuerait de monter, qu'il y aurait de nouvelles inondations, et toujours plus de dégâts.

— Vera, dit Josie, vous ne seriez pas ici si vous estimiez que c'était une erreur. Vous avez pris un risque en nous rencontrant, je me trompe ?

La femme hocha la tête. À cause de la pluie, Josie n'aurait su dire si elle pleurait ou non, mais ses traits étaient déformés, et un hoquet lui échappa. Puis le bruit percutant d'une arme à feu retentit, et une tache rouge sombre apparut sur le torse de Vera. Elle vacilla, cherchant à se raccrocher à quelque chose, le visage sans expression, et tomba.

Josie se précipita vers elle. Gretchen avait déjà sorti son arme et scrutait les environs. Un nouveau coup de feu se fit entendre et, à quelques mètres de là, un fragment de béton vola.

— Ça vient du bâtiment, cria Gretchen.

Allongée sur le dos, Vera articulait en silence, comme un poisson hors de l'eau.

— Le... Les... Le...

— Emmène-la de l'autre côté des barricades, dit Gretchen, debout devant elles, son arme pointée vers le bowling.

Son œil droit se concentra sur le viseur de son Glock, mais elle ne tira pas. Josie glissa ses mains sous les aisselles de Vera pour la déplacer derrière un plus gros bloc de béton. Gretchen suivit, et toutes deux s'agenouillèrent, calant Vera contre le bloc pour qu'elle soit aussi peu exposée que possible. Une balle fusa au-dessus de leurs têtes.

— Il faut appliquer une pression sur sa blessure, lança Gretchen en faisant volte-face vers le bowling, arme au poing.

Une nouvelle balle vint se loger de l'autre côté de la barricade. Les oreilles de Josie sifflaient. Elle se défit de son imperméable et le roula en boule avant de le presser contre l'abdomen de Vera.

Josie entendit la sonnerie familière du portable de Gretchen. Celle-ci hurla pour couvrir le bruit des coups de feu et des remous du fleuve dans leur dos :

— Il est dans ma poche. Ça doit être Noah. Prends-le. Il nous faut du renfort.

Sans relâcher la pression sur l'abdomen de Vera, Josie plongea son autre main dans la poche de sa collègue pour récupérer le téléphone. Elle fit glisser son pouce sur l'écran pour décrocher mais, à cause de la pluie, il lui fallut trois tentatives pour y parvenir.

— Noah, s'écria-t-elle.

La main de Vera s'agrippa à l'épaule de Josie. Ses lèvres bougeaient de nouveau. Josie vint coller son oreille libre contre son visage, essayant de comprendre ce qu'elle essayait de lui dire.

— S'il... s'il vous plaît.

Dans son autre oreille, Noah parlait :

— Vous êtes encore du côté de Lockwood Drive ? Je suis en chemin. La digue du chemin de fer a cédé. Avec les orages qu'on a eus cette nuit, elle n'a pas tenu. Ça risque de provoquer une montée soudaine de l'eau. Vous devriez partir de là.

Le craquement d'un nouveau coup de feu fit sursauter Vera sous la main de Josie. Noah continuait à parler, mais Josie n'entendait plus rien. La pluie redoubla. Elle sentit quelque chose contre ses chevilles et, en baissant les yeux, comprit que cette brusque montée du niveau de l'eau dont parlait Noah était déjà en cours. Le fleuve avait gagné quelques mètres en un rien de temps et se trouvait désormais à leurs pieds. Sentant qu'elle cédait à la panique, Josie tenta de calmer les battements de son cœur. Elle devait rester concentrée. Noah arrivait.

— On est coincées, cria-t-elle dans le téléphone en espérant que Noah l'entendrait malgré le tumulte du fleuve. On nous tire dessus.

— Quoi ?

— Appelle tout de suite du renfort, et il nous faut une

ambulance immédiatement. Ne viens pas seul, et n'oubliez pas vos gilets pare-balles. On est sur la Route 80. En direction de l'est, derrière les barricades en béton juste avant l'échangeur. Vera... Alice... Elle est blessée. Elle a pris une balle dans le ventre. Elle est vivante, mais je ne sais pas pour combien de temps.

— Bon sang, Josie...

— Écoute-moi. Gretchen pense que le tireur se trouve au niveau du bowling. Soit à l'intérieur du bâtiment, soit juste à côté. Je dois raccrocher. Appelle du renfort et soyez prudents.

Au moment où elle replaçait le téléphone de Gretchen dans sa veste, elle entendit une sirène au loin. Mais ce n'était que la sirène d'alerte des pompiers, pas celle des renforts qui arrivaient déjà. Le fleuve était sur le point de ravager une nouvelle fois la ville, et Josie et Gretchen se trouvaient entre ses griffes, prises pour cibles, tout en faisant leur possible pour garder une femme blessée en vie.

## 26

Gretchen s'adossa à la barrière, son arme toujours à la main.

— Il n'y a nulle part où aller, dit-elle.

L'eau soulevait désormais Vera. Josie passa un bras sous sa nuque pour lui maintenir la tête hors de l'eau.

— On va se faire emporter, qu'on le veuille ou non.

— On ne peut pas bouger d'ici. Si on se met à découvert, on va se faire tirer comme des lapins. Impossible.

Le visage de Vera, lèvres et paupières closes, était d'une pâleur mortelle.

— Je ne pense pas qu'on puisse la déplacer, fit Josie, l'eau tourbillonnant autour de ses mollets. Mais on va se faire emporter par le courant.

Elle essaya de maintenir une pression sur la blessure de Vera, mais elle était en train de perdre la bataille. Le sang gouttait de son imperméable.

— Ça fait un moment qu'ils n'ont pas tiré, dit Josie. Ils sont peut-être partis. On devrait la déplacer de l'autre côté. Sur le bitume, au sec.

Gretchen secoua la tête.

— Non. Si jamais tu te trompes...

Un nouveau coup de feu retentit. Elles sentirent la balle frôler leurs têtes. Josie se jeta sur Vera et la serra contre elle. Elle sentit la main de Gretchen se poser sur son épaule. Sa voix tremblait quand elle lâcha :

— Regarde, Josie.

Cette dernière tourna la tête et vit que l'eau montait à une vitesse folle. Dans quelques instants, elles seraient emportées par un tourbillon de boue. Noah et les renforts n'arriveraient jamais à temps pour arrêter le tireur et les secourir. Il ne fallut qu'une demi-seconde à Josie pour prendre sa décision.

— Tiens-la, ordonna-t-elle à Gretchen en soulevant Vera.

Gretchen pointa son arme vers le ciel et, de son autre bras, soutint la tête de Vera. Josie se mit sur ses pieds, tout en restant pliée en deux afin qu'on ne la voie pas derrière la barricade. Elle retira ses chaussures et les jeta à l'eau avant de défaire le bouton de son pantalon et de se déshabiller. Gretchen la regardait avec de gros yeux.

— Euh, patronne, je ne pense pas que ce soit le moment de...

— Regarde, cria Josie.

L'eau leur arrivait désormais aux genoux. Elle fit un nœud avec le bas des jambes du pantalon puis elle l'agita devant elle pour y faire entrer de l'air. Ensuite, elle tint fermement le pantalon au niveau de la taille pour que l'air soit emprisonné à l'intérieur.

— Aide-moi, dit Josie en essayant de faire glisser la tête de Vera entre les jambes gonflées du pantalon.

Gretchen l'aida à placer la victime de façon que ce gilet de sauvetage de fortune lui permette de flotter, puis se laissa tomber dans l'eau qui montait toujours. L'instant d'après, ses chaussures remontèrent à la surface, suivies de son jean. Josie maintint Vera en place pendant que sa collègue effectuait les mêmes gestes qu'elle avec son propre pantalon.

L'eau commençait à les emporter. Gretchen glissa sa tête

entre les jambes gonflées de son pantalon et tendit la main vers celle de Josie, mais cette dernière et Vera étaient déjà loin, ballottées par le courant. Josie peinait à maintenir sa prise sur Vera, dont le corps n'avait plus aucun tonus. Une vague lui mit la tête sous l'eau, et elle hoqueta quand sa bouche creva la surface en quête d'air. Elle sentit de nouveau sa poitrine se serrer. *Du calme*, lui intima une voix. *Reste calme.* Mais comment rester calme ? Elle laissa échapper un cri en se tournant sur le dos avant de tirer le corps de Vera sur son ventre. Leur gilet de sauvetage improvisé n'était pas assez résistant pour elles deux. Sa tête passait trop souvent sous l'eau, elle avait les poumons en feu.

L'important, c'était de ne pas lâcher Vera. Elle plongea de nouveau et but la tasse. Elle se débattit pour regagner la surface mais, à force de tousser pour recracher l'eau avalée, une pointe de douleur lui transperça le haut du dos. Et elle fut de nouveau engloutie. Elle avait beau garder les yeux ouverts, elle ne voyait rien d'autre que l'obscurité. Les sombres abysses du fleuve vorace et colérique. Elle allait se faire avaler tout entière et elle ne pouvait rien faire pour l'éviter. Elle ne pouvait rien contre le fleuve. Contre la mort de Vera. Contre les démons ou les larmes qui surgissaient en cet instant, alors qu'elle était sur le point de se noyer.

*L'obscurité ne peut pas te faire de mal, Jo.*

C'était la voix de Ray, l'une des dernières choses qu'il lui avait dites. Elle venait de l'entendre aussi clairement que s'il le lui avait chuchoté à l'oreille. Ce qui était pourtant impossible, puisqu'elle était sous l'eau, se raccrochant à une femme mourante qui ne se maintenait à la surface que par le pantalon de Josie. Il y eut un changement dans le courant, comme si elles venaient de traverser un tourbillon. Leurs corps se mirent à tournoyer, et Josie se retrouva une fois de plus la tête immergée. Elle toussa pour se débarrasser de l'eau dans ses poumons. La tête de Vera s'effondra contre l'épaule de Josie. Cette dernière pria ses jambes de s'activer, de pédaler, de la maintenir à la surface. Au loin, elle aperçut une grosse branche filer comme une flèche. Des arbres. Il fallait qu'elle se rapproche de la rive ou d'un des arbres arrachés par l'inondation pour s'y accrocher. Si elles se laissaient emporter par le courant, leur destin était scellé. Les secouristes ne les retrouveraient pas avant que Josie, à bout de forces, coule à pic.

Elle battit des jambes tout en tendant le cou et, finalement, aperçut un bosquet sur sa droite. Chacun de ses muscles brûlait sous l'effort de devoir nager de côté, un bras enroulé autour de Vera. Elles filèrent le long des arbres sans que Josie ait eu la moindre chance de s'y accrocher. Elle laissa échapper un grognement de frustration. Elle avait de plus en plus de mal à respirer, à rester à la surface, à tenir le coup. Mais elle s'était tout de même rapprochée de la rive. Elle adressa une prière muette à quelque pouvoir supérieur qui pourrait l'écouter et, quelques instants plus tard, elle en fut récompensée : il y avait non loin un autre petit groupe d'arbres, aux troncs plus frêles, mais plus proches les uns des autres. Elle tendit sa main libre quand elle passa à proximité. Sa paume tapa contre le tronc mais glissa. Il en fut de même avec l'arbre suivant. Le courant était si fort. Elle mobilisa toute l'énergie qui lui restait, balança ses jambes, effectua un demi-tour sur elle-même et se prépara à l'impact.

Son dos heurta le tronc suivant, puis elle se retrouva écrasée sous le poids du corps de Vera. Elle en eut presque le souffle coupé, mais la chance semblait enfin leur sourire. Le courant faisait tout pour les récupérer, mais les branches de part et d'autre de l'arbre ralentissaient l'eau. Josie leva sa main libre et s'accrocha à la plus grosse qu'elle put trouver pour les maintenir en place toutes les deux. Elle ferma les yeux un instant, profitant de ce court répit.

Quand elle entendit crier, elle rouvrit les paupières d'un coup. Gretchen fonçait droit vers elles, son pantalon gonflé sous les bras. Soit elle allait percuter le tronc, soit elle le frôlerait et continuerait sa course folle. Sans lâcher Vera, Josie changea de position : un bras autour de la femme, l'autre autour du tronc, elle tendit les jambes.

— Accroche-toi ! hurla-t-elle à Gretchen.

En s'approchant, celle-ci tendit les deux mains. L'une d'elles se referma sur la cuisse de Josie mais glissa.

— Non ! cria Josie.

Gretchen s'accrocha à sa cheville. Pendant une seconde, Josie s'attendit à ce qu'elle lâche prise et soit emportée, mais Gretchen la serrait si fort que Josie savait qu'elle aurait des bleus. Avec une lenteur insoutenable, Gretchen remonta le long de la jambe de Josie jusqu'à atteindre le tronc et pouvoir enrouler ses bras autour. Josie ne sentait plus les siens. Elle ignorait combien de temps elle pourrait encore tenir. Une fois qu'elle se fut assurée que Gretchen était saine et sauve, elle modifia sa prise autour de Vera et se rapprocha de sa collègue.

— Il faut grimper, dit-elle. Dans l'arbre. Les branches au-dessus de nos têtes supporteront notre poids, au moins jusqu'à ce que les secours arrivent. Aide-moi à porter Vera. Il faut la monter là-haut.

Josie n'avait jamais vu Gretchen aussi pâle. Ses lèvres étaient quasiment bleues. L'air était tiède, mais l'eau était froide, et elles y barbotaient depuis... combien de temps ? Josie n'en avait pas la moindre idée. Pour elle, ça faisait une éternité. Des jours. Des semaines. Gretchen retira une de ses mains du tronc et tourna le visage de Vera vers elle. Elle pressa ses doigts contre son cou.

— Patronne, dit-elle, elle est morte.

— Non.

Sous l'eau, quelque chose cogna ses jambes. Des débris. Il pouvait y avoir n'importe quoi sous l'eau. Josie n'avait pas envie d'y penser. Elle tendit le bras pour vérifier elle-même le pouls de Vera, mais fut incapable de le trouver. Elle la gifla en hurlant :

— Vera ! Vera ! Réveillez-vous !

Elle regarda autour d'elle désespérément. Impossible de faire un massage cardiaque dans ces conditions.

— Non, bafouilla Josie. Non.

Gretchen secoua l'épaule de sa collègue.

— Patronne, elle est morte. On ne peut plus rien faire pour elle.

— Alors quoi ? s'emporta Josie, crachant des postillons, de la pluie et de l'eau du fleuve. Qu'est-ce qu'on fait ? On ne peut pas... Qu'est-ce qu'on fait ? On la lâche ? On la laisse partir ? Non !

— On peut l'attacher... l'attacher à l'arbre avec nos pantalons. Et nous, on grimpe en attendant les secours. Ça devrait tenir jusqu'à leur arrivée.

Josie observa le visage livide de Vera, sentit son corps sans vie contre le sien. Gretchen ne relâcha pas l'épaule de Josie. Les yeux écarquillés, elle attendait. Derrière elle, le fleuve rugissait. Le toit d'une maison apparut. La maison de quelqu'un, la vie de quelqu'un, les dépassa en flottant avec une lenteur glaciale. Quelque chose se brisa en Josie. Elle le sentit, physiquement. Comme la digue du chemin de fer. Un barrage qui cédait. Tout ce qui se trouvait derrière déferlait. Son corps fut secoué de sanglots silencieux. Elle se trouva submergée par l'émotion, comme si on la rouait de coups de l'intérieur, et était incapable de parler. Les larmes lui brouillaient la vue, à tel point qu'elle ne discernait plus ni Gretchen ni Vera. Elle aurait voulu dire à sa collègue qu'elle était d'accord pour attacher Vera au tronc afin de ne pas la perdre, mais ses cordes vocales ne répondaient plus. Il n'y avait que cette masse d'émotions déchaînées. Les émotions de toute une vie. Josie hocha la tête une fois, deux fois, jusqu'à ce qu'elle entende Gretchen dire :

— OK, OK. Tiens-la pendant que j'attache nos pantalons

ensemble, d'accord ? Il n'y a que comme ça qu'on pourra faire le tour du tronc et de Vera.

Nouveaux hochements de tête. Nouveaux hoquets. Le monde se résumait à un kaléidoscope de boue et de mort. Quelques minutes plus tard, la voix de Gretchen lui parvint :

— Patronne, tu es meilleure grimpeuse que moi. Il faut que tu montes en premier. Trouve un endroit où nous installer puis aide-moi à te rejoindre.

Josie acquiesça.

— Patronne ? Josie ? Il faut y aller. Grimpe.

Elle saisit le poignet de Josie et plaqua sa main contre le tronc de l'arbre.

— Josie, cria-t-elle. Monte ! Il faut que tu montes.

Gretchen la secoua encore, puis Josie leva les bras et s'accrocha à deux petites branches.

— Monte, Jo ! l'encouragea Gretchen. Monte !

Son corps passa en mode automatique. Elle avait dix ans, elle était dans les bois derrière chez elle, en train de se cacher de sa mère. Lila ne cherchait jamais dans les arbres. Juste en dessous d'elle, Ray lui soufflait : « Monte, Jo ! Monte. »

Elle escalada tant bien que mal, les jambes autour du tronc, jusqu'à ce qu'elle trouve une branche assez solide pour elles deux. Elle cligna des yeux pour en chasser les larmes et la pluie. Sous elle, Gretchen tentait de la rejoindre à grand-peine. Quand elle fut suffisamment proche, Josie tendit la main et l'aida à gravir la distance qui les séparait. Essoufflées, elles se cramponnèrent à l'arbre et l'une à l'autre. Plus bas, le corps de Vera s'enroulait autour du tronc. Des débris s'amoncelaient dans son dos, puis se délogeaient et poursuivaient leur route. Josie vit passer un amoncellement de panneaux électoraux au milieu du fleuve.

27

Ironie du sort – sur laquelle Josie ne chercha pas à s'attarder –, Sawyer Hayes se trouvait sur le canot pneumatique venu les secourir. L'autre embarcation, pilotée par les secouristes en eaux vives de la ville, récupéra Vera. Pour l'emmener à la morgue, devina Josie. Sawyer aida Gretchen puis Josie à descendre de l'arbre, faisant en sorte de ne pas regarder leurs jambes dénudées. Une fois qu'on les eut équipées d'un gilet de sauvetage et attachées au canot, il sortit de la poche de sa veste un objet argenté dans un sachet en plastique bleu. Josie reconnut tout de suite qu'il s'agissait d'une couverture de survie. Elle avait le sentiment que son esprit s'était dissocié de son corps depuis des heures. Probablement depuis qu'elle avait commencé à claquer des dents. Combien de temps étaient-elles restées dans cet arbre ? Elle n'en avait aucune idée. Sawyer sortit la couverture du sachet, la déplia et les en couvrit en prenant soin de la coincer sous elles.

— Merci, dit Gretchen.

Josie tenta de sourire. Elle n'était pas sûre que son visage ait bougé, mais il lui sourit en retour. Elle ferma les yeux et laissa reposer sa tête sur l'épaule de Gretchen.

L'ensemble du parc municipal était désormais inondé, si bien qu'une nouvelle rampe d'accès pour les bateaux avait été installée à proximité du poste de commandement. Elles furent directement transférées dans une ambulance, où on les fit asseoir sur une banquette en vinyle avant de les enrouler dans des couvertures supplémentaires. À l'hôpital, on les installa dans le même box, chacune sur un brancard. Une infirmière tendit une blouse à Josie avant d'en sortir une autre du chariot à linge pour Gretchen.

— Enfilez ça, mesdames. Je reviens tout de suite.

— Ça ira, dit Josie. J'ai juste besoin d'un pantalon... et qu'on me ramène chez moi.

L'infirmière éclata de rire. Gretchen avait déjà déposé sa veste et son t-shirt trempés sur la table à côté et enfilait sa blouse.

— Vos lèvres sont bleues, répondit l'infirmière. Vous êtes trempée jusqu'aux os, et vous avez une vilaine blessure à la cuisse.

Josie baissa les yeux et découvrit une large entaille sur l'extérieur de sa cuisse droite.

— Merde, murmura-t-elle.

L'infirmière tapota la blouse.

— Que diriez-vous d'une couverture chaude ? Ça vous plairait ?

Josie ne pouvait dire le contraire.

— Oh que oui, fit Gretchen.

Deux heures plus tard, Josie somnolait sous trois couvertures. Sa cuisse avait reçu huit points de suture et ses cheveux avaient enfin séché. À côté d'elle, Gretchen dormait profondément, son souffle lent et régulier, ses paupières tressaillant de temps à autre. Josie ne comprenait pas comment elle pouvait dormir comme ça. Pour sa part, chaque fois qu'elle fermait les yeux, elle ne voyait que le corps sans vie de Vera dans le fleuve.

La voix du chef les réveilla toutes deux en sursaut.

— Où sont mes inspectrices ?

Une seconde plus tard, le rideau de séparation fut tiré, et le chef entra, suivi de Noah et de Mettner. Noah se dirigea droit sur Josie, toucha son visage, ses cheveux, ses bras, et prit finalement une de ses mains dans les siennes.

— Ça va ?

Non, ça n'allait pas. Elle ne s'était pas sentie aussi mal depuis bien longtemps. Malgré tout, elle hocha la tête.

— Tu m'as fichu une de ces frousses, dit-il doucement. J'ai cru que tu étais partie.

Elle serra légèrement sa main.

— Je suis désolée.

— Je... J'ai...

Il s'interrompit, et Josie crut voir des larmes briller au coin de ses yeux. Il relâcha sa main, se redressa et lui tourna le dos quelques instants. Elle comprit qu'il essayait de se contenir.

— Je suis sincèrement désolée, Noah, croassa-t-elle.

Il fit volte-face et l'embrassa.

— Tu n'as pas à l'être. Je suis juste très heureux que tu sois là.

— Quinn, Palmer, intervint le chef, vous ne mettez plus les pieds dans l'eau jusqu'à nouvel ordre. Bon Dieu. Quelle journée. Vous vous croyez où ? Dans un film d'action ?

— Elles n'y sont pour rien, vous savez, tenta Mettner.

— Ne me dites pas ce que je sais déjà, mon garçon. J'ai failli perdre mes deux meilleures inspectrices, aujourd'hui.

— Ça fait plaisir, ricana Mettner.

— La ferme, Mett.

Noah vint s'asseoir au bord du lit de Josie et lui souffla :

— Là, je pense qu'il s'inquiétait vraiment.

Gretchen remonta ses couvertures jusqu'au menton et dit :

— Vous avez eu le tireur ?

Mettner secoua la tête.

— Non. Désolé. Le temps qu'on arrive sur place, il n'y avait plus personne. Par contre, on a retrouvé des douilles près du bowling. Du 9 millimètres. Mais on n'a pas croisé de voiture sur le trajet.

— On a demandé les enregistrements des caméras de surveillance du *Stop & Go* et de la banque sur le trottoir d'en face, pour vérifier si on y voyait un véhicule, mais aucune des caméras ne filme la rue.

— Évidemment, dit Josie.

— Hummel a récupéré les douilles, précisa le chef. Espérons qu'il puisse y collecter des empreintes.

— En parlant d'empreintes, rebondit Mettner, on a pu confirmer que la femme que vous avez rencontrée était bien Vera Urban. La docteure Feist est en train de l'autopsier.

— Est-ce qu'elle a eu le temps de vous dire quelque chose avant... demanda Noah.

— Avant qu'on nous tire dessus ? compléta Gretchen. Non. On l'a tout de suite reconnue, et elle est devenue nerveuse. Juste après, elle s'est pris une balle dans le ventre, et le niveau du fleuve est monté. Au fait, super idée d'avoir utilisé nos pantalons comme bouées, patronne.

Josie acquiesça, trop submergée par ses émotions pour oser parler.

— Ah, c'est pour ça que vous êtes jambes à l'air, dit Chitwood.

— Comment vous saviez qu'on n'avait plus nos pantalons ? demanda Gretchen.

Noah répondit :

— Quand on a appelé l'hôpital pour savoir comment vous alliez, l'infirmière nous a demandé de ramener des pantalons.

Josie retrouva sa voix.

— Donc... vous les avez ?

Noah, Mettner et le chef échangèrent des regards, puis le chef finit par demander :

— Où voulez-vous que je trouve des pantalons ?

Noah rit, ce qui fit retomber la tension d'un cran.

— Je vais m'en occuper.

— Avant que vous partiez, dit Gretchen, il faudrait qu'on parle du fait que Vera était vivante, ces seize dernières années.

— Non seulement elle était vivante, ajouta Josie, mais en plus, elle savait que sa fille avait été assassinée, elle savait ce qui s'était passé. Je pense qu'elle connaissait l'identité du meurtrier. C'est sans doute pour ça qu'elle voulait nous rencontrer. Pour nous le dire.

— Mais pourquoi seulement aujourd'hui ? demanda Mettner.

— Parce que le reste du monde vient d'apprendre que Beverly a été assassinée, suggéra Noah. Et que la police recherche le meurtrier.

— Qu'est-ce qu'elle a bien pu faire pendant seize ans ? questionna Mettner.

— Se cacher, certainement, répondit Gretchen. Elle n'a rien déclaré à son nom, n'a pas rempli une déclaration d'impôts ; elle n'a même pas d'abonnement téléphonique. Qui, aujourd'hui, n'a pas de téléphone ?

— Elle avait certainement changé d'identité, dit Josie. À moins qu'Alice soit juste un nom qu'elle nous a donné comme ça.

— Le propriétaire vous a bien dit que toutes ses affaires et celles de Beverly avaient disparu de la maison de Hempstead Road ? demanda Noah. Elle les a forcément emportées avec elle. Elle voulait qu'on croie qu'elles avaient juste déménagé. Depuis le début, elle savait qui avait tué sa fille. La question, maintenant, c'est : de qui se cachait-elle ?

Gretchen sortit une main de sous la couverture et la passa dans ses cheveux ébouriffés.

— De la personne qui l'a tuée ce matin.

— Qui aurait pu vouloir tuer Beverly ? relança le chef.

Qu'est-ce qui aurait pu convaincre Vera de partir en cavale plutôt que d'aller parler à la police ?

Josie vit soudain le visage de Vera, ses lèvres tentant d'articuler quelque chose alors qu'elle se vidait de son sang, suppliant Josie de la sauver. Elle avait essayé de dire « s'il vous plaît ». Josie n'avait pas réussi à la sauver. Que cachait-elle ? Que savait-elle ? Qui était prêt à la tuer pour qu'elle ne dévoile pas son secret ?

— Je ne sais pas, déclara Josie. Mais la première chose à faire, c'est remonter la piste de Vera.

— Comment on s'y prend ? demanda Mettner.

— Je n'en sais rien, dit Josie. Personne ne l'a vue depuis seize ans. Le corps de Beverly réapparaît et, quelques jours plus tard, la voilà de retour en ville ?

— Effectivement, elle n'a pas pu vivre à Denton pendant seize ans, poursuivit Noah. Mais elle est restée « hors du système », à défaut d'une expression plus appropriée, pendant tout ce temps. Ou, plutôt, elle a vécu sous une fausse identité. D'une façon ou d'une autre, Alice est venue ici et a vraisemblablement passé la nuit quelque part, d'après les appels qu'elle a passés à Josie.

Gretchen hocha la tête.

— Si elle cherchait à rester discrète, elle a dû chercher un hôtel sans caméras de surveillance.

— Peut-être le *Patio Motel*, suggéra Josie. C'est le pire hôtel de la ville, et il se trouve justement entre les deux points de rendez-vous qu'elle a choisis pour nous rencontrer : le *Stop & Go* et le bowling abandonné.

— Je vais envoyer quelqu'un relever toutes les plaques d'immatriculation du parking, décida Mettner.

— Je dois parler au gérant, dit Josie. Elle a certainement laissé quelque chose dans sa chambre.

Le chef la coupa dans son élan.

— Vous avez failli y passer, aujourd'hui, Quinn. Par deux fois. Donc vous allez plutôt vous reposer.

— Mais... protesta Josie avant que le chef lève la main pour lui intimer de se taire.

— Nous allons préparer un mandat que vous pourrez apporter avec vous au *Patio Motel* demain matin à la première heure. J'ai déjà deux voitures de patrouille sur place à cause de l'inondation qui menace d'atteindre le parking d'un instant à l'autre. De toute façon, je ne peux pas me permettre d'envoyer Fraley ou Mettner dans l'immédiat. J'ai besoin de tous les agents disponibles au poste de commandement.

Rassurée, Josie laissa retomber sa tête sur son oreiller.

— Bien, conclut le chef. Fraley, ramenez des frocs à ces deux-là, qu'elles puissent rentrer chez elles se reposer.

28

Josie eut du mal à trouver le sommeil. À chacun de ses mouvements, la douleur dans sa jambe se réveillait. Et chaque fois qu'elle semblait sur le point de s'endormir, elle revoyait le visage de Vera, sa dernière tentative pour lui parler, puis entendait des coups de feu et la sirène. Allongée sur le canapé, elle ne pensait qu'à ça, et au Wild Turkey. Cela faisait bien longtemps qu'elle avait ressenti une telle envie d'en boire. Elle pouvait quasiment en sentir le goût sur sa langue, la brûlure dans sa gorge et jusqu'à son estomac, où il lui tiendrait chaud et l'aiderait à repousser ses pensées pendant un temps.

Mais elle n'avait plus de Wild Turkey chez elle. Ils n'avaient plus une seule bouteille d'alcool. Rien que du café, une décoction de thé vert préparée par Misty et du jus de pomme pour Harris. Elle aurait aimé avoir la compagnie de ces deux-là, mais Misty était au travail et Harris passait la journée avec la mère de Ray. Noah aussi travaillait. Elle envisagea d'appeler sa sœur, Trinity, mais elle n'avait plus de téléphone. Il faudrait qu'elle en achète un nouveau. Contre elle, Trout gémit, comme s'il ressentait ses tourments intérieurs. Pepper était assise sur un fauteuil à l'autre bout de la pièce, imperturbable. Josie se leva et regarda par la fenêtre sa voiture garée dans l'allée. Un de ses collègues l'avait récupérée et la lui avait ramenée. Les clés étaient dans le vestibule. Et si elle faisait juste un rapide aller-retour au magasin le plus proche ? L'après-midi touchait à sa fin, mais ce serait encore ouvert. En plus, il ne se trouvait pas dans la zone inondée.

Sans même y réfléchir, elle s'empara du trousseau. Mais elle n'avait pas sa carte d'identité. Son portefeuille et ses papiers avaient pris l'eau, et Noah avait tout mis à sécher sur la table de la cuisine. Elle fit demi-tour pour aller la récupérer, quand la sonnette retentit. Trout et Pepper bondirent et foncèrent droit vers la porte d'entrée en aboyant furieusement, jusqu'à ce que Josie ouvre et découvre face à elle Gretchen et Anya Feist. Gretchen sortait de la douche et avait revêtu un jean et un débardeur blanc sous un pull léger. La légiste portait un pantalon décontracté et un chemisier bleu à boutons, ses cheveux blonds lâchés sur ses épaules. Un petit ordinateur était coincé sous son bras. Gretchen déposa une boîte de pizza entre les mains de Josie.

— Je voulais appeler, mais on n'a plus de téléphones.

Josie fit un pas de côté pour les laisser entrer. Elles s'installèrent dans le salon pour manger la pizza directement dans le carton. Josie et Anya Feist avaient pris place sur le canapé tandis que Gretchen s'était assise en tailleur face à elles. Elle disparut un moment pour revenir avec des serviettes en papier et trois bouteilles d'eau qu'elle déposa sur la table basse près de la pizza et de l'ordinateur.

— Impossible de rester chez moi, j'étais bien trop agitée, déclara-t-elle quand elle revint.

La docteure Feist essuya un reste de sauce au coin de sa bouche avec une serviette et dit :

— Elle est passée à la morgue pour me demander si j'avais terminé l'autopsie de Vera.

Josie éclata d'un rire tendu. Elle aurait dû être la personne qui débarquait à la morgue pour obtenir des infos sur Vera Urban. Au lieu de cela, elle avait été obnubilée par l'idée de boire du Wild Turkey. Si Gretchen remarqua quoi que ce soit de sa gêne, elle n'en laissa rien paraître.

— J'ai pensé que tu aurais envie d'entendre les conclusions de la docteure Feist, alors je l'ai convaincue de m'accompagner.

— Et on s'est dit que tu devais mourir de faim, ajouta celle-ci, donc voilà.

Curieusement, Josie n'avait pas faim du tout, mais elle attrapa quand même une tranche de pizza.

— Merci, dit-elle. Alors, que peux-tu nous dire sur Vera Urban ?

La légiste ouvrit son ordinateur. Après quelques clics, elle commença la lecture de son compte rendu.

— Je pense qu'elle avait entre cinquante et soixante ans.

— Ça colle, dit Josie. Elle avait cinquante-huit ans.

— La cause de la mort est sa blessure par balle à l'abdomen. Ses poumons étaient plus lourds que la normale et, quand je l'ai incisée, ils étaient un peu gonflés, ce qui montre qu'elle avait dû avaler de l'eau avant de mourir, mais vu les dégâts causés par la balle je pense qu'elle est morte avant d'avoir eu l'occasion de se noyer.

Josie reposa sa demi-tranche de pizza dans le carton et se rallongea dans le canapé. Trout lui bondit sur les genoux et s'y installa. L'esprit ailleurs, elle lui gratta la nuque.

— On a fait tout ce qu'on pouvait, patronne, lui dit Gretchen.

— Vraiment ? demanda Josie. On aurait dû prévoir une couverture ou quelque chose. C'était stupide d'y aller seules.

— Pour rencontrer une personne ayant des informations sur un meurtre survenu il y a seize ans ? Rien ne laissait présager qu'on aurait besoin d'une armée pour rencontrer Vera Urban. On ne savait même pas qu'il s'agissait d'elle avant de la voir.

Tout ce qu'on savait, c'est qu'on avait rendez-vous avec une femme du nom d'Alice.

— Elle nous a dit... Elle m'a dit que c'était dangereux, et je ne l'ai pas suffisamment prise au sérieux. Elle avait raison, et maintenant elle est morte.

— Tu n'y es pour rien, insista Gretchen.

— Josie, intervint Anya, si ça peut te soulager, je ne pense pas qu'elle aurait survécu à un trajet jusqu'à l'hôpital. Même si vous aviez pu la mettre en sécurité en attendant l'ambulance, elle serait morte avant d'arriver aux urgences, et il n'y a pas de service de traumatologie à Denton Memorial.

Josie secouait la tête, les larmes aux yeux.

— Je n'aurais jamais dû nous mettre dans cette situation. C'est à cause de moi qu'on lui a tiré dessus.

— Non, on lui a tiré dessus parce qu'elle est mêlée à quelque chose qui la dépassait, argumenta Gretchen. Elle savait que sa fille avait été assassinée, et elle l'a caché pendant seize ans. Si elle n'avait pas été tuée sous nos yeux, elle aurait certainement été tuée ailleurs, à un autre moment, par la personne qui la recherchait.

Le silence s'abattit sur la pièce tandis que chacune prenait la mesure de la brutalité de la mort de Vera Urban et de la gravité de son secret. Puis la légiste s'éclaircit la gorge et dit :

— J'ai fait d'autres découvertes qui pourraient vous intéresser : son foie était en très mauvais état, soit à cause d'une grosse consommation d'alcool, soit en raison d'une pathologie sous-jacente.

— Les opiacés, l'informa Josie. On pense qu'elle était accro aux opiacés.

La légiste hocha la tête.

— Ça pourrait correspondre, effectivement. Dans le bas de son dos, j'ai également trouvé les traces d'une ancienne opération des lombaires. Une fusion vertébrale.

— Oui, dit Gretchen. Plusieurs personnes nous ont confirmé qu'elle avait été opérée du dos.

— Et, enfin, elle avait un utérus bicorne.

La part de pizza de Gretchen se figea à quelques centimètres de sa bouche.

— Ça veut dire quoi ? demanda Josie.

— L'utérus de Vera Urban avait une forme de cœur. C'est lié à une malformation congénitale. Sans entrer dans les détails techniques, disons qu'il est composé de deux cavités séparées. Un creux se forme en haut de l'utérus et le coupe en deux parties. Aujourd'hui, c'est opérable, et c'était peut-être déjà le cas quand Vera Urban était une jeune adulte, mais elle n'a pas subi d'intervention chirurgicale à ce niveau. Cela n'a aucune incidence sur la fertilité, mais les risques de fausse couche sont importants.

— On sait qu'elle a eu un bébé, dit Josie. Est-ce qu'il y avait des fosses de parturition sur son os pubien ?

— Non, mais toutes les femmes ne présentent pas forcément ces sillons sur le pubis après un accouchement. J'ai déjà autopsié de nombreuses femmes ayant accouché et ne présentant aucune fosse de parturition. Disons que leur présence est un indicateur qu'une femme a déjà accouché.

— Donc, s'il y en a, c'est qu'a priori la femme a eu un bébé.

— Absolument. Mais leur absence n'est pas un indicateur que la femme n'a jamais accouché. Comme je le disais, l'utérus bicorne de Vera ne l'aurait pas empêchée de tomber enceinte, il aurait juste été compliqué pour elle de mener une grossesse à terme. Elle a eu beaucoup de chance de ne pas accoucher de Beverly prématurément.

— Ça explique peut-être pourquoi elle a dû rester alitée aussi longtemps, suggéra Gretchen, et pourquoi elle a dû accoucher à Geisinger et pas ici, à Denton.

Josie sentit comme un poids s'abattre sur ses épaules.

Pauvre Vera. D'après son ancienne patronne, elle rêvait d'avoir un bébé et avait été folle de joie quand elle avait eu Beverly, même si elle avait dû l'élever seule. Pourtant, à un moment donné, les choses avaient dégénéré. Beverly avait commencé à avoir des troubles du comportement. Josie était bien placée pour savoir à quel point la tendance de cette jeune fille à se comporter comme une peste pouvait être éprouvante émotionnellement – quand elle n'allait pas jusqu'à s'en prendre aux autres physiquement. Dans quoi Beverly et Vera s'étaient-elles embarquées pour que la première se retrouve enceinte et assassinée à l'âge de dix-sept ans, et que sa mère ait été forcée de le cacher pendant seize ans ? Qui est-ce que Vera fuyait ? Où était-elle restée pendant ces années ? Qui l'avait tuée, et pourquoi ?

— Elle avait peur que quelqu'un nous ait suivis jusqu'au point de rendez-vous, reprit Josie, pas que quelqu'un l'ait suivie, *elle*. En fait, si elle voulait que l'on se voie dans un lieu neutre, c'est parce qu'elle ne considérait pas le commissariat comme un endroit sûr.

— Qui travaille encore dans la police de Denton et aurait pu être impliqué dans le meurtre de Beverly il y a seize ans ? demanda la docteure Feist. Je croyais que vous aviez fait le ménage, il y a cinq ans, après l'affaire des jeunes disparues ?

— Amber Watts, lâcha Gretchen.

Josie fit part à Anya de ses doutes au sujet de la nouvelle attachée de presse.

— Elle a quel âge, cette femme ? demanda la légiste.

— Elle est jeune, dit Gretchen. Elle devait être en primaire quand Beverly a été assassinée.

— Ce n'est pas forcément elle, reprit Josie. Ça pourrait être Mme Charleston. Amber savait qu'on allait rencontrer la mystérieuse Alice ce matin, mais elle ne savait pas où. Elle aurait pu en parler à la maire.

— Tu penses que c'est une espionne ? demanda Gretchen.

— Je ne sais pas. Mais quelqu'un savait qu'on s'apprêtait à

rencontrer Vera Urban. Quelqu'un voulait la tuer. Quelqu'un lui a tiré dessus pour qu'elle ne puisse pas nous dire ce qu'elle savait.

— J'ai bien conscience que Mme Charleston excelle dans l'art du mensonge et de la dissimulation, dit Anya. Elle n'a plus très bonne réputation par ici, surtout depuis cette histoire de Quail Hollow – bien qu'il me semble que Kurt Dutton soit lui aussi impliqué dans l'affaire –, mais je ne la vois pas commettre un meurtre.

— Moi non plus, concéda Josie. Elle pourrait ne pas être directement mêlée à tout ça. Tout ce que je dis, c'est que c'est une drôle de coïncidence qu'Amber ait été embauchée par la maire cette semaine et qu'elle débarque pile au moment où on vient de repêcher un cadavre sous la maison de Hempstead Road. Elle a assisté à tous les briefings et était au courant qu'on allait rencontrer une personne sachant ce qui était arrivé à Beverly et, comme par hasard, on se fait tirer dessus et Vera Urban meurt. Je surinterprète peut-être, mais quelle autre explication y aurait-il ?

— Peut-être que quelqu'un a suivi Vera pendant tout ce temps, depuis qu'elle était de retour à Denton, et qu'elle ne s'en est pas aperçue, dit Gretchen.

Josie fit un geste en direction de l'ordinateur de la légiste.

— Je peux ?

Elle le fit glisser sur la table pour le rapprocher de Josie, puis elle et Gretchen s'assirent de part et d'autre de la policière sur le canapé, sans quitter l'écran des yeux tandis que Josie effectuait une série de recherches sur Amber Watts et son passé, sans rien trouver d'anormal ni de suspect.

— L'annonce, marmonna Josie. Le chef m'a demandé de vérifier si la maire avait bien publié cette offre d'emploi pour un poste d'attaché de presse il y a plusieurs mois. Amber nous a dit qu'elle avait envoyé sa candidature à ce moment-là.

Effectivement, Josie retrouva l'annonce postée sur divers sites de recherche d'emploi deux mois plus tôt.

La légiste soupira.

— Il semblerait que la piste Amber-Charleston s'arrête là.

— Concentrons-nous sur Vera pour le moment, décida Gretchen. Avec un peu de chance, on découvrira quelque chose qui nous mènera à son assassin... ainsi qu'à celui de Beverly.

## 29

Josie n'eut pas la moindre occasion de filer en douce au *liquor store*. Misty et Harris avaient fini par rentrer avant le départ de Gretchen et d'Anya et, peu de temps après, Noah arriva. Josie, comme en pilote automatique, passa le reste de la soirée dans un état second, se contentant de répondre « ça va » chaque fois que Misty ou Noah s'inquiétait de savoir comment elle se sentait. Impossible de dormir, notamment à cause de la douleur dans sa cuisse, que l'ibuprofène peinait à soulager. Quand les premières lueurs de l'aube filtrèrent par les fenêtres de leur chambre, elle se leva, prit une douche et partit promener Trout. Ensuite, elle alla s'acheter un nouveau téléphone portable avant de récupérer Gretchen sur le parking du commissariat.

Mandats en main, elles prirent la direction du *Patio Motel*. Aussi loin que Josie s'en souvienne, il avait toujours été là, et pas pour le meilleur. La police municipale y faisait des descentes régulières pour des histoires de drogue et de prostitution. Il s'agissait d'un vieux bâtiment sur deux niveaux, disposant de huit chambres à chaque étage. La plupart des numéros de chambre étaient écrits au feutre sur les portes. Des véhicules délabrés avaient été abandonnés dans le parking, juste sous les fenêtres. La veille, Josie avait appris par Noah qu'aucune des voitures garées ici n'appartenait à une Alice. Vera n'était donc pas revenue à Denton au volant de sa propre voiture.

Entre le parking et le minuscule bureau d'accueil du motel se trouvait un bassin creusé dans le sol, qui servait de décharge depuis longtemps. Quelqu'un avait dû tenter de faire un jardinet à l'une des extrémités du bassin, mais il ne restait plus qu'une tulipe rouge vif parmi les tessons de bouteille et les emballages de fast-food.

Elles furent reçues par une femme maussade aux cheveux noirs et au regard blasé. Malgré le mandat, il leur fallut négocier un moment pour qu'elle admette qu'une femme correspondant à la description de Vera avait bien séjourné chez elle deux jours auparavant. Vera n'avait pas donné de nom à l'employé qui lui avait remis sa clé, et l'employé n'avait pas posé de questions. Ce n'était pas la politique de la maison. Le *Patio Motel* n'était réputé que pour l'anonymat offert à ses clients. Il fallut donc que Josie et Gretchen en viennent à menacer la femme de poursuites pour entrave à la justice et lui assurent que Vera Urban était décédée pour qu'elle consente à leur montrer sa chambre.

— Emportez ses affaires, leur dit-elle après avoir ouvert la porte 2. Je vais avoir besoin de la chambre, si elle ne revient pas.

Comme toutes les chambres du *Patio Motel*, celle qu'avait occupée Vera Urban était petite, vieillotte, et empestait le tabac froid, la transpiration et la nourriture avariée. Un lit pour deux personnes occupait presque tout l'espace. Le couvre-lit élimé était toujours en place. En face, une télévision était posée sur une petite commode en mauvais état. Près de la fenêtre, juste derrière la porte, il y avait un fauteuil orange aux coussins tachés. La chambre paraissait inoccupée.

Josie longea le lit et pénétra dans la salle de bains, laquelle faisait la taille d'un placard. Les toilettes et le lavabo se touchaient presque. Pas de baignoire, juste une douche avec une bonde rouillée et un rideau piqué de moisissure. Là encore, rien ne laissait penser que quiconque avait séjourné ici. Gretchen était en train de fouiller sous le lit quand Josie revint dans la chambre.

— Je n'ai rien trouvé, dit-elle.

— Il y a forcément quelque chose, insista Josie. Elle avait au moins de quoi se changer.

Elle retourna près du fauteuil et l'étudia. Après avoir enfilé une paire de gants, elle souleva le coussin d'assise.

— Là, dit-elle en s'emparant d'un petit sac à dos bleu.

Gretchen s'équipa à son tour de gants, et elles étalèrent le contenu du sac sur le lit. Il y avait quelques sous-vêtements, deux jeans, deux chemises, une chemise de nuit avec des dessins de chats, une brosse à cheveux, du maquillage et des affaires de toilette : brosse à dents, dentifrice, déodorant et petites bouteilles de shampoing et après-shampoing.

— Il n'y a ni portefeuille ni téléphone, fit remarquer Gretchen.

— C'est vrai, dit Josie. On sait qu'elle avait son téléphone sur elle, hier, et si elle avait un portefeuille, il y a de grandes chances qu'elle l'ait emporté aussi. Il doit être dans le fleuve à l'heure qu'il est.

— Et ça, c'est quoi ? demanda Gretchen en désignant un petit flacon en plastique orange.

Josie s'en empara et ressentit une pointe d'excitation, comme une décharge électrique.

— C'est un médicament. Prescrit à une femme du nom d'Alice Adams. Apparemment, c'est du lorazépam.

— Du Témesta, devina Gretchen. C'est un anxiolytique. Est-ce qu'il y a le nom d'un médecin ou d'une pharmacie sur le flacon ?

Josie sortit son téléphone et prit quelques clichés de l'étiquette, puis rechercha la pharmacie sur Google.

— Elle se trouve à Colbert.

— C'est à une heure et demie d'ici, environ.

— Il va nous falloir des mandats, dit Josie. Pour accéder aux archives de la pharmacie, puis pour rentrer chez cette Alice Adams. Il faudra aussi appeler les collègues sur place pour les prévenir de notre enquête.

— C'est parti, dit Gretchen.

30

Au commissariat, Gretchen prépara les mandats pendant que Josie contactait leurs collègues de Colbert pour coordonner leurs efforts. Moins d'une demi-heure plus tard, elle apprenait que l'endroit où Alice Adams avait déclaré habiter était une location. L'agent de Colbert lui fournit le nom et le numéro de téléphone du propriétaire et proposa d'aller lui rendre visite lui-même pour lui expliquer la situation. Ainsi, il préparerait le terrain pour ses collègues de Denton, qui espéraient pouvoir se rendre sur place avec leur mandat signé dans la journée.

— Il n'y a plus qu'à attendre qu'il nous rappelle, dit Josie à Gretchen.

Amber, assise à l'autre bout de la pièce, se leva et vint vers elles.

— Je me disais que vous pourriez me tenir au courant de toutes les nouveautés. A priori, il s'est passé beaucoup de choses depuis hier. J'ai appris par le chef qu'Alice était en réalité Vera Urban et qu'elle était décédée, mais il n'a pas voulu en dire plus. Il a refusé de me donner le moindre détail. J'ai entendu des agents parler d'une fusillade. Vous et Gretchen y étiez, non ?

Vous voulez bien m'expliquer ce qui s'est passé ? Est-ce qu'elle avait des infos pour vous ?

— Personne ne vous a rien dit ? demanda Gretchen. Ni le chef, ni le lieutenant Fraley, ni Mett ?

— Je n'ai pas encore eu l'occasion de leur parler. Tout le monde est tellement occupé...

Josie leva les yeux et la fixa.

— Et la maire ? Vous avez eu l'occasion de lui parler ?

— Non, je... Pourquoi aurais-je besoin de parler à la maire ?

Josie se remit à taper son rapport sur son ordinateur. Après de longues secondes de malaise, Amber revint à la charge.

— J'ai juste quelques questions.

Josie se leva brusquement. Les points de suture sur sa cuisse tiraient à chaque pas. Amber la suivit en posant ses questions, tablette à la main, talonnant Josie jusqu'à la salle de pause. Cette dernière répondait autant que possible par des monosyllabes, ou renvoyait Amber vers le chef. Elle était bien plus intéressée par un café que par l'attachée de presse. Elle s'en remplit un plein mug et allait ouvrir le réfrigérateur pour y ajouter du lait quand Amber se mit en travers de son chemin.

— Inspectrice Quinn, dit-elle, son habituel sourire remplacé par une expression si intense qu'elle confinait au désespoir. Pour faire mon travail, j'ai besoin d'avoir accès à vos informations.

— Poussez-vous, s'il vous plaît.

Amber se redressa, dépassant Josie de plusieurs centimètres grâce à ses talons hauts.

— Quel est votre problème avec moi ? lâcha-t-elle.

Josie sentait poindre une migraine. Elle croisa les bras et regarda Amber dans les yeux.

— Écoutez, je n'ai vraiment pas le temps pour ça, et vous m'empêchez de mettre du lait dans mon café. Si vous voulez que les choses se passent bien entre nous, je vous conseille de vous décaler rapidement.

Amber releva le menton dans un geste plein de défi. Ses lèvres se pincèrent et ses yeux bleus se mirent à papillonner, témoignant de sa nervosité. Josie ne put s'empêcher d'éclater de rire. Amber sembla se dégonfler et la laissa accéder au réfrigérateur.

— Juste une chose, lui dit Josie avant qu'elle quitte la pièce.

Amber se figea dans l'embrasure de la porte.

La brique de lait dans une main, Josie retourna à la table située au centre de la pièce et termina de préparer son café.

— J'ai bien conscience que vous devez faire votre travail, mais le fait est que vous avez été placée ici par la maire.

— Je vous l'ai déjà dit, râla Amber, je ne rends pas de comptes à la maire.

Josie but une gorgée de son café brûlant, en savourant les arômes. Inutile de faire part de ses doutes à Amber. Si celle-ci était de mèche avec la maire, elle ne l'admettrait jamais. Et si Amber était totalement innocente et avait fourni des informations à la maire sans savoir comment celles-ci seraient utilisées, elle n'avait alors aucun moyen de contrôler ce que la maire en ferait.

— Vous êtes liée à la mairie. C'est suffisant pour que vous ne soyez pas digne de confiance pour le moment. Entre ce qui se passe à Quail Hollow et...

Elle se reprit avant de prononcer les mots « le meurtre de Vera ».

— C'est un problème. Donc, effectivement, on préfère rester entre nous sur cette affaire.

Amber laissa échapper un long soupir et se passa une main dans les cheveux.

— Qu'est-ce que je suis censée faire ?

— Je n'ai pas la réponse à cette question.

Son mug à la main, Josie avança jusqu'à la porte. Amber ne bougea pas.

— Tout ce que je peux vous dire, ajouta Josie, c'est que la confiance, ça se mérite.

Elle se glissa dans l'interstice entre Amber et l'encadrement de la porte, la frôlant au passage. Avant qu'elle ait pu regagner la grande salle, elle entendit qu'on l'appelait.

— Patronne !

Dan Lamay, l'agent d'accueil, arrivait en boitillant.

— Il y a du nouveau...

Josie leva une main pour le faire taire le temps qu'Amber s'éloigne.

— Bien, dit-elle. Que se passe-t-il, Dan ?

— La maire est ici, elle veut vous voir. Elle est dans la salle d'attente.

— Elle est venue pour me voir moi ?

— Oui, elle a bien précisé qu'elle voulait parler à vous et à personne d'autre.

— Installez-la dans la salle de conférences, s'il vous plaît. Il faut juste que je monte prévenir Gretchen, puis j'irai la rejoindre.

Quelques minutes plus tard, Josie apportait son reste de café dans la salle de conférences, où Tara Charleston patientait. Elle faisait les cent pas le long de la grande table, son téléphone collé à l'oreille. Son tailleur était bleu canard, et ses longues jambes étaient mises en valeur par des talons de douze centimètres. Elle portait ses cheveux au carré, et son maquillage impeccable dissimulait presque toutes ses rides. Pendant qu'elle aboyait des ordres à son interlocuteur au sujet du conseil municipal à venir, Josie s'installa à l'autre bout de la table en sirotant son café.

Tara raccrocha et jeta son téléphone sur la table. Elle laissa échapper un long soupir et s'appuya des deux mains au dossier d'une chaise.

— Inspectrice Quinn.

Josie ne répondit pas.

Tara traversa la pièce pour aller fermer la porte. Le cœur de Josie manqua un battement. La dernière fois qu'elle s'était retrouvée totalement seule avec Tara Charleston, la maire lui avait demandé de faire quelque chose d'illégal, ce que Josie avait refusé, et qui avait failli lui coûter son poste.

Tara retourna en face de Josie et plissa les yeux en la toisant.

— Je suis venue prendre les devants.

Josie leva une main et dit :

— Si c'est au sujet de Quail Hollow, adressez-vous à mon chef. Ce n'est pas mon rôle de...

— Ça n'a rien à voir avec Quail Hollow, l'interrompit Tara. C'est au sujet de Vera Urban.

— Vera Urban ?

L'identité de Vera n'avait pas encore été dévoilée à la presse. Les seules personnes à savoir qu'elle avait été assassinée la veille étaient de la police.

— J'ai demandé à Amber de me tenir informée de ce qui se passait ici.

« Mais à part ça, Amber n'est pas une taupe », voulut rétorquer Josie.

— Je sais que Vera Urban a été tuée hier dans des circonstances pour le moins inhabituelles.

— On lui a tiré dessus, répondit Josie, acerbe.

— Oui, et avant cela, elle avait disparu pendant seize ans, c'est bien ça ?

Josie garda le silence.

— Inspectrice Quinn, je vous connais. Je sais que vous ne négligerez aucune piste et remonterez aussi loin que vous le pourrez pour résoudre cette affaire. C'est pour cela que je préfère jouer cartes sur table dès maintenant. Je connaissais Vera.

Josie fut désarçonnée. La maire avait pour réputation de

défendre ses intérêts personnels bec et ongles, même si cela impliquait de franchir certaines limites.

— Où voulez-vous en venir ? demanda Josie. Vous pensez que j'aurai besoin de vous interroger dans le cadre de cette enquête ?

Tara soupira, clairement exaspérée.

— Oui, exactement. C'est pour ça que je suis venue vous dire que je connaissais Vera. Mais ça remonte à très, très longtemps. C'était ma coiffeuse dans un salon qui s'appelait *Bliss*. C'était il y a au moins vingt ans. Quand sa fille était encore toute petite, et même avant. Je préférais me présenter spontanément avant que vous me tombiez dessus avec tout ce que vous avez découvert. Sinon, en apprenant que je la connaissais, vous en concluriez que j'ai quelque chose à cacher.

— Est-ce que c'est le cas ? demanda Josie.

Le sourire de Tara n'atteignait pas ses yeux.

— Bien sûr que non.

— Mais vous vous apprêtez à me demander de passer sous silence le fait que vous connaissiez la mère assassinée d'une adolescente assassinée.

Tara leva les yeux au ciel.

— Je ne vous demande pas de passer quoi que ce soit sous silence, je vous demande de ne pas diffuser l'information au grand public. Ça ne servirait à rien. Vera était juste ma coiffeuse, rien de plus.

Josie plissa les yeux.

— D'après Sara Venuto, Vera était amie avec plusieurs de ses clientes en dehors du salon. Vous considéreriez que vous en faisiez partie ?

— Vous êtes déjà allée au salon ?

— Ce n'est pas ma première enquête pour meurtre. Oui, je suis déjà allée au salon.

Tara fit un grand geste de la main.

— Bien. Ça n'a pas d'importance. Il m'est arrivé de la

fréquenter en dehors du salon. Je n'irais pas jusqu'à dire que nous étions amies mais, à l'époque, j'étais la jeune épouse d'un chirurgien, je n'avais pas la moindre ambition personnelle, pas de travail, et rien pour occuper mes journées. Je m'ennuyais. J'avais de l'argent, grâce à mes parents. C'est moi qui ai encouragé mon mari à suivre des études de médecine mais, pendant son internat, j'étais seule chez moi quatre-vingt-dix pour cent du temps. J'ai invité quelques fois Vera à venir discuter autour d'un verre de vin. C'est tout.

— Et quand Vera est tombée enceinte ? Vous vous en souvenez ?

— Vaguement, oui.

— Sara Venuto m'a dit que plusieurs de ses clientes lui avaient organisé une *baby shower*. Vous faisiez partie de ce groupe ?

— Non. Comme je vous l'ai dit, on s'entendait bien, mais on n'était pas amies.

— De quoi vous souvenez-vous au sujet de Vera ?

Tara plaça une main manucurée sur la table et se pencha en avant.

— Rien de plus que ce que je vous ai déjà dit. Elle était ma coiffeuse. On a bu un verre de vin ensemble une fois ou deux. Elle avait une fille qui s'appelait Beverly. C'est tout.

— Vous avez invité Vera chez vous pour partager ces verres de vin ?

— Oui.

— Êtes-vous déjà allée chez elle, que ce soit avant ou après qu'elle emménage dans la maison de Hempstead Road ?

— Bien sûr que non.

— À quand remonte votre dernier contact avec Vera ?

— Sincèrement, c'était il y a si longtemps que je serais incapable de répondre avec précision. Ça se compte en décennies.

— Où étiez-vous, hier matin, à 7 heures ?

— Oh, je vous en prie... Vous ne pouvez pas décemment

penser que... J'étais dans mon bureau à la mairie, en réunion avec mon directeur de campagne et quelques adjoints. J'ai près de dix personnes qui pourront le confirmer.

Josie l'observa. Qu'est-ce que cette femme pouvait bien lui cacher ? Il y avait forcément quelque chose, sinon elle ne se serait jamais présentée au commissariat pour parler seule à seule avec Josie.

— Vous vous doutez que je vais devoir en parler avec mon équipe, n'est-ce pas ?

Tara soupira.

— Je ne vois pas l'intérêt d'en parler à qui que ce soit. Je viens de vous dire tout ce que je savais, et rien de tout cela n'a le moindre rapport avec ce meurtre commis en 2004.

— Et avec le meurtre commis hier ? rebondit Josie.

— Aucun rapport non plus. Quand Beverly a été tuée, je n'avais pas parlé à Vera depuis près de dix ans. Vraiment, inspectrice. Je sais que nous avons un... passif, mais j'apprécierais pouvoir compter sur votre discrétion.

Josie éclata de rire.

— Ma discrétion ? Vous plaisantez, j'espère ? Vous essayez de vous débarrasser de moi depuis mon premier jour dans ce commissariat. C'est quoi, l'idée, cette fois ? Vous protéger, ou me tendre un piège ?

Tara la fusilla du regard.

Lentement, Josie attrapa sa tasse de café et en but une longue gorgée, sans quitter Tara des yeux. Puis elle reposa sa tasse sur la table.

— Madame Charleston, vous savez comment se déroule une enquête. Et vous devez également commencer à me connaître. Je n'ai pas de secrets pour mon équipe, et rien ne me fera changer d'avis sur ce point. Vous pouvez exercer toute votre influence, faire jouer tous vos contacts, vous ne ferez pas de moi une personne malhonnête.

— N'exagérez pas, inspectrice Quinn. Je ne vous demande

pas d'être malhonnête. Je vous signale simplement qu'enquêter sur moi dans le cadre d'une enquête sur Vera Urban ne vous mènera nulle part. Je vous demande donc de considérer cela comme une fausse piste.

— C'est précisément parce que vous me demandez de considérer ça comme une fausse piste que j'en viens à penser que vous me cachez quelque chose. Pourquoi ne pas simplement me dire ce que vous ne voulez pas que les gens découvrent ?

La tension était palpable. Le visage de Tara devenait plus rouge à chaque seconde qui passait. Josie patienta, laissant le silence de la pièce faire monter la pression.

— Très bien, cracha finalement Tara. Si vous voulez tout savoir, Vera était dealeuse. C'est bon ? Vous êtes contente ?

Josie se pencha en avant, soudain intéressée.

— De quoi parlez-vous ?

— Je dois vraiment me répéter ? Vera Urban dealait de la drogue. Quand j'ai découvert ce qu'elle faisait, j'ai pris mes distances, d'accord ? Elle ne m'a jamais rien donné, et je ne lui ai jamais rien acheté.

— Quel genre de drogue est-ce qu'elle dealait ?

— Des antidouleurs. Parfois de la marijuana, mais surtout des antidouleurs.

— Où est-ce qu'elle se les procurait ?

— Comment voulez-vous que je le sache ? Là où les dealers se fournissent.

— Très bien, très bien, dit Josie en levant les mains pour calmer le jeu. Comment savez-vous qu'elle dealait ?

— Je l'ai vue vendre sa came à d'autres clientes du salon. Comprenez-moi, à l'époque, je venais d'épouser un chirurgien. Un médecin. Vous voyez où je veux en venir ? Je ne pouvais pas me permettre de côtoyer quelqu'un qui vendait des médicaments normalement délivrés sur ordonnance !

— Parce qu'on risquait de penser que votre mari était mêlé à tout ça, compléta Josie.

— Oui, confirma Tara.

Elle tira la chaise devant elle et s'y affala avec un soupir.

— Pourquoi ne pas m'avoir raconté tout ça d'entrée de jeu ?

Tara prit une longue inspiration.

— Parce que je sais que vous ne me faites pas confiance.

— Est-ce que votre mari fournissait Vera en médicaments délivrés sur ordonnance ?

— Bien sûr que non.

— Je ne pouvais pas ne pas poser la question. À qui d'autre est-ce qu'elle en vendait ? Ce n'était que pour le salon ?

— Aucune idée. C'était surtout lors de soirées... Il me semble que certaines clientes l'invitaient parfois chez elles, pas parce qu'elles appréciaient sa compagnie, mais parce qu'elles lui achetaient des antidouleurs. Je n'en ai jamais acheté moi-même. C'est juste que... je le savais.

— Nous ne dévoilerons pas ces informations à la presse tant qu'il est admis que ni vous ni votre mari n'êtes liés aux meurtres de Beverly et de Vera. C'est tout ce que je peux vous promettre. Mais je dois en informer mes collègues. Si vous m'avez bien dit la vérité, vous n'avez aucun souci à vous faire.

— Votre chef ne m'aime pas beaucoup en ce moment, observa Tara. Qu'est-ce qui me dit qu'il ne va pas se servir de ça comme d'un moyen de pression par rapport à ce qui se passe à Quail Hollow ?

— Ça, c'est entre vous et le chef, ça ne me concerne pas. Mon boulot, c'est de retrouver les meurtriers de Vera et de Beverly et de les traduire en justice. C'est tout.

— Donc vous ne m'aiderez pas avec le chef ?

Josie pouffa puis se dirigea vers la porte. Avant de quitter la pièce, elle regarda par-dessus son épaule et lança :

— C'est vous qui l'avez embauché, je vous rappelle.

# 31
## 2004

Cela ne faisait que dix minutes que Josie était assise sur une chaise en métal à la clinique Wellspring mais, déjà, elle avait mal aux fesses. Quitte à faire attendre les patients pendant une éternité, la moindre des choses serait de mettre des chaises plus confortables à leur disposition. Pourquoi était-ce si long, d'ailleurs ? Il n'y avait personne d'autre dans la salle d'attente. À l'instant où cette pensée lui traversa l'esprit, la porte d'entrée s'ouvrit.

*Ils n'ont pas intérêt à faire passer cette personne avant moi,* songea-t-elle. Elle n'était là que pour un certificat d'aptitude physique pour son job d'été comme surveillante de baignade. Elle en aurait pour un quart d'heure maximum.

Beverly Urban apparut dans l'embrasure de la porte. Josie la regarda, bouche bée. C'était de la malchance pure et simple. Josie détourna les yeux et s'empara d'un magazine qu'elle feuilleta en faisant semblant de lire. Quelques secondes plus tard, la porte claquait. Elle leva les yeux. Beverly était partie.

Josie tourna la tête pour regarder par la fenêtre et la vit traverser la rue. Elle courait le long de la barrière entourant le chantier sur lequel travaillait Ray. Il s'y trouvait en ce moment même. Josie avait l'intention d'aller le voir après son rendez-vous. Que fichait Beverly ? Peut-être qu'elle ne faisait que passer par là par hasard.

Mais non. Elle s'arrêta au niveau du portail où Josie avait retrouvé Ray deux semaines plus tôt. Josie l'observa discuter avec le gardien.

— Matson ? Josie Matson ? l'appela une voix dans son dos.

Josie se retourna pour faire face à une infirmière qui se tenait devant la salle d'examen, un dossier à la main. Elle se tourna de nouveau vers la fenêtre. Beverly parlait toujours avec l'homme derrière la clôture.

— Je suis désolée, s'excusa Josie. Je dois y aller.

— Vous voulez qu'on reprogramme le rendez-vous ? demanda la femme, mais Josie était déjà dehors.

Elle descendit la rue de la clinique jusqu'à un gros camion qui était garé là. Cachée derrière, elle pouvait facilement voir Beverly sans être vue. Après quelques minutes, celle-ci fit un signe de la main et reprit la direction de la boutique de glaces où elle était employée. Josie sortit de sa cachette et, à la première occasion, traversa la rue comme une flèche.

Elle prit Beverly en filature. De quoi parlait-elle avec le gardien du chantier ? Pourquoi l'avait-elle salué avec tant de familiarité ? Comme s'ils étaient de vieux amis. Mais comment pouvaient-ils être amis ? C'était forcément qu'elle venait fréquemment sur place.

Josie était juste derrière Beverly. Est-ce qu'elle retournait travailler ? Elles arrivaient au carrefour : Josie ne tarderait pas à le découvrir. Beverly ne traversa pas la rue pour rejoindre la boutique. Elle s'arrêta devant le vieux théâtre, lequel était en travaux. Ou, plus précisément, « en cours de réhabilitation ». Josie resta à quelques mètres de distance pour voir ce qu'elle allait faire. Beverly hésita un instant devant la porte principale, se recoiffa et déboutonna le premier bouton de son chemisier. Alors qu'elle allait poser une main sur la poignée, une femme ouvrit la porte depuis l'intérieur. Beverly se la prit en pleine figure et s'affala sur le sol, sonnée. La femme, vêtue de vêtements noirs moulants – un pantalon et un haut à manches longues, en dépit de la chaleur – commença à s'excuser. Elle portait d'énormes lunettes de soleil qui lui donnaient une allure d'insecte. Elle les remonta sur son front et regarda Beverly par terre.

— Je suis désolée, disait-elle. Je ne vous ai même pas vue. Êtes-vous...

Elle s'interrompit au milieu de sa phrase, dévisageant Beverly comme si la jeune fille venait de se transformer sous ses yeux en serpent à trois têtes. Josie fit un pas en avant. Elle était désormais suffisamment proche pour remarquer les hématomes autour des yeux de la femme juste avant qu'elle remette ses lunettes en place. Soudain, cette dernière se redressa, rejeta ses boucles brunes dans son dos et enjamba Beverly, quittant les lieux précipitamment, la tête haute.

Toujours au sol, Beverly regarda la femme s'éloigner. Elle repéra Josie sur le trottoir. Leurs regards se croisèrent pour la deuxième fois de la journée. Le moment s'éternisa, jusqu'à ce que Josie se sente obligée de dire quelque chose.

— Ça va ?

Beverly se releva et s'épousseta les fesses.

— Laisse-moi tranquille, toi, cracha-t-elle.

Au lieu d'entrer dans le théâtre, elle prit la direction opposée et traversa la rue en courant jusqu'au glacier. Elle n'attendit pas que le feu des piétons passe au vert et se fit klaxonner par une voiture qui dut faire une embardée pour l'éviter. Le chauffeur baissa sa vitre et lui hurla des paroles inintelligibles.

Beverly ne ralentit pas.

## 32

— Une dealeuse ? dit Gretchen. Intéressant.

— Ça reste encore à confirmer, nuança Josie.

Assises à leurs bureaux dans la grande salle, elles attendaient que le propriétaire de l'appartement de Vera Urban les rappelle. Il était un peu plus de 10 heures du matin. Noah avait juste eu le temps d'arriver avant d'être envoyé sur une intervention avec les services d'urgence. Il n'avait pas plu de la matinée, mais le soleil était toujours aux abonnés absents. Debout à côté du photocopieur, Mettner aidait Amber à se servir de la machine. Josie observa du coin de l'œil la main d'Amber glisser de l'avant-bras de Mettner à son épaule. Elle rit à ce qu'il venait de lui dire, et il rougit.

— Je repensais à la manière dont Beverly a été tuée, reprit Gretchen. Ça ressemblait à une exécution. Et maintenant, le meurtre de Vera, qui ressemble lui aussi dans son genre à ce qu'on verrait chez des trafiquants de drogue.

— Tu penses qu'on devrait privilégier la piste de la drogue plutôt que celle du père du bébé de Beverly ? demanda Josie tout en fouillant son bureau à la recherche d'ibuprofène.

Elle tomba sur un flacon qui contenait encore deux gélules et les avala sans eau.

— Rien ne prouve qu'elles ont été tuées par la même personne, déclara-t-elle.

Gretchen haussa les épaules et passa la main dans ses cheveux courts.

— Je pense qu'on ne doit négliger aucune piste. Tu as raison, on n'est encore sûres de rien, mais Vera avait peur que quelqu'un la retrouve, et ce quelqu'un l'a tuée pour la faire taire.

Le téléphone portable de Josie sonna. Espérant qu'il s'agissait du commissariat de Colbert, elle répondit sans vérifier le numéro.

— Inspectrice Quinn ? dit une voix de femme. C'est Sara Venuto. On s'est parlé hier. J'ai quelques infos pour vous.

— Génial, répondit Josie. Je suis avec ma collègue, aujourd'-hui. Nous pouvons passer vous voir maintenant, si ça vous va.

Gretchen prit le volant jusqu'à *Envy*, où Sara les attendait à l'accueil. Le salon était plein de clientes et de coiffeuses au travail, mais personne ne leur adressa ne serait-ce qu'un regard. Sara les conduisit jusqu'à son bureau. Elle y avait étalé des photos, ainsi qu'une feuille avec une liste de noms écrits à la main.

— J'ai discuté avec les deux filles qui étaient déjà employées ici à l'époque où Vera travaillait chez nous, les informa Sara. À nous trois, on a réussi à se rappeler quelques noms. Je ne suis pas certaine que cela vous soit utile, mais on a aussi retrouvé des photos dans les vieux albums du salon.

Gretchen chaussa ses lunettes de vue et se pencha sur la liste.

— Il y a le nom de notre très chère maire, signala-t-elle à Josie.

— Oh ! oui, réagit Sara. Elle était jeune. Jamais on ne l'aurait imaginée se lancer en politique.

Josie étudia les clichés. Six d'entre eux montraient Vera posant fièrement à côté d'une cliente pour immortaliser sa coupe, sa teinture ou son brushing tout juste terminés. Josie reconnut Tara Charleston sur l'un d'eux.

— Nous avons essayé d'identifier chacune des clientes, le nom est écrit au verso.

Josie retourna une photo : « Marisol. » Sur une autre : « Connie P ? » Avec son téléphone, Josie prit en photo chaque image, recto et verso, avant de passer aux clichés suivants. Elle saisit une photo de Vera, qui se tenait dans ce qui semblait être l'entrée du salon (bien que la décoration soit différente), entourée d'autres femmes, dont certaines des clientes vues sur les clichés précédents. Vera affichait un large sourire et tenait d'une main une assiette en carton débordant de nœuds et de rubans sur sa tête. Elle était vêtue d'une robe vaporeuse noire et son autre main était placée sur son ventre. Il ne s'agissait pas du geste tendre et protecteur si commun chez les femmes enceintes. On aurait plutôt dit un geste défensif.

— C'était à la *baby shower* dont je vous ai parlé l'autre jour, dit Sara. Je n'ai pas retrouvé beaucoup de photos de ce jour-là.

Josie les parcourut. Vera dans un fauteuil rembourré, entourée de ballons roses et d'énormes cadeaux, les yeux rivés sur une poussette qui avait été installée près d'elle. Vera, des cadeaux dans les bras. Sur une des photos, elle tenait un écoute-bébé et une carte sur laquelle on parvenait à lire : « Désolée de ne pas pouvoir être là. Bises, Marisol. » Il y avait encore d'autres clichés : Vera assise à la place d'honneur, entourée de femmes souriantes, chacune brandissant une grenouillère avec écrit « Trop mignonne » dessus. L'une des femmes était Tara Charleston. De toute évidence, la maire avait menti quand elle avait affirmé ne pas avoir participé à cette *baby shower*. Josie avait le sentiment qu'elle et Vera avaient été bien plus proches que ce qu'elle avait laissé entendre.

— Sara, dit Josie tout en photographiant les images de la

*baby shower*. Pensez-vous que Vera aurait pu prendre de la drogue ? Avez-vous jamais remarqué quelque chose qui aurait pu indiquer cela ?

Sara éclata de rire.

— Oh, non. Pas Vera.

— Peut-être qu'elle n'en consommait pas elle-même, intervint Gretchen, mais est-ce qu'elle aurait pu en vendre à certaines de ses clientes ?

Sara parut choquée.

— Vous pensez que j'aurais laissé faire une chose pareille ?

— Nous devons vous poser la question, dit Josie. Pouvons-nous nous entretenir avec les deux femmes qui vous ont aidée à lister ces anciennes clientes ? Est-ce qu'elles sont ici ?

Le visage de Sara, qui paraissait jusque-là souriante et serviable, pâlit.

Gretchen chercha à la rassurer :

— Si on vous demande tout ça, c'est à cause de la manière dont Beverly a été tuée. Il y a des similitudes avec certains homicides liés au trafic de drogue. Beverly était mineure. À notre connaissance, le seul référent adulte dans sa vie était sa mère, Vera. Nous sommes obligées d'étudier toutes les pistes.

Sara acquiesça en silence, retrouvant peu à peu des couleurs.

— Je vais les chercher, bafouilla-t-elle.

Josie et Gretchen attendirent que les trois femmes soient dans la pièce avant de leur annoncer que Vera avait été tuée la veille. Toutes semblaient véritablement bouleversées. Gretchen géra le flot de questions d'une main de maître, ne dévoilant que les détails qu'elles étaient autorisées à communiquer. Ensuite, Josie et Gretchen s'entretinrent avec les deux coiffeuses qui avaient des souvenirs de Vera. Aucune d'elles ne se rappelait avoir vu Vera vendre de la drogue aux clientes ou en consommer elle-même – et leur réponse ne changea pas quand on leur posa la question en l'absence de Sara.

Josie et Gretchen rapportèrent les documents au commissariat pour tenter de retrouver autant d'anciennes clientes que possible. La liste était succincte : il n'y figurait que sept noms, dont certains n'étaient pas complets. Sara Venuto et ses employées n'étaient parvenues à se souvenir du nom de famille que de quelques femmes ; pour d'autres, elles n'avaient pu fournir que l'initiale. De toute façon, il s'agissait de noms utilisés trente ans auparavant. Josie savait bien qu'ils avaient probablement changé depuis, en raison de mariages ou de divorces. Elle et Gretchen commandèrent à déjeuner et se mirent à la recherche des femmes de la liste. Deux d'entre elles étaient décédées. L'une habitait désormais en Californie, et une autre au Texas. Josie leur téléphona, et leurs récits étaient similaires : elles se souvenaient vaguement de Vera, l'évoquèrent avec sympathie, et assurèrent ne pas avoir eu le moindre contact avec elle après qu'elle eut quitté le salon à cause de sa blessure. Elles ne se rappelaient pas non plus l'avoir vue vendre ou consommer de la drogue.

Il n'y avait plus que trois noms sur la liste, dont celui de Tara Charleston. Josie la raya. Ne restaient donc que Marisol et Connie P. Marisol était un prénom assez peu commun : il ne fallut qu'une demi-heure à Josie pour retrouver Marisol Dutton, épouse de Kurt Dutton, conseiller à la mairie et candidat aux élections municipales. Les voisins directs des Dutton – qui résidaient eux aussi dans le lotissement originel devenu Quail Hollow – s'appelaient Joseph et Constance Prather : Connie P. Josie trouva la photo du permis de conduire de Constance Prather et la compara au portrait de Connie P. Il s'agissait bien de la même personne.

Elles n'avaient toujours pas eu de nouvelles du commissariat de Colbert, mais la journée était loin d'être terminée.

— Gretchen, dit Josie. Dépêche-toi de terminer de manger. J'ai retrouvé les autres clientes de Vera.

33

Elles retournèrent à Quail Hollow, Josie au volant. Il ne pleuvait plus, mais les manifestants étaient encore plus nombreux que la dernière fois devant l'entrée du lotissement. Face à eux, de l'autre côté de la route, se trouvaient quelques personnes, des résidents de Quail Hollow, a priori. Leur petit groupe s'en prenait aux manifestants :

— Laissez-nous tranquilles ! Allez-vous-en !

— C'est chez nous, ici ! Alors rentrez chez vous ! cria une femme.

— Occupez-vous de vos affaires, hurla un homme d'une quarantaine d'années.

Ce à quoi les manifestants ripostèrent avec des accusations indignées.

— On devrait peut-être prévenir le chef ? proposa Gretchen. Ou envoyer une patrouille pour garder la situation sous contrôle ?

— Oui, vois si tu peux faire envoyer une patrouille, répondit Josie en se garant. Je crois avoir vu Constance Prather, allons lui parler.

Lorsqu'elles s'approchèrent des deux groupes en conflit,

celui des manifestants se mit soudain à chuchoter. Josie les entendit prononcer son nom et leur adressa un signe de la main. Elle et Gretchen pressèrent le pas jusqu'aux résidents de Quail Hollow et abordèrent une femme qui ne devait pas être loin de la soixantaine, vêtue d'un sweat-shirt gris sous une veste en moumoute rose, d'un legging blanc et de chaussures Ugg. Elle tenait en laisse un petit chien blanc, lequel était stoïque, pas le moins du monde impressionné par ce qui se déroulait autour de lui.

— Constance Prather ? demanda Josie.

La femme haussa un sourcil.

— Je sais que vous n'êtes pas là pour m'arrêter. Je n'ai rien à voir avec cette histoire de « détournement » ou de « vol » de matériel. Je veux juste qu'on se débarrasse de ces gens. Ils nous harcèlent sans répit. Ça fait trente-cinq ans que j'habite ici, et je n'ai jamais vu ça. Si vous voulez parler de votre précieux matériel d'urgence avec quelqu'un, adressez-vous à Marisol Dutton. C'est son mari qui essaie de mettre tout ça à plat avec votre chef.

Sans laisser à Josie ou Gretchen l'occasion de s'exprimer, elle se détourna et regarda derrière elle.

— Marisol ! cria-t-elle.

Josie reconnut la femme qui s'avançait vers elle, pour l'avoir vue en compagnie de Vera sur une des photos du salon de coiffure, mais aussi parce qu'elle était apparue à plusieurs reprises dans les journaux ces derniers mois, dans le cadre de la campagne de son mari. Marisol était plus petite que Constance, ses cheveux bruns étaient striés de gris et ondulaient jusqu'à ses épaules. Sa peau était couverte d'une épaisse couche de fond de teint. Elle aussi portait un legging, ainsi que des bottes qui lui arrivaient aux genoux. Elle tira sur les pans de son gilet lavande pour les resserrer autour de sa poitrine généreuse.

— Que se passe-t-il ? demanda-t-elle en les rejoignant.

Josie ouvrit la bouche pour répondre, mais Prather la devança.

— Ce sont des flics. Ça se voit, non ? Tu dois leur parler du matériel d'urgence.

Marisol lui jeta un regard noir.

— Tu te fiches de moi, là, Connie ?

Elle se tourna vers Josie et Gretchen et leur tendit la main, qu'elles serrèrent chacune son tour.

— Je ne sais rien au sujet de ce matériel, honnêtement, mais vous devriez poser vos questions à mon mari. Comme vous le savez certainement, il se présente aux prochaines élections municipales.

— Nous sommes au courant, dit Gretchen.

— Il travaille aussi dans l'immobilier, ajouta Constance. C'est lui qui a eu la brillante idée d'agrandir ce lotissement et de le baptiser « Quail Hollow ». Je ne sais pas pourquoi il a fallu qu'il détruise la parfaite harmonie qui régnait ici, mais c'était plus fort que lui. Il fallait que ce soit plus luxueux. Voyez le résultat. On se retrouve avec des douves qui débordent et inondent les jardins, sans parler de ces manifestants.

— Bon sang, Connie, tais-toi, lâcha Marisol avant de se tourner vers Josie et Gretchen. Il est à son bureau en ce moment. Je peux vous donner l'adresse, si vous voulez.

Josie présenta son badge aux deux femmes.

— À vrai dire, ce n'est pas pour ça que nous sommes là.

Ses interlocutrices n'avaient pas l'air de comprendre. Marisol leur adressa un faible sourire.

— Que se passe-t-il, alors ?

— Nous voulions nous entretenir avec vous deux au sujet de Vera Urban.

— Vera qui ? répéta Constance.

Marisol lui mit un petit coup sur l'épaule.

— Quand même, Connie... « Vera qui ? » Tu ne te souviens pas ? C'est passé au journal hier soir.

— Oh ! C'est la femme que vous avez retrouvée dans l'eau, enroulée dans une bâche ?

— Non, dit Josie. Ça, c'était sa fille, Beverly.

— Oh. D'accord.

Marisol secoua la tête.

— Je n'arrive pas à croire que tu ne t'en souviennes pas ! Quelle tragédie.

Josie et Gretchen échangèrent un regard, décidant en silence de ne pas évoquer le meurtre de Vera pour le moment. Certains des autres résidents s'étaient écartés des manifestants et se rapprochaient d'elles.

— On peut peut-être s'installer ailleurs pour en discuter ? suggéra Constance.

— Allons chez moi, dit Marisol, c'est plus près.

Toutes les quatre se mirent en chemin le long des allées plantées d'arbres de Quail Hollow jusqu'à parvenir aux premières maisons historiques. La maison en briques de Marisol Dutton, grande et majestueuse, était située non loin de celle de Calvin Plummer. En file indienne, elles suivirent Marisol à travers un large vestibule carrelé pour aller dans la cuisine. Constance souleva son petit chien et le garda dans ses bras. D'un côté de la cuisine, une verrière donnait sur une terrasse. Les baies vitrées étaient fermées, mais Josie aperçut l'immense jardin des Dutton et, au-delà, des arbres.

Sans un mot, Constance s'assit. Josie et Gretchen l'imitèrent. L'une des vitres près de la table était cassée, et quelqu'un avait scotché à la hâte un sac plastique sur le trou. Il y avait encore des tessons de verre par terre. Marisol remarqua qu'elles observaient les dégâts et dit :

— C'est Kurt qui a fait ça. Il n'a pas encore appelé quelqu'un pour la réparer.

Elle sortit une bouteille de vin rouge, s'en servit un verre et tendit la bouteille aux autres.

— Vous en voulez ?

— Nous sommes en service, madame Dutton, répondit Gretchen.

Leur hôtesse haussa les épaules.

— Comme vous voudrez. Connie ?

— Tu sais très bien que je ne bois pas, Marisol.

Cette dernière leva les yeux au ciel et s'installa mollement sur une chaise.

— Toujours accro, à ce que je vois.

Constance rougit.

— Je suis alcoolique, Marisol, se justifia-t-elle. Ce n'est pas quelque chose qui disparaît un beau jour.

Marisol leva son verre et but une gorgée de vin. La manche de son sweat-shirt remonta, et Josie remarqua une série d'hématomes violacés au niveau de son poignet.

— Soit. Je n'ai pas envie de me disputer maintenant.

Elle se tourna vers Josie et Gretchen.

— Pourquoi êtes-vous venues nous interroger au sujet de Vera Urban ?

— Nous avons appris que vous étiez toutes les deux d'anciennes clientes quand elle travaillait dans un salon de coiffure de la ville, dit Josie. Qui s'appelait *Bliss* à l'époque. Que pouvez-vous nous dire sur cette femme ?

Constance pinça les lèvres.

— Mon Dieu, mais ça remonte à... au moins trente ans ? Quelque chose comme ça ? Je ne me souviens plus de grand-chose.

Avec un sourire malicieux, Marisol fit tourner le vin dans son verre et lança :

— Parce qu'elle était soûle.

La mâchoire de Constance se crispa.

— Bon sang, Marisol ! Voilà pourquoi je ne...

Elle se leva, son petit chien serré contre sa poitrine.

— Je m'en vais.

Marisol secoua la tête.

— Calme-toi, Connie. Tu es beaucoup trop sensible. Assieds-toi.

Elle s'adressa ensuite à Josie.

— Nous étions des clientes de Vera. Mais c'était il y a vraiment très longtemps. On avait toutes la vingtaine, on était mariées à des hommes riches et puissants. On s'ennuyait à mourir. N'est-ce pas, Connie ?

Celle-ci se rassit lentement.

— Parle pour toi.

Marisol éclata de rire.

— Oh, pas à moi, s'il te plaît. Tu t'ennuyais, comme nous toutes.

— Vous toutes ? releva Josie.

— Oui, on formait un petit groupe. Avec d'autres clientes de Vera, on s'entendait bien. Il y avait Connie, moi, Tara...

Elle se pencha vers Josie et Gretchen et baissa la voix en prenant des airs de conspiratrice :

— La maire, précisa-t-elle.

Elle se redressa pour s'appuyer contre le dossier de sa chaise.

— Et qui d'autre, Connie ?

Celle-ci se tenait droite comme un I.

— Je... Je ne sais pas. Comment veux-tu qu'on se souvienne des clientes de Vera ?

— Je te parle de notre club des FURMI.

— Le club des fourmis ? répéta Josie sans comprendre.

— Non, sans le O, expliqua Marisol. C'était un acronyme. « Femmes unies à de riches maris invisibles. » FURMI.

Constance baissa les yeux vers son chien installé sur ses genoux.

— Nos maris voyageaient beaucoup, ils n'étaient jamais à la maison. C'est pour ça qu'on les appelait les « invisibles ». Tu as oublié Whitney.

Marisol claqua des doigts.

— Mais oui ! Whitney. Elle n'habitait pas dans le coin, mais il lui arrivait de participer à nos petites fêtes.

Gretchen sortit son bloc-notes et tourna quelques pages jusqu'à retrouver la liste de noms fournie par Sara Venuto. Whitney y apparaissait bien et, d'après leurs récentes recherches, elle était décédée.

— Quel genre de fêtes ? demanda Josie.

— Ce n'étaient pas vraiment des fêtes, corrigea Constance.

— Oh que si, c'en étaient ! dit Marisol.

— Quelques femmes assises dans la même pièce à picoler tout en se plaignant de leurs maris, ce n'est pas ce que j'appelle une fête, insista l'autre.

Marisol haussa les épaules sans daigner répondre.

— Est-ce que Vera Urban participait à ces fêtes ? demanda Gretchen.

— Absolument, confirma Constance.

Josie observa tour à tour leurs deux interlocutrices.

— Madame Prather, qu'est-ce que vous et votre mari faites dans la vie ?

— Elle ne fait rien de ses journées, se moqua Marisol. Son mari est PDG d'une entreprise de logiciels informatiques.

— J'ai un travail, s'agaça Constance. Je suis à la tête de la fondation Prather. Nous offrons des bourses d'études à des étudiantes souhaitant suivre un cursus spécialisé dans les sciences, la technologie, l'ingénierie et les mathématiques, avec une composante artistique.

— Ça m'a l'air très intéressant, dit Josie.

Constance sourit – c'était un vrai sourire, sincère, cette fois.

— Ma fille aînée est épidémiologiste, et ma cadette est architecte réseau, ajouta-t-elle.

— Vous devez être très fière d'elles, intervint Gretchen. Marisol, nous connaissons votre mari, mais vous, que faites-vous ?

Cette dernière soupira et vida son verre d'un trait.

— Je suis la belle et dévouée épouse de Kurt Dutton. Je passe mes journées à jouer les potiches et à réfléchir à de nouvelles manières de dépenser son argent. Voilà ce que je fais. C'est aussi ce que faisait Connie, avant de décider de jouer à la police antialcool.

Constance lui jeta un regard noir.

Josie tenta de recentrer la conversation sur Vera.

— Donc, toutes les deux, ainsi que Tara Charleston et cette Whitney... vous aviez une belle situation, des maris très occupés, alors vous passiez beaucoup de temps ensemble, et vous invitiez Vera ? Votre coiffeuse ?

Constance déglutit.

— Oui. Vera était une amie.

Marisol reposa brutalement son verre sur la table. Ses yeux lançaient des éclairs.

— Nom de Dieu, Connie... Dis-leur. Quelle importance, aujourd'hui ?

Constance ouvrit de grands yeux mais ne parla pas. Hilare, Marisol lâcha :

— Vera était notre dealeuse.

— Marisol ! s'exclama Constance.

— Oh, ça va... De quoi est-ce que tu as peur ? Tu crois qu'elles vont nous arrêter parce qu'on a acheté des médocs à une coiffeuse il y a trente ans ?

— Mais ton mari est candidat aux municipales, je te rappelle !

— Et s'il n'est pas élu, ce sera mieux pour tout le monde, s'esclaffa Marisol.

Elle reprit son verre de vin pour en boire une gorgée, se rendit compte qu'il était vide, et le reposa.

— Plusieurs sources nous ont effectivement dit que Vera fournissait des antidouleurs à certaines de ses clientes, confirma Gretchen. Nous ne sommes pas là pour arrêter qui que ce soit. Nous essayons simplement d'en apprendre un maximum sur Vera. Jusque-là, nous n'avons pas pu retrouver quiconque l'ayant connue à l'époque où sa fille a été assassinée.

— Quand elle a eu sa fille, on s'est toutes éloignées. On a arrêté de se voir. On n'a pas vraiment gardé contact. Connie a été la première à nous lâcher, pas vrai ?

Cette dernière hocha la tête, les yeux rivés sur la table.

— Je n'avais pas le choix. Ma fille...

Elle s'interrompit et leva des yeux suppliants vers Josie et Gretchen.

— C'est à cause de moi que ça a commencé. Même si ce n'était pas délibéré. Ce n'est pas comme si on se retrouvait juste pour prendre de la drogue ensemble. Lors de mon premier accouchement, la péridurale a été mal posée. La douleur était insoutenable, et j'ai continué à avoir mal au dos et aux jambes pendant des mois après ça. Les médecins ne me croyaient pas. Vera m'a dit qu'elle connaissait quelqu'un qui pourrait lui fournir de l'oxycodone.

— Qui ? demanda Josie.

Constance serra son chien contre elle.

— Je ne sais pas. Un ex, un ami, quelque chose comme ça. Bref, un jour, elle m'en a apporté, et ça a fonctionné. Je lui en étais tellement reconnaissante. Elle est venue plusieurs fois à la maison quand mon mari était en déplacement, pour m'aider avec ma fille. Elle a toujours voulu avoir un bébé, vous savez. Elle espérait rencontrer quelqu'un, se marier et avoir un enfant, mais ça ne s'est pas passé comme prévu.

— Vous êtes donc devenues assez proches, toutes les deux, en conclut Josie.

Constance confirma silencieusement.

— Je connaissais déjà Marisol et Tara. Nous étions voisines. Il est arrivé que je les invite alors que Vera était déjà chez moi. Petit à petit, notre groupe s'est constitué. On se donnait rendez-vous, parfois chez moi, parfois ici ou chez Tara, et on discutait.

Marisol s'empara de son verre pour aller le remplir.

— On discutait et on picolait, compléta-t-elle. Et assez vite,

Vera a commencé à nous fournir toutes sortes de pilules, de l'herbe, et parfois...

— Arrête, Marisol, la coupa Constance en baissant les yeux.

— Pourquoi ? On s'en fout, non ?

Comme elle ne répondait pas, Marisol poursuivit :

— De la cocaïne. Whitney adorait ça. Mais elle avait une maladie cardiaque. Les deux ne vont pas trop ensemble. Elle s'en est mis plein le nez pendant des années avant que son cœur lâche.

— Nous sommes au courant, pour le décès de Whitney, dit Josie. Est-ce que c'est Vera qui lui a toujours fourni la drogue ?

— Non, juste au départ, répondit Marisol.

Gretchen relut ses notes.

— Whitney est morte en 1998. Beverly avait dix ans, ajouta-t-elle à l'intention de sa collègue.

— Effectivement, dit Josie. Vera a-t-elle continué de revendre des antidouleurs et d'autres drogues après la naissance de sa fille ?

— Je n'en suis pas sûre, dit Constance.

— Comment ça ? demanda Gretchen.

Constance s'éclaircit la gorge.

— Je... euh... Il s'est passé quelque chose. C'était avant que Vera tombe enceinte. J'avais pris beaucoup d'antidouleurs, et je me suis endormie. J'étais seule chez moi avec ma fille aînée. Elle était toute petite. J'ai perdu connaissance pendant plusieurs heures. Douze, pour être exacte. Mon mari est rentré à la maison, m'a trouvée inconsciente sur le canapé tandis que ma fille était à l'étage, dans son berceau, trempée, la couche pleine. Elle pleurait et mourait de faim.

Des larmes coulèrent sur ses joues.

— Mon Dieu, c'était horrible. Après ça, j'ai arrêté. Tout. L'alcool, les médicaments. J'avais tellement honte.

Une fois de plus, Marisol leva les yeux au ciel.

— Oh, arrête un peu... À t'entendre, c'était la fin du monde. Ta fille allait très bien !

L'autre lui lança un regard noir.

— Tu ne peux pas comprendre. Tu n'as jamais eu d'enfants. Tu n'imagines pas ce que ça fait d'apprendre que ton bébé a souffert pendant des heures, t'a appelée désespérément, pendant que, toi, tu étais tellement défoncée que tu ne l'as pas nourrie, changée ni réconfortée.

— Moi aussi, je suis allée en cure de désintox, tu sais, rétorqua Marisol.

Gretchen leva une main.

— Pas trop vite, mesdames, s'il vous plaît. Constance, que s'est-il passé après cet incident avec votre fille ?

Constance lança un ultime regard plein de ressentiment à Marisol avant de répondre :

— J'ai suivi une cure de désintoxication pendant un mois. Ma mère est venue s'occuper de ma fille, et mon mari n'a pas voyagé pendant cette période, ni le mois suivant. Je n'ai touché à rien depuis.

— Vous avez aussi arrêté de participer aux fêtes en compagnie de Vera et des autres filles ? demanda Josie.

— Je n'ai pas eu le choix. Le but de ces fêtes, c'était de se soûler et de se droguer. En plus, j'avais un bébé qui avait besoin de moi à la maison, et un mari qui m'avait soutenue pendant ma cure de désintoxication. Je ne pouvais pas les décevoir.

— Mais vous avez gardé contact avec Vera, la relança Gretchen.

— Vera était une coiffeuse formidable. J'imagine qu'elle était devenue une amie. C'est juste que je ne la voyais plus en dehors du salon.

— Vous étiez présente lors de sa *baby shower*, ajouta Josie.

— Oh, oui. Comme je vous l'ai dit, Vera a toujours rêvé d'avoir un bébé. J'étais heureuse pour elle. Ce n'était pas prévu, et ça ne correspondait pas vraiment à ce qu'elle avait imaginé :

elle aurait voulu se marier avant de tomber enceinte, mais elle était ravie. Je lui ai rendu visite plusieurs fois après la naissance de Beverly. Elle était épuisée, comme toutes les jeunes mamans, et un peu dépassée.

— Nous avons cru comprendre que Vera a dû être alitée assez tôt dans sa grossesse. Est-ce que vous avez continué de la voir pendant cette période ?

— Non. Elle était allée vivre chez son frère.

Josie suspectait que c'était là un mensonge qu'avait raconté Vera aux personnes censées être ses plus proches amies. Elle en aurait la confirmation dès que la police de Géorgie aurait terminé son enquête sur Floyd Urban et l'aurait recontactée.

Constance poursuivit :

— Je l'ai revue quelques fois après qu'elle est rentrée chez elle avec Beverly mais, assez vite, on s'est éloignées. Marisol a gardé contact avec elle, par contre.

— Non, tu te trompes, réfuta Marisol. C'est toi qui as continué de la voir le plus longtemps.

— Je ne vous ai pas vue sur les photos prises lors de la *baby shower*, Marisol, fit remarquer Gretchen.

— J'étais en cure, à ce moment-là. On y est toutes passées à un moment ou à un autre. Sauf Tara, j'imagine.

— Et Whitney, ajouta Constance.

Marisol reposa son verre de vin et croisa les bras.

— Je n'ai pas de grand drame à vous raconter, moi. J'ai juste pris conscience que je prenais tellement de médicaments que je passais plus de temps à dormir qu'à vivre. J'avais pris énormément de poids. Je ne me reconnaissais plus. Quand mon mari rentrait de voyage, j'avais toutes les peines du monde à rester éveillée pour passer du temps avec lui. Il était inquiet. Lui non plus ne me reconnaissait plus. Je crois qu'il avait surtout peur que je sois en dépression. Il n'était même pas au courant, pour les médocs. Je lui ai tout avoué : je lui ai raconté à quel point je m'ennuyais quand il n'était pas là, si bien que je retrouvais souvent les filles pour boire un verre, ce qui nous avait conduites à essayer divers médicaments. J'avais même commencé à en prendre seule chez moi, sans les filles. La spirale infernale. On en a discuté, et on a décidé que j'irais en cure de désintoxication.

— C'est comme ça que tu appelles ça ? railla Constance. Elle a dû être sacrément efficace, cette cure, pour que tu en sois déjà à ton deuxième verre de vin au milieu de la journée.

Marisol balaya sa remarque de la main et but une nouvelle gorgée. Elle s'adressa à Josie et Gretchen :

— Elle est juste jalouse que j'aie pu partir en cure aussi loin. Je n'avais pas d'enfants, alors j'ai pu me payer le luxe d'aller dans un endroit hyperchic dans le Colorado.

— De l'argent bien dépensé, sans aucun doute, cracha Constance.

— Arrête un peu... dit Marisol. J'avais un problème d'addiction aux médicaments, pas à l'alcool.

Josie tenta une nouvelle fois de recentrer la conversation sur Vera.

— Après être rentrée du Colorado, Marisol, avez-vous vu Vera ?

— Bien sûr. Je voulais voir son adorable petite fille. Je savais à quel point elle était heureuse de devenir maman. Je ne le comprenais pas vraiment – je n'ai jamais voulu avoir d'enfants –, mais je savais ce qu'elle ressentait. Je suis allée les voir plusieurs fois. Mais ensuite, on s'est perdues de vue.

— Vous n'avez pas revu Vera au salon ? demanda Josie.

— Non. Mon mari pensait qu'il valait mieux que je tire un trait définitif sur mes anciennes habitudes. À ses yeux, ce salon de coiffure était une scène de crime. Donc j'en ai changé, et Vera et moi avons fini par ne plus prendre de nouvelles l'une de l'autre. La vie a continué.

— Et Whitney ? A-t-elle continué de fréquenter Vera ? demanda Gretchen.

— C'est probable, répondit Constance, mais je n'en suis pas certaine. Whitney ne vivait pas dans le coin, on ne la voyait jamais.

— On ne peut pas vous le garantir, ajouta Marisol.

— Est-ce que Vera a déjà évoqué le père de Beverly avec l'une de vous ? questionna Josie.

Constance secoua la tête.

— Non, dit Marisol. Elle a juste dit qu'il ne voulait pas être impliqué. J'en ai conclu que cette grossesse devait être le résultat d'une aventure sans lendemain.

— Et vous deux, êtes-vous restées amies ? demanda Gretchen.

Les deux femmes échangèrent un regard. Constance parla la première :

— Nous sommes restées *voisines*.

Marisol leva son verre de vin.

— Je n'ai pas d'enfants. Quand vous n'avez pas d'enfants alors que votre amie en a, vous n'avez plus rien en commun.

— On aurait pu rester proches, dit Constance.

— Je vais être plus claire, se corrigea Marisol. Je n'aime pas les enfants.

— Ces fêtes que vous organisiez, reprit Josie, est-ce que c'était toujours avec les mêmes femmes ? Y avait-il parfois d'autres invités ?

— Non, dit Constance. Juste les filles.

— Qui d'autre connaissait Vera, de qui était-elle proche ? Auriez-vous le nom d'autres amis, ou peut-être celui de la personne qui lui fournissait la drogue ?

— Non, fit Marisol. Ça faisait partie du marché. On ne voulait rien savoir. Elle avait toujours tout ce qu'il nous fallait, c'est tout.

Josie se tourna vers Constance.

— Vous avez dit être allée chez Vera pour l'aider quand Beverly était petite. Personne d'autre ne vivait avec elles ?

— Non. Il y avait seulement Vera et sa fille. Mais elle était heureuse comme ça. Dépassée et épuisée, certes, comme toutes les jeunes mamans, encore une fois, mais si heureuse.

— Nous avons une dernière question à vous poser, dit Gretchen. Où étiez-vous, toutes les deux, hier matin vers 7 heures ?

Marisol et Constance se regardèrent et se mirent à rire.

— À 7 heures du matin ? répéta Marisol. On était chez nous, et sans doute encore au lit ! Moi, je l'étais, en tout cas.

— J'étais debout, dit Constance, mais oui, j'étais chez moi.

— Vos maris pourront le confirmer ? demanda Josie.

— Le mien, oui, dit Marisol. Et toi, Connie ? Il était à la maison ?

— Il ne part pas au bureau avant 8 h 30, répondit-elle. Donc oui, il pourra confirmer que j'étais chez moi hier matin. Pourquoi cette question ?

Gretchen se leva et tendit à chacune des femmes une carte de visite.

— Simple interrogatoire de routine. Merci pour le temps que vous nous avez accordé. N'hésitez pas à nous contacter si vous pensez à quoi que ce soit d'autre.

Marisol les observa, comme si elle était sur le point de demander plus d'explications, mais elle décida finalement de garder le silence.

Josie se leva à son tour.

— Pas besoin de nous raccompagner, merci.

## 34

— Bien, déclara Gretchen quand elles furent en route pour le commissariat. Faisons le point sur ce que nous savons.

Josie sortit du lotissement de Quail Hollow, saluant au passage les manifestants et l'unité de patrouille qui s'était placée entre eux et les résidents.

— Est-ce qu'on sait quoi que ce soit ? Franchement ?

Gretchen pouffa.

— On a toujours cette impression d'être dans le flou total, jusqu'à ce que ça prenne forme.

Elle sortit son bloc-notes et tourna quelques pages.

— Vera Urban était coiffeuse chez *Bliss*, un salon haut de gamme.

— C'était une excellente coiffeuse, ajouta Josie.

— Oui. Ses clientes, sa patronne, ses collègues l'ont tous confirmé.

— Elle était célibataire. Si elle a eu des relations avec des hommes, personne ne se souvient de leurs noms.

— Elle a commencé à fournir des antidouleurs à ses clientes du salon, sans que ni ses collègues ni sa patronne ne remarquent quoi que ce soit.

— A priori, ça a commencé avec Constance Prather. Elle se procure des médicaments pour elle. Une amitié se forme. Vera se met à être invitée et commence à fournir plus de drogue à plus de femmes.

— Tout en se limitant à un cercle restreint, dit Gretchen. Mais personne ne sait qui lui fournissait ces antidouleurs. Tu crois qu'il y a la moindre chance que ce soit le mari de Charleston ? Il est chirurgien, c'est ça ?

— Oui, confirma Josie. J'ai posé la question à la maire, et elle a nié, évidemment. Je n'ai pas confiance en elle. Et en son mari non plus. Il l'a trompée par le passé, ça ne lui pose donc pas de problème de mentir. Mais j'ai du mal à croire qu'il aurait mis sa carrière en danger comme ça. En plus, il était encore interne, à l'époque. Et Vera vendait aussi de l'herbe et de la cocaïne. Elle n'aurait pas pu acheter ça à un chirurgien.

— Pas faux, admit Gretchen. On peut toujours vérifier, mais partons du principe que ce n'était pas lui, le fournisseur. D'ailleurs, si Marisol Dutton savait que le mari de Tara avait procuré des antidouleurs à Vera Urban, tu ne crois pas qu'elle en aurait parlé à son mari pour qu'il utilise ça contre son adversaire pendant la campagne des municipales ?

— Non. Je ne pense pas que Marisol aurait envie que ça s'ébruite, étant donné qu'elle était impliquée personnellement. Ça salirait gravement la réputation de Tara et de son mari, mais ça aurait aussi des conséquences sur l'image renvoyée par les Dutton. Au fait, tu as vu les hématomes sur le poignet de Marisol ?

— Non, répondit Gretchen. Je n'ai rien remarqué. Tu penses que Kurt Dutton bat sa femme ?

— Difficile à dire, mais ces bleus sont suspects. Quoi qu'il en soit, je pense qu'on peut définitivement rayer le mari de Tara de la liste des fournisseurs potentiels de Vera. Il est plus probable qu'elle se soit fournie auprès d'un dealer du coin.

— D'après Constance, c'était un ex ou un ami de Vera,

continua Gretchen. Si cette personne avait accès à différents types de drogues, alors oui, elle était probablement connue des autres dealers de la ville. Pour résumer, on sait que Vera récupérait la drogue chez une personne inconnue et la revendait à de riches épouses lors de fêtes qu'elles organisaient chez elles en l'absence de leurs maris.

— La maire prétend avoir rapidement cessé de participer à ces fêtes, dit Josie. Il n'y avait donc plus que Whitney, Constance et Marisol, même si les versions de ces deux dernières divergent.

— En tout cas, reprit Gretchen, on sait que la maire n'a pas cessé d'y participer aussi vite qu'elle le prétend. Mais admettons qu'elle ait fini par ne plus y aller. Whitney meurt. Constance et Marisol vont en cure de désintoxication.

— Vera a Beverly, poursuivit Josie. Les fêtes s'arrêtent. Ces femmes se perdent de vue, même si Vera a continué de travailler au salon jusqu'aux treize ans de sa fille.

— Beverly et Vera se battent. Beverly pousse Vera dans l'escalier, et cette dernière est blessée au point de devoir être opérée du dos...

— Et prendre des antidouleurs, compléta Josie.

— Si elle en prenait autant que ce que ta grand-mère a laissé entendre, suffisamment pour perdre connaissance alors qu'elle avait rendez-vous avec le proviseur, elle ne les achetait pas à la pharmacie avec une ordonnance.

— Elle a dû trouver quelqu'un à qui en acheter illégalement.

— Ou bien elle connaissait déjà ce quelqu'un, supposa Gretchen.

— Exactement.

— Si elle dépensait tout son argent là-dedans, ça expliquerait pourquoi elle avait du mal à payer son loyer.

— Absolument, approuva Josie. Son addiction empire. Elle

est fauchée. Beverly a des problèmes de comportement, puis tombe enceinte. Vera le découvre.

— Leur relation était déjà très tendue, dit Gretchen. J'imagine que cette grossesse n'a pas dû arranger les choses.

— Je suis d'accord. Mais on arrive à une nouvelle zone d'ombre. Ce laps de temps pendant lequel on n'a aucune idée de ce qui s'est passé dans leur vie. Tout ce qu'on sait, c'est qu'ensuite quelqu'un a tué Beverly et l'a enterrée sous leur maison.

— OK, dit Gretchen. Donc Vera décide de se planquer. On ne sait pas à ce stade si elle est impliquée dans le meurtre ou simple témoin, mais elle disparaît de la surface de la terre.

— Personne dans leur entourage n'a trouvé leur disparition suspecte, dit Josie. C'est bizarre, non ?

Gretchen haussa les épaules.

— Tu ne trouves pas ça étrange ? insista Josie.

Gretchen referma son bloc-notes et regarda la ville défiler derrière la vitre.

— Je ne pense pas que ce soit si bizarre que ça. Quand j'ai emménagé à Denton, en dehors de mes collègues de travail, personne ne l'aurait remarqué, si j'avais disparu.

— Ce n'est pas vrai, rétorqua Josie. Ton ancien coéquipier de Philadelphie serait parti à ta recherche s'il n'avait pas eu de nouvelles.

Gretchen sourit.

— Oui, sans doute.

— Au minimum, le dealer de Vera a dû se poser des questions. Ou le type dont ma grand-mère m'a parlé, celui qui conduisait Vera au lycée chaque fois que Beverly était convoquée chez le proviseur.

— Ça pourrait être une seule et même personne, fit remarquer Gretchen. Son dealer et son unique ami. Pour autant qu'on le sache, c'est peut-être lui qui les a tuées.

— Alors c'est lui qu'on doit retrouver. Et je sais à qui m'adresser, pour ça.

35

Debout près de son bureau dans la grande salle du commissariat, Noah tentait avec optimisme d'éponger son pantalon complètement imbibé d'eau à l'aide d'un vieux sweat-shirt. Mettner n'était pas là, et la porte du chef était fermée. Amber était occupée sur son petit ordinateur, installée au bureau qui était désormais devenu le sien par défaut. Sur quoi pouvait-elle bien travailler ? Elle adressa un sourire à Josie et Gretchen quand elles arrivèrent, mais ces dernières ne le lui rendirent pas.

— Fraley, tu sais que tu es autorisé à rentrer chez toi pour te changer après une intervention d'urgence, lui indiqua Gretchen.

Noah grimaça.

— Je n'étais pas en intervention. L'eau a fini par traverser les sacs de sable devant le commissariat, et on n'a toujours pas la barrière gonflable qui était censée être déployée autour du bâtiment. Avec Lamay, on est allés récupérer des barricades en plastique à Dalrymple, et on les a installées. Je ne sais pas combien de temps elles vont tenir, mais c'est mieux que rien.

— Il n'a pas plu de la journée, dit Josie. Peut-être que le niveau de l'eau va bientôt baisser. Oh, au fait, les pillards qui ont été arrêtés l'autre soir, est-ce qu'ils sont encore en garde à vue ?

Noah se figea, le sweat-shirt dans les mains.

— Euh... oui. Ils sont toujours en bas, mais... euh...

— Je suis au courant. Je sais que Needle fait partie de la bande.

— Qui est Needle ? demanda Amber, qui s'était approchée.

Noah roula sa serviette improvisée en boule et la posa sur sa chaise.

— C'est personnel. Vous permettez ?

Amber afficha un faible sourire.

— Bien sûr, désolée.

Josie garda les yeux rivés sur Noah.

— Je sais que c'est ce que tu as essayé de me dire l'autre nuit, quand tu es rentré à la maison. Ne t'inquiète pas. C'est à lui que je dois parler.

Noah contourna les bureaux et vint se placer à quelques centimètres d'elle. Il reprit à voix basse :

— Tu dois parler à Needle ? Mais pourquoi ?

Gretchen les rejoignit et intégra leur petit cercle.

— C'est au sujet de l'affaire Vera Urban.

Noah la regarda.

— Tu te fiches de moi ?

— J'ai bien peur que non.

— Il a des informations qui nous seraient utiles, reprit Josie. Il dealait déjà à Denton que je n'étais même pas née, donc il se souvient sûrement de Vera Urban, et peut-être même de la personne qui lui fournissait la drogue qu'elle revendait ensuite à ses clientes du salon de coiffure.

— Laisse Gretchen s'en occuper. Tu n'as pas besoin de parler avec ce type.

Josie posa une main sur sa hanche.

— Ah bon ?

— Il a raison, patronne, réagit Gretchen. Je peux y aller toute seule.

Le regard de Josie passa de Gretchen à Noah, puis elle releva le menton et déclara :

— C'est moi qui vais lui parler.

Elle fit volte-face et commençait à s'éloigner quand Noah lui attrapa la main. Doucement, il insista :

— Tu n'es pas obligée de toujours tout gérer. Les derniers jours ont été... compliqués.

Durant les quelques jours qui avaient précédé, Josie avait été témoin du déluge qui s'était abattu sur Denton et avait englouti la ville ; on lui avait tiré dessus ; elle avait été emportée par le fleuve ; et elle n'avait pas réussi à sauver Vera Urban, leur unique piste sérieuse dans l'affaire Beverly Urban. Cette accumulation d'événements l'avait vidée de toute son énergie et fait frôler la crise de nerfs, mais elle rétorqua :

— Noah, ça ira. En plus, on a un certain passif, Needle et moi. Il sera certainement plus enclin à me confier ses secrets à moi plutôt qu'à Gretchen. Fais-moi confiance.

— Très bien, céda-t-il, mais c'est moi qui me charge d'aller le chercher pour l'installer en salle d'interrogatoire.

— Ça me va.

Vingt minutes plus tard, Josie et Gretchen entraient dans l'une des salles d'interrogatoire du premier étage. Elles furent accueillies par un nuage de fumée de cigarette. Larry Ezekiel Fox, l'homme que Josie avait surnommé « Needle », était assis sur une chaise près de la table en métal qui trônait au centre de la pièce. Devant lui, un gobelet de café noir entamé et un cendrier qui contenait déjà deux mégots. Josie ne l'avait pas vu depuis trois ans, pourtant il semblait en avoir pris dix. Il avait autour de soixante-cinq ans, mais une vie passée à se droguer, à vivre dans la rue et à s'adonner à divers trafics laissait des traces.

Sa peau bronzée était ridée, ses longs cheveux gris étaient emmêlés, et sa barbe avait jauni sur les côtés. Il arborait toujours sa fameuse veste d'un vert olive fade qui semblait ne jamais l'avoir quitté depuis sa première rencontre avec Josie. En dessous, il portait un t-shirt noir, un jean sale qui avait connu des jours meilleurs et une paire de bottes noircies par la crasse et les années. Vu son odeur, il n'avait pas dû prendre de douche depuis leur dernière entrevue.

Il leva la tête et lui sourit.

— JoJo, dit-il, utilisant son surnom d'enfance. Je me demandais si tu allais me rendre une petite visite.

— Zeke, le salua-t-elle.

Elle était la seule à l'appeler Needle. Lui-même ignorait que, petite, elle l'avait baptisée ainsi parce qu'il ramenait des seringues à la femme qui s'était fait passer pour sa mère. À l'époque, Josie ignorait que ces aiguilles servaient à s'injecter de la drogue. Tout ce qu'elle savait, c'était que cet homme leur rendait souvent visite dans leur mobile-home et que, même si elle ne l'appréciait pas, il lui avait permis d'échapper à pas mal d'horreurs pendant son enfance. Pas à toutes : il n'était pas intervenu quand Lila l'avait enfermée dans un placard pendant des jours, l'avait affamée et violentée ; mais il avait empêché Lila de lui faire subir certaines choses pires encore.

Josie ne savait toujours pas si elle devait lui être reconnaissante d'avoir rendu sa vie un tout petit peu meilleure, ou si elle devait lui en vouloir de n'avoir jamais tenté de la sortir de là. En même temps, il était le dealer de Lila. Aussi, le fait qu'il ait remarqué l'existence de Josie et tenté de l'aider un tant soit peu était sans doute déjà exceptionnel.

— Asseyez-vous, dit Needle en désignant les autres chaises de la pièce, comme s'il venait de les faire entrer dans son salon.

Josie s'installa sur la chaise la plus proche de lui et grimaça malgré elle quand les points de suture de sa cuisse tirèrent sur sa peau. Gretchen s'assit en face, son bloc-notes dans une main, son stylo dans l'autre.

— Ce n'est pas une visite de courtoisie, lui apprit Josie.

Il tira une longue bouffée de sa cigarette et recracha la fumée en l'air pour qu'elle ne l'atteigne pas directement.

— Je m'en doute, JoJo. Mais ça fait toujours plaisir de sortir de cellule. J'ai jamais trop aimé être là-dedans. Je préfère encore pioncer à la belle étoile à même le sol.

Josie sortit son téléphone et y afficha une photo de Vera à l'époque où elle travaillait au salon de coiffure, avant la naissance de Beverly. Elle le fit glisser vers Needle.

— Est-ce que tu te souviens de cette femme ?

Il écrasa sa cigarette dans le cendrier et but son café tout en étudiant le portrait.

— Elle est morte ?

— Oui, confirma Josie.

Il releva les yeux vers elle, toujours souriant, mais elle repéra cette fois une lueur familière dans son regard gris pâle. Une pointe de suspicion et une certaine insensibilité.

— T'essaierais pas de me foutre quelque chose sur le dos, JoJo ?

— Mais non. Cette cellule que tu détestes tant, c'est ton alibi. Je ne cherche pas à t'accuser de quoi que ce soit. Je veux juste des infos. Elle s'appelait Vera. J'étais au lycée avec sa fille. Elle a travaillé dans un salon de coiffure, ici à Denton. Elle vendait de la drogue à des femmes riches. Des antidouleurs, de l'herbe, ce genre de trucs.

Il continuait d'étudier l'écran du téléphone. Josie tendit la main et y fit défiler d'autres photos. Il regarda chacune d'elles comme s'il s'était agi de hiéroglyphes qu'on lui demandait de décrypter. Josie patienta. Comme il n'ouvrait pas la bouche, elle récupéra le paquet de cigarettes que Noah lui avait mis de côté en vue de cet interrogatoire et en sortit une qu'elle tendit à Needle.

Il la saisit, l'alluma, inspira, souffla et dit :

— Je me souviens d'elle. Personne l'a vue depuis des années, par contre.

— Combien d'années ? demanda Gretchen.

— Un paquet.

— Qu'est-ce que tu peux me dire d'autre à son sujet ? relança Josie.

Il leva les yeux du téléphone.

— Elle était pas accro, au début. Les antidouleurs, c'était juste comme ça, pour se faire un peu d'argent. C'est vrai que des fois elle prenait d'autres trucs, mais c'était quand même surtout des médocs. Toutes ses clientes étaient pétées de thunes, mais y en avait que deux ou trois qui consommaient, alors elle n'avait pas besoin de beaucoup. Jusqu'au jour où elle a commencé à en prendre, elle.

— Elle a eu un accident, l'informa Gretchen. C'est après ça qu'elle a commencé à prendre des antidouleurs.

Needle haussa les épaules.

— Je sais pas ce qui lui est arrivé, moi. Tout ce que je sais, c'est qu'elle en a acheté pendant pas mal d'années, après plus du tout, et puis un jour elle est revenue, et sérieux, on aurait dit qu'elle sortait d'une machine à voyager dans le temps. Elle n'arrivait même pas à marcher, elle n'avait pas une thune, et elle en voulait toujours plus, plus, plus. Et puis un jour... plus rien. Je me suis dit qu'elle avait dû faire une overdose.

— C'est toi qui la fournissais ? demanda Josie.

Il ricana.

— Eh, JoJo, je suis déjà coincé ici à cause de l'autre soir. Et t'as dit que tu voulais rien me foutre sur le dos.

— Ça n'a aucune importance si c'était toi. Je ne vais pas t'arrêter parce que tu as vendu de la drogue à quelqu'un il y a une quinzaine voire une trentaine d'années... Quelqu'un qui est mort, en plus. J'ai juste besoin de savoir chez qui elle se fournissait. Il me faut un nom.

Needle se cala contre le dossier de sa chaise et fit mine d'étudier sa cigarette. Il se gratta la barbe.

— Un nom... J'ai peut-être un nom pour toi.

— Vous en avez un, oui ou non ? intervint Gretchen.

Il tourna brusquement la tête vers elle, puis reporta son attention sur Josie.

— Oui. Mais... tu m'as chopé au mauvais moment, JoJo. Je suis bloqué ici. Demain, je vais être envoyé à l'autre gros centre de détention. Et après ça, il va y en avoir pour des mois avant que tout soit réglé.

Josie lui sourit.

— Trois repas par jour, Zeke. Ça pourrait être pire.

— J'ai jamais eu de problème pour trouver à bouffer, répliqua-t-il.

Josie se pencha vers lui.

— Qu'est-ce que tu veux ?

— T'as pris du galon, JoJo. Tu pourrais bien faire jouer tes relations pour aider un vieux pote. Une réduction de peine ? Tu pourrais même me faire sortir d'ici, non ?

— Tu n'es pas un vieux pote, et je ne vais rien faire pour te sortir de là. Donne-moi ce nom. Je te promets que ton séjour ici sera aussi confortable que possible.

Il soupira, posa sa cigarette et croisa les bras sur son torse.

— On est peut-être pas amis, JoJo, mais tu as toujours été une gamine intelligente. Tu sais comment ça marche. J'ai un truc que tu veux. Tu as un truc que je veux. C'est donnant-donnant.

— Rien ne dit que ton info me sera utile. Et si la personne que je recherche est déjà morte ? On fait quoi ? Tu ne peux rien me garantir. Je ne négocie pas avec toi. Donc soit tu me donnes ce nom, soit tu ne me le donnes pas.

— Et si je te le donne pas ?

Josie sourit.

— Je suis une gamine intelligente. Je finirai par le découvrir moi-même.

Needle l'observa en plissant les yeux.

— JoJo... commença-t-il, mais il fut interrompu par la sonnerie du nouveau téléphone de Josie, posé entre eux sur la table.

Elle jeta un coup d'œil à l'écran, puis à Gretchen.

— C'est le commissariat de Colbert. Allez, on y va.

## 36

Dix minutes plus tard, Gretchen et Josie étaient en route pour Colbert. Le propriétaire avait été retrouvé, et il était tout disposé à les aider dans leur enquête. Il leur avait donné rendez-vous à l'appartement d'Alice avec des clés et une copie du bail qu'elle avait signé. Cette bonne nouvelle semblait mettre un terme aux montagnes russes émotionnelles de ces dernières vingt-quatre heures. Elles avaient peut-être enfin une piste sérieuse.

— Je pense qu'on devrait retourner voir Needle après ça.

Josie serra les mains sur le volant.

— Je ne redemanderai pas à Needle qui était le fournisseur de Vera. Hors de question que je lui fasse la moindre faveur.

— Patronne, dit Gretchen. C'est le moyen le plus rapide d'obtenir cette information.

— De demander à la procureure d'être sympa avec lui ? C'est un multirécidiviste, je te rappelle !

— Je sais bien, mais il n'en est pas moins un criminel non violent. Jusqu'à il y a quelques jours, il n'avait jamais été arrêté pour autre chose que des histoires de drogue.

— Où est-ce que tu veux en venir ?

Gretchen soupira.

— Là où je veux en venir, c'est que si tu vas parler à la procureure en lui demandant d'envisager une réduction de peine en échange d'informations dans le cadre d'une enquête pour meurtre, et qu'elle accepte, tu ne mettras personne en danger immédiat – dans le sens où il ne risque pas d'agresser ou de tuer quelqu'un.

D'une main, Josie essuya la sueur qui perlait sur son front. Elle remarqua alors qu'elle tremblait. Manquait-elle de recul, cette fois encore ? La route qu'elles empruntaient était inondée. Josie freina brutalement près du panneau « route barrée ». Elle essaya de parler, mais sa voix tremblait. Elle s'interrompit puis réessaya.

— Pendant toute mon enfance, cet homme a été là, à regarder sans rien faire les horreurs qui me sont arrivées. Non, pas qui me sont arrivées... qu'on m'a fait subir. Des choses violentes. Des choses indicibles. Alors oui, il est intervenu deux fois, quand ça allait vraiment trop loin, mais il m'a laissée là-bas. C'est lui qui lui fournissait les drogues qui faisaient qu'elle me... qu'elle me...

Les mots étaient comme bloqués dans sa gorge. Un hoquet lui échappa, faisant trembler ses épaules. Gretchen lui effleura l'épaule.

— Patronne, chuchota-t-elle. C'est normal.

Les larmes envahirent les yeux de Josie. C'était quoi, son problème ? Pourquoi est-ce qu'elle passait son temps à pleurer, dernièrement ? Pour ce qui concernait Vera Urban, elle comprenait : elle avait essayé de la sauver et avait échoué. Cela justifiait quelques larmes, même si c'était déjà largement contraire à son professionnalisme habituel. Elle n'était pas du genre à pleurer pour tout et n'importe quoi comme ça. Et certainement pas pour des événements survenus des dizaines d'années plus tôt, et auxquels elle ne pouvait rien changer. Elle tenta de repousser tout cela dans un coin de sa tête, comme elle le faisait habituellement. Mais ça ne fonctionnait pas.

Gretchen serra le frein à main à la place de Josie.

— Restons ici une minute.

Josie secoua la tête, son corps entier secoué de spasmes. Elle ouvrit la bouche dans l'espoir de prononcer son sempiternel « ça va », mais des mots tout autres en sortirent, suraigus.

— Lila m'a tailladé le visage ! Elle m'a tailladé le visage. Elle était folle, et il lui fournissait tout ce qu'elle réclamait, même quand elle était fauchée, putain. Il n'en avait rien à foutre, ni lui ni personne d'ailleurs, de ce qu'elle pouvait me faire. Il... Il n'est pas...

— Patronne...

— Il n'est pas quelqu'un de bien !

Une fois les mots sortis de sa bouche, Josie crut qu'elle allait s'effondrer. Elle se renfonça dans son siège, les mains sur les genoux. Et soudain, elle se sentit légère. Autour d'elle, tout se mit à tourner. Sa vision se troubla. Gretchen posa la main sur son épaule.

— Josie ? Regarde-moi.

Josie fixa ses yeux marron.

— Concentre-toi sur ma voix.

Josie hocha la tête. Ça, c'était facile. Elle écouta Gretchen, qui parlait d'une voix calme et égale. Normale, terre à terre. Sans s'apitoyer. Avec bienveillance, mais sans empathie forcée. Sans lui faire la leçon.

— Tu n'es pas obligée de faire ce que tu n'as pas envie de faire, dit Gretchen. On se débrouillera. On trouvera une autre solution pour récupérer le nom qu'il nous faut. On sait où fouiller. Il est tout à fait possible que quelqu'un d'autre que Needle se souvienne du fournisseur de Vera.

Au fur et à mesure que Gretchen parlait, Josie retrouvait son calme. Elle ne voyait plus flou. Elle respirait moins vite. Elle sentait de nouveau son corps.

— Oui, d'accord, dit-elle en rougissant. OK. On va faire comme ça.

Gretchen patienta jusqu'à ce que Josie ait totalement repris ses esprits. Le regard perdu au loin, cette dernière murmura :

— Qu'est-ce qui vient de se passer ? Qu'est-ce qui m'arrive ?

— Quand on refoule trop longtemps un traumatisme, il finit par ressurgir de manière étrange, à des moments bizarres.

— Je pensais que c'était réglé.

Gretchen sourit.

— Grâce au boulot ? Non, ce n'est pas pareil que de se confronter au problème, l'analyser et le surmonter.

Josie savait que, comme elle, Gretchen avait connu un certain nombre de traumatismes.

— Comment tu fais, toi ?

— Depuis que tout est ressorti il y a quelques années, je vois un psy.

Rien ne paraissait plus douloureux aux yeux de Josie que voir un psychologue. Gretchen dut deviner ses pensées, car elle ajouta :

— Je sais que tu es persuadée que ça ne changerait rien pour toi. Beaucoup de gens n'en voient pas l'intérêt, ce qui se comprend mais, moi, ça m'a énormément aidée. Bref, et si on reprenait la route ? Allons voir l'appartement de Vera, on trouvera peut-être quelque chose sur place.

— Oui, soupira Josie. Faisons comme ça.

## 37

Colbert était une petite ville à l'ouest de Denton. Ses rues, bordées de vieux bâtiments en briques qui semblaient tous dater du xixe siècle, abritaient tous les commerces et services nécessaires. L'appartement qu'avait loué Vera Urban sous le nom d'Alice Adams se trouvait au rez-de-chaussée d'un petit immeuble sur deux niveaux seulement situé à quelques rues du centre-ville. L'endroit était bien entretenu, mais plutôt quelconque. Le propriétaire les accueillit devant l'entrée. Après les présentations, il leur tendit une copie du bail. Josie constata qu'il avait été signé cinq ans plus tôt.

— Elle m'a toujours payé au mois, précisa le propriétaire. Elle payait en liquide et se plaignait rarement. C'était une locataire modèle, vraiment. Je suis désolé d'apprendre ce qui lui est arrivé.

Il leur ouvrit la porte et les invita à entrer.

— Elle m'a dit qu'elle n'avait pas de famille. J'imagine que ça signifie que toutes ses affaires sont... Je ne sais pas trop ce que je vais faire de tout ça, alors n'hésitez pas à prendre ce que vous voudrez. Je vais patienter à l'extérieur.

L'appartement était petit, mais lumineux, spacieux et

propre. Dans le salon, un canapé et une table basse faisaient face à un petit meuble sur lequel reposaient une télévision et un lecteur DVD. Sur un mur, une étagère, remplie de DVD et de livres écornés. Un peu plus loin, une cuisine qui faisait aussi office de salle à manger et ne pouvait pas recevoir plus de deux personnes. De là, un petit couloir menait à la salle de bains et à une grande chambre.

Josie et Gretchen fouillèrent l'endroit méthodiquement, mais ne trouvèrent que peu d'objets personnels. Il y avait plusieurs flacons de médicaments dans la salle de bains, des antidouleurs, des anxiolytiques et des antiacides. Dans la chambre, de vieux livres traînaient sur la table de chevet. Mais là encore, rien de personnel. Pas de photos, pas de cartes postales, pas le moindre bibelot, pas la moindre décoration accrochée au mur. Il était évident que quelqu'un vivait ici, mais l'appartement paraissait terriblement impersonnel. Presque comme une chambre d'hôtel.

Un bruit dans le placard de la chambre les fit sursauter. Gretchen porta la main à son Glock, attendant l'aval de Josie avant de dégainer son arme. Josie l'imita en prenant soin de pointer le canon au sol. L'une derrière l'autre, elles s'approchèrent du placard. Le cœur battant, Josie ouvrit grand la porte et leva son arme en direction d'une potentielle menace.

Gretchen éclata de rire avant que Josie ne comprenne ce qu'elle voyait : un gros chat roux tigré faire ses besoins dans un bac à litière dissimulé dans le placard. Elles rengainèrent leurs armes. L'instant d'après, l'animal bondit hors de la caisse et commença à miauler avec insistance. Il se dirigea droit sur Gretchen pour se frotter contre ses jambes, et elle se baissa pour le caresser.

Josie prit un moment pour reprendre sa respiration, en attendant que son pouls revienne à la normale.

— On dirait que Vera – ou Alice – ne vivait pas seule, finalement.

Gretchen prit le chat dans ses bras, et il se mit à ronronner. Elle l'écarta une seconde avant de le serrer de nouveau contre elle.

— C'est une femelle, dit-elle à Josie. Espérons qu'Alice l'emmenait régulièrement chez le vétérinaire. Peut-être qu'ils connaîtront son nom.

Elle redéposa le chat par terre pour aider Josie à explorer le contenu du placard, mais l'animal resta littéralement dans les pattes de Gretchen.

— Elle t'aime bien, nota Josie.

Le placard occupait presque tout un pan de mur de la chambre. Il abritait une penderie pleine et des étagères allant du sol au plafond remplies de chaussures, de sweat-shirts, de jeans et de quelques boîtes en plastique. Josie attrapa l'une d'elles et la tendit à Gretchen avant d'en sortir une autre. Elles les placèrent sur le lit et entreprirent de les fouiller.

— On dirait de vieilles factures médicales au nom d'Alice Adams. Payée, payée... Elles sont toutes payées. En liquide, apparemment. Oh, et il y a une facture de vétérinaire. Il est écrit que la chatte s'appelle Poppy.

Gretchen prit une photo de la facture et continua d'explorer le contenu de la caisse en plastique.

— Une copie du bail... Des quittances de loyer...

— J'ai trouvé des photos, la coupa Josie.

La boîte devant elle contenait des centaines de clichés, qui semblaient couvrir une bonne partie de la vie de Vera, depuis son enfance jusqu'à la naissance de Beverly, et même au-delà. Il y avait quelques photos de sa *baby shower*, similaires à celles que leur avait fournies Sara Venuto. Il y avait aussi des photos de Beverly bébé, endormie dans une balancelle, dans son berceau, ou dans les bras de sa mère.

— Je me demande qui a pris ces photos, s'interrogea Gretchen.

Josie pointa du doigt une autre série de clichés.

— Tiens, là. C'est Constance Prather.

On pouvait voir cette dernière serrant Beverly dans ses bras. Il y avait aussi quelques photos de collègues de travail portant Beverly, prises dans le salon de coiffure et dans ce qui semblait être la maison de Vera. Puis, une fois que Beverly avait atteint cinq ou six ans, il n'y avait plus qu'elle sur les photos. Déguisée pour Halloween, en train de souffler ses bougies dans un parc, entourée d'autres enfants... Tous les petits moments clés d'une enfance normale. Des moments que Josie n'avait jamais eu l'opportunité de vivre. Une fois encore, elle se demanda ce qui avait mal tourné entre Beverly et Vera. Peut-être qu'il était arrivé quelque chose à Beverly à un moment donné dans son enfance idyllique qui avait conduit à ses troubles du comportement. Ou bien souffrait-elle d'une maladie psychiatrique qui la rendait particulièrement explosive ? Josie se demanda s'ils le sauraient un jour.

Poppy sauta sur le lit et piétina les photos que Josie avait étalées dessus, encore une fois pour se diriger vers Gretchen.

— Dis à ton amie qu'elle doit mettre des gants si elle veut manipuler des preuves, plaisanta Josie.

Les photos allaient jusqu'au lycée, même s'il y en avait beaucoup moins de l'adolescence de Beverly. Soit Vera avait pris moins de photos, soit Beverly avait refusé d'être photographiée. Peut-être un peu des deux. À moins qu'avec sa blessure au dos, Vera n'était tout simplement plus en mesure de prendre des photos.

Josie récupéra une autre boîte dans le placard.

— C'est bizarre qu'elle ait gardé ça, tu ne trouves pas ? fit remarquer Gretchen. Elle s'est cachée, a changé de nom, mais elle a conservé toutes les preuves de son ancienne vie.

— C'est vrai, reconnut Josie en posant son fardeau sur le lit. Mais ce qui paraît évident, c'est qu'elle aimait sincèrement sa fille. Nous ne savons toujours pas ce qui s'est passé dans les derniers jours de la vie de Beverly ni quel rôle Vera a joué là-dedans. On sait que Vera était au courant pour sa grossesse, mais on n'a aucune idée de l'état de sa relation avec Beverly à ce moment-là. Vera est retournée à Denton quand son corps a été retrouvé. Pourquoi ?

Gretchen n'avait pas de réponse à apporter. Josie souleva le couvercle de la boîte suivante, qui contenait des *yearbooks* du lycée de Denton East.

— Je crois que ce sont les affaires de Beverly, souffla Josie.

Il y avait aussi quelques CD de groupes qu'aimait Josie quand elle était au lycée, des bijoux fantaisie et de rares photos de Beverly avec ses meilleures amies, Lana Rosetti et Kelly Ogden. Puis Josie tomba sur un journal intime. Elle ressentit une pointe d'espoir, vite douchée lorsqu'elle l'ouvrit. Sur la première page, on pouvait lire que sa « stupide mère » pensait qu'elle devrait « mettre par écrit ses sentiments ». Ensuite, il n'y avait que des pages blanches.

— On dirait que Beverly n'était pas très journal intime, soupira Gretchen.

Il y avait aussi trois livres de poche usés et écornés. L'un d'eux était *Mémoire truquée* de Dean Koontz. Les deux autres étaient de Virginia C. Andrews, l'un intitulé *Ruby* et l'autre *Perle*. Josie se souvenait que les filles au lycée adoraient s'échanger les romans de Virginia C. Andrews en parlant à voix basse des histoires sulfureuses qu'ils renfermaient. Quand elle ouvrit *Ruby* pour le feuilleter, une photo en tomba et voleta jusqu'au lit. Gretchen la ramassa tandis que Josie vérifiait qu'il n'y en avait pas d'autres. C'était un portrait d'un jeune homme blond, vêtu d'un t-shirt blanc et d'un jean, une ceinture de travail sur les hanches. Son sourire tendu traduisait le fait qu'il était probablement mal à l'aise à l'idée d'être pris en photo. Derrière lui, une bâche bleue était accrochée au mur et, juste à côté, une porte ouverte semblait donner sur le niveau inférieur.

— C'est Ambrose, affirma Josie. Le type de chez Newton avec qui flirtait Beverly.

— Oui, confirma Gretchen. Ça correspond à la photo de permis de conduire que nous avons.

— Ça doit être la maison de Hempstead Road.

— Et je parie que la bâche est l'une de celles dont le tueur s'est servi pour envelopper Beverly.

Elles retournèrent la photo : il n'y avait rien d'écrit au dos. Josie feuilleta *Perle*, mais ne trouva rien d'autre qu'un vieux marque-page. Elle s'empara ensuite de *Mémoire truquée*. Cette fois-ci, trois photos en tombèrent. Josie les aligna sur le lit pour mieux les étudier. Sur l'une d'elles, Vera se tenait face à un homme dans une cuisine. Celui-ci était mince et faisait une tête de plus qu'elle. La trentaine, il avait des cheveux bruns et courts, et une barbe naissante couvrait tout ce qu'on pouvait distinguer de son visage. La photo avait sans doute été prise depuis derrière une embrasure de porte : une moulure en bois occupait la moitié de l'image.

— Elle a pris cette photo sans qu'ils le sachent, déduisit Josie.

— Tu penses que c'est le dealer de Vera ? Ou son ami ?

— Je ne sais pas. Peut-être. On n'a aucun moyen de savoir quand cette photo a été prise, mais c'est la seule preuve qu'on a que Vera côtoyait quelqu'un en dehors de ses anciennes collègues et clientes.

Elles passèrent à la photo suivante et Josie en eut le souffle coupé. Son mari décédé lui souriait. C'était Ray, âgé de seize ans, vêtu de son uniforme de base-ball. Sa casquette était légèrement relevée, signe qu'il venait d'essuyer la sueur sur son front. Il était appuyé contre une barrière et, derrière lui, on pouvait distinguer les autres joueurs sur le terrain de Denton East.

— Elle est pliée, fit remarquer Gretchen, tirant Josie de ses pensées.

Gretchen déplia la photo, et une Josie adolescente apparut. Elle se tenait de l'autre côté de la barrière et se penchait pour embrasser Ray. Il y avait eu beaucoup de matchs, beaucoup de moments comme celui-ci, se souvint Josie. Cela avait été une saison passionnante pour les Blue Jays de Denton East. Josie n'avait raté aucun match. Les joueurs venaient toujours se poster à cette barrière pour un dernier encouragement de leur famille ou des autres élèves. Il y avait toujours foule à cet endroit. Ce dont Josie n'avait jamais eu conscience, c'était que, quelque part derrière elle, Beverly avait fait partie de cette foule et avait pris une photo de Ray sans qu'il le sache. Ou bien le savait-il ? Avait-il vu Beverly ? L'avait-il laissée faire ? Y avait-il bien eu quelque chose entre eux, finalement ?

— Regarde celle-là, lui dit Gretchen en reposant la photo de Josie et de Ray pour étudier la dernière.

Josie secoua légèrement la tête pour se recentrer sur le présent. C'était une photo d'un homme dans un lit. Nu, couché sur le flanc. On ne voyait que son dos, depuis ses épaules jusqu'au creux de ses hanches.

— Regarde, fit Josie en pointant du doigt son omoplate gauche. Un crâne tatoué.

Gretchen chaussa ses lunettes et se pencha pour mieux voir.

— Effectivement...

Elle scruta ensuite la main de l'homme, levée en l'air comme s'il cherchait à chasser la photographe. Elle était légèrement floue, mais Josie finit par remarquer ce que Gretchen avait repéré.

— C'est une alliance.

— Oui, confirma Gretchen.

— C'est lui, l'homme qu'elle fréquentait. Celui avec qui elle avait effectivement des relations intimes. Pas étonnant qu'elle n'ait jamais parlé de lui. Il était marié.

Elles prirent le temps d'examiner minutieusement la photo, à la recherche d'indices pouvant leur indiquer où elle avait été prise, mais, tout ce qu'elles purent constater, c'était que l'homme était couché dans des draps blancs et qu'il semblait faire jour.

Gretchen sortit son téléphone pour prendre des photos.

— En plus de ça, elle était mineure, dit-elle.

— Il encourait des poursuites pénales si ça s'était su.

— Sa réputation et son mariage auraient été détruits, en supposant qu'il avait une réputation à protéger.

Josie soupira en voyant qu'il ne restait plus qu'une petite boîte en plastique dans le placard.

— Mais on n'a toujours aucune idée de qui était ce type, ou de comment elle l'a rencontré.

Gretchen reprit la photo de Vera et de l'homme dans la cuisine.

— Et si c'était lui ?

Josie compara les deux images, mais il n'y avait aucun moyen de le savoir.

— Je ne sais pas. Je n'arrive même pas à voir s'il a une bague sur celle-là.

Gretchen récupéra la dernière boîte et la déposa sur le lit. Poppy vint immédiatement se frotter contre elle, la queue frappant contre le couvercle de la boîte. Gretchen attrapa délicatement la chatte pour la faire descendre du lit. Une seconde plus tard, elle était déjà remontée. Mais cette fois, elle garda ses distances, observant les deux femmes d'un air suspicieux.

— Regarde un peu ça, fit Gretchen en sortant plusieurs objets de la boîte.

Des permis de conduire. Il y en avait trois, à des noms différents, tous expirés. Josie en saisit un et passa le doigt sur la photo de Vera. Elle sentit une légère imperfection sur le côté.

— Ils sont falsifiés. Et pas très bien, d'ailleurs.

Gretchen en prit un autre et, sans trop d'efforts, parvint à décoller la photo de Vera pour laisser apparaître le portrait d'une femme complètement différente.

— Tu as raison. Très mauvaise qualité.

Josie sortit son téléphone pour les prendre en photo.

— On fera des recherches sur ces noms une fois rentrées.

Elles entreprirent de mettre en sac les différentes preuves qu'elles comptaient emporter. Pendant ce temps, Poppy miaulait férocement depuis la tête du lit.

— Je me demande à quand remonte son dernier repas, songea Josie à voix haute.

— Occupons-nous d'elle, proposa Gretchen, et ensuite on rentrera pour voir ce qu'on peut apprendre de ces faux permis. Après ça, on pourra essayer de retrouver l'homme sur la photo avec Vera.

38

Une demi-heure plus tard, elles étaient en voiture, Poppy dans une boîte de transport sur la banquette arrière. Le vétérinaire avait fourni tous les documents la concernant sans poser de questions et avait suggéré de la placer dans un refuge non loin. Elles s'y rendirent et, une fois sur place, Gretchen partit y déposer Poppy. Quinze minutes plus tard, elle ressortait. Avec Poppy.

— Je ne peux pas la laisser là, lâcha Gretchen.

Apparemment, Josie n'était pas la seule à ressentir un trop-plein d'émotion ces derniers temps.

Une fois Poppy bien réinstallée à l'arrière, elles reprirent la route pour Denton. Gretchen fit des recherches sur Alice Adams et les autres noms trouvés sur les permis de conduire.

— Ces quatre femmes ont déclaré que leur permis avait été volé et en ont fait faire un nouveau. Elles vivent toutes à plus d'une heure de Colbert, même si on n'a aucune idée d'où Vera vivait avant de déménager ici.

— Est-ce que Vera a aussi usurpé leur identité ? demanda Josie. Est-ce qu'elle a une carte de crédit à un de ces noms ? Un compte bancaire ? Un compte chez un fournisseur d'énergie ?

Gretchen griffonna quelque chose dans son bloc-notes.

— Non. Il n'y a aucune trace de quoi que ce soit.

— Mais même si elle payait en liquide son appartement, elle avait forcément besoin de documents à son nom.

— Et la plupart des propriétaires exigent un certain nombre de garanties de solvabilité, aujourd'hui, non ?

— Je crois, oui, confirma Josie. Mais si j'étais Vera et que j'utilisais une fausse identité, je ferais en sorte de trouver quelqu'un qui n'aille pas vérifier ça. Cela dit, si le propriétaire l'a fait et qu'Alice Adams, par exemple, avait une bonne situation financière, ça aura joué en faveur de Vera.

— C'est vrai. Alors tu crois qu'elle a volé ces permis de conduire et a collé sa photo dessus juste pour pouvoir louer un appartement ?

— Et aussi aller chez le médecin. Du moment qu'elle ne recevait aucun courrier pour facture impayée ou qu'elle ne suivait pas ses relevés de près, la véritable Alice Adams ne pouvait pas se douter que Vera se faisait prescrire des médicaments à son nom.

— C'est de la fraude à l'assurance maladie.

— En admettant qu'elle était couverte, fit remarquer Josie. Tu as dit que toutes ses factures médicales avaient été payées en liquide.

— Elle prenait un sacré risque, si elle n'était pas couverte, nota Gretchen. En cas de gros souci de santé, elle aurait été dans de sales draps.

— Oui. Mais tu vois bien comment elle vivait. En parlant de liquide, on ne sait même pas où elle trouvait son argent. Comment faisait-elle pour se payer un appartement ?

— Même pour encaisser un chèque, elle aurait eu besoin d'un compte bancaire, raisonna Gretchen.

— Effectivement. Le propriétaire a dit qu'elle payait toujours en liquide, cet argent venait bien de quelque part.

Gretchen dégaina son téléphone.

— Je vais appeler la police locale et demander s'ils ne peuvent pas interroger quelques voisins, poser des questions à droite et à gauche pour déterminer si quelqu'un la voyait régulièrement, si elle travaillait au noir...

Après quelques minutes de conversation, Gretchen raccrocha.

— Ils nous rappelleront, informa-t-elle Josie.

Elle se contorsionna pour attraper, derrière son siège, les documents qu'elles avaient récupérés à l'appartement. Elle en tira le bail, qu'elle parcourut rapidement.

— Toutes les charges étaient payées par le propriétaire et incluses dans le loyer, constata-t-elle. Ce qui veut dire qu'Alice Adams n'a jamais eu besoin d'avoir de facture à son nom. À moins de vouloir le câble.

— Elle n'avait presque pas d'électronique, ajouta Josie en se remémorant le petit appartement. Pas d'ordinateur. Pas de tablette.

— Mais il y avait une télévision et des DVD.

— Elle ne voulait pas que son nom figure sur quoi que ce soit : elle ne pouvait pas se permettre que la véritable Alice Adams découvre qu'on avait usurpé son identité. Elle ne voulait pas que quiconque puisse la retrouver, mais elle a réussi à survivre toutes ces années. Elle a forcément reçu l'aide de quelqu'un.

— On passe à côté de quelque chose, en conclut Gretchen. Quelque chose de crucial.

Elles approchaient de Denton. Sur les hauteurs, elles aperçurent la silhouette imposante de Rockview Ridge. Josie mit alors son clignotant et tourna vers la maison de retraite.

— Tu sais quoi ? Allons demander à ma grand-mère si elle reconnaît l'homme sur la photo. Elle a vu « l'ami » de Vera un certain nombre de fois.

Lorsqu'elles arrivèrent, Poppy somnolait dans sa cage. Jugeant que la chatte ne courait aucun risque en restant là quelques minutes, elles la laissèrent dans la voiture. La jambe de Josie la lançait après être restée dans la même position pendant tout le trajet, mais elle parvint à suivre Gretchen dans les couloirs de la maison de retraite. La porte de la chambre de Lisette était ouverte. Installée dans son fauteuil inclinable, celle-ci regardait par la fenêtre, un châle blanc drapé sur ses épaules : elle avait toujours froid, même si Josie savait que le thermostat était réglé sur vingt-quatre degrés dans sa chambre. Son déambulateur était placé devant elle, entre son lit et sa commode. Les chambres à Rockview étaient agréables, mais exiguës. Josie frappa doucement contre le cadre de la porte pour attirer l'attention de sa grand-mère.

— Bonjour, ma chérie, fit Lisette avec un sourire. Bonjour, Gretchen. Entrez. À moins que vous ne préfériez aller à la cafétéria ?

Josie embrassa sa grand-mère et s'assit au pied du lit.

— Ici, c'est très bien. On voulait que tu jettes un coup d'œil à une photo, si ça ne te dérange pas.

Gretchen sortit son téléphone, retrouva la photo en question et tendit l'appareil à Lisette.

— Est-ce que ce serait l'ami qui accompagnait Vera au lycée, par hasard ? demanda Josie.

Lisette étudia l'image à l'écran.

— Je crois bien que c'est lui, oui. C'était il y a longtemps, mais il lui ressemble. Si seulement je connaissais son nom... Désolée de ne pas pouvoir vous aider plus que cela.

— C'est déjà beaucoup, mamie.

— Vous souvenez-vous de quoi que ce soit d'autre ? la questionna Gretchen. N'importe quel détail pourrait nous être utile. Peut-être quelque chose qu'aurait dit Vera à son sujet ? Est-ce que Beverly a mentionné cet homme le jour où Vera avait perdu connaissance et n'avait pas pu se présenter chez le proviseur ?

Lisette secoua la tête.

— Non, non. Beverly ne l'a jamais mentionné. Pas devant

moi. Je ne me souviens pas que Vera ait dit quoi que ce soit à son sujet, à part que c'était un ami qui lui rendait service en la conduisant où elle devait aller. Mais... attendez ! Il portait toujours ce... cette espèce d'uniforme. Je ne l'ai jamais vu sortir de sa voiture, mais il portait toujours le même t-shirt. Bleu, très épais, parfois sale, avec un nom cousu dessus. Mais je ne me suis jamais suffisamment approchée pour lire ce qui était écrit.

Josie se redressa.

— Quel genre d'uniforme ?

— Je ne sais pas exactement. Quels emplois nécessitent de porter un uniforme ? Avec le nom de l'employé cousu dessus ?

— Les livreurs, parfois, commença Gretchen. Les conducteurs de bus.

— Les garagistes, proposa Josie.

— Maintenant que j'y repense, ça correspondrait, songea Lisette. Il était parfois très sale. Je parie qu'il était mécanicien. Mais je pourrais me tromper. Encore une fois, c'était il y a bien longtemps. Je me souviens de ces choses uniquement parce que je devais consacrer beaucoup de temps à gérer tes disputes avec Beverly à l'époque.

Elle fit un clin d'œil à Josie et lui tendit la main, que sa petite-fille serra dans la sienne.

— Mamie, je ne connais personne qui ait meilleure mémoire que toi ! On va creuser ça.

À cet instant, une aide-soignante déboula dans la pièce, un grand vase fleuri à la main.

— Bonjour, les salua-t-elle, cachée derrière le bouquet coloré. Madame Matson, un petit quelque chose pour vous !

Elle déposa le bouquet sur la commode et leur adressa un grand sourire.

— Mon Dieu ! s'exclama Lisette.

L'aide-soignante détacha la carte agrafée au plastique et la tendit à Lisette avant de repartir.

— Elles sont magnifiques, complimenta Gretchen en humant le parfum des fleurs.

— C'est vrai, répondit Lisette en tentant vainement d'extraire la carte de sa minuscule enveloppe.

— Tu veux que je t'aide ? proposa Josie, qui se demandait qui pouvait bien envoyer des fleurs à sa grand-mère.

Avait-elle un prétendant dont elle ignorait l'existence ? Ce ne serait pas la première histoire d'amour qui se tisserait à Rockview Ridge.

Lisette lui tendit l'enveloppe, et Josie en fit facilement sortir la carte. Elle la lut une première fois, et son pouls s'accéléra. Elle la lut de nouveau, sans comprendre.

— C'est de la part de qui ? l'interrogea Lisette.

Josie rendit la carte à sa grand-mère, un nœud dans le ventre. Elle tournait et retournait dans son esprit ce qu'elle y avait lu.

*Lisette,*

*Merci d'avoir été aussi gentille et ouverte avec moi. C'est un grand honneur, un grand bonheur d'être enfin en contact avec toi. J'espère que nous aurons l'occasion de passer encore beaucoup de temps ensemble.*

*Bises, Sawyer*

Qu'est-ce que cela signifiait ?

Le sourire de Lisette s'effaça lorsqu'elle lut la carte. Consciente qu'elle était de trop, Gretchen lança :

— Patronne, je vais vérifier que Poppy va bien. On se retrouve à la voiture ?

Josie hocha la tête, et sa collègue sortit en fermant la porte derrière elle. Josie se tourna alors vers Lisette.

— Mamie, pourquoi est-ce que Sawyer Hayes t'envoie des fleurs ?

Lisette rangea la carte dans l'une des poches du panier fixé à son déambulateur.

— Josie, je veux que tu restes calme.

Cette dernière se leva. L'agitation qui bouillonnait en elle était trop forte pour qu'elle reste assise. Des pensées perturbantes ricochaient dans son esprit comme une balle de flipper. Que cherchait Sawyer Hayes ? C'était une chose d'engager la conversation avec sa grand-mère lorsqu'il était de passage à Rockview dans le cadre de son travail de secouriste, mais là... Essayait-il de l'escroquer d'une manière ou d'une autre ? Était-ce la faute de Josie ? Pensait-il qu'en raison de la célébrité de sa petite-fille, Lisette pouvait avoir quelque chose qu'il pourrait lui soutirer ? De l'argent ? Un héritage ? Ou pire... est-ce qu'il lui faisait la cour ? Impossible. La différence d'âge était...

— Josie ! Regarde-moi.

Les mots de Lisette l'arrachèrent à ses pensées. Elle s'aperçut qu'elle s'était mise à faire les cent pas et s'arrêta, plongeant son regard dans celui de sa grand-mère.

— Mamie, ça me paraît un peu inapproprié. Tu le connais à peine. Ce n'est pas normal. C'est gentil de sa part, mais de quoi est-ce qu'il parle exactement ? Comment ça, « ouverte » ? Ça veut dire quoi ?

Lisette se leva, saisit son déambulateur et avança jusqu'au pied du lit. Elle s'assit là où Josie était installée quelques instants plus tôt et lui fit signe de la rejoindre.

— S'il te plaît, assieds-toi.

À contrecœur, Josie reprit place sur le lit. Lisette attrapa sa main et la serra dans la sienne.

— Il y a quelque chose que je dois te dire, ma chérie.

Josie sentit son cœur s'emballer. Pourquoi avait-elle peur ? Qu'est-ce que Lisette pourrait bien avoir à lui annoncer au sujet de Sawyer Hayes ? S'il cherchait à l'escroquer, Josie pouvait encore l'arrêter. Elle était officier de police.

Les doigts de Lisette se resserrèrent autour de la main de Josie, au point de lui faire mal. Lisette annonçait les nouvelles de la même manière que Josie : rapidement et sans détours. Un peu comme on arrache un pansement.

— Sawyer est mon petit-fils.

Un parfait silence s'abattit sur la pièce. Tout se figea, même les grains de poussière flottant dans le rai de lumière de la fenêtre. De l'autre côté de la porte, tous les bruits de la maison de retraite s'évanouirent. Non, Josie avait dû mal comprendre.

— Tu peux répéter, mamie ?

Lisette prit une grande inspiration et redit exactement la même chose :

— Sawyer est mon petit-fils.

Josie se mit à compter dans sa tête pour essayer de garder son sang-froid. C'était bien une tentative d'escroquerie. Le salaud. *Un, deux, trois.* Elle bondit sur ses pieds, arracha sa main à celle de Lisette et se remit à marcher de long en large dans la minuscule chambre.

— Mamie, je ne sais pas ce qu'il t'a dit mais, clairement, il cherche à te soutirer quelque chose. Un héritage ou je ne sais quoi. C'est une arnaque, et lui, c'est un escroc. Je savais que quelque chose clochait chez ce mec. Écoute-moi, je veux que tu cesses tout contact avec lui jusqu'à ce que je règle tout ça. Je vais aller à l'accueil pour leur dire de ne plus le laisser entrer ici.

— Josie, intervint Lisette. Sawyer est bien mon petit-fils.

— Tu n'as pas d'autres petits-enfants que moi. Moi, et c'est tout. Sawyer Hayes est un parfait étranger.

Lisette se leva, repoussa son déambulateur et avança jusqu'à la table de nuit en se tenant au lit. Elle sortit une liasse de papiers d'un tiroir et la lui tendit.

— C'est la vérité, Josie.

Vacillante face au tsunami d'anxiété qui menaçait de l'emporter, Josie saisit les documents. Il s'agissait d'un résultat d'analyse ADN, issu de l'un de ces sites qui proposent d'obtenir des informations sur ses ancêtres, et même de retrouver de proches parents, à partir d'un échantillon de salive. D'après ce qui était écrit, Sawyer Hayes partageait 20,6 % d'ADN, soit trente-huit segments, avec Lisette Matson. « Life Lineage estime que Lisette Matson est votre grand-mère », concluait le rapport.

Les mains tremblantes, Josie déposa les documents sur le lit.

— Quand est-ce que tu as fait ça ? Quand as-tu envoyé ton ADN ? Qui... qui t'a aidée ? Lui ?

Lisette voulut prendre la main de Josie, mais celle-ci l'en empêcha.

— C'était il y a quelques semaines, ma chérie. Et oui, Sawyer m'a aidée. Il est venu me voir pour la première fois il y a deux mois environ...

— Alors il a menti l'autre jour ! cria Josie sans s'en rendre compte. Quand il a dit qu'il t'avait simplement croisée ici !

— Josie, s'il te plaît. Garde ton calme. Je vais tout t'expliquer.

— Ce n'est pas vrai, insista Josie. C'est une arnaque. Il a fait ça pour t'escroquer. Je ne sais pas ce qu'il veut ou ce qu'il pense pouvoir obtenir de toi, mais c'est un mensonge. Tu es vulnérable, mamie.

À ces mots, Lisette chancela et se rattrapa à son déambulateur.

— Pas sur ce ton, jeune fille. Je ne suis pas une vieille mémé gâteuse. J'ai encore toute ma tête. Je pense être capable de déterminer ce qui est vrai et ce qui ne l'est pas. Ce document est véridique. J'ai demandé à l'une des infirmières de m'aider à me connecter au site pour être sûre que Sawyer ne m'apporte pas des résultats truqués. Je savais que tu réagirais mal, c'est pour ça que je ne te l'ai pas dit tout de suite.

— Tu le sais depuis combien de temps ?

— Les résultats sont arrivés il y a une semaine.

— Quand est-ce que tu comptais me l'annoncer ?

— Je ne sais pas, Josie, d'accord ? s'emporta Lisette. Bientôt. Mais pas tant que tu travaillais sur cette grosse affaire ou que tu étais rongée par le stress des inondations en cours. J'allais te le dire. Comment aurais-je pu ne pas le faire ?

Josie sentit ses jambes se dérober sous elle. Elle se rassit sur le lit, rapidement rejointe par Lisette. Pendant un long moment, aucune d'elles ne prononça un mot. Une fois certaine de pouvoir parler sans laisser échapper un sanglot, Josie demanda :

— Comment est-ce possible ?

Lisette lissa son pantalon du bout des doigts, la tête basse.

— Je ne sais pas si tu te souviens que je t'ai dit ça il y a quelques années, mais ton père, Eli... Il était avec Lila Jensen depuis longtemps, bien avant que tu naisses.

— Je me souviens, murmura Josie. Tu ne l'aimais pas. Tu étais contente quand ils se sont séparés.

Lisette acquiesça. Si seulement l'histoire s'était arrêtée là. Si seulement Lila était partie pour toujours. Eli serait encore en vie. Lisette n'aurait pas perdu une partie d'elle-même. Josie ne les aurait jamais rencontrés, mais ils auraient eu une belle vie. Lisette n'aurait jamais eu à faire face à l'horrible fardeau que représentait la perte d'un enfant. Malheureusement, Lila n'était partie vivre qu'à quelques heures de Denton. Elle avait trouvé un emploi de femme de ménage et travaillait chez Shannon et Christian Payne. Tous deux avaient une bonne situation : elle était chimiste chez Quarmark, une compagnie pharmaceutique, et lui était responsable marketing dans la même entreprise. Ils venaient d'avoir des jumelles. Lorsque Shannon s'était aperçue que Lila lui volait des bijoux, elle avait averti le patron de Lila, qui l'avait renvoyée. À cette époque, Lila n'avait qu'une ving-taine d'années, mais elle était déjà instable, sociopathe, et souffrait probablement d'un trouble de la personnalité. Pour se venger, elle avait mis le feu à la maison des Payne et enlevé l'une des jumelles alors âgées de trois semaines, abandonnant l'autre sur place.

Ce bébé kidnappé, c'était Josie.

La famille Payne pensait que leur deuxième fille avait péri dans l'incendie mais, en réalité, Lila l'avait emmenée avec elle à Denton. Un an après avoir quitté Eli Matson, elle était retournée le voir en lui racontant que Josie était sa fille. Eli n'avait eu aucune raison d'en douter. Les tests ADN n'étaient pas si courants à l'époque : impossible pour lui de vérifier qu'il était bien le père – et il n'avait d'ailleurs même pas pensé à le faire. Il avait accueilli Josie et l'avait aimée plus que tout au monde jusqu'à sa mort.

— Tu m'as aussi raconté que papa avait fréquenté quelqu'un d'autre après Lila, reprit Josie. C'était elle, c'est ça ?

— Oui. La mère de Sawyer. Elle s'appelait Deirdre Hayes. Ils ne sont sortis ensemble que quelques fois, mais ils s'aimaient vraiment beaucoup. Quand Lila est revenue à Denton avec toi et a dit à Eli que tu étais sa fille, il a coupé les ponts avec elle. Il te voulait toi. Il était tellement heureux d'être ton père. Il voulait tout faire pour que ça fonctionne avec Lila, pour t'offrir une vraie famille. Il ne savait pas à l'époque que c'était impossible.

— La mère de Sawyer... Pourquoi est-ce qu'elle n'a jamais rien dit ? Est-ce que papa lui-même était au courant ?

— Sa mère est décédée l'année dernière d'un cancer. Avant de mourir, elle lui a dit la vérité au sujet de son père. Toute sa vie, il a cru qu'il était mort. Ce qui était le cas, en réalité : vous avez tous les deux sensiblement le même âge, ce qui veut dire qu'Eli est mort quand il avait six ans. Elle avait voulu annoncer à Eli qu'elle était enceinte, mais elle était tombée sur Lila.

— Et Lila l'a menacée, devina Josie. Parce que Lila ne laisse personne se mettre en travers de son chemin quand elle veut quelque chose. Et à l'époque, ce qu'elle voulait, c'était Eli.

— Effectivement, confirma Lisette. De toute évidence, ça a suffi pour qu'elle n'essaie plus jamais de contacter Eli. Et puis il est parti.

— Et elle n'avait aucune envie d'avoir affaire à Lila.

— Non.

Josie prit sa tête entre ses mains.

— Mon Dieu...

Lisette laissa passer un instant, puis vint poser un bras sur l'épaule de Josie pour l'attirer contre elle.

— Josie, ça ne change rien pour nous, tu comprends ? Tu es toujours ma petite-fille. Tu le seras toujours. C'est juste que Sawyer... Il vient seulement d'apprendre la vérité, et je suis la dernière personne qui lui reste de sa famille paternelle.

Josie se releva, encore tremblante.

— Mamie, tu sais que je ne m'interposerai jamais entre toi et Sawyer. Si c'est la vérité, et qu'il est vraiment ton petit-fils, alors bien sûr que je... C'est...

Elle ne parvint pas à terminer sa phrase.

Lisette tendit de nouveau la main vers elle, mais Josie s'écarta. Elle était encore au bord des larmes. Une fois de plus, elle se demanda ce qui lui arrivait. Elle leva les mains face à elle, comme pour se défendre.

— J'ai juste... J'ai juste besoin de temps. De temps pour...

Pour quoi ? Que voulait-elle dire, exactement ? Elle n'avait aucun lien de sang avec Lisette. Elles avaient traversé tellement d'épreuves ensemble. Elles contre le monde entier. Pendant longtemps, Ray avait fait partie de ce petit groupe mais, la plupart du temps, c'était seulement Josie et Lisette. Désormais, il y avait quelqu'un d'autre. Un étranger qui pouvait légitimement prétendre à recevoir l'affection de Lisette, bien plus qu'elle.

Josie avait du mal à respirer. Elle fournit un effort colossal pour ordonner à son corps de bouger et se pencha vers Lisette pour l'embrasser.

— On se revoit bientôt, articula-t-elle. Il faut que je retourne travailler.

Avant que sa grand-mère ait pu dire quoi que ce soit, Josie sortit de la pièce, poursuivie par un parfum de fleurs.

39

Gretchen patientait dans la voiture en regardant son téléphone. Josie l'avait pratiquement rejointe lorsque, soudain, elle se plia en deux, les poumons en feu. La boule dans sa gorge paraissait si énorme qu'elle crut étouffer. Quelques secondes plus tard, elle entendit une portière claquer, puis Gretchen se matérialisa à ses côtés.

— Patronne ?

Josie leva une main pour lui faire signe de lui laisser le temps de reprendre son souffle. Mais elle n'y parvenait pas... Elle sentit alors la paume de Gretchen sur sa nuque. Lentement, elle se redressa, et sa collègue la conduisit vers la voiture. Après avoir récupéré les clés dans la poche de la veste de Josie et installé cette dernière côté passager, Gretchen prit le volant.

— Je ne poserai pas de question. Je n'ai pas besoin de savoir, à moins que tu aies envie que je sache.

— Merci, souffla Josie.

— Je vais changer de sujet, maintenant, annonça Gretchen.

Josie acquiesça et Gretchen lança la voiture à travers les rues de Denton épargnées par les inondations.

— La police de la ville où vit Floyd Urban a appelé le

commissariat pendant notre absence et a laissé un message. Je viens de les avoir au téléphone. D'après eux, la version de Floyd Urban est crédible. Ils ont interrogé plusieurs de ses proches. Personne ne savait qu'il avait une sœur. Aucun voisin ne se souvient de l'avoir vue, et l'un d'eux habite à côté depuis que Floyd a acheté la maison.

— Alors Floyd disait la vérité, dit Josie. Vera a menti en racontant qu'elle était allée chez lui pendant sa grossesse.

— Il semblerait, oui. Écoute, il est très tard. Je retourne au commissariat pour prendre ma voiture et emmener Poppy. Je pense que tu devrais rentrer chez toi. Un bon repas, une bonne nuit de sommeil. Demain, on se retrouve au boulot et on fait la liste des garages en activité dans le coin il y a trente ans. La piste est mince, mais on peut tenter de retrouver l'ami de Vera pour voir s'il sait quoi que ce soit qui pourrait nous aider à trouver le tueur. Ou les tueurs.

Josie hocha la tête.

— Ça ira pour rentrer chez toi ? Ou est-ce que tu préfères que j'appelle Noah ?

— Non, ce n'est pas la peine. Ça ira.

Josie conduisit jusque chez elle presque sans s'en rendre compte. Lorsqu'elle passa la porte d'entrée, elle fut immédiatement accueillie par deux chiens bondissants et un enfant très excité.

— JoJo ! lança Harris en courant vers elle.

Elle le prit dans ses bras et plongea le nez dans ses cheveux blonds tandis qu'il lui racontait tout ce qu'il avait vu ou fait aujourd'hui : les chiens qui se disputaient une balle de tennis ; le dernier épisode de *La Pat' Patrouille* ; l'aller-retour qu'ils avaient fait avec Misty pour apporter à manger au poste de commandement ; les cookies que Misty ne le laissait pas manger au petit déjeuner... La liste était encore longue, sans fin même, et Josie ne put s'empêcher de sourire comme elle le faisait toujours face à son innocence et sa passion débridée pour tout et n'importe quoi. Elle l'emmena dans la cuisine où sa mère préparait le dîner en se servant de casseroles et de poêles dont Josie ignorait l'existence même.

— Harris, laisse à JoJo quelques minutes pour arriver.

— Mais elle est déjà arrivée, répondit Harris.

— Ça va, ne t'inquiète pas, la rassura Josie en riant.

Elle s'installa à la table de la cuisine, Harris sur les genoux. Lorsqu'il en eut assez de lui raconter chaque détail de sa journée, il descendit et partit courir après Trout et Pepper.

— Noah m'a appelée, dit Misty.

Josie sortit son téléphone de sa poche. Cinq appels manqués de Noah.

— Lisette l'a contacté, poursuivit Misty. Il est coincé au boulot et il n'arrivait pas à te joindre.

Josie se massa les tempes.

— C'est quoi, ça ? Vous avez votre petit réseau, c'est ça ? Est-ce que quelqu'un d'autre a été prévenu que ma grand-mère avait découvert qu'elle avait un petit-fils qu'elle ne connaissait pas et qu'elle avait peur que je pète les plombs ?

— Ça t'est déjà arrivé, de péter les plombs, répliqua Misty avec un haussement d'épaules. Ça fait beaucoup à encaisser.

Elle coupa le feu sur la cuisinière et s'installa face à Josie, concentrant toute son attention sur le visage de celle-ci. Elle plongea ses yeux bleus dans ceux de Josie. Mal à l'aise sur sa chaise, l'inspectrice attendit le flot de questions compatissantes. Mais il ne vint pas.

— Tu as fait des recherches sur ce type ? finit par demander Misty.

Josie résista à l'envie de la serrer dans ses bras.

— Pas encore.

— Tu ne crois pas que tu devrais au moins faire ça pour passer à autre chose ?

— Tu me connais très bien.

— Je vais chercher l'ordinateur.

Josie avala un nouveau cachet d'ibuprofène et passa l'heure suivante à faire des recherches dans toutes les bases de données à sa disposition sur Deirdre et Sawyer Hayes. Tout correspondait. La nécrologie pour Deirdre datait de l'année précédente. Apparemment, elle avait quitté Denton peu de temps après la naissance de Sawyer. Josie se demanda ce que Lila avait bien pu lui dire pour qu'elle ressente le besoin de quitter la ville. Ils avaient vécu un long moment à Williamsport. Sawyer était allé à l'université d'État de Pennsylvanie, puis avait déménagé quelques fois avant de finir par s'installer tout près de Denton quelques années plus tôt et de trouver un emploi de secouriste dans le canton de Dalrymple.

— Il n'y a rien, lança Josie à Misty lorsque celle-ci posa une assiette bien remplie devant elle.

— Tu veux dire qu'il n'y a rien de suspect.

— Oui, c'est ça.

Le cliquetis de griffes de chiens sur le carrelage résonna depuis le vestibule. Puis Harris s'écria :

— Noah !

Quelques minutes plus tard, ce dernier entra dans la cuisine. Il jeta un coup d'œil alentour et fila droit vers la cuisinière pour se servir une assiette.

— Misty, dit-il. On a discuté, Josie et moi, et on aimerait que toi et Harris emménagiez ici de façon permanente.

— Tu sais, je ne cuisine pas si bien que ça, répondit Misty avec un petit rire. Mais merci.

— Crois-moi, articula Josie la bouche pleine, tu cuisines vraiment super bien.

Noah s'installa à table et commença à manger.

— Ou peut-être que c'est Josie qui cuisine vraiment super mal.

— Je me vexerais bien, répliqua celle-ci, mais il a raison. Et sa cuisine à lui est tout juste acceptable.

— Je me vexerais bien aussi, dit Noah en souriant, mais c'est la vérité.

Ils mangèrent en silence. Misty partit chercher Harris pour qu'il se joigne à eux. Noah posa alors sa fourchette et dévisagea Josie.

— Est-ce qu'on va en parler ?

Elle ne répondit pas.

— Josie.

Il n'enchaîna pas directement sur d'autres questions. Il savait ce qu'elle lui répondrait s'il lui demandait comment elle se sentait. Elle allait toujours bien. Mais il n'avait pas l'intention de la lâcher. Pas tant qu'elle n'aurait pas dit quelque chose. Il ne lâchait jamais rien avec elle. C'était parfois exaspérant, mais elle comprit cette fois le message qu'il voulait lui faire passer : il serait là pour elle, qu'elle le veuille ou non.

— Je suis encore un peu sous le choc, souffla Josie.

— J'imagine. Lisette voulait que je te dise que ça ne change rien.

*Bien sûr que si*, pensa Josie. *Ça change tout !* Voilà ce qu'elle avait envie de crier. Mais elle ne le fit pas. Ce qu'elle voulait plus que tout, c'était que cette conversation se termine, et elle savait qu'il n'y avait qu'une seule manière d'y parvenir. Elle adressa un faible sourire à Noah et lui dit :

— J'ai juste besoin d'un peu de temps, d'accord ?

Il lui sourit à son tour et hocha la tête.

— D'accord.

Le sommeil fut encore plus difficile à trouver que la nuit précédente. Tellement de choses tournaient dans sa tête qu'elle avait l'impression qu'elle allait exploser. Les questions au sujet de Lisette et de son nouveau petit-fils Sawyer fusaient. Mais il y avait aussi celles au sujet de l'affaire Urban. Beverly, Vera, le club des FURMI, la maire, Ray. Vera avait-elle vraiment été une sorte de dealeuse pour gens huppés ? Qu'est-ce que la maire cachait ? Qu'est-ce que Ray avait à voir avec tout ça, et comment Beverly s'était-elle retrouvée avec sa veste ? Pourquoi Vera s'était-elle cachée pendant toutes ces années si elle savait exactement qui avait tué sa propre fille ? Qui l'avait tuée, elle ? Était-ce la même personne que celle qui avait tué Beverly ? Était-ce lié à la drogue, ou y avait-il autre chose ?

Josie se leva avant tout le reste de la maisonnée. Elle laissa un mot à Noah et partit au travail. Elle fut surprise de trouver Gretchen à son bureau dans la grande salle, pianotant sur son clavier. Lorsque Josie se laissa tomber dans son fauteuil, sa collègue lui tendit un café dans un gobelet en carton.

— Est-ce que je t'ai déjà dit à quel point je chéris notre amitié ? demanda Josie.

Gretchen gloussa.

— L'un des gardiens des cellules en bas a laissé une enveloppe sur ton bureau.

Josie la récupéra au sommet d'une pile de paperasse. Elle glissa son doigt à l'intérieur pour l'ouvrir.

— Comment s'est passée ta première nuit avec Poppy ?

— Elle ne dort pas non plus, alors je pense qu'on va bien s'entendre.

Josie sortit une feuille blanche qui sentait la cigarette de l'enveloppe. Elle la déplia et découvrit une écriture étonnamment soignée.

*JoJo : son nom, c'est Silas. C'est tout ce que j'ai. Z.*

Josie sentit quelque chose céder en elle. Une tension à laquelle elle s'accrochait depuis tellement longtemps qu'elle ne se souvenait même pas quand cela avait commencé. Peut-être pendant son enfance. Pourquoi Needle avait-il choisi de l'aider, alors qu'il n'avait absolument rien à y gagner ? Son acte faisait remonter toutes sortes de choses à la surface. Josie réprima ces pensées et montra la note à Gretchen. Dix minutes plus tard, elles avaient une photo d'identité et un casier judiciaire pour

Silas Murphy, cinquante-cinq ans. Il était bien plus âgé sur sa photo de permis de conduire, mais c'était a priori le même homme que sur la photo avec Vera.

D'après son historique professionnel, il avait travaillé dans plusieurs garages locaux et s'était marié en 2000. Aucune trace d'un divorce.

Josie poursuivit ses recherches.

— Il n'a jamais acheté d'arme à feu légalement.

— Il n'en aurait pas eu le droit, répondit Gretchen. Pas avec un tel casier. Les archives sur les détenus montrent qu'il a purgé plusieurs peines pour détention de stupéfiants. Et tiens-toi bien : selon ce qui est écrit dans son dossier, il a un grand tatouage dans le dos. Un crâne.

L'adrénaline déferla dans les veines de Josie.

— Allons le chercher.

40

L'appartement de Silas Murphy était situé dans un immeuble de cinq étages dans l'Ouest de Denton. La zone était inondée, mais les quelques centimètres d'eau dans les rues n'atteignaient pas les habitations. Depuis que la pluie avait cessé, la police avait rouvert la route. Josie se gara devant l'immeuble de Silas, qui avait connu des jours meilleurs : sa façade en briques se désagrégeait par endroits, à tel point que des oiseaux venaient nicher dans des anfractuosités près des fenêtres. La double porte vitrée de l'entrée avait été réparée avec du contreplaqué et du ruban adhésif. De l'autre côté de cette porte se trouvait une petite pièce remplie de boîtes aux lettres cabossées, chacune portant le numéro d'un appartement. Celui de Silas était le 512, ce qui voulait dire qu'il vivait au cinquième étage.

— Il n'y a pas d'ascenseur, nota Gretchen en regardant autour d'elle.

— Évidemment... grommela Josie en secouant la tête.

Elles entreprirent de monter l'escalier. Heureusement que Josie allait souvent courir le matin avec Noah et Trout. Mais elle avait beau être en bonne forme physique, sa jambe lui faisait mal et elle sentit la sueur perler sur son front. L'air de la cage d'escalier était moite, écœurant. Le temps qu'elles arrivent au cinquième étage, le visage de Gretchen était trempé. Il faisait cinq ou six degrés de moins dans le couloir. Josie et Gretchen prirent un moment pour reprendre leur respiration avant de trouver l'appartement 512.

Josie frappa à la porte. Pas de réponse. Elles attendirent quelques minutes, frappèrent de nouveau. C'est alors qu'elles entendirent la porte de la cage d'escalier grincer derrière elles. Silas Murphy se tenait là, vêtu d'un t-shirt noir et d'un jean, un sac en plastique dans une main et ses clés dans l'autre.

— Silas Murphy ? demanda Gretchen.

L'homme lâcha son sac et ses clés et fila dans l'escalier. Josie poussa Gretchen et se lança à sa poursuite. Elle était la plus rapide, malgré ses points de suture. Elle dévala les marches quatre à quatre.

Lorsqu'elle arriva dans l'entrée, la double porte se refermait tout juste devant elle : elle gagnait du terrain. Silas traversa la rue inondée et se glissa dans une allée entre deux bâtiments – l'un condamné, l'autre en tous points similaire à l'immeuble où il habitait. Josie piqua un sprint et aperçut l'homme tourner à gauche, à l'arrière du bâtiment condamné. Elle déboucha sur un parking flanqué de deux murs en béton. Une benne à ordures était renversée dans une flaque profonde, là où l'eau n'avait pas pu s'évacuer. Silas fila vers la benne et sauta dessus. Il allait escalader le mur, comprit Josie.

— Arrêtez ! hurla-t-elle. Police !

La chaussure du fuyard glissa sur la benne et il tomba à quatre pattes. Il se redressa pour tenter d'atteindre le haut du mur, mais il était trop haut.

— Arrêtez, cria-t-elle de nouveau. Stop ! Police !

Il sauta tandis que Josie pataugeait dans une eau sale et graisseuse. Elle n'avait pas le temps de se soucier de ce qui traversait son pantalon et venait lécher sa plaie encore fraîche. Bondissant elle aussi sur la benne, elle se jeta sur Silas. Il tomba en avant, le souffle coupé, et elle resta couchée sur lui le temps de lui attacher les poignets.

— Laissez-moi, siffla-t-il après avoir repris sa respiration. J'ai rien fait !

Josie descendit de la benne à ordures et traîna Silas jusqu'à Gretchen, qui venait d'apparaître dans l'allée, pâle et essoufflée. L'homme se tourna alors vers Josie, les yeux étincelants.

— Vous êtes folle ou quoi ? J'ai rien fait. Enlevez-moi ce truc.

— Si vous n'avez rien fait, pourquoi fuir ? fit remarquer Gretchen.

— Je fais pas confiance aux flics, voilà pourquoi.

— J'ai consulté votre casier, monsieur Murphy, intervint Josie. Vous devriez savoir que la meilleure façon d'avoir des ennuis avec les flics, c'est de s'enfuir devant eux. Je ne crois pas vraiment à votre innocence, pour le coup.

Il laissa échapper un chapelet de jurons dans sa barbe avant de demander :

— Alors vous m'arrêtez ou pas ?

— Ça dépend : vous allez répondre à nos questions ? Gretchen.

— Ça dépend : c'est quoi, vos questions ? répliqua-t-il avec un rictus.

— Nous devons vous parler de Vera Urban, annonça Josie.

— Oh mon Dieu. Ça ? D'accord, d'accord. J'ai vu les infos, sa fille, tout ça. Mais j'ai pas vu Vera depuis pratiquement vingt ans. Je l'avais sur le dos tous les jours pour tout et n'importe quoi, elle me devait un paquet d'argent, et un jour elle a quitté la ville sans un mot.

— L'avez-vous recherchée ?

— Bien sûr. Je l'ai jamais trouvée.

— Vous avez dit qu'elle vous devait de l'argent. Pourquoi ?

Le visage de Silas se décomposa lorsqu'il comprit qu'il avait gaffé. En le voyant lever les yeux en l'air, Josie comprit qu'il était en train de chercher un mensonge convaincant et prit les devants.

— Ce n'est pas la peine d'inventer quelque chose. Nous ne sommes pas là pour votre trafic de drogue.

— Je deale pas.

Josie savait qu'il mentait mais, pour le moment, ça n'avait pas d'importance. Elles avaient besoin d'informations sur son passé.

— Silas, on se fiche de ça. On est là pour Vera Urban.

— Où étiez-vous avant-hier matin ? l'interrogea Gretchen.

Le regard de l'homme se porta soudain sur elle.

— Quoi ?

— Avant-hier matin, répéta Gretchen. À environ 7 heures. Où étiez-vous ?

— Pourquoi ?

— À votre avis ? rétorqua Josie.

— Je sais pas ce qui s'est passé ou ce que vous essayez de me foutre sur le dos, mais j'étais chez moi et je dormais.

— Quelqu'un pourra nous le confirmer ?

— Ben... Mon chien ? Il peut le confirmer. Pourquoi vous me demandez ça ?

— Redites-nous quand est-ce que vous avez vu Vera Urban pour la dernière fois, reprit Gretchen.

— Je sais pas. Il y a presque vingt ans. C'était... l'année où les Jays ont gagné le championnat.

Josie et Gretchen échangèrent un regard.

— Vous parlez des Blue Jays de Denton East ?

— Oui. Tout le monde suivait ça dans la ville. Vous vous en souvenez pas ?

— Je ne suis pas d'ici, répondit Gretchen.

— C'était un sacré truc. On n'a pas d'équipe professionnelle. Les gens étaient à fond. Enfin bref, c'était à peu près à ce moment-là. C'est la dernière fois que je l'ai vue.

— Depuis combien de temps connaissiez-vous Vera ?

— Je sais pas. Quasiment toute ma vie. On était dans la même école. Elle avait quelques années de plus, mais on se connaissait un peu.

— Silas, nous avons consulté votre casier judiciaire avant de venir. Nous savons que vous avez fait de multiples séjours en prison pour des affaires liées à la drogue. Alors je vais vous reposer la question : fournissiez-vous de la drogue à Vera ?

— Vous pouvez pas m'arrêter. C'est du off, hein ?

— Nous ne sommes pas journalistes, Silas, contra Gretchen. Mais nous ne sommes pas non plus intéressées par des affaires de trafic de drogue datant d'il y a des décennies. Tout ce que nous voulons, ce sont des informations.

— Très bien, j'ai peut-être aidé Vera à se fournir à l'époque, lâcha Silas d'un ton résigné avant de lever ses mains liées. Vous voulez bien enlever ça, maintenant ?

Ignorant sa demande, Josie poursuivit :

— Quel genre de drogues ?

— Des pilules. C'est tout ce qu'elle voulait. C'était même pas pour elle, si vous voulez tout savoir. Vera était pas comme ça. Pas à l'époque, je veux dire.

— Pour qui étaient ces pilules ?

— Elle bossait chez un coiffeur, avec plein de clientes bourrées de fric qui prenaient ça comme des bonbons. Vera était proche d'elles et aimait bien faire partie de leur petit groupe, je pense. Alors oui, je l'ai aidée.

— Et c'est tout ? le pressa Josie.

Elle laissa le silence s'installer entre eux jusqu'à ce que Silas devienne agité.

— Bon, très bien, explosa-t-il. Une d'elles aimait l'herbe et une autre était accro à la cocaïne. Et je dis bien accro. Elle aurait fait n'importe quoi.

— Comment savez-vous ça ? l'interrogea Josie. Je croyais que c'était Vera qui les fournissait.

Ses yeux s'écarquillèrent lorsqu'il comprit qu'une fois encore il en avait trop dit.

— Merde.

— Vous les avez rencontrées ? Les clientes de Vera ?

— Écoutez, j'ai rien fait de mal. Ces femmes, vous devez comprendre qu'elles s'emmerdaient. C'étaient des bourgeoises qui se faisaient chier.

— Vera vous a invité à leurs fêtes ?

— Pas au début mais, un soir, elles se sont retrouvées à court, alors Vera m'a appelé. Je suis allé dans une de leurs maisons de bourges, et elles m'ont pas laissé repartir.

— Elles ne vous ont pas laissé repartir ? répéta Gretchen.

— Elles m'ont sauté dessus. Leurs maris étaient des connards de riches, toujours en voyage, au golf ou à faire des trucs de connards de riches. Tout ce qui s'est passé... Elles le voulaient. C'est elles qui l'ont demandé.

— C'était consensuel, vous voulez dire ? précisa Josie.

— Oui, consensuel.

— Qu'est-ce qui était consensuel, exactement ? s'enquit Gretchen.

— Oh, sérieux... Vous allez m'obliger à le dire ? Vous savez bien de quoi je parle. Le sexe, d'accord ?

— Vous avez eu une aventure avec l'une d'elles ?

— Une aventure ? s'esclaffa Silas. Non. C'était pas ça. Elles avaient juste envie d'un mec pour s'amuser.

— « Elles » au pluriel ? releva Josie. De combien de femmes est-ce qu'on parle ? Vous avez couché avec tout le groupe ?

— Plus ou moins.

— Vous avez « plus ou moins » eu des relations sexuelles avec toutes ces femmes ?

— Il y en a deux qui ont flirté avec moi, mais quand c'est devenu... vraiment chaud, elles ont changé d'avis.

— Est-ce que vous vous souvenez du nom des femmes avec lesquelles vous avez effectivement couché ? insista Gretchen.

— C'était il y a longtemps, d'accord ?

— Et Vera, dit Josie. Est-ce que vous avez eu des relations sexuelles avec elle ?

— C'était une énorme erreur. J'aurais pas dû. Elle a toujours fait une fixette sur moi. On a été ensemble une ou deux fois, mais il fallait que je mette un terme à ça. C'était une vraie sangsue, et jalouse en plus. Il fallait que ça s'arrête. Elle voulait une vraie relation et tout. Se marier. Ça m'intéressait pas.

— Vous vous êtes pourtant marié, fit remarquer Gretchen. En 2000 ?

Il leva les yeux au ciel.

— C'était une connerie. Ça a duré deux ans et j'ai foutu cette connasse à la porte.

— Vous avez divorcé ?

— Oui, c'est elle qui s'est occupée de tout. Tout ce que j'ai eu à faire, c'est signer quelques papiers.

— D'après nos informations, poursuivit Josie, quatre femmes participaient régulièrement à ces fêtes avec Vera. Vous souvenez-vous de leur nom ?

— Je l'ai déjà dit, je me souviens pas des noms. C'était il y a... je sais pas, trente ans.

— Mais vous vous souvenez de quatre femmes ?

— Oui. Quatre.

— Parmi ces quatre femmes, avec combien avez-vous couché ? Deux ?

— Je crois, oui. Je veux dire, pas en même temps. Elles savaient pas l'une pour l'autre. Je crois pas. À moins qu'elles se soient parlé dans mon dos.

Était-ce cela qu'essayait de dissimuler la maire ? Une aventure avec un dealer de drogue alors qu'elle était mariée ?

— Vous savez que l'une de ces femmes est devenue maire de Denton, n'est-ce pas ? demanda Josie.

— Je me disais bien que c'était elle, oui.

— Avez-vous couché avec elle ?

Il s'empourpra.

— Pas sûr. Je m'en souviens pas vraiment. Il y a un soir où c'est devenu chaud entre nous, mais je me rappelle pas ce qui s'est passé. J'étais soûl, en général.

— Est-ce que vous avez déjà essayé de vous servir de ça contre la maire ?

— Comment ça ? Pour lui faire du chantage ? C'est pas comme si j'avais des preuves. Je suis même pas certain de ce qui s'est passé. Ce serait ma parole contre la sienne, et elle est maire.

Cependant, Josie savait que ce n'était pas la façon de faire de Tara Charleston. Silas Murphy était un problème, et Tara avait certainement dû trouver un moyen de le neutraliser.

— Elle n'est jamais venue vous voir ? Ne vous a jamais offert de vous aider d'une manière ou d'une autre en échange de votre silence ?

Il ne répondit rien.

Josie se tourna vers Gretchen.

— Tu as son casier judiciaire sur ton téléphone, par hasard ?

— Bien sûr, patronne.

Gretchen chercha le fichier sur son téléphone pendant un moment tandis que Silas les regardait, confus. Lisette et Sawyer Hayes menacèrent d'envahir les pensées de Josie, mais elle les repoussa. Enfin, Gretchen lui tendit son appareil.

Josie fit défiler le document.

— Silas, beaucoup des affaires qui vous concernaient ont été classées sans suite.

— Oui, des charges ont été abandonnées, et alors ?

— Pas abandonnées. Classées sans suite. Ça signifie que la procureure a choisi de ne pas vous poursuivre, pas que les charges ont été abandonnées. Vous pourriez encore être jugé pour tout ça.

— Attendez, quoi ? Non, non. Elles ont été abandonnées. C'est ce qu'elle a dit. Qu'elles seraient abandonnées. Oubliées.

— Elle ? répéta Josie en rendant son téléphone à Gretchen. Alors la maire vous a aidé ?

— Oh, allez... protesta Silas. Pourquoi vous me faites ça ? Oui, bon, la maire a plaidé en ma faveur de temps en temps auprès de la procureure. J'ai accepté qu'il se soit jamais rien passé entre nous et que c'était inutile d'en parler. Je comprends même pas pourquoi ça vous intéresse. Vous savez, on faisait rien d'horrible, moi, Vera, la maire et leurs amies. On passait juste un peu de bon temps. On était jeunes, la vingtaine, perchés et bourrés. On faisait la fête ensemble. Les gens font la fête à cet âge. Parfois je finissais dans une chambre avec l'une d'elles. Et il se passait des trucs. Rien de grave.

— Pendant combien de temps est-ce qu'il s'est « passé des trucs » ? l'interrogea Gretchen.

— Je sais pas. Jusqu'à ce que l'une d'elles parte en désintox. J'ai participé à une ou deux fêtes après ça, et c'était fini. Vera a arrêté. La cocaïnomane, je l'ai vue un peu plus longtemps. Elle a arrêté de passer par Vera et venait me voir directement. Ça a duré un paquet d'années mais, après, elle est morte.

— Nous sommes au courant, expliqua Josie. Pour résumer, vous fournissiez de la drogue pour ces « fêtes » qu'organisait votre amie Vera avec quelques clientes de son salon. Vous y participiez et avez fini par avoir des relations sexuelles avec certaines de ces femmes. Puis l'une d'elles est partie en cure de désintoxication et les fêtes ont cessé. Mais vous êtes resté en contact avec Vera.

— Oui, on était amis. Même si je la voyais plus vraiment une fois que les fêtes se sont arrêtées. Et puis elle est tombée enceinte. Je l'ai plus vue après ça.

Josie repensa à la photo que Beverly avait prise.

— Plus jamais ?

— Pas pendant longtemps. Sa gamine était grande quand elle est revenue me voir. Elle s'était fait mal au dos et elle avait besoin de trucs, alors je l'ai aidée.

— Vous l'avez aidée en lui fournissant des antidouleurs.

— Je l'ai aidée à avoir moins mal, corrigea-t-il.

— Est-ce que vous l'aidiez aussi pour d'autres choses ? demanda Gretchen.

— Du genre ?

— À vous de nous le dire.

— Je sais pas. J'imagine, oui. Je faisais le taxi, des trucs comme ça. Des fois, j'allais faire ses courses, acheter des cigarettes. Ce genre de choses. Elle était vraiment en sale état, et sa gamine faisait n'importe quoi. Vera avait du mal à la contrôler. C'était quelque chose, cette fille.

— Vous connaissiez bien Beverly ? embraya Josie.

— Pas tellement.

Lorsqu'il remarqua qu'elles le regardaient sans ciller, il se mit sur la défensive.

— Je suis pas un pervers, alors y pensez même pas. Elle était grande, mais trop jeune pour moi. En plus, c'était la fille de Vera ! Je joue pas à ce genre de choses.

— Vraiment ? insista Gretchen. Parce que nous avons des preuves que Beverly faisait une fixation sur vous.

— Ça, c'était pas mon problème. Cette gamine était folle. Elle s'intéressait pas vraiment à moi, d'ailleurs. Elle essayait juste de faire chier Vera. Je l'ai jamais encouragée là-dedans.

— Qu'est-ce que vous voulez dire, exactement ?

Silas souffla bruyamment, exaspéré.

— Je veux dire qu'elle flirtait avec moi dès que Vera était là pour le voir. Je la rembarrais à chaque fois. J'ai dit à Vera qu'elle faisait ça que quand elle était là, que c'était du bluff, que c'était pour l'énerver, mais elle me croyait pas. La gamine m'adressait même pas la parole quand sa mère était pas là. Elle voulait rendre Vera jalouse. J'allais certainement pas m'embarquer là-dedans. J'ai pas besoin de ça et, comme je vous l'ai dit, je suis pas un pervers. Je fricote pas avec les ados. C'est mal.

— Vous n'avez jamais eu de relation sexuelle avec Beverly Urban ?

— Bien sûr que non ! Et même si j'avais voulu, ce qui n'est pas le cas, Vera m'aurait étripé.

— Est-ce qu'il arrivait à Vera de parler du père de Beverly ?

— Pas au début. Et puis juste avant de disparaître, elle a essayé de me faire croire que c'était moi. Dingue, non ?

— Beverly était-elle votre fille ?

Silas regarda Josie, incrédule.

— Bien sûr que non. On a couché ensemble quelques fois, Vera et moi, mais je l'ai jamais mise enceinte.

— Comment le savez-vous ? intervint Gretchen.

— Parce que je le sais. Je sais compter.

— Vous vous souvenez précisément de la dernière fois que vous avez eu des relations sexuelles avec Vera ?

— Non, non. Je me souviens pas des dates et tout. Juste que quand elle me l'a dit, je savais que ça pouvait pas être moi.

— Accepteriez-vous de faire une analyse ADN ?

— Ça fait mal ?

— Non. C'est juste un prélèvement de salive.

— D'accord, alors, pas de souci, je m'en fous.

Gretchen sortit son bloc-notes et un crayon. Elle trouva une page blanche et griffonna quelques mots.

— Parfait. Deux officiers se présenteront à votre domicile pour vous faire le test. Essayez de ne pas vous enfuir en courant, cette fois.

— Ça veut dire que vous me laissez partir ?

Gretchen ignora sa question et continua :

— Savez-vous si Beverly voyait quelqu'un ?

— J'en sais rien. Écoutez, je sais que vous faites juste votre travail, à me poser toutes ces questions, mais je comprends pas ce que vous attendez de moi. On était amis, Vera et moi. Je lui ai fourni un peu de drogue au fil des ans, quand elle était au salon et faisait ces fêtes. Après, je l'ai pas vue pendant un long moment. Elle m'a recontacté après avoir été opérée du dos. Je lui ai évité de souffrir autant que je pouvais. Je l'ai aidée parce qu'on était amis, même si elle était en retard dans ses paiements. Et puis un jour, elle était plus là. Je l'ai plus jamais revue.

— Avez-vous une idée d'où elle aurait pu aller ? demanda Josie. Y avait-il quelqu'un qui aurait pu l'aider à déménager ? Lui offrir une aide financière ?

Silas éclata de rire.

— Une aide financière ? Vera devait de l'argent à tout le monde. C'était devenu un vrai problème à ce moment-là. J'ai toujours pensé que c'était pour ça qu'elle était partie. Je croyais qu'elle avait pris sa gamine et qu'elle avait trouvé un endroit pour se faire oublier.

— Lui connaissiez-vous d'autres amis ? le questionna Gretchen.

— Non, répondit-il en secouant la tête. Elle était très secrète. La dernière fois que je l'ai vue, sa seule vraie amie, c'était l'oxycodone. Bon, maintenant, vous allez me laisser partir ou pas ?

— Ça dépend. Accepteriez-vous de nous montrer le tatouage que vous avez dans le dos ?

Silas laissa échapper un soupir de frustration.

— C'est bon, vous voulez rien d'autre ? Une mèche de cheveux, peut-être ? Bordel... Bon, très bien. Vous voulez voir la marchandise, allez-y.

Josie le fit se retourner et souleva son t-shirt jusqu'à sa nuque.

— Ce n'est pas un crâne, nota Gretchen.

— Comment ça, c'est pas un crâne ? s'insurgea Silas. C'est un crâne de coyote ! Ça a pris deux mois pour dessiner ce truc.

Josie voulait bien le croire : le tatouage occupait tout le haut de son dos. Mais de toute évidence, Silas Murphy n'était pas l'homme marié qu'elles recherchaient.

— Vous pouvez partir, décida Josie, déçue.

41

— Tu penses qu'il dit la vérité ? demanda Gretchen sur le chemin du retour.

Obnubilée par sa blessure à la jambe qui la brûlait encore plus qu'avant, Josie ne répondit pas. Les points de suture avaient certainement lâché, même si le sang n'avait pas encore traversé son pantalon. Sans compter que l'eau sale qui avait pénétré la plaie pouvait provoquer une infection : elle devait nettoyer cela rapidement. La douleur avait au moins le mérite de la faire penser à autre chose qu'à sa grand-mère et à Sawyer Hayes. Elle avait réussi à réprimer ses pensées pendant l'interrogatoire de Silas Murphy mais, à l'instant où elles s'étaient réinstallées dans la voiture, tout lui était revenu.

— Tu disais ? demanda Josie.

— Silas, reprit Gretchen. Tu penses qu'il dit la vérité quand il assure qu'il n'a jamais entendu parler de Beverly et n'a pas revu Vera depuis des années ?

— Je pense, oui. Ça a été assez simple de le faire parler. Il a commencé par fuir mais, après, il nous a dévoilé tous ses secrets presque trop facilement.

— Oui, confirma Gretchen. Clairement pas le couteau le plus aiguisé du tiroir.

Josie pouffa.

— Il fait un peu naïf.

— Ou alors il se donne l'air naïf pour qu'on ne le perçoive pas comme un suspect potentiel. Il n'a pas d'alibi pour le jour où Vera a été tuée.

— C'est vrai, admit Josie, mais rien ne nous permet de le relier à ce meurtre. Je ne vois pas pour quelle raison il l'aurait tuée.

— À moins qu'il ait tué Beverly, que Vera l'ait vu, et que c'est pour ça qu'elle se cachait depuis tout ce temps. Dans son casier judiciaire, il est écrit qu'il fait un mètre quatre-vingt-cinq : c'est assez grand pour correspondre aux observations d'Anya. Même si, bien sûr, on devra attendre l'analyse balistique pour le confirmer.

— Mais quel serait son mobile ? Silas, c'est le genre de personne qui ne se soucie de rien d'autre que de sa prochaine paie, de sa prochaine cigarette ou de sa prochaine cuite. Il est un peu comme Needle, en fait. Ils vivent au jour le jour. Ils font en sorte de croiser le moins de monde possible, sauf quand ces gens veulent leur acheter de la drogue. La violence, ce n'est pas leur truc. Non pas qu'ils ne puissent pas être violents mais, étant donné le passé de Silas et les questions qu'on vient de lui poser, vraiment, je ne le vois pas tuer Beverly ou Vera.

Lorsqu'elles arrivèrent au commissariat, le parking était rempli de fourgons de WYEP. Une masse de journalistes plus compacte encore que le jour où le corps de Beverly avait été repêché se tenait devant la porte de derrière. En face des véhicules de la presse, deux voitures de patrouille, gyrophares allumés. Le chef Chitwood et Amber se tenaient juste devant ; le premier affichait un air suffisant et victorieux, quand la seconde paraissait terrifiée.

— Allons bon, souffla Josie tandis que Gretchen se garait sur la place la plus proche. Qu'est-ce qui se passe, encore ?

Les journalistes ne les remarquèrent même pas quand elles s'avancèrent vers le chef. Des agents en uniforme sortirent des véhicules et entreprirent d'en faire descendre les personnes arrêtées.

— Nom de Dieu... laissa échapper Gretchen en apercevant la maire et son mari, menottes aux poignets, émerger de la première voiture.

Constance Prather, elle aussi menottée, suivit. Dans l'autre voiture se trouvaient Marisol et deux hommes, dont l'un que Josie reconnut comme étant Kurt Dutton. Le chef les fit entrer dans le commissariat en file indienne. Quand la maire passa devant Amber, elle la fusilla du regard.

— Vous étiez au courant ? Hein ? Vous saviez ? Je vous préviens, si je découvre que vous étiez au courant et que vous ne m'avez rien dit, vous êtes virée.

— Fermez-la, Charleston, lui intima Chitwood sans se retourner. Vous n'allez pas la virer. Vous vouliez qu'on ait une attachée de presse, eh bien, on en a une. Alors... Watts ! Occupez-vous de la presse !

Il abandonna Amber devant un troupeau de journalistes. Josie et Gretchen la contournèrent pour pénétrer dans le bâtiment, où le chef faisait entrer les femmes dans une cellule de garde à vue et les hommes dans une autre. Tous, à l'exception de Constance Prather, demandaient à passer un coup de téléphone ou à contacter leur avocat, tout en hurlant que le chef n'avait pas le droit de les arrêter.

Ce dernier, les mains en l'air, attendait d'obtenir le silence.

— Je les connais très bien, vos droits. Vous aurez tous droit à un appel pour contacter vos avocats. Je vous demanderai juste d'attendre que nous ayons enregistré votre arrivée à tous.

— C'est une honte, hurla Tara Charleston. Votre carrière dans cette ville est terminée, Chitwood.

— Épargnez-moi vos menaces, rétorqua-t-il. Elles me passent complètement au-dessus de la tête.

Kurt Dutton s'approcha et enserra les barreaux de sa cellule de ses mains. Il parla d'une voix calme et raisonnable.

— Chef. Je comprends bien que vous avez voulu marquer le coup, et c'est réussi. Mais peut-être que nous pourrions régler cette affaire à l'amiable, sans impliquer nos avocats ?

— Kurt, intervint Tara, tu n'as pas vu tous les journalistes qui attendent dehors ? C'est trop tard ! Au minimum, on va devoir le poursuivre pour diffamation.

Assis sur l'une des banquettes de la cellule, le mari de Tara, vêtu d'une blouse blanche d'hôpital, déclara d'une voix lasse :

— Arrête, Tara, tu veux bien ? Laisse Kurt s'en occuper.

Le troisième homme, un blond trapu en costume, se leva pour s'approcher des barreaux à son tour.

— Connie ? appela-t-il. Ça va ?

Celle-ci ouvrit la bouche pour la première fois depuis leur arrivée au commissariat.

— Oui, ne t'inquiète pas, Joe.

Josie comprit qu'il s'agissait de son mari. Ce dernier se tourna vers Chitwood.

— Je suis curieux d'entendre votre réponse, chef. Que pouvons-nous faire pour que la situation ne dégénère pas plus ?

Le chef haussa un sourcil.

— Ça fait des jours que je me bats contre vous. Et maintenant, vous voulez discuter ? Vous êtes disposés à m'écouter ?

Kurt Dutton prit un air conciliateur.

— Écoutez, chef, je vous présente mes excuses. Il est possible que du matériel de la ville ait été... détourné.

Le chef pouffa.

— Nous vous devons des excuses pour avoir compliqué votre travail, poursuivit Dutton.

— En vous appropriant des ressources destinées à d'autres

zones de la ville, vous avez mis des vies en péril, fit remarquer Josie.

Le chef toisa ses prisonniers, attendant une explication. Constance Prather s'avança alors.

— Ce qu'on a fait était mal, OK ? C'est ça, que vous voulez entendre ?

— Non, répliqua le chef. Ce que je veux entendre, c'est que vous vous engagez à restituer l'intégralité des objets que vous avez volés aux services d'urgence.

— Et s'ils rendaient tout, hein, Kurt ? demanda le mari de Tara.

Dutton jeta un regard au chirurgien, mal à l'aise d'être spécifiquement mis en cause. Il se tourna finalement vers le chef.

— Ramenez-nous à Quail Hollow, et vos agents pourront s'assurer que tout le matériel soit rendu. Ça ne se reproduira plus, et nous pourrons oublier toute cette histoire.

Le chef le fixa un moment, puis Josie se rapprocha de lui et, en prenant soin de ne pas trop bouger les lèvres, parla si bas que lui seul pouvait l'entendre :

— On doit interroger leurs femmes au sujet de l'affaire Urban.

— Très bien, déclara le chef à l'intention de Dutton. Mais juste vous trois. Un véhicule de patrouille va vous ramener à Quail Hollow. Une fois que tout le matériel aura été restitué, vous pourrez venir récupérer vos femmes. Je vais demander aux services d'urgence de faire des rondes autour du lotissement ces prochains jours, au cas où il vous viendrait à l'idée de recommencer.

Des cris de protestation se firent entendre dans les deux cellules.

— Je n'ai pas terminé ! cria Chitwood, et le silence retomba. Vous serez également poursuivis.

— Vous plaisantez, j'espère ? fit Tara.

— Pour quel motif ? demanda Prather.

— Je trouverai ! Hors de question que vous vous en sortiez sans être inquiétés, c'est bien compris ?

— Je ne négocie pas avec vous, répliqua Tara.

— Ah, vous voulez la jouer comme ça ? Très bien. Alors vous allez tous rester ici, et vous irez appeler vos avocats chacun votre tour.

Il s'éloigna, Josie et Gretchen sur ses talons. Les autres agents regagnèrent leur bureau, l'un d'eux alluma l'ordinateur. Dans les cellules, tout le monde se mit à parler en même temps, de plus en plus fort, jusqu'à ce que le chef s'arrête. Il regarda par-dessus son épaule, imité par Josie. Le visage de Tara était rouge de rage.

— On paiera toutes les amendes que vous nous infligerez, dit Kurt Dutton. S'il vous plaît. On va régler ça à votre façon.

Josie devina à la manière dont Tara gardait les lèvres pincées qu'elle ne supportait pas de ne pas avoir le contrôle de la situation, mais elle garda le silence. Chitwood prolongea l'attente quelques longues secondes avant d'adresser un signe de tête aux agents.

— Bien, ramenez-moi ces messieurs à Quail Hollow.

Un soupir de soulagement se fit entendre au fond des deux cellules. Chitwood regagna l'étage tandis que Josie et Gretchen patientaient, le temps que les hommes soient raccompagnés dans les voitures. Elles entendirent la porte d'entrée s'ouvrir, le brouhaha des journalistes, la porte qui se refermait, et puis... le silence. Désormais seules avec les femmes, Josie et Gretchen prirent place devant la cellule. Tara était toute proche, les mains toujours serrées autour des barreaux. Constance et Marisol étaient assises sur les banquettes derrière elle ; Constance se balançant doucement d'avant en arrière, Marisol affalée avec un air blasé.

Josie se lança :

— Nous avons discuté avec un vieil ami à vous, aujourd'hui. Silas Murphy.

Constance leva brusquement la tête. Marisol se tourna lentement vers les policières, sans montrer la moindre surprise. Le rouge sur les joues de Tara s'étendit à l'ensemble de son visage.

— C'est tout de même curieux, ajouta Gretchen, qu'aucune d'entre vous n'ait mentionné son existence lors de nos discussions au sujet de Vera Urban et de ses addictions... enfin, de vos addictions, plutôt.

— Silas Murphy n'a rien à voir avec ça, lâcha Tara.

— Vraiment ? fit Josie. Vous n'avez pas parlé de lui parce qu'il n'a rien à voir avec ça ou parce que vous avez toutes eu des relations sexuelles avec cet homme alors que vous étiez mariées ?

Les trois femmes avaient maintenant les yeux écarquillés et rivés sur les policières. Après de longues secondes, Tara brisa le silence.

— Ne racontez pas n'importe quoi.

Constance se tourna vers Marisol.

— Tu as fait ça ?

Cette dernière fronça le nez.

— Bien sûr que non. C'était notre dealer. Je m'ennuyais avec Kurt, c'est vrai, mais pas à ce point non plus.

Constance baissa les yeux, mais Josie avait remarqué sa lèvre tremblotante.

— Et toi, Tara ? demanda-t-elle.

— Oh, Connie, sérieusement ! À ton avis ?

Celle-ci releva la tête et répondit :

— Je ne sais pas, c'est bien pour ça que je te pose la question. Tu as eu une aventure avec Silas ?

— C'était Whitney, les interrompit Marisol. Elle a eu une liaison avec lui. Ça a duré des années. Jusqu'à ce qu'elle meure.

Constance essuya une larme.

— Attends une minute, Connie, fit Marisol. Toi aussi ?

Tous les yeux étaient rivés sur elle.

— Je vous en supplie, ne dites rien à mon mari. Ce n'est arrivé que quelques fois. J'étais jeune et stupide. C'était avant que j'aie des enfants et que j'aille en cure de désintoxication. Je ne suis plus la même personne, ça fait bien longtemps que j'ai changé. C'était juste une erreur.

— Certaines personnes sont capables de dépasser leurs erreurs passées, dit Josie. D'autres passent leur vie à essayer de les dissimuler. Qu'en pensez-vous, Tara ?

Étouffant un juron, la maire se tourna vers Josie.

— Il ne s'est jamais rien passé entre Silas Murphy et moi, arrêtez avec vos sous-entendus.

— Vous êtes certaine de ne jamais avoir eu de relation sexuelle avec lui ? insista Gretchen.

Tara lâcha un long soupir et leva les mains en l'air.

— Oui, j'en suis certaine. Est-ce que j'étais attirée par lui ? Oui. Comme nous toutes. Il était jeune, mignon, et ne ressemblait en rien à nos vieux maris ennuyeux. Il participait à nos fêtes, et on le traitait comme un dieu. Rien d'étonnant à ce qu'il ait essayé de coucher avec nous toutes. Il m'a fait des avances, c'est vrai, et je l'ai repoussé. Mais quelqu'un comme lui pourrait facilement mentir à ce sujet. Je participais à nos petites fêtes, je prenais ses pilules, je buvais... J'avais peur qu'il aille raconter à tout le monde qu'on avait couché ensemble. J'étais bien consciente que j'étais la prochaine sur sa liste.

— Hé, réagit Constance. Ce n'est pas juste.

Marisol éclata de rire.

— Pas juste ? Vraiment ? Tu veux bien arrêter de te comporter comme si tu valais mieux que nous ? On y était, toutes ! On a toutes aimé ça. On adorait l'état dans lequel on se mettait lors de nos fêtes. On aimait l'idée de faire quelque chose de *mal*.

Elle prononça ce dernier mot en feignant l'excitation.

— C'est juste que certaines sont allées un peu trop loin, acheva-t-elle.

— Quand tu dis « certaines », tu parles de moi, c'est ça ? fit Constance. Tu penses que je suis allée trop loin.

Marisol haussa les épaules.

— Toi, Whitney, Vera.

Là encore, Constance sembla se décomposer.

— Vera ?

Marisol leva les yeux au ciel.

— Non, mais tu plaisantes, Connie ? Tu n'étais pas au courant ? Oui, Vera, évidemment, Vera ! Elle était amoureuse de ce type.

Tara plissa le nez.

— Vera n'a jamais su prendre les bonnes décisions.

— Alors que nous, oui... ironisa Marisol en pouffant.

— De toute évidence, oui, puisqu'on est ici et pas elle.

— Nous n'avons pas pris les meilleures décisions non plus, insista Marisol. Je ne sais pas si tu as remarqué, mais on est en prison.

— On est ici à cause de ton mari ! pesta Constance.

Marisol pointa l'index vers Tara.

— C'était son idée à elle ! C'est elle, la maire !

Afin que la conversation ne tourne pas au pugilat, Josie haussa la voix.

— Vera Urban a été assassinée il y a deux jours. La maire était au courant, mais l'information n'a pas encore été rendue publique.

Le silence fut soudain si total que Josie entendait le *tic-tac* de l'horloge au mur. Puis les questions fusèrent. Avant que Josie ait eu l'occasion de ramener le calme, son téléphone sonna. C'était Paige Rosetti. Elles étaient censées la retrouver chez elle une demi-heure plus tard pour appeler Lana, au cas où quelque chose d'intéressant lui serait revenu depuis leur dernière conversation.

— Excusez-moi, dit Josie en s'éloignant.

## 42

Gretchen resta pour répondre aux questions des épouses pendant que Josie faisait un détour par les toilettes pour nettoyer et panser sa plaie. Elle partit ensuite pour la maison de Paige Rosetti. L'eau redescendait lentement, ce qui l'obligea à emprunter plusieurs détours pour parvenir à destination. Seule dans sa voiture, elle monta le volume de la radio dans l'espoir de noyer ses pensées au sujet de Lisette et Sawyer.

Elle fut soulagée d'enfin arriver chez Paige. Celle-ci l'invita à la suivre dans la cuisine, où attendaient deux tasses de café. Elle lui en tendit une, et elles prirent place devant l'ordinateur. Le café était absolument parfait. Josie sentit ses épaules se détendre enfin. Curieusement, elle se sentait très à l'aise dans cette pièce lumineuse, en compagnie de Mme Rosetti.

Quelques minutes plus tard, Lana apparut à l'écran. Après avoir échangé quelques banalités, les deux femmes se turent, et Josie comprit qu'elles attendaient ses questions. Mais elle était incapable d'en formuler. Qu'est-ce qui lui arrivait, ces derniers temps ?

— Désolée, s'excusa-t-elle. Lana, vous êtes-vous souvenue de quoi que ce soit au sujet de Beverly qui pourrait nous aider ?

Lana secoua la tête.

— Non, pas vraiment. J'ai pris le temps d'y réfléchir, et je ne crois pas avoir plus d'infos. Tout ce que je sais, c'est que Beverly cherchait à attirer l'attention.

— C'est fort probable, confirma Josie. Ça expliquerait une bonne partie de son comportement.

Lana acquiesça.

— Beverly avait le sentiment que sa mère ne voulait pas vraiment d'elle. Ça a commencé au collège, un jour où elle l'a entendue parler d'elle au téléphone. Beverly n'a jamais su avec qui Vera discutait, mais elle disait des trucs du genre « j'ai pas signé pour ça » et « viens la récupérer, moi, je m'en sors plus avec elle ».

Josie serra ses deux mains autour de sa tasse.

— Est-ce que Beverly avait une idée de qui pouvait être au bout du fil ?

— Oui.

L'écran se figea un instant, puis Lana réapparut.

— Beverly était persuadée que c'était son père, mais Vera refusait d'évoquer ce coup de téléphone ou son père de manière générale. Après cet épisode, Beverly est devenue triste et colérique.

— Et ses problèmes de comportement ont empiré, dit Josie.

Elle sentit son cœur se serrer. Cette pauvre Beverly n'était qu'une enfant sur le point d'entrer dans une des phases les plus compliquées de la vie – l'adolescence – quand elle avait surpris sa mère en train d'avouer à quelqu'un qu'elle ne voulait plus d'elle. Mais personne n'était venu la récupérer. Et certainement pas une figure paternelle. Au lieu de cela, elle avait connu une mort atroce et avait été enterrée sous une maison avant de tomber dans l'oubli. Sa propre mère avait assisté à cette fin terrible, sans jamais aller raconter à la police ce qui était arrivé. La douleur dans la poitrine de Josie se mua en autre chose. De la détermination. Peu importe ce qu'il lui en coûterait, elle retrouverait la personne qui avait assassiné Beverly et s'assurerait qu'elle soit traduite en justice.

Paige intervint d'une voix douce :

— Je pense qu'il n'existe pas grand-chose de pire, pour un enfant, que de se sentir rejeté par ses propres parents.

— Vous avez raison, confirma Josie.

— Beverly en a énormément voulu à Vera, qui ne lui a jamais dit la vérité. Elle a vraiment tout fait pour que sa mère lui dise qui était son père, en vain.

— Est-ce que Beverly a déjà évoqué un homme du nom de Silas ? demanda Josie.

— Pas que je me souvienne, répondit Lana. Oh ! J'ai oublié de vous dire, je me suis rappelé qu'une des dernières fois où j'ai parlé à Beverly, elle était inquiète, perturbée par quelque chose. Je lui ai demandé ce qui se passait. Elle m'a répondu que Vera avait tout découvert ; qu'elle savait tout... sur le bébé, et qui était le père. Elle disait que Vera allait la tuer. Elle n'arrivait pas à comprendre comment elle avait pu découvrir l'identité du père. A priori, sa mère ne le connaissait pas. C'est tout ce dont je me souviens. Désolée.

Josie sourit.

— Vous avez déjà été d'une grande aide, merci.

Paige et Lana discutèrent encore quelques minutes pendant que Josie terminait son café, puis Paige la raccompagna à la porte.

— Je suis désolée de ne pas avoir pu vous aider plus que ça.

— Ne vous en faites pas. J'ai vraiment apprécié venir ici. Les derniers jours ont été difficiles. Vous et Lana êtes d'une agréable compagnie.

— Vous n'êtes pas obligée de partir, vous savez, reprit Paige. Vous pouvez rester encore un peu. Pour... parler, si vous en avez envie. Je sais plutôt bien écouter les autres.

Elle fit un geste en direction de l'autre côté de la maison, où Josie savait que se trouvait son cabinet.

— Ah, euh... Je ne suis pas... Je ne pense pas que ça m'aiderait.

— En général, c'est ce que disent les gens à qui ça ferait le plus de bien, insista Paige, un sourire chaleureux sur le visage.

— Ça me semble un peu déplacé, dit Josie. J'étais au lycée avec votre fille, et je suis ici dans le cadre d'une enquête...

Paige hocha la tête.

— Je comprends. Mais on pourrait se contenter de parler. Je peux commencer. Parfois, j'ai peur que Lana ne me croie pas quand je lui dis que je suis fière d'elle, car elle sait à quel point j'ai peur pour sa santé et pour sa sécurité. J'ai vraiment l'impression d'être une mauvaise mère. Je suis fière de ce qu'elle accomplit, mais j'aimerais qu'elle soit ici, plus proche de moi, pas à l'autre bout de la planète dans un pays du tiers-monde. Je sais bien que c'est égoïste, mais je n'arrive pas à m'en empêcher. Pourtant, je suis sincèrement fière d'elle. Je la trouve tellement incroyable.

— Est-ce que vous le lui avez dit ?

Paige éclata de rire.

— Bien sûr. On s'est disputées plein de fois à ce sujet. Elle ne croit plus un mot de ce que je lui dis, je pense. J'ai perdu toute crédibilité. Vous vous souvenez quand, au cours de votre adolescence, vous êtes passée par des phases où rien ne semblait aller ? Vous vous sentiez un peu bizarre, voire un peu moche, et puis votre mère...

— Ma grand-mère, corrigea rapidement Josie.

— Votre grand-mère, se reprit Paige. Peut-être qu'il lui arrivait de vous dire que vous étiez très jolie et absolument parfaite ? Est-ce que vous la croyiez ?

Effectivement, Lisette avait plusieurs fois employé de telles formulations, ainsi que bien d'autres. Ce qu'elle répétait le plus souvent lorsque Josie traversait ses pires périodes, c'était qu'elle était « extraordinaire ».

— Non, répondit Josie. Je n'y croyais pas une seconde. Mais je suis heureuse qu'elle m'ait dit tout ça.

Paige hocha la tête et regarda par terre en souriant. Josie ressentit soudain le besoin de briser le silence.

— Ma grand-mère m'a annoncé quelque chose hier, et je ne le vis pas très bien. Je n'ai pas envie d'en parler parce que...

— Parce que, alors, vous devrez vous confronter au problème, compléta Paige pour elle.

Josie acquiesça.

— Est-ce qu'elle va bien ? Votre grand-mère ?

— Oh, oui. Ce n'est pas un problème d'ordre médical. En fait, pour elle, c'est une super nouvelle.

— Mais pas pour vous ?

— Je ne sais pas. J'imagine que ce n'est pas négatif pour moi. Ça change juste certaines choses.

— En mal ?

Josie haussa les épaules.

— Je n'en sais rien. Je n'en sais vraiment rien.

— Le changement fait peur mais n'est pas nécessairement une mauvaise chose, vous savez, lui dit Paige.

*Ça le devient si on se retrouve jetée comme une vieille chaussette,* rétorqua une voix dans la tête de Josie. Elle ne répéta pas cette phrase tout haut. Elle n'en avait pas envie, mais elle se sentait un peu obligée de confier quelque chose à Paige, comme celle-ci venait de le faire avec elle. Et puis elle se sentait vraiment à l'aise avec cette femme. Peut-être était-ce parce qu'elle n'avait pas encore connaissance de tous les détails horribles liés à son passé. Ici et maintenant, en ce moment précis, Josie n'était rien de plus qu'une femme avec un problème, pas une personne brisée dont l'enfance n'avait été qu'une indicible torture.

— J'ai peur d'être... mise de côté, dit prudemment Josie. J'ai toujours été proche de ma grand-mère. C'était un peu nous deux face au reste du monde. Enfin, il y avait Ray, aussi.

— Votre petit ami du lycée ? demanda Paige. Je me souviens vous avoir entendue en parler avec Lana l'autre jour.

— Oui. Après l'université, on s'est mariés. Et puis il est mort. Ma grand-mère et moi avons surmonté tant de choses ensemble, y compris ce décès. Et maintenant, il y a ce...

Elle s'interrompit. Elle ne pouvait pas se résoudre à le dire à voix haute. Ça ne pouvait pas être vrai, si ? Avait-elle imaginé toute cette conversation ? Gretchen n'avait pas été là pour l'entendre. L'avait-elle rêvée ? Non. Lisette avait appelé Noah, l'avait mis au courant. Lui et Misty s'attendaient à une réaction explosive de la part de Josie qui, de son côté, ne parvenait toujours pas à assimiler la nouvelle.

— Quelqu'un a récemment pris contact avec elle pour lui annoncer qu'il était son petit-fils, dit-elle finalement. Personne n'avait jamais entendu parler de lui. Même lui ignorait l'existence de ma grand-mère jusqu'à il y a peu.

— C'est merveilleux qu'ils aient l'occasion de faire connaissance, commenta Paige.

— Oui, dit Josie.

Ses propres sentiments importaient peu : jamais elle n'empêcherait sa grand-mère d'être heureuse, surtout si ce bonheur lui était apporté par la découverte d'un nouveau membre de sa famille, elle qui en avait perdu tant. Josie se souvenait de sa joie quand elle-même avait eu la chance de retrouver sa famille biologique. Même si la situation la mettait mal à l'aise et qu'elle avait le sentiment qu'on allait lui voler sa grand-mère, il s'agissait bel et bien d'une chance inouïe pour Lisette et Sawyer. Josie en était convaincue au plus profond d'elle-même, et elle avait conscience qu'elle devrait surmonter ses réticences. L'essentiel, c'était Lisette et son bonheur.

— Mais vous avez peur de perdre votre place privilégiée maintenant qu'un deuxième petit-enfant a fait son apparition ? la relança Paige.

Josie éclata de rire.

— Ça paraît tellement ridicule. Je suis désolée. C'était une mauvaise idée.

Paige lui toucha le bras.

— Il n'y a rien de ridicule là-dedans.

Josie s'éloigna d'un pas.

— Bien sûr que si. Je ne suis plus une enfant. C'est totalement stupide. Je ne peux pas avoir peur que quelqu'un prenne ma place auprès de ma grand-mère. Je n'ai plus cinq ans !

Elle saisit la poignée et ouvrit la porte.

— Josie, la rappela Paige d'une voix ferme. Personne n'a dit que vous vous comportiez comme une enfant de cinq ans. Votre inquiétude au sujet de votre relation avec votre grand-mère est légitime. Oui, les choses vont changer, mais pas forcément en mal.

Josie sortit de la maison.

— Je suis désolée. Je n'aurais pas dû... Merci pour le café. Désolée, vraiment. Je dois y aller.

43

De retour au commissariat, Josie constata que les cellules étaient vides. Elle rejoignit ses collègues dans la grande salle.

— J'imagine que Chitwood a libéré les épouses ?

— Oui, confirma Noah. Les tensions avec les résidents de Quail Hollow se sont apaisées, même si la maire ne digère pas trop que toute l'affaire ait été relayée par la presse. Je suis sûre qu'elle va passer la nuit avec son équipe à chercher un moyen de s'en sortir la tête haute. Comment ça s'est passé avec Lana Rosetti ?

— Ça n'a rien donné, soupira Josie.

— Hummel n'a pas réussi à récupérer d'empreintes sur les douilles retrouvées à côté du bowling, mais il les a envoyées au laboratoire de la police d'État pour des analyses balistiques.

— Ce qui pourrait prendre des semaines, se lamenta Josie. Pour ne pas dire des mois, et, même après ça, on saura juste si Beverly et Vera ont été tuées avec la même arme. Ça ne va pas nous aider à découvrir l'identité du tueur. Je ne sais plus trop quoi faire pour trouver de nouvelles pistes.

— Tu as fait prélever l'ADN de Beverly et de son bébé, non ? Quelque chose pourrait en ressortir.

— Seulement si l'ADN du père est dans le système. Si ce n'est pas le cas, on n'aura pas avancé d'un iota. Tout ce qu'on sait, c'est que le père du bébé de Beverly était un homme marié avec une tête de mort tatouée dans le dos.

— S'il était marié, réagit Noah, on devrait commencer par chercher du côté des hommes adultes qu'aurait pu fréquenter Beverly. Ses professeurs, déjà ? Est-ce que tu te souviens si elle avait un petit boulot quand elle était au lycée ?

— Tu as raison. Effectivement, elle travaillait chez un glacier sur Aymar Avenue, mais ça a fermé il y a bien longtemps, ce n'est plus du tout le même magasin maintenant.

Josie récupéra son *yearbook* au milieu d'une pile de papiers sur son bureau.

— Je vais faire une liste des professeurs qui enseignaient à Denton East quand Beverly et moi y étions.

Elle feuilleta l'album et écarta d'emblée les professeurs de sexe masculin qui étaient célibataires à l'époque. Les cinq restants habitaient toujours dans les environs, et deux d'entre eux travaillaient encore au lycée. Josie passa quelques coups de téléphone pour les interroger, mais la plupart ne se souvenaient pas spécialement de Beverly : ils n'avaient repensé à elle que récemment en entendant parler de son meurtre à la télévision. Tous les cinq avaient un alibi pour celui de Vera.

Encore une impasse. Josie passa en revue tous les rapports, papiers et photos qu'ils avaient rassemblés au cours de leur enquête, espérant qu'un détail leur ayant jusque-là échappé lui saute aux yeux.

Gretchen reçut un appel du commissariat de Colbert : ils avaient interrogé les voisins d'Alice Adams ainsi que de nombreux gérants de boutiques. Beaucoup de monde la connaissait, mais personne n'était vraiment proche d'elle, et personne n'avait avoué l'avoir embauchée sans contrat de travail. C'était donc une nouvelle impasse.

— On passe à côté de quelque chose, dit Josie. Qu'est-ce qui nous échappe, bon sang ?

Avant que Gretchen ait pu répondre, Hummel débarqua dans la pièce, chargé d'une liasse de papiers.

— Hé, patronne, dit-il en se dirigeant vers elle. De nouveaux rapports. La plupart concernent les vêtements que portaient Beverly et Vera Urban au moment de leur mort. On a aussi fait analyser tous les objets que vous avez récupérés dans la chambre d'hôtel. On n'y a pas retrouvé d'autres empreintes que celles de Vera. Je suis désolé, je n'ai rien de plus pour le moment.

— Merci quand même, Hummel, dit Josie. Cette affaire n'est qu'une succession de fausses pistes, de toute façon.

Elle parcourut les rapports, et un nom familier attira son regard.

— Qu'est-ce que c'est que ça ?

Hummel se pencha pour lire par-dessus son épaule.

— Ça, c'est la liste des empreintes relevées sur la facture retrouvée dans la poche de la veste de Beverly Urban. Il y en a plusieurs que l'on n'a pas pu identifier, mais surtout les siennes, et aussi celles de Ray.

Josie fixa le nom de Ray écrit noir sur blanc dans le rapport. Son cœur tambourinait dans sa poitrine. Elle bégaya un « merci » afin que Hummel s'en aille. Elle sentit que tous ses collègues, Gretchen, Noah et Mettner, la regardaient.

*Ça n'a pas d'importance*, se dit-elle. Ça ne voulait rien dire. Qu'est-ce que ça pouvait faire, que les empreintes de Ray aient été retrouvées sur la facture du cabinet médical où Beverly avait eu rendez-vous peu de temps avant sa mort ? Peut-être qu'il y avait eu quelque chose entre eux. Peut-être qu'ils avaient entretenu une relation dans le dos de Josie. Peut-être que Ray était le père du bébé de Beverly. Cela expliquerait pourquoi elle portait sa veste. Lana avait dit que Beverly n'avait eu de relations sexuelles qu'avec un seul homme, mais son amie aurait très bien pu lui mentir. Pour autant, Josie ne parvenait pas à croire que Ray ait pu tuer Beverly, et il n'avait évidemment pas pu tuer Vera. Ces morts étaient liées à une autre histoire, à quelque chose d'autre. Quelque chose sans le moindre lien avec Ray.

Mais alors pourquoi est-ce que Josie avait le sentiment que son cœur était sur le point de jaillir de sa poitrine ?

Elle reposa le rapport sur son bureau et déclara :

— Je reviens, je vais aux toilettes.

Puis elle descendit l'escalier et sortit sur le parking. C'est à peine si elle remarqua les journalistes. Leurs cris furent noyés par le tambourinement des battements de son cœur qu'elle sentait jusque dans ses tempes. Sans même s'en rendre compte, elle s'installa au volant de sa voiture et démarra. Son téléphone bipa, mais elle l'ignora. Lorsqu'elle émergea de sa torpeur, elle était garée devant le premier *liquor store* qui avait croisé sa route. Ses jambes la portèrent jusqu'à la boutique. Une part d'elle-même cherchait à se faire entendre. La part qui s'était trouvée ensevelie sous l'avalanche d'émotions suscitées par l'annonce de Lisette, sa culpabilité d'avoir laissé Vera mourir, la terreur qu'elle avait ressentie quand elle avait cru se noyer, et enfin la possibilité que Ray ait pu lui mentir à l'époque où ils étaient tous les deux encore innocents et amoureux.

Son poing se referma autour du goulot d'une bouteille de Wild Turkey.

*Ne fais pas ça*, lui intima la voix étouffée de la part d'elle-même qui luttait pour refaire surface.

*Juste une petite gorgée*, rétorqua l'autre partie, celle qui avait désormais le contrôle total de son corps. C'était la voix de la panique, forte et désagréable, qui l'empêchait de garder la raison et ne cherchait qu'à apaiser les démons qui se rapprochaient toujours plus. Des démons qui étaient là depuis son enfance. Elle était persuadée de s'être débarrassée d'eux. Et pourtant, ils étaient bel et bien là.

— Vous payez comment, en carte ou en espèces ? demanda une voix masculine.

Josie leva les yeux vers le jeune homme à la caisse qui venait de déposer sa bouteille dans un sac.

— Non, répondit-elle.

Il lui offrit un sourire confus.

— Eh bien... Ce sont les seuls moyens de paiement que nous acceptons, alors...

— Je suis désolée, dit Josie. Je... Je dois y aller.

Elle retourna à sa voiture et ressortit en trombe du parking. Elle ne se rendit même pas compte de la direction qu'elle avait prise avant de franchir le portail du cimetière. Après s'être garée, elle slaloma entre les pierres tombales jusqu'à celle de Ray. Elle venait ici régulièrement depuis son décès, mais ce n'était pas arrivé ces derniers mois. Un bouquet de fleurs défraîchies reposait sur la tombe. Il avait certainement été déposé là par Misty, puisqu'elle lui rendait visite très souvent. Le sol était détrempé, après des semaines de pluie incessante, mais Josie s'assit tout de même. Elle ne savait pas trop pourquoi elle était venue. Au bout de cinq minutes, elle se rendit compte qu'elle ne se sentait toujours pas mieux.

— Ça n'a pas d'importance, murmura-t-elle en serrant les dents.

Elle devait se concentrer sur son travail. Elle laissait ce que lui avait appris Lisette et ses inquiétudes au sujet des erreurs de jeunesse de Ray interférer avec son quotidien. Que lui arrivait-il ?

Elle entendit la voix de Gretchen dans sa tête. *Quand on refoule trop longtemps un traumatisme, il finit par ressurgir de manière étrange, à des moments bizarres.*

Les yeux fermés, elle prit plusieurs profondes inspirations. Elle allait commencer par recouvrer son calme, reprendre le contrôle. Ensuite, elle rassemblerait toutes les pensées qui menaçaient de la submerger et les repousserait aussi loin que possible dans un petit recoin de son esprit. Elle allait passer à autre chose. Se remettre au boulot.

— Josie.

La voix de Noah la fit sursauter. Elle bondit sur ses pieds et frotta son jean pour en faire tomber la terre et l'herbe collées. Noah se tenait là, les mains enfoncées dans les poches de son pantalon.

— Qu'est-ce que tu fais ici ? demanda-t-elle.

Il se rapprocha jusqu'à ce qu'ils ne soient plus séparés que de quelques centimètres.

— Tu ne revenais pas. J'étais inquiet.

— Comment tu as su où j'étais ?

Il haussa les épaules.

— C'est ici que tu viens quand quelque chose t'a particulièrement touchée, surtout si c'est lié à ton passé. Étant donné que tu venais de lire le nom de Ray sur ce rapport, il n'était pas très compliqué de deviner où tu étais partie. Mais honnêtement, vu ce qui se passe avec Lisette en ce moment, j'aurais dans tous les cas parié que tu étais ici.

— Ça va, dit-elle. Je suis prête à me remettre au travail.

Elle ne parvint pas à dissimuler le tremblement dans sa voix.

— Mettons d'abord les choses à plat, dit-il. Il n'y a que toi, moi et Ray ici. Alors vas-y, dis ce que tu as à dire, et ensuite on retournera au commissariat.

Elle avait envie de le frapper.

— Pourquoi est-ce que je dois toujours avoir des choses à dire ?

Il sourit.

— Parce que c'est comme ça qu'on discute. Ça pourrait vraiment t'aider, tu sais.

— Je ne vois pas comment.

— Très bien. Alors contente-toi de parler juste pour t'entendre.

En dépit de la tension accumulée dans tout son corps, Josie éclata d'un rire qui se mua en un sanglot étranglé. Elle cacha sa bouche derrière sa main. Quand elle fut certaine qu'elle n'allait pas fondre en larmes, elle retira sa main.

— Je ne comprends pas ce qui cloche chez moi ces derniers temps. Je suis tellement sensible. Un rien me submerge...

— Tu viens de passer une semaine horrible, Josie. Notre ville est à moitié détruite. Tu as découvert un cadavre. On t'a tiré dessus. Tu as failli mourir noyée avec Vera Urban. Ajoute à ça ce que Lisette vient de t'apprendre... Ça commence à faire beaucoup.

— Mais ce que mamie m'a dit n'a pas d'importance, répliqua Josie. Même le fait qu'on ait retrouvé les empreintes de Ray sur cette facture et sa veste sur le dos de Beverly n'a pas d'importance.

— Comment ça, ça n'a pas d'importance ?

— Rien de tout ça ne devrait influer sur ma façon d'être ou mon travail.

— Et pourtant, c'est le cas. Mais ça semble logique que tu aies besoin de temps pour digérer des choses difficiles, comme une personne normale.

— Je ne suis pas normale, marmonna-t-elle.

— À cause de toutes les horreurs qui te sont arrivées ? demanda Noah.

— Pas seulement... Parce que je devrais être en train de traquer le meurtrier de Beverly Urban en ce moment même et que, à la place, je suis dans ce foutu cimetière où est enterré mon ex-mari, juste parce qu'il est possible qu'il m'ait trompée et ait mis Beverly enceinte quand on était au lycée. Mais... et alors ?

Josie se mit à faire les cent pas.

— Et alors ? répéta Noah. Imaginons que Ray ait fréquenté Beverly derrière ton dos, qu'ils aient couché ensemble et qu'il l'ait mise enceinte. Qu'est-ce que ça te fait ressentir ?

Josie se figea et leva les yeux au ciel.

— Pardon ? Tu viens de lire *La Psychologie pour les nuls*, c'est ça ? T'es sérieux ? Qu'est-ce que ça me fait *ressentir* ?

Comme il ne répondait pas et semblait déterminé à obtenir une réponse, elle lâcha :

— Ça me fait me sentir comme une merde. Ça me fait me sentir triste et seule, j'ai l'impression que toute ma vie n'a été qu'un mensonge.

— Toute ta vie ? la relança-t-il.

Elle secoua la tête, comme si cela pouvait tout effacer.

— Noah, rien n'a jamais été vrai dans ma vie. Ma mère n'était pas vraiment ma mère. Mon père n'était pas vraiment mon père. Il ne s'est pas vraiment suicidé. Ma grand-mère n'était pas vraiment ma grand-mère. Même mon prénom n'était pas Josie. Tu ne comprends pas ? La seule chose à laquelle je pouvais me raccrocher, la seule chose vraie et cohérente dans ma vie, c'était Ray. Depuis que j'ai neuf ans, il a été...

Elle hésita, cherchant la métaphore adéquate.

— Mon... mon ancre. Ma... Oh, c'est ridicule...

— Il était la constante dans ta vie, compléta Noah.

— Oui, confirma-t-elle, soulagée qu'il semble comprendre. Il était la seule personne à savoir tout ce qui m'était arrivé et à m'aimer malgré tout. Même ma grand-mère n'était pas au courant de tout ce qu'avait pu me faire Lila. Ray a toujours été à mes côtés. Il m'a aidée à garder la tête froide, à maintenir le cap. Il m'a aidée à croire que je valais quelque chose. Je sais que, plus tard, il a perdu tout honneur, c'est devenu un alcoolique doublé d'un menteur, mais moi je te parle du garçon dont j'étais amoureuse, pas de l'homme que j'ai épousé. Si tout ça était faux, si déjà à l'époque il n'était pas celui qu'il prétendait être, qu'est-ce que ça dit de moi ?

— Rien. Ça ne dit rien de toi.

Les larmes menaçaient de couler, et elle les refoula tant bien que mal.

— Tu te trompes, insista-t-elle. Si la personne qui m'a aimée dans la pire période de ma vie ne m'aimait pas vraiment... S'il m'a menti là-dessus, qu'est-ce que ça veut dire ? Comment je pourrais... comment je pourrais être...

Elle était incapable de terminer cette phrase.

Noah s'avança d'un pas et posa les mains sur ses épaules.

— Josie. Tu étais une enfant.

— Mais si la meilleure partie de mon enfance n'était elle aussi qu'un mensonge, qu'est-ce que ça veut dire ? Si ma relation avec Ray, que je voyais comme la seule chose authentique dans ma vie, la seule base solide, puisque je n'avais rien d'autre, ne l'était finalement pas, alors qu'est-ce que ça signifie pour moi ? Qui est-ce que je suis, bon sang ?

— Tu es Josie Quinn, répondit simplement Noah. Et personne ne peut changer ça. Ni Ray, ni Lisette, ni ta famille biologique, ni moi, ni personne. Les fondations, ça se construit, Josie. Ça se renforce avec le temps. Ray y a participé de la même manière que ta grand-mère, en étant à tes côtés, en t'encourageant, en t'aimant, et en te soutenant alors que tout le reste de ta vie était horrible. Cette fondation dont tu parles, cette base... C'est toi. Rien que toi.

— Comment tu le sais ? Comment tu... Comment tu peux m'aimer ? Tu ne sais même pas qui je suis. Moi-même, je ne sais pas qui je suis !

Il sourit de nouveau et, d'une main, il remonta son menton pour qu'elle le regarde dans les yeux.

— Je sais exactement qui tu es. Toutes les personnes qui t'aiment savent qui tu es. Tu es la femme qui m'a tiré dessus en essayant de sauver une jeune adolescente qui avait désespérément besoin d'aide.

Elle détourna le regard.

— Je préférerais éviter de reparler de ça. Je me sens encore suffisamment coupable.

— Tu ne devrais pas, la rassura-t-il en posant sa paume

contre sa joue pour que leurs regards se croisent. Tu es la meilleure amie de la copine de Ray, quelqu'un que tu détestais auparavant. Tu es la tante JoJo de Harris. Tu es la femme qui a sauvé un bébé de la noyade dans un fleuve, qui a sauté dans une voiture en feu pour en extirper le seul homme possédant des informations sur deux personnes portées disparues. Tu es la personne qui a résolu le meurtre de ma mère. Tu es la femme qui en a aidé une autre à accoucher sur la banquette arrière de ta voiture en plein orage. Tu fonces toujours tête baissée vers le danger, Josie. À chaque fois. Tu n'hésites jamais. Alors, qu'est-ce que ça fait de toi ? Je sais ce que ça fait de toi à mes yeux, mais tu es la seule à pouvoir dire ce que ça fait de toi à tes propres yeux. Ce que je veux dire par là, c'est que rien que tu puisses découvrir sur ton passé ne pourra jamais y changer quoi que ce soit.

Elle se jeta dans ses bras, pressant son visage contre son torse. Son odeur familière aida son cœur à reprendre un rythme normal.

— Merci, bafouilla-t-elle. Mais je préférerais quand même en avoir le cœur net concernant Ray et Beverly.

Noah déposa un baiser sur son front. Après quelques instants, il dit :

— Tu sais, on pourrait demander à Misty de faire faire un test ADN sur Harris. Bon, en même temps, on pourrait aussi directement s'adresser à Mme Quinn. Tu penses qu'elle accepterait de faire comparer son ADN à celui du bébé de Beverly ?

— Sans doute, dit Josie. Mais peut-être que je suis juste... Je ne sais pas. Je n'aurais jamais cru Ray capable de coucher avec Beverly. C'était vraiment quelqu'un de bien à l'époque. Il était encore innocent. On était tellement amoureux, ce genre d'amour fou débordant d'hormones que seuls les adolescents peuvent ressentir. On avait plein de projets idiots. L'été avant notre dernière année de lycée, on prévoyait de partir en *road trip* jusqu'à la mer et de passer une semaine là-bas. On avait établi une liste d'endroits qu'on voulait visiter sur la route. C'était tellement ridicule, d'autant qu'on n'avait pas d'argent. Mais Ray voulait faire ça pour moi, et il s'en est donné les moyens. Il avait trouvé un petit boulot sur un chantier, je ne le voyais quasiment plus. Il embauchait à 6 heures le matin et, à la fin de la journée, il tombait de fatigue... Ils construisaient un immeuble de bureaux... Oh, mon Dieu.

Elle s'écarta de Noah, et ce dernier la regarda sans comprendre.

— Qu'est-ce qui se passe ?

— C'est pas vrai... souffla-t-elle. J'ai compris. J'ai compris pourquoi Beverly portait la veste de Ray et pourquoi il y avait ses empreintes sur la facture de la clinique Wellspring.

## 44

2004

Ray et Josie s'étaient retrouvés devant le chantier. Le bâtiment possédait désormais des murs et des fenêtres : il ne ressemblait plus à un genre de Meccano géant. Le bruit qui en émanait était toujours constant, mais moins assourdissant. Josie regrettait de ne pas avoir apporté ses lunettes de soleil. La chaleur du mois de juillet était étouffante. Elle n'arrivait pas à comprendre comment Ray pouvait passer ses journées à travailler dans une telle fournaise.

— On va encore attendre longtemps ? lui demanda-t-elle.

Il jeta un œil à sa montre.

— Il ne devrait pas tarder. Il a dit qu'il passerait faire une visite du chantier vers midi.

— Tu n'es même pas sûr qu'il vienne. Ces types friqués font pas mal de promesses en l'air. On perd notre temps.

— Mais non, insista Ray. Je t'assure, le gars est vraiment sympa. C'était l'un des sponsors de l'équipe. Il était là le jour du dernier match. Tu ne te souviens pas, quand on a pris toutes ces photos ?

— Si, mais je n'ai pas rencontré ces types, répondit Josie.

— Pas grave. Je lui ai beaucoup parlé de toi. C'est lui qui m'a demandé de t'inviter aujourd'hui. Il est à la tête d'une fondation, un truc comme ça, et ils offrent des bourses d'études à des filles. Enfin, je veux dire, à des jeunes femmes.

— C'est tout ? s'étonna Josie. Il suffit d'être une femme ?

Ray haussa vaguement les épaules et rajusta sa ceinture à outils autour de sa taille.

— Ben, j'imagine qu'il faut aussi faire des études dans un domaine précis. Un truc dans les sciences, quoi. Ou l'informatique. La technologie.

— Je veux faire de la justice pénale, Ray. Ça n'a absolument rien à voir.

— Allez, Jo. Discute avec lui. Même si tu ne coches pas toutes les cases, ça vaut la peine d'essayer.

Deux grosses gouttes de sueur dévalèrent le dos de Josie avant d'être aspirées par son t-shirt.

— Encore dix minutes, décida-t-elle. De toute façon, après ça, je dégoulinerai tellement de transpiration qu'il refusera de me serrer la main.

Ray renfonça son casque de chantier sur sa tête pour être moins ébloui par le soleil et parcourut la rue du regard.

— Ah ! le voilà.

Deux hommes arrivaient de l'ancien théâtre. Tous deux portaient un costume malgré la chaleur estivale. Quand ils approchèrent, Josie les reconnut : elle les avait aperçus le jour du grand match. L'un d'eux portait des lunettes, et l'autre était l'homme qui l'avait bousculée. Celui qu'elle avait inscrit sur sa liste de pervers. M. Bronzé-Musclé. Elle s'apprêtait à dire à Ray que tout cela ne lui plaisait pas, mais ce dernier marchait déjà vers les deux hommes, la main tendue. Celui avec des lunettes la lui serra.

— Bonjour, Ray.

— Monsieur Prather, dit-il. Ravi de vous voir.

## 45

Noah suivit Josie jusqu'aux services de l'urbanisme. Comme il s'y était rendu récemment, il put l'aider à trouver assez rapidement ce qu'elle cherchait. Malgré tout, cela lui prit plus d'une heure. Josie passa tout ce temps sur son téléphone à récupérer les autres éléments dont elle aurait besoin pour présenter sa théorie à son équipe. De retour au commissariat, Gretchen, Mettner et le chef les attendaient. Et, dans un coin, Amber les observait.

Tout le monde était assis à son bureau, sauf le chef qui était resté debout derrière Josie, les bras croisés.

— Qu'est-ce que vous avez trouvé, Quinn ? demanda-t-il.

Josie étala sur son bureau une carte du quartier d'affaires de Denton. Elle pointa du doigt Aymar Avenue, située à seulement quelques rues de là, et actuellement toujours sous l'eau.

— Ici, dit-elle. À cet angle se trouve le Theater Ensemble Playhouse de Denton. Cette salle de spectacle a toujours existé, elle était déjà là avant ma naissance.

— Et alors ? dit Chitwood.

— Vous n'êtes pas d'ici, vous ne pouvez pas connaître le contexte, répondit Josie. Il s'agit d'un bâtiment historique.

Avant, les lieux étaient gérés par diverses compagnies de théâtre mais, quand elles ont fait faillite, l'université a pris le relais. Maintenant, la salle ne sert qu'aux étudiants et à d'éventuelles conférences.

Josie désigna le bâtiment juste en face.

— Ici, c'est aujourd'hui une pizzeria, mais, avant, c'était une boutique de crèmes glacées où travaillait Beverly Urban entre 2003 et 2004, ce qui correspond à mon année de première au lycée, et donc à celle de Ray et Beverly également. Cette même année, le théâtre était en travaux.

Chitwood l'encouragea d'un geste à poursuivre.

Josie fit glisser son doigt le long d'Aymar Avenue.

— Là, à l'angle d'Aymar Avenue et de Stockton Street, se trouve un immeuble de bureaux, où siège entre autres l'entreprise de logiciels informatiques de Joe Prather. C'est aussi l'adresse de la fondation Prather. La construction de ce bâtiment a débuté six mois après le démarrage du projet de réhabilitation du théâtre, au printemps 2004. Ray avait été embauché sur le chantier pendant l'été. Et ici...

Elle plaça le doigt sur un petit carré situé juste en face du bâtiment.

— C'était la clinique Wellspring.

Chitwood semblait trouver ce monologue très ennuyeux.

Gretchen intervint :

— Beverly travaillait à quelques rues du cabinet médical et du chantier sur lequel avait été embauché Ray, l'été où elle a été tuée.

— Et les Prather se sont installés dans ce bâtiment juste après sa construction, ajouta Mettner. C'est une drôle de coïncidence.

— Pas vraiment, dit Josie. Devinez qui était responsable de la réhabilitation du théâtre ainsi que de la construction de cet immeuble de bureaux ?

Ils la regardèrent, interdits.

— Dutton Enterprises, révéla Josie. J'ai vérifié. C'est inscrit noir sur blanc sur les permis de construire et sur le cadastre. Kurt Dutton a toujours été dans l'immobilier commercial. Les Dutton sont les voisins et amis des Prather depuis des dizaines d'années, ça semble donc logique que ces derniers aient choisi de passer par l'entreprise de Kurt Dutton pour louer des bureaux.

— Et puis... il y a ça, compléta Noah en brandissant des documents qu'il avait imprimés avant leur réunion.

Il tendit une page devant lui pour que chacun puisse lire. Il s'agissait d'un article du *Denton Tribune* en date du 3 septembre 2003, titré : « Dutton Enterprises réhabilite le théâtre historique de la ville. »

— Donnez-nous les grandes lignes, Fraley, dit Chitwood.

Noah lut rapidement puis résuma l'article pour ses collègues :

— En gros, le théâtre a changé de mains à plusieurs reprises depuis cent quinze ans qu'il est là. Dutton Enterprises l'a racheté pour une bouchée de pain. Kurt a promis de le restaurer et a œuvré conjointement avec les services de l'urbanisme pour que le bâtiment soit inscrit à l'inventaire des monuments historiques de la ville. Il souhaitait le rénover totalement, ce qui prendrait environ un an, afin de lui « rendre sa gloire passée ». À la fin de l'article, il dit, je cite : « Je viendrai en personne sur le chantier quotidiennement, jusqu'à ce que ce projet aboutisse. C'est un tel honneur de participer à la remise en valeur d'un bâtiment si cher aux habitants de Denton. » Il y a aussi une photo.

Josie plissa les yeux pour mieux voir. Le cliché montrait Kurt Dutton ainsi que plusieurs élus de la mairie devant le théâtre, alors en ruine. Dutton avait vraiment fière allure, il ressemblait bien à l'homme qu'elle se souvenait avoir rencontré derrière les tribunes le jour de ce match de base-ball. À présent qu'il était entré dans la soixantaine, il était méconnaissable. Jamais Josie n'aurait imaginé que l'homme qui avait négocié en douceur avec le chef depuis sa cellule ait pu être le même que celui qui avait eu les mains baladeuses avant le début du match de championnat.

— Donc, reprit Gretchen, pendant son année de première, Beverly Urban travaillait dans une boutique située juste en face du théâtre en cours de réhabilitation sous la supervision directe de Kurt Dutton.

— Exactement, confirma Josie.

Gretchen continua :

— Et l'été suivant, Ray a été embauché sur un chantier juste en face de la clinique Wellspring, là où Beverly a très probablement fait confirmer sa grossesse.

— Oui, dit Josie. Je pense que c'est ce jour-là qu'elle a récupéré la veste de Ray et qu'il a mis ses empreintes sur la facture. Ray a dû l'apercevoir dans la rue ou quand elle est sortie du cabinet médical. Elle était sans doute bouleversée. Et Ray était incapable de ne pas intervenir face à une jeune femme vulnérable et bouleversée. Il avait passé son enfance à réconforter sa mère chaque fois que son père la battait. Et même quand son père a fini par partir, il est demeuré très protecteur vis-à-vis d'elle.

— Mais Ray était aussi extrêmement protecteur vis-à-vis de toi, fit remarquer Noah. Et Beverly était ton ennemie.

— Je sais, admit Josie. Mais admettons qu'il ait vu Beverly ressortir du cabinet en pleurs : il aura forcément tenté de l'aider ou de la réconforter. Je sais que c'est ce qu'il aurait fait.

— Donc, résuma Gretchen. Ray la voit, va la rejoindre et la réconforte. Il lui donne sa veste. C'est pour cette raison qu'il n'a jamais dit la vérité à ce sujet : il n'a jamais pu la récupérer et, comme tout le monde au lycée, il en a conclu qu'elle avait déménagé en emportant la veste dans ses cartons.

Josie hocha la tête.

— En plus, Ray savait qu'elle avait le béguin pour lui. Ça ne l'aura donc pas surpris qu'elle ait quitté la ville avec sa veste adorée. Il ne m'en aurait jamais parlé à l'époque, parce qu'il savait que je lui aurais fait un scandale.

— Très bien, dit Mettner. Le rôle de Ray dans l'affaire est désormais clair. Ça semble cohérent et, si on se trompe, les résultats du test ADN du bébé de Beverly nous le diront. Si on a vu juste, alors il est certain que Ray ne l'a pas tuée. Quelle est la pièce finale du puzzle ?

— Kurt Dutton, dit Josie. Lui et Beverly avaient une aventure. C'était lui, le père du bébé. Ça aurait posé un certain nombre de problèmes, à commencer par le fait que Vera connaissait la femme de Dutton.

— Comment êtes-vous passée de Beverly qui vend des glaces dans la même rue que Dutton à Dutton qui la met enceinte ? demanda Chitwood.

— Grâce à ça.

Josie disposa une nouvelle feuille sur le bureau. Il s'agissait d'une photo tirée du profil Facebook de Marisol Dutton. Elle avait été publiée il y a près de dix ans, mais ça n'avait aucune importance. Le cliché montrait tout ce qu'ils avaient besoin de savoir. On y voyait Kurt Dutton debout sur la plage, de dos, devant un coucher de soleil. Il souriait, un verre à la main, à demi retourné pour regarder vers l'objectif. Sur son omoplate gauche était tatouée une tête de mort. Marisol avait légendé son post ainsi : « Le paradis. » Josie plaça la photo qu'ils avaient trouvée parmi les possessions de Beverly à côté, pour les comparer.

Mettner laissa échapper un sifflement.

— Pas possible...

— OK, OK, dit Chitwood. Nous avons un lien solide entre Beverly et Kurt Dutton. J'imagine qu'un avocat de la défense pourrait répliquer que, sur la photo de Beverly, on ne voit pas le visage de la personne et que rien ne prouve donc qu'il s'agit de

Dutton, mais on laissera les avocats se débrouiller lors du procès.

— Et Vera ? demanda Gretchen. Quel est son rôle dans tout ça ?

— Peut-être qu'elle l'a vu tuer Beverly ? tenta Noah. Et qu'ensuite, elle a disparu de peur qu'il la tue elle aussi. Puis, quand le corps de Beverly a ressurgi, elle est revenue à Denton, et c'est là qu'il l'a tuée.

Gretchen secoua la tête.

— Ça ne colle pas entièrement. Si Vera a assisté au meurtre, pourquoi ne pas l'avoir dénoncé à la police ? On parle quand même de sa fille !

— Dutton était un homme riche et puissant et, à l'époque, il était déjà sur la liste pour être conseiller municipal, déclara Noah.

— Puissant, certes, mais pas tant que ça, contra Gretchen. Elle aurait pu le faire arrêter facilement. Il nous manque un élément. De plus, il a un alibi pour le jour où on a tiré sur Vera. Quand on a interrogé Constance et Marisol, j'ai passé quelques coups de fil pour confirmer leurs alibis : elles étaient toutes les deux chez elles avec leurs maris.

— Marisol pourrait avoir menti pour couvrir son mari, suggéra Mettner.

— Ou alors, elle a fait la grasse matinée ce matin-là et n'a même pas remarqué qu'il s'était éclipsé, ajouta Josie. Et si elle avait beaucoup bu la veille ? Ça aurait laissé à Kurt la possibilité de faire l'aller-retour avant qu'elle se réveille. C'est un bon début. On a aussi vérifié les archives d'achats d'armes à feu au nom de Dutton. Il a acheté un pistolet 9 millimètres en 2000.

— C'est amplement suffisant pour justifier une grosse discussion avec lui, approuva le chef Chitwood. Faites ça. Demain. Demandez-lui de venir. Deux d'entre vous resteront au commissariat pour l'interroger pendant que les deux autres se rendront chez lui avec un mandat pour le flingue. Ce sera déjà un bon point de départ.

46

Le lendemain matin, Josie et Noah patientaient dans leur voiture devant le portail d'entrée de Quail Hollow. Il n'y avait plus ni manifestants ni résidents pour leur tenir tête. Josie buvait son café pendant que Noah regardait son téléphone.

— Dutton avait rendez-vous au commissariat il y a dix minutes.

— Il est en retard, dit Josie.

Ils avaient longé la propriété des Dutton en arrivant et constaté que leurs deux voitures étaient garées dans l'allée. Ils s'étaient ensuite arrêtés à l'entrée du lotissement afin de ne pas manquer le moment où Kurt quitterait son domicile. Mais il n'était jamais sorti.

Un message arriva sur le téléphone de Josie.

— C'est Gretchen. L'avocat de Dutton est sur place, il l'attend. Il l'a appelé, mais personne n'a répondu.

— Tu veux qu'on y aille ou on attend encore quelques minutes ?

— Laissons-nous encore dix minutes, décida Josie. Après, on ira frapper chez eux.

Les dix minutes s'écoulèrent lentement. Gretchen leur

envoya un nouveau message pour les informer que l'avocat de Dutton avait de nouveau essayé d'appeler son client, en vain.

L'estomac noué, Josie démarra et se dirigea vers la propriété des Dutton. Après s'être garés dans la rue, Noah et Josie allèrent frapper à la porte. Personne ne vint ouvrir.

— Je n'aime pas ça, dit-elle.

— On ne peut pas entrer sans motif, fit remarquer Noah.

Josie sortit son téléphone et envoya un message à Gretchen.

— Je vais lui demander de vérifier qu'il y a bien eu tentative de joindre le mari et la femme. Attends ici, je vais faire le tour du voisinage. Peut-être que l'un d'eux a une clé.

Noah resta devant la maison, continuant à toquer et sonner sans résultat, pendant que Josie faisait du porte-à-porte le long de la rue. Sur les six maisons aux alentours, trois voisins étaient absents ou n'avaient pas ouvert. Deux n'avaient pas de clé. La dernière voisine était Constance Prather. Lorsqu'elle ouvrit la porte, elle était vêtue d'un jean et d'un t-shirt portant l'inscrip-tion « Maman ourse » et tenait son minuscule chien dans ses bras.

— Madame Prather, dit Josie. Est-ce qu'à tout hasard vous auriez la clé de la maison des Dutton ?

— Que se passe-t-il ?

— M. Dutton avait rendez-vous au commissariat avec son avocat ce matin, mais il ne s'est pas présenté. Leurs deux voitures sont là, mais on ne parvient pas à contacter ni Marisol ni son mari.

— Ah... Eh bien, euh... J'ai peut-être encore une clé, mais ils nous l'ont confiée il y a longtemps. Je ne sais pas si c'est encore la bonne, alors...

— Vous voulez bien nous la donner ? la coupa Josie.

— Euh, oui, bien sûr. Je reviens.

Josie apercevait la silhouette de Noah, toujours sur le pas de la porte des Dutton. Il fallut treize minutes à Constance pour retrouver la clé. Elle laissa son chien chez elle et accompagna Josie jusque chez sa voisine.

— C'est vraiment curieux, dit-elle. Peut-être qu'ils refusent juste de payer une amende.

Josie était tiraillée : devait-elle l'informer du fait que Dutton n'avait pas été convoqué au commissariat pour de simples contraventions ? Soudain, une détonation retentit. Les deux femmes se figèrent. Josie leva les yeux vers la maison des Dutton, où Noah enfonçait déjà la porte. Josie abandonna Constance pour courir le rejoindre, tout en commençant à défaire la patte de son holster. Quand elle le rejoignit, la porte avait cédé. Noah sortit lui aussi son pistolet et pénétra à l'intérieur. Derrière lui, Josie était prête, arme au poing, et le suivit tandis qu'il vérifiait chacune des pièces du rez-de-chaussée. Personne. Il pointa alors le plafond avec son pistolet et Josie acquiesça en silence. Elle laissa Noah monter le premier.

À l'étage, derrière la deuxième porte du couloir, Marisol était affalée par terre, au pied d'un lit *king size*. Ses cheveux étaient gras et décoiffés. Du sang gouttait de sa lèvre inférieure. Quand elle leva les yeux vers eux, Josie remarqua que son nez avait été enfoncé et que son œil gauche était noirci et gonflé.

— Flingue, indiqua Josie à voix basse.

— Je le vois, répondit Noah en s'approchant de Marisol. Madame Dutton, je vais vous demander de vous éloigner de cette arme.

Josie se dirigea dans la direction opposée, où Kurt Dutton gisait contre la porte d'un grand placard intégré. Du sang s'écoulait d'une plaie dans sa poitrine. Après avoir vérifié qu'il n'était pas armé, Josie s'agenouilla près de lui et retira sa veste pour faire pression sur la blessure. D'une main, elle chercha son pouls. Il était faible et saccadé.

— Noah, dit-elle, il ne va pas tenir longtemps. Il nous faut une ambulance immédiatement.

Noah avait aidé Marisol à s'asseoir au bord du lit. Il sortit son téléphone et passa l'appel.

— Marisol, qu'est-ce qui s'est passé ici ?

Noah et Josie se retournèrent. Constance se tenait devant l'entrée de la chambre, blafarde, les yeux exorbités face à la scène de destruction. Les meubles avaient été renversés, les luminaires cassés, et il y avait du sang sur la moquette.

— Restez où vous êtes, Constance, lui ordonna Josie. Ne vous approchez pas.

Celle-ci ne parut pas l'entendre, mais demeura dans l'embrasure de la porte.

— Marisol ? appela-t-elle de nouveau.

Les larmes coulaient sur les joues de cette dernière. Elle serra les bras autour de sa poitrine, tressaillit et arrêta son regard sur Josie.

— Est-ce qu'il est mort ?

— Non, dit Josie. Mais il a perdu beaucoup de sang.

— Demandez-lui ce qu'il a fait.

Noah mit fin à son appel, rangea son téléphone dans sa poche et replaça son arme dans son holster. Il s'approcha de Marisol.

— Êtes-vous blessée ? lui demanda-t-il.

— Il m'a frappée, répondit Marisol. Il s'en est pris à moi, il était fou !

— Pas de blessures par balle, en revanche, dit Noah.

Elle secoua la tête.

— C'est moi qui lui ai tiré dessus.

Constance eut un hoquet de stupeur et se couvrit la bouche d'une main.

— Je n'aurais pas dû dire ça, dit Marisol. Je le sais bien. Je devrais attendre l'arrivée de mon avocat. Vous ne savez pas ce qu'il a fait. Demandez-lui.

Josie échangea un regard avec Noah. Sous ses mains, Kurt

Dutton se vidait toujours de son sang. Il respirait à peine. Il n'était absolument pas en état de tenir une conversation.

— Il n'est pas capable de parler pour le moment, madame Dutton, dit Noah. Et si nous descendions au rez-de-chaussée, tous les deux, pour attendre...

Marisol bondit du lit mais s'effondra immédiatement, manifestement sous le coup de la douleur. Elle plaqua sa main droite sur le côté gauche de sa cage thoracique.

— C'est un monstre. Il les a tuées toutes les deux. Vera et Beverly... et le bébé de Beverly. Vous saviez qu'il avait mis la gamine en cloque avant de la descendre ?

— Madame Dutton, reprit Noah, vous êtes sous le choc. Nous pourrons prendre votre déposition après que vous aurez été vue par un médecin.

Il voulut l'attraper par le bras, mais elle le repoussa.

— Je l'ai croisée, un jour, vous savez. Elle est venue au théâtre pour le voir, mais j'étais là ce jour-là. C'est resté gravé dans ma mémoire. Hier soir, il m'a annoncé qu'il était convoqué au commissariat. Je lui ai demandé pour quelle raison, et il a répondu que ça concernait le matériel de la ville pour les inondations. Mais ensuite, il a appelé notre avocat, et j'ai compris qu'il m'avait menti. Toute la nuit, je lui ai demandé de m'expliquer ce qui se passait. Je lui ai demandé si cela avait un lien avec la découverte du corps de Beverly Urban. Il m'a tout raconté. Il a tout avoué. Il l'a tuée il y a des années, et il a tué Vera parce qu'elle refusait de garder le secret plus longtemps. Elle était sur le point de tout déballer à la police.

Constance hoqueta de nouveau, mais garda le silence.

— Je lui ai demandé de me dire la vérité, continua Marisol, et il m'a avoué avoir eu une aventure avec Beverly. Elle était au lycée ! Je savais que c'était vrai. À cause des filles.

— Oh, Marisol... murmura Constance.

— Quelles filles ? demanda Josie.

Elle vérifia encore le pouls de Kurt Dutton. Il était quasiment imperceptible.

— Mon mari a toujours aimé les très jeunes femmes, cracha Marisol. Juste après notre mariage, c'étaient juste des étudiantes. Des stagiaires. Il les trouvait sur les bancs de l'université de Denton puis batifolait un peu partout en ville avec elles. Comme si je n'allais m'apercevoir de rien.

Josie se tourna vers Constance.

— Vous étiez au courant ?

Elle hocha la tête.

— Mon mari l'a surpris plusieurs fois en compagnie d'étudiantes. Il était évident que... qu'il se passait quelque chose entre eux, mais elles étaient majeures, alors nous n'avons jamais rien dit.

— Elles n'étaient pas toutes majeures, corrigea Marisol. Beverly Urban avait seize ans quand ils ont commencé à coucher ensemble. Je lui ai demandé si c'était pour cette raison qu'il l'avait tuée, parce que si quelqu'un découvrait qu'il avait eu des relations sexuelles avec une mineure, sa vie était foutue. Il aurait fini en prison. Il m'a dit qu'il n'avait jamais eu l'intention de la tuer, il voulait juste lui faire peur parce qu'elle était enceinte de lui et voulait garder le bébé. Elle lui a demandé de passer chez elle à un moment où elle pensait que sa mère était sortie. Une grosse dispute a éclaté. Et Vera est arrivée. Alors, tout a empiré. Il leur a proposé de l'argent, à toutes les deux, pour payer l'avortement, mais Beverly a refusé. Il m'a dit qu'il avait sorti son arme pour l'effrayer, pour les effrayer toutes les deux et les convaincre de faire ce qu'il voulait, mais il a perdu le contrôle de la situation et le coup de feu est parti.

Josie savait que tout ça était faux. Comment Kurt Dutton aurait-il pu tirer une balle à l'arrière du crâne de Beverly par accident ? D'après les constatations de la docteure Feist, Kurt s'était nécessairement trouvé derrière elle, à au moins un mètre, tandis qu'elle s'éloignait de lui, quand il avait pressé la détente.

— Pourquoi est-ce que Vera n'a rien raconté à la police ? demanda Noah.

— Je n'en sais rien, dit Marisol. Il m'a dit qu'il lui avait proposé de l'argent, qu'il la paierait tant qu'elle disparaissait et n'en parlait plus jamais. Que si elle le dénonçait, lui irait raconter qu'elle avait vendu de la drogue à sa femme et ses amies pendant des années. Il pouvait briser sa vie. Je lui ai demandé pourquoi il n'avait pas simplement éliminé Vera aussi, il y a seize ans. Il m'a répondu qu'il n'avait pas les idées claires à ce moment-là, qu'il n'avait jamais eu l'intention de tuer Beverly, déjà. Vera était tellement en panique qu'elle a fait ce que Kurt lui disait. Ils ont passé un genre de marché. Je ne sais pas quels en étaient les termes exacts. Tout ce que je sais, c'est qu'il lui envoyait de l'argent en échange de son silence. Mais il m'a dit qu'après la découverte du cadavre de Beverly, Vera était revenue. Elle l'a supplié de se rendre à la police, d'expliquer ce qui s'était passé, et a déclaré qu'elle irait elle-même s'il refusait de le faire. Il ne pouvait pas prendre ce risque, surtout en ce moment, avec les élections qui arrivent. Alors il l'a tuée. Il savait dans quel hôtel elle était descendue, il l'a suivie et lui a tiré dessus. Je dormais ce matin-là. Je partais du principe qu'il était forcément à la maison, mais ce n'était pas le cas. Je lui ai fourni un alibi sans même le savoir. Et puis il a menacé de me tuer si j'en parlais. J'ai voulu récupérer mon téléphone, et c'est là qu'il m'a frappée.

Des sirènes commencèrent à retentir dans la rue. Marisol s'effondra sur le lit, en pleurs. Noah passa près de Constance pour rejoindre les ambulanciers devant la maison. Quant à Josie, elle chercha de nouveau le pouls de Kurt Dutton. En vain.

## 47

## UNE SEMAINE PLUS TARD

Assise à son bureau du commissariat de Denton, Josie feuilletait les documents découverts dans l'appartement de Vera. Elle sentit une présence derrière elle et se retourna. Le chef Chitwood la regardait.

— Encore sur l'affaire Urban, Quinn ?

— On n'a jamais pu établir la preuve que Kurt Dutton aidait financièrement Vera Urban. J'ai demandé à l'avocat de Marisol d'avoir accès aux comptes bancaires des Dutton, et il m'a répondu qu'il allait se pencher sur la question, ce qui signifie que je n'en verrai jamais la couleur.

Chitwood tira la chaise vide de Gretchen, s'y installa et se pencha vers Josie.

— Quinn. L'affaire est classée. Nous avons la déposition de Mme Dutton. Les analyses balistiques de l'arme de Kurt Dutton ont montré qu'elle correspondait à la balle retrouvée dans le crâne de Beverly et aux douilles à côté du bowling abandonné. Tout colle. Hummel n'a pas pu récolter d'empreintes sur les douilles, mais les analyses balistiques correspondent, et ça me suffit.

— Certains détails ne collent pas. Surtout au sujet de Vera.

— Vous pensez que quelqu'un d'autre a tué Vera ?

Avec un soupir, Josie se renfonça dans son siège.

— Non. Je pense que c'est lui qui l'a tuée.

— Alors quel est le problème ?

— Vera était un témoin gênant. Il n'a pas eu de mal à la tuer quand elle est revenue en ville après avoir disparu pendant seize ans. Alors pourquoi ne pas l'avoir tuée tout de suite ? Pourquoi lui avoir donné autant d'argent ? Même si je n'ai aucune trace de ça, d'ailleurs.

— Vous n'avez pas envisagé le fait qu'il ait pu avoir une aventure avec Vera Urban ? suggéra Chitwood.

— Non. Marisol a dit qu'il était attiré par les femmes plus jeunes. Ce qui a été confirmé par Constance Prather.

— Vous l'avez vérifié vous-même ? En interrogeant des jeunes femmes avec qui Dutton a eu une liaison ?

— Eh bien... non, mais...

— Quinn... Laissez tomber.

— Je pense que Marisol était au courant de quelque chose, laissa échapper Josie.

— Vous pensez qu'elle était au courant que son mari avait mis une mineure enceinte, l'avait tuée, enterrée et avait acheté le silence de sa mère pendant près de vingt ans, mais que ce n'est que la semaine dernière qu'elle s'est décidée à lui poser des questions ?

— Non. Pas exactement. J'ai juste la conviction qu'elle savait quelque chose. Est-ce qu'elle avait des infos concrètes ou simplement le sentiment qu'il se tramait quelque chose, je ne sais pas, mais le fait est qu'elle a décidé de fermer les yeux, car elle appréciait le confort de sa vie. C'était facile de détourner le regard. Quoi qu'il en soit, elle en sait plus que ce qu'elle a bien voulu nous dire.

Chitwood la regarda un instant.

— Quinn, je fais ce métier depuis très longtemps...

— Je sais, je sais. Vous faisiez déjà ce boulot que je portais encore des couches, grogna Josie.

Elle regretta immédiatement sa saillie, craignant de voir Chitwood bondir de son siège. Mais à la place, il rit. Stupéfaite, Josie se demanda si elle n'était pas victime d'hallucinations. Elle regarda autour d'elle, déçue de constater qu'aucun de ses collègues ne serait témoin de cette scène surréaliste. Ils ne la croiraient jamais.

— Vous portiez encore des couches que j'avais déjà classé un nombre incalculable d'affaires m'ayant laissé la désagréable impression d'être passé à côté de quelque chose, alors que le gars était derrière les barreaux. C'est comme ça, il faut l'accepter. Des fois, Quinn, il faut apprendre à vivre avec l'inconfort.

Sur ces mots, il se leva et repartit. En le regardant regagner son bureau, Josie se demanda si sa dernière phrase concernait l'affaire Urban ou si elle devait le prendre personnellement. C'est alors que Gretchen arriva, deux gobelets de café de chez *Komorrah's* à la main. En ville, le niveau de l'eau avait enfin baissé et la vie reprenait doucement son cours. Il subsistait encore quelques zones impraticables mais, globalement, les choses revenaient à la normale. Misty était rentrée chez elle avec Harris et Pepper, laissant Noah et Josie étrangement seuls et, surtout, affamés.

Josie s'empara du gobelet et savoura les effluves de sa boisson favorite.

— Tu dois être mon âme sœur, déclara-t-elle à Gretchen.

Cette dernière pouffa.

— Ça va faire de la peine à Fraley.

Mettner entra en brandissant quelques feuilles de papier.

— Patronne. Je viens de croiser Hummel. Il m'a donné les résultats des tests ADN de l'affaire Urban. Apparemment, la maire a fait jouer ses contacts pour accélérer la procédure. Un nouveau clou dans le cercueil de Dutton, à quelques jours des élections. J'ai bien peur qu'on ne doive la supporter encore deux ans.

Il lui tendit les documents, qu'elle feuilleta.

— Marisol avait raison, Kurt Dutton était bien le père du bébé de Beverly. Et Silas était son père à elle. Vera avait vu juste.

— Vous croyez qu'on devrait lui en parler ? demanda Mettner.

Josie posa les papiers sur son bureau avec un soupir.

— Vous pensez qu'il remboursera les frais engagés par la ville pour les funérailles de Beverly ?

Gretchen lâcha un rire amer.

Avant que quiconque puisse ajouter quoi que ce soit, Amber entra à son tour dans la grande salle. Sa peau diaphane était rougie et elle faisait de grandes enjambées, comme si quelqu'un la poursuivait.

— Inspectrice Quinn, dit-elle. J'ai quelque chose pour vous.

Elle récupéra une chaise devant l'un des bureaux et la fit rouler pour s'asseoir près de la policière avant de tirer de sa poche une clé USB.

— De quoi s'agit-il ? demanda Josie.

— Regardez ça, dit Amber, à bout de souffle. S'il vous plaît.

Josie l'inséra dans son ordinateur et attendit que le contenu s'affiche à l'écran.

Mettner se rapprocha d'elles.

— Amber, qu'est-ce qui se passe ?

Celle-ci les regarda tour à tour et expliqua :

— Je reviens de la mairie. Je sais, je sais : vous pensez tous que je suis une espionne. C'est faux, je vous assure. Je suis juste tenue de faire le lien entre la maire et le commissariat. Ça signifie que je dois la tenir informée de ce qui pourrait être communiqué à la presse. Donc j'attendais dans le couloir devant son bureau, et j'y ai croisé Constance Prather.

— Elle était à la mairie ? demanda Gretchen.

Amber hocha la tête.

— Constance a été reçue dans le bureau de la maire avant moi. Au début, je n'y ai pas prêté attention, mais assez vite le ton est monté, alors je me suis rapprochée de la porte. Je les ai entendues dire qu'elles ne savaient pas quoi faire des dossiers maintenant que Kurt était mort. Mme Charleston a dit que ça ne la concernait pas, qu'elle ne voulait rien avoir à faire avec ça, mais Constance a insisté en soulignant qu'elle était maire. Je n'ai pas réussi à entendre la suite. Quelque chose au sujet de Marisol. Tara a demandé à Constance pourquoi elle ne donnait pas simplement ces dossiers à la police, et cette dernière a répondu qu'elle ne voulait pas que la police les découvre, qu'elle voulait que Tara s'en occupe. Ensuite, quelqu'un d'autre est arrivé dans le couloir et je n'ai pas pu écouter le reste de la conversation. Mais quand Constance est ressortie du bureau, elle était en larmes. Elle avait le poing serré autour de cette clé USB. Bref, je l'ai suivie aux toilettes. Elle était dans l'une des cabines et, quand elle en est ressortie, elle a posé son sac à main près du lavabo. Elle pleurait toujours et, quand elle m'a aperçue, elle est retournée dans la cabine en laissant son sac là où il était. Alors j'ai plongé la main à l'intérieur et j'ai récupéré la clé USB. Elle ne m'a pas vue.

— Attendez une minute, l'interrompit Josie. Vous l'avez volée ? Nous ne pouvons pas regarder ces documents, Amber. Ce n'est pas légal. Quoi qu'il y ait sur cette clé...

— S'il vous plaît, la supplia Amber. Jetez-y un œil. C'est important.

— Mais... pourquoi avoir volé une clé USB à Constance Prather ? s'étonna Mettner.

Elle leva de grands yeux vers lui.

— Personne dans ce commissariat ne pense que je suis de votre côté. Vous êtes tous persuadés que je travaille pour la maire, qui va garder son poste encore deux ans. J'avais besoin que vous me fassiez confiance. La confiance, ça se mérite.

Josie essaya de ne rien laisser paraître en entendant ses mots dans la bouche d'Amber. Elle ouvrit les PDF que contenait la clé USB et commença sa lecture.

— Ce sont des documents de la fondation Prather, des candidatures pour obtenir une bourse d'études, on dirait, dit-elle avant de cliquer sur d'autres fichiers. Il y a aussi des mails. Apparemment, c'est Marisol Dutton qui sélectionnait une étudiante tous les quatre ou cinq ans pour que ses études soient financées par la fondation.

— La société Dutton Enterprises a été l'un des principaux donateurs de la fondation Prather, ajouta Amber.

— Ce n'est pas illégal, fit observer Gretchen. Le fait que Marisol choisisse les étudiantes non plus. La fondation Prather est un organisme privé. Elle n'est pas tenue de respecter les mêmes règles que les associations à but non lucratif.

Josie fit défiler lentement les candidatures. Les noms lui disaient quelque chose, mais elle ne parvenait pas à les replacer.

— Comment est-ce que Marisol trouvait et sélectionnait ces étudiantes ? Je croyais que son seul travail, c'était d'être belle et de dépenser l'argent de Kurt ?

Arrivée à la dernière candidature, Josie fut parcourue d'un frisson.

— Qu'est-ce qui se passe, patronne ? lui demanda Gretchen.

— Alice Adams, lut Josie à voix haute. Ces candidatures... Ce sont tous les noms qu'on a retrouvés sur les permis de conduire qu'utilisait Vera.

— Ce qui signifie ? demanda Mettner.

Josie poursuivit sa lecture.

— La fondation avait la possibilité d'envoyer les chèques directement à l'étudiante ou à ses parents plutôt qu'à l'école. Comme l'a dit Gretchen, les organismes privés ont leurs propres règles. Tous les quatre ou cinq ans, Marisol choisissait la jeune femme qui obtiendrait l'aide financière de la fondation pendant tout son cursus universitaire. Constance validait ces candidatures et envoyait les chèques.

— Mais elle ne les envoyait pas à ces jeunes femmes, dit Gretchen. Elle les envoyait à Vera. Qui avait usurpé leur identité.

— Absolument, confirma Josie. Ce n'est pas Kurt Dutton qui a entretenu Vera pendant toutes ces années. C'est Marisol, via la fondation de sa copine Connie.

— Merde alors, lâcha Mettner. Mais pourquoi ?

— J'ai une petite idée, dit Josie. Mais on doit d'abord discuter avec Constance et Marisol. Malheureusement, comme ces documents ont été volés par Amber, on ne peut pas les utiliser directement. On va devoir leur faire avouer ce qu'elles ont fait.

Amber se mordit la lèvre et dit :

— Comment vous allez faire ça ?

— Je ne sais pas encore, répondit Josie. Mais je pense qu'on devrait commencer par avoir une conversation avec Constance.

## 48

Josie et Gretchen avaient beau sonner et frapper chez Constance Prather, personne ne répondait.

— Peut-être qu'elle est partie promener son chien ? suggéra Gretchen.

— On peut aller faire un tour pour voir, proposa Josie.

Elles passèrent devant la maison de Calvin Plummer : la Lexus LX de l'avocat était garée dans l'allée, ainsi que la Honda de Tammy. Cette dernière sortit justement de la maison à ce moment-là. Josie lui fit signe de la main, que Tammy lui rendit.

— Qu'est-ce que vous faites là ?

— Nous cherchons quelqu'un, l'informa Josie. Constance Prather. Elle a un tout petit chien blanc. Vraiment minuscule, il rentrerait dans votre sac à main.

Tammy pointa du doigt le bout de la rue, dans la direction que s'apprêtaient à prendre Josie et Gretchen.

— Elle est descendue vers la zone inondée il y a environ une demi-heure.

— C'est toujours inondé ? demanda Josie.

— À l'arrière du lotissement ? Oui. Au croisement, tournez

à gauche. Vous allez voir une grande maison en construction. Juste derrière, c'est là que les douves ont débordé. Faites attention à vous. Je ne sais pas pourquoi elle est partie par là-bas, mais beaucoup de gens y vont pour voir l'étendue des dégâts.

Josie la remercia, et elle et Gretchen suivirent ses indications jusqu'à la maison, une bâtisse immense et majestueuse couverte de bâches, lesquelles battaient au vent avec un bruit semblable au vrombissement de centaines d'énormes insectes. Pas la moindre trace de Constance et de son chien. Elles décidèrent alors de contourner la maison, pataugeant dans la boue pour atteindre le jardin derrière. Celui-ci faisait au moins un hectare. Ce terrain gorgé d'eau, en pente, menait à un bosquet. Josie ne voyait pas ce qui se trouvait derrière.

— Tu penses qu'elle est allée par là-bas ? demanda Gretchen.

— Je n'en sais rien... Pour promener son chien ? C'est un peu bizarre, non ?

Elles continuèrent à avancer. Peu de temps après, Gretchen se figea et tendit l'index.

— C'est de l'eau, de l'autre côté des arbres ?

Josie étudia les limites de la propriété jusqu'à apercevoir une eau boueuse entre les troncs.

— Je pense que ce sont les fameuses douves.

Elles firent encore quelques pas.

— Regarde, dit Gretchen en s'arrêtant subitement.

Par terre, Josie constata que l'herbe laissait place à une large zone boueuse pleine de blocs de béton. Un coup d'œil en arrière lui permit de voir qu'elles étaient à mi-chemin entre la maison et le bosquet.

— Il devait y avoir un mur, ici, indiqua Gretchen. C'est la limite du jardin.

— Le mur s'est effondré, dit Josie.

De là où elles se trouvaient, les maisons voisines étaient à peine visibles. Chacune d'elles possédait une solide clôture entre sa pelouse impeccable et la ligne d'arbres qui séparait les propriétés des douves.

— Qu'est-ce qu'il y a, de l'autre côté des douves, là-bas ? demanda Gretchen.

— L'une des zones encore totalement inondées. Un affluent du fleuve traverse le quartier voisin et, quand il s'est retrouvé en crue, il a débordé jusqu'ici.

— Le mur de cette propriété était soit en cours de construction, soit trop faible pour résister à la puissance de l'eau, il n'en reste plus rien. Il n'y a aucune raison que Constance Prather ou qui que ce soit vienne se promener par ici.

— Il y a quelque chose qui cloche, dit Josie. Tu entends ?

Elles se turent un instant pour tendre l'oreille. Le vent faisait bruisser les feuilles des arbres, et des éclats de voix leur parvenaient depuis la direction des douves.

— Allons voir, décida Josie. Prudemment.

Elles s'engagèrent dans le champ de boue et Gretchen désigna des traces de pas. Elles formaient deux lignes entremêlées.

— Pose tes pieds dans les empreintes. Peut-être que, comme ça, on glissera moins.

Josie écarta les bras pour garder l'équilibre tandis qu'elle passait d'une pierre à une autre. Gretchen posa ses mains sur les épaules de Josie et la suivit lentement. Les voix se firent de plus en plus fortes, et les pierres laissèrent place à la boue, striée de racines. Josie pouvait désormais voir les douves, à une trentaine de mètres derrière les arbres. Au-delà, on ne voyait rien d'autre que de l'eau.

Elles suivirent les voix qui filtraient du bosquet. La boue faisait ventouse sous leurs pieds, ralentissant leur progression. Chaque fois qu'une basket émettait un petit bruit de succion, Josie craignait que les voix s'éteignent, mais il n'en fut rien. Enfin, elles arrivèrent à l'endroit où poussaient les derniers arbres. Une étroite corniche séparait ces derniers des douves.

De nombreuses racines émergeaient de la terre : il y avait certainement eu un éboulement à cet endroit, sans doute au moment où la brutale montée des eaux avait détruit le mur derrière elles. Josie estima que l'eau se situait à environ quatre mètres en contrebas. Elle et Gretchen s'arrêtèrent derrière un grand chêne et se dévissèrent le cou pour repérer d'où venaient les voix.

Quelques mètres plus loin, Josie vit Constance Prather, à proximité des arbres. Elle serrait son petit chien contre sa poitrine et portait des bottines en caoutchouc rose vif, ainsi qu'un imperméable de la même couleur, même s'il ne pleuvait plus.

— Écarte-toi du bord, Marisol. Sérieusement. Tu me fais peur.

Marisol se trouvait un mètre plus loin, aussi proche du bord qu'elle pouvait l'être sans que le sol ne risque de céder sous son poids. Comme elle ne réagissait pas, Constance continua :

— Je ne comprends pas pourquoi on devait venir ici pour parler.

Marisol éclata de rire, mais garda le dos tourné.

— Parce que tu t'apprêtes à m'accuser de quelque chose de très grave, et que je ne veux pas prendre le risque que quiconque entende ça.

— Je ne t'accuse de rien. Tout ce que je dis, c'est qu'en plus de tout ce qui est sorti au sujet de Kurt, il semblerait qu'il y ait quelques... irrégularités dans ton implication dans notre fondation. J'en ai parlé à Tara, et elle...

Marisol fit volte-face, ses yeux lançant des éclairs.

— Tu en as parlé à Tara ? Tu es complètement folle ou quoi ?

Constance serra plus fort son chien contre elle et recula d'un pas.

— Tara n'a même pas voulu m'écouter. Elle m'a dit d'aller au commissariat.

Marisol sembla se détendre un peu. Son bref accès de rage était passé, remplacé par un sourire narquois.

— Tu vas aller au commissariat parce que tu m'as laissée choisir les étudiantes qui pourraient bénéficier d'une bourse via ta fondation ? Tu entends un peu ce que tu dis ? Je comprends que tu t'ennuies et que tu cherches à mettre un peu de piment dans ta vie mais, sois gentille, laisse-moi en dehors de ça. J'ai dû tuer mon mari la semaine dernière, je te rappelle. C'est suffisamment difficile comme ça.

— Dans ce cas, explique-moi ce que tu as fait avec ces candidatures.

— Je ne vois pas de quoi tu parles, Connie.

— C'était ton idée, d'utiliser ma fondation.

— De l'utiliser pour quoi ?

La voix de Constance monta dans les aigus.

— Tu sais très bien pour quoi !

Son chien lâcha un aboiement, et elle le déposa par terre en gardant la laisse enroulée autour de son poignet.

— Les filles que tu « sélectionnais », soi-disant, pour qu'elles obtiennent une bourse... C'est toi qui remplissais leurs candidatures ! Quatre candidatures différentes, quatre noms différents, de nombreuses réponses similaires, et toutes avec la même écriture et la même signature... Les tiennes !

— Tu n'as aucune preuve, se moqua Marisol.

— J'ai raison, pas vrai ? Tu n'as pas sélectionné une seule fille. Tu as fabriqué de fausses candidatures avec des noms que tu as inventés, et tu as récupéré l'argent. Mais pour quoi faire ?

Marisol ne répondit pas et recula d'un pas vers le bord de l'eau. Josie et Gretchen choisirent ce moment pour émerger du couvert des arbres.

— Elle envoyait cet argent à Vera Urban, lança Josie.

Constance fit un bond en entendant sa voix, et Marisol leva la tête. Maintenant qu'elle était plus proche, Josie pouvait voir que ses yeux étaient injectés de sang.

— Génial, commenta-t-elle. C'est toi qui as fait ça, Connie ? Tu as appelé les flics ?

— Non, je ne les ai pas appelés.

— Qu'est-ce qu'elles foutent là, alors ? s'énerva Marisol.

Les vapeurs d'alcool dans son haleine parvinrent jusqu'à Josie et Gretchen, qui s'avancèrent encore d'un pas. À leur droite, l'eau s'étendait sur des kilomètres. Au loin, plusieurs maisons désertées dépassaient de la vase.

— Nous sommes venues vous poser quelques questions, dit Gretchen.

— À moi ? s'étonna Marisol.

Elle recula d'un petit pas et chancela un instant avant de recouvrer son équilibre.

— À toutes les deux, dit Josie.

Marisol commença à se rapprocher des arbres.

— Je ne vais pas rester ici pour écouter ces conneries.

Elle venait de dépasser Constance quand Josie la rappela :

— Vous ne voulez pas expliquer à votre amie comment vous avez utilisé sa fondation pour financer la vie de Vera Urban ces seize dernières années ?

Marisol se figea. Elle jeta un regard noir à Josie.

— Vous ne savez pas de quoi vous parlez. Vous êtes toutes complètement folles.

Josie s'adressa à Constance.

— Sans la fondation, Marisol n'aurait jamais pu expliquer à son mari pourquoi elle dépensait autant d'argent chaque année. Les noms sur les candidatures ? C'étaient les noms de vraies femmes. Choisies par Vera. Elle leur volait leur permis de conduire. Pendant des années, la fondation a envoyé à Vera des chèques au nom de ses différents alias, et personne n'a jamais suspecté quoi que ce soit. Elle se servait de ses permis trafiqués pour échanger ses chèques contre du liquide auprès de la banque à laquelle est rattachée la fondation, en faisant sans doute en sorte d'aller dans des agences aussi loin que possible de son lieu de résidence, pour ne pas prendre le risque d'être reconnue.

Constance tourna la tête vers Marisol. À ses pieds, son chien gémit.

— C'est vrai, Marisol ? Pourquoi ? Pourquoi tu aurais fait ça ?

Marisol garda le silence.

— Mais oui, Marisol, continua Josie. Expliquez-nous pourquoi vous avez dû aider Vera pendant toutes ces années. Et d'ailleurs, pourquoi a-t-elle eu besoin de se cacher ?

— Vous savez très bien pourquoi, répondit Marisol. Je vous l'ai dit.

— Après avoir tiré sur Kurt, vous nous avez expliqué que Vera se cachait parce qu'elle avait été témoin du meurtre de Beverly. Elle était là, le soir où Kurt a tué Beverly, n'est-ce pas ? Que s'est-il réellement passé ?

Marisol enfonça ses mains dans les poches de sa veste noire. Lentement, elle releva la tête pour croiser le regard de Josie.

— Je vous ai déjà raconté tout ça.

— Vous nous avez donné une version des événements, intervint Gretchen. Maintenant, on veut la vérité.

Constance dévisageait son amie, sous le choc.

— De quoi est-ce qu'elles parlent, Marisol ? Tu m'as dit que Vera avait voulu arrêter Kurt, et qu'ensuite...

Marisol laissa échapper un grommellement de frustration puis la coupa :

— Vera n'est pas intervenue. Tu crois vraiment qu'elle aurait pu arrêter Kurt ? Elle avait un problème au dos. Il faisait deux têtes de plus qu'elle. Il était terrifiant. Elle s'est cachée. Elle est rentrée chez elle par la porte de derrière et a surpris Kurt et Beverly en pleine dispute dans le salon. Beverly voulait garder le bébé. Il allait être démasqué. Kurt l'a tuée de sang-froid. Vera m'a raconté que rien n'aurait pu convaincre sa fille d'avorter. Beverly lui a demandé de partir. Elle a fait demi-tour pour s'éloigner, et c'est là que Kurt a sorti un pistolet de sa poche et a tiré. Vera a tout vu. À l'instant où Kurt a tiré sur Beverly, Vera a couru se cacher dans le placard de l'entrée. Elle avait tellement peur qu'il lui réserve le même sort. Vous avez vu ce qu'il m'a fait, à moi. Il lui arrivait d'être vraiment mauvais, et plusieurs fois je me suis demandé s'il n'allait pas me tuer. Il ne me battait pas très souvent – seulement quand je lui posais des questions sur les filles avec qui il couchait ou quand j'évoquais un divorce – mais, quand il le faisait, il n'y allait pas de main morte. C'était un monstre. Vera a vu de quoi il était capable, et elle avait peur.

— Mon Dieu, Marisol, mais comment sais-tu tout ça ?

— Parce que Vera m'a tout raconté.

— Vera est allée chez vous plutôt qu'au commissariat ? s'étonna Josie.

— Pourquoi ? demanda Gretchen au même moment.

— Kurt était mon mari, répondit Marisol comme si cela expliquait tout. Vera était mon amie.

— Mais vous ne l'aviez pas revue depuis plus de seize ans, contra Josie. Vera n'avait probablement jamais rencontré Kurt. Ce n'est pas comme s'il avait participé à vos fêtes. Vera ne lui devait rien. Elle n'avait aucune raison d'avoir peur de lui du moment qu'elle parvenait à quitter la maison sans qu'il ait remarqué sa présence.

— C'était un homme puissant, argumenta Marisol.

— Pas si puissant que ça, fit Gretchen. Vera était un témoin oculaire. Il lui suffisait de décrocher le téléphone et d'appeler la police. Il aurait été arrêté en train d'enterrer le corps de Beverly sous la maison.

— Si Vera est venue vous voir, c'est parce qu'il y avait autre chose, insista Josie.

Le regard de Constance passa de Marisol à Josie, puis à Gretchen, avant de revenir sur Marisol.

— De quoi elles parlent ?

— La ferme, grogna Marisol.

Josie poursuivit :

— Si Vera est venue chez vous, après seize ans sans vous parler, plutôt que de se rendre au commissariat, c'est que vous aviez toutes les deux quelque chose à cacher. Vous étiez dépendante l'une de l'autre pour garder ce secret. Vous auriez toutes les deux eu de gros ennuis s'il avait été dévoilé.

— Si quoi avait été dévoilé ? demanda Constance, paniquée.

Josie planta son regard dans celui de Marisol.

— C'était vous, la mère de Beverly. Pas Vera.

Marisol retint son souffle. Constance tressaillit.

— C'est vrai, Marisol ? Tu as eu un bébé ?

Cette dernière prit un air menaçant.

— La ferme, j'ai dit !

Elle se tourna vers Josie.

— Vous n'avez aucune preuve.

Josie haussa les épaules.

— J'en aurai une quand vous aurez passé un test ADN.

— Comment... Comment avez-vous su ? balbutia Constance.

— Marisol était en cure de désintoxication pendant la grossesse de Vera. Elle a même envoyé une carte en s'excusant de ne pas pouvoir être présente à la *baby shower*. Elle a dit qu'elle avait passé un an en cure dans le Colorado. C'est amplement suffisant pour avoir un bébé. Vera a été arrêtée très tôt pendant sa grossesse, et pourtant personne n'a jamais su qui s'était occupé d'elle pendant tout ce temps. Elle a raconté à tout le monde qu'elle était partie habiter chez son frère en Géorgie, mais les archives montrent qu'elle a accouché à Geisinger.

— En plus, ajouta Gretchen, Vera et son frère avaient coupé les ponts depuis des années. Elle ne serait jamais allée là-bas. Je pense qu'avant de ne plus pouvoir voyager, Marisol est revenue ici, en Pennsylvanie, et qu'elle et Vera se sont terrées dans la maison de Hempstead Road jusqu'à l'accouchement.

— Madame Dutton, dit Josie, comment avez-vous réussi à faire inscrire le nom de Vera sur le certificat de naissance ?

Marisol resta muette.

— Marisol ? l'interpella Constance. Tu as fait ça ? Tu as vraiment fait tout ça ?

Marisol toisa son amie et déclara :

— Je ne suis pas stupide, Connie. Je sais que c'est ce que tu penses de moi, mais j'ai réussi mon coup pendant toutes ces années, non ?

Elle regarda Josie et Gretchen.

— J'ai pris le permis de conduire de Vera et je me suis fait passer pour elle. Elle a collé ma photo dessus. C'était la première fois qu'elle trafiquait des papiers. Personne ne nous connaissait, ni elle ni moi, à Geisinger. Personne n'a posé de questions. Quelques jours plus tard, je suis retournée dans le Colorado. J'avais loué un appartement là-bas. Mon mari n'était au courant de rien. Non pas qu'il en ait eu quelque chose à faire.

— Il n'a jamais su que vous étiez enceinte, dit Josie. Vous ne vouliez pas qu'il l'apprenne, parce que le père était Silas Murphy.

Constance laissa échapper un cri étranglé.

— C'était lui, le père ? C'est vrai ?

Marisol éclata d'un rire amer.

— Oui, c'est le rêve de tout mari que sa femme se fasse engrosser par un dealer de drogue. Évidemment que je ne pouvais pas rentrer chez moi avec ce bébé, et je ne pouvais pas non plus me résoudre à... ne pas le garder.

— Est-ce que c'est vous qui avez demandé à Vera de récupérer le bébé, ou c'est elle qui l'a proposé ? demanda Josie.

— Je ne m'en souviens plus, dit Marisol. Tout est embrouillé. Vera aurait tout donné pour avoir un bébé, et mon mari avait toujours refusé d'avoir des enfants.

Constance laissa retomber ses bras le long de son corps. La

laisse du chien glissa de son poignet, mais elle n'esquissa pas le moindre mouvement pour la rattraper. Elle était incapable de quitter Marisol des yeux.

— Pourquoi ne pas avoir divorcé ? demanda Gretchen.

— En dehors du fait qu'il m'aurait tuée ? Parce que j'aurais été totalement fauchée. Tout l'argent, c'était à lui. Nous avions signé un contrat : je devais être fidèle et sans enfant pendant un minimum de vingt ans avant la moindre mise en commun de nos biens.

— C'est légal, ça ? s'étonna Josie.

Le chien trottina en direction des arbres, reniflant ici et là, sa laisse traînant derrière lui. Les larmes coulèrent sur les joues de Constance tandis qu'elle prenait la mesure des secrets qu'avait enfouis son amie pendant des décennies.

— Je n'en sais rien, répondit Marisol. Posez la question à la Marisol de dix-huit ans ! C'était une fille intelligente. Une fille qui a rencontré un homme dans le restaurant où elle travaillait comme serveuse, qui a accepté de signer tous les documents qu'il lui présentait, et qui est devenue une gentille femme au foyer qui cuisinait et s'occupait de la maison pendant qu'il se mettait en quête de la prochaine gamine de dix-huit ans qui lui permettrait d'assouvir ses besoins. Qui restait sagement dans sa grande maison, seule, année après année, pendant que lui voyageait à travers le monde, parfois pendant plusieurs mois d'affilée. Qui se prenait des coups quand elle osait s'en plaindre. La fille qui était persuadée que tout ça était vraiment fantastique pourrait certainement vous dire si ce contrat de mariage qu'elle n'a même pas lu avant d'avoir vingt-cinq ans était légal ou non.

— Je suis désolée, dit Josie.

Les larmes montèrent aux yeux de Marisol.

— Vera était mon amie. Je sais que ça peut paraître stupide, mais elle a toujours été une bonne amie avec moi. On a concocté ce plan. On était jeunes et idiotes, et moi, j'étais terrifiée. Mais je savais que si ça fonctionnait, Vera prendrait soin de ce bébé, et c'est ce qu'elle a fait. Elle était une mère géniale. Bien meilleure que moi, c'est certain. Du moins, jusqu'à ce que Beverly grandisse et commence à faire des siennes.

— Dépassée, Vera vous a appelée, compléta Josie. Elle voulait que vous repreniez Beverly.

Constance s'approcha de Marisol, dévisageant son amie comme s'il s'agissait d'une étrangère.

— Tu... Tu as vraiment fait tout ça ?

Marisol l'ignora et continua à s'adresser à Josie.

— Je ne sais pas si elle parlait sérieusement ou pas, mais oui, elle m'a demandé de la reprendre. Je lui ai répondu que c'était impossible. On ne pouvait plus faire machine arrière. Je lui ai proposé de lui donner de l'argent. J'ai réussi à lui en faire passer pendant des années, jusqu'à ce que Beverly la pousse dans l'escalier. Kurt me versait une somme tous les mois pour le spa, les vêtements, le coiffeur, tout ça. J'ai drastiquement réduit mes dépenses pour donner un maximum de liquide à Vera. Et puis elle est devenue accro aux antidouleurs, et il lui fallait toujours plus d'argent. Elle me harcelait, et Kurt, ce sale pervers, a rencontré Beverly près du vieux théâtre. Elle travaillait dans une pizzeria, un truc comme ça.

— C'était un glacier, précisa Josie.

— Peu importe. C'était son mode opératoire habituel. Il allait dans des restos miteux où bossaient des étudiantes, il en choisissait une, s'amusait avec et passait à la suivante. Mais Beverly n'était pas une étudiante.

— Physiquement, on aurait pu le croire, précisa Josie.

Marisol hocha la tête.

— Oui, c'est vrai. Bref, j'ai tout découvert. Je savais pour chacune de ces filles. J'essayais de le surveiller, en attendant la bonne occasion pour le faire chanter, mais elle ne s'est jamais présentée.

Soudain, Constance poussa violemment Marisol, qui tituba en arrière. Ses pieds cherchèrent une prise, mais la boue disparaissait rapidement dans le gouffre. Josie bondit vers elle. À plat ventre, elle saisit les poignets de Marisol. Les points de suture dans sa cuisse la brûlaient.

— Aide-moi, cria-t-elle à Gretchen.

Cette dernière s'agenouilla, tentant de trouver un endroit suffisamment stable pour supporter son poids, et se pencha pour aider les deux femmes à retrouver la terre ferme. Une fois en sécurité, Marisol s'assit, le souffle court. Elle fusilla Constance du regard.

— C'est quoi, ton problème ?

L'autre pointa sur elle un index accusateur.

— Mon problème ? Mon problème, c'est que tu n'es qu'une menteuse, une manipulatrice, et une lâche, en plus !

— Oh, va te faire foutre, Connie, avec ton mariage parfait, tes gamins parfaits et ta fondation caritative. Tu me files la gerbe. Tout le temps à juger tout le monde.

Josie et Gretchen se remirent sur pied, essuyèrent leur jean et se rapprochèrent de Constance, au cas où il lui viendrait de nouveau à l'idée de pousser Marisol dans l'eau.

— Moi ? Te juger ?

Elle partit dans un fou rire hystérique.

— Tu as abandonné ton enfant ! Tu as couvert son meurtre ! Tu as couché avec Silas.

— Toi aussi, tu as couché avec Silas.

Constance secoua la tête, comme pour détourner l'accusation.

— Tu as fait tout ça, et ensuite tu t'es servie de ma fondation pour couvrir tes mensonges. Ça pourrait ruiner nos vies, si ça s'apprenait !

— C'est toi qui parlais d'aller voir la police, répliqua Marisol en se relevant. Eh bien voilà, elle est là, tu es contente ?

— Tu es une criminelle. Tu aurais pu quitter Kurt il y a des années. Mais au lieu de ça, tu l'as laissé abuser de toutes les jeunes filles qu'il croisait. Tu l'as laissé te battre. Tu l'as laissé coucher avec ta propre fille !

— Je ne l'ai pas *laissé* me battre ! Merde, Connie, tu es encore en train de juger le monde qui t'entoure à travers le prisme de ta petite vie simple et parfaite. Tu crois vraiment que c'est facile de divorcer d'un homme qui a déjà failli te tuer plusieurs fois ? Et pour ta gouverne, je n'ai pas *laissé* Kurt coucher avec Beverly ! C'est arrivé sans que je le sache et, quand je l'ai appris, je lui en ai parlé. Je ne lui ai jamais dit qui elle était ou que je la connaissais, seulement que je les avais vus ensemble, que j'avais suivi la fille et que j'avais découvert qu'elle était au lycée. Ça a été la pire dispute de notre vie. Il m'a cassé le poignet. Je savais qu'il allait continuer de la voir. C'était tellement répugnant...

— Alors, tu as décidé de picoler pour oublier ? lança Constance.

— Non, j'ai demandé à Vera d'intervenir, de parler à Beverly.

— Mais Beverly en voulait déjà énormément à Vera, intervint Josie. Elle était persuadée que sa mère lui cachait l'identité de son père.

— Et c'était le cas, dit Marisol. Mais... oui, Beverly n'était pas disposée à l'écouter. Et puis elle est tombée enceinte. Avec Vera, on a essayé de trouver une solution. Je savais que Kurt ne voudrait pas de ce bébé. Il n'a jamais voulu d'enfants. Ça ne pouvait que mal se terminer. On était complètement démunies, et là... il l'a tuée. Vera s'est enfuie. Elle est venue me voir. Elle était terrifiée, bouleversée. Elle voulait aller au commissariat.

— Et vous l'avez convaincue de ne pas le faire.

— Je ne pouvais pas prendre ce risque. Et si mon secret était dévoilé ?

— Vera avait élevé Beverly comme sa propre fille, dit Josie. Elle était vraiment d'accord avec ça ?

— Pas au départ. Il a fallu du temps pour la persuader de

suivre mon plan, mais elle a fini par céder. Je lui ai dit que si on allait au commissariat, Kurt nous tuerait toutes les deux. Et que si elle y allait sans moi, il l'enterrerait, au sens propre comme au figuré. Je lui ai proposé de vivre une vie luxueuse. Tout ce qu'elle devait faire en échange, c'était se taire, prendre mon argent, rester le cul dans son canapé avec son chat à regarder la télé.

— Jusqu'à ce qu'on retrouve le corps de Beverly.

— On n'a jamais su ce qu'il avait fait du corps. Quand Vera a vu passer ça aux infos, elle est revenue. Elle s'est pointée à ma porte. Je ne sais vraiment pas ce qui lui est passé par la tête.

— Sans doute qu'il était temps de faire ce qui était juste.

— Et Kurt l'a tuée pour ça, conclut Marisol.

— Non, il ne l'a pas tuée, contra Josie. Il ne savait même pas qu'elle était encore en vie. Il n'a jamais su qu'elle avait assisté au meurtre de Beverly. Ce n'est pas lui qu'elle est allée voir pour lui dire qu'elle voulait tout avouer à la police, mais vous. Et elle vous a dit qu'elle allait parler. Tout raconter, jusqu'au moindre détail.

— Tu... Tu as tué Vera ? gémit Constance.

Marisol se retourna vers son amie et la dévisagea longuement. Du coin de l'œil, Josie vit une de ses mains disparaître de nouveau dans une poche de sa veste.

— Arrêtez, Marisol ! cria Gretchen, mais il était déjà trop tard.

Sa main réapparut, armée d'un pistolet. Avant même qu'elle ait eu le temps de le pointer sur Constance, Josie avait dégainé sa propre arme et visait la poitrine de Marisol. Gretchen vint se placer aux côtés de sa collègue, elle aussi prête à tirer.

— Arrêtez, intima Josie. Ne bougez plus.

Marisol esquissa un pas vers Constance et vint coller le canon de son pistolet contre son front. Cette dernière parla d'une voix suraiguë et stridente, incrédule, comme si elle avait du mal à croire que ce qui se passait était réel.

— Arrête, Marisol ! Tu ne sais même pas te servir de ce truc !

Marisol pressa un peu plus le canon contre sa tête.

— Oh que si, je sais m'en servir. Tu sais qui m'a appris à le faire ? Mon très cher mari. Ironique, n'est-ce pas ? Il voulait que je sois en mesure de me défendre quand j'étais seule à la maison pendant ses voyages. J'espérais bien pouvoir l'utiliser contre lui un jour, et ce jour est arrivé !

C'est alors que Josie comprit que Marisol avait eu l'intention d'éliminer son ancienne amie en la faisant venir ici.

Comme Marisol ne baissait pas son arme, Constance hurla :

— Mais qu'est-ce que tu fais, Marisol ?

— Marisol, calmez-vous, tenta Gretchen. Baissez votre arme. Vous n'êtes pas obligée de faire ça.

Marisol leva les yeux au ciel.

— Pas obligée ? Vous êtes la police. Je viens de tout avouer. Vous croyez vraiment que je vais vous laisser me passer les menottes et me mettre en prison ?

— Deux armes sont braquées sur vous, fit remarquer Josie.

Marisol éclata de rire et enfonça encore davantage le canon de son arme dans la peau de Constance.

— Oh, vous pensez vraiment que l'une de vous pourra me tirer dessus avant que j'aie tué Connie ? Ça ne fait pas partie des grands principes de la police ? Vous n'êtes pas censées sauver des vies ? J'ai une otage. Vous devriez négocier avec moi, non ?

— On peut parler, accepta Josie. Mais pas dans ces conditions.

Constance, blafarde, se mit à trembler de tout son corps.

— Elle va me tuer, dit-elle. Si elle a tué Vera et Kurt, elle me tuera, moi aussi.

Marisol ne prit pas la peine de la contredire.

Du coin de l'œil, Josie vit que Gretchen se rapprochait

doucement de Constance. Elle fit tout pour maintenir l'attention de Marisol sur elle.

— Tuer Kurt a dû être bien plus facile que tuer Vera, non ?

Marisol fixa Josie, les yeux plissés. Gretchen s'approchait toujours, et Josie poursuivit :

— Est-ce que Kurt a menti pour vous couvrir ? Il était votre alibi pour le meurtre de Vera. Est-ce qu'il savait que vous l'aviez tuée ?

Marisol secoua la tête.

— Ce matin-là, je lui ai dit que j'allais courir. Il ne se doutait de rien. Jusqu'à ce qu'un policier appelle pour « vérifier » mon alibi. Il a dit que j'étais à la maison parce qu'il pensait que j'étais juste allée faire le tour du quartier mais, quand on lui a demandé de venir au commissariat pour répondre à des questions sur Beverly et Vera Urban, ensuite, il a compris qu'il se passait quelque chose. C'est comme ça que notre dispute a commencé.

— Celle qui s'est soldée par sa mort ?

— Oui. Il m'a frappée jusqu'à ce que je lui raconte tout. J'ai essayé de lui expliquer que tout allait rentrer dans l'ordre, maintenant que Vera n'était plus là. Je l'avais tuée, on pouvait passer à autre chose.

— Comment as-tu pu faire ça ? pleura Constance. Comment est-ce que tu as pu la tuer ?

— Ferme-la !

Constance couina et se recroquevilla, les épaules voûtées. Gretchen était presque sur elle, même si son arme était toujours pointée sur Marisol. Josie ressentit une pointe de soulagement en voyant que cette dernière ne pressait plus le canon de son pistolet contre le front de Constance. Malgré tout, cette dernière continuait à gémir :

— Vera était ton amie ! Comment as-tu pu faire ça ?

— Les vrais amis savent garder un secret, Connie, répliqua

Marisol. Vera n'était pas une vraie amie. Après tout ce que j'avais fait pour elle, elle allait me trahir. Exactement comme toi.

49

Soudain, le temps parut ralentir, les secondes s'écoulant froidement, comme égrenées par une horloge. *Tic.* Marisol pressa la détente. *Tac.* La déflagration qui suivit claqua dans l'air autour d'elles. *Tic.* Gretchen bondit vers Constance. *Tac.* Josie tira sur Marisol. *Tic.* Une nouvelle déflagration. *Tac.* Gretchen et Constance s'écroulèrent au sol. *Tic.* Le monde s'effondra sous elles.

Il fallut une seconde supplémentaire à Josie pour comprendre ce qui venait de se passer. Elle était en train de tomber. Puis l'eau la submergea, et de la boue lui tomba sur la tête. Elle ouvrit la bouche, qui s'emplit immédiatement de vase et d'une eau crasse et épaisse.

Un glissement de terrain.

Elle gesticula pour tenter de retrouver la surface. Quand elle ouvrit les yeux, tout était noir autour d'elle. L'eau était mêlée à la terre, si bien qu'il était quasiment impossible de nager. Elle sentit un nouveau poids tomber sur sa tête. *Le haut doit être par là*, résonna une voix dans sa tête. Elle battit des jambes et des bras à travers la vase. Quelque chose s'accrocha à sa main et la tira. Elle se démena pour accompagner le mouvement et, enfin, sa tête creva la surface. Elle toussa et fourra immédiatement ses doigts dans sa bouche pour se débarrasser de la terre qui lui collait aux dents. Après s'être essuyé les yeux, elle regarda autour d'elle. Dans l'eau jusqu'au cou, Constance se tenait devant elle.

— Merci, lui dit Josie.

Elle regarda frénétiquement tout autour d'elle. La corniche s'était écroulée dans les douves. Les arbres situés juste derrière étaient désormais à l'horizontale, au-dessus de leurs têtes.

— Il faut partir d'ici.

Elle attrapa Constance par la main et, ensemble, elles progressèrent dans l'eau jusqu'à ce que celle-ci devienne plus claire. Au fur et à mesure qu'elles s'éloignaient de Quail Hollow, l'eau se faisait de plus en plus froide et profonde. Sur la pointe des pieds, Josie peinait à garder le menton au-dessus de la surface.

— Vous avez vu Gretchen ? demanda-t-elle. Ma collègue ?

Constance secoua la tête.

Josie regarda de nouveau autour d'elle. Un craquement lugubre résonna soudain, et les arbres commencèrent à sombrer dans les douves.

Où était Gretchen ?

*Pitié, ne sois pas morte*, pria-t-elle.

Josie fit volte-face en entendant des éclaboussures derrière elle. Marisol nageait en direction des maisons au loin. Josie ignorait si elle était bonne nageuse, mais il était hors de question qu'elle la laisse s'échapper.

— Restez ici, dit-elle à Constance. Cherchez mon amie.

Josie se lança dans un crawl rapide et assuré, à la poursuite de Marisol.

— Arrêtez-vous ! hurla-t-elle.

Quand Josie la rattrapa, Marisol se retourna et se jeta sur elle. La policière tenta de garder la tête hors de l'eau. Les mains devant elle, elle voulut se protéger de l'attaque de Marisol, mais celle-ci glissa ses bras entre les siens et vint refermer ses doigts autour de sa gorge. Josie retomba dans l'eau. Elle essaya d'arracher les doigts de Marisol de son cou, tandis que son assaillante tentait de la noyer. Josie continua à se tortiller jusqu'à ce que ses pieds trouvent enfin le fond : elle prit appui dessus pour remonter vers la surface, mais Marisol la tenait toujours aussi fermement. Ses poumons la brûlaient. Elle cessa de se battre contre la poigne de son agresseuse et décida de lancer plutôt des coups de poing, espérant atteindre Marisol d'une manière ou d'une autre. En vain. Elle reprit alors sa tactique initiale et, alors qu'elle était sur le point de perdre connaissance, sentit un ongle très long. Elle le retourna et les doigts de Marisol se desserrèrent juste assez pour lui permettre de se libérer.

Josie creva la surface et avala une grosse goulée d'air. À peine avait-elle fini de prendre une longue inspiration que Marisol revenait déjà sur elle. Elle hurlait, tentait de l'attraper par les vêtements, les bras, la gorge, les cheveux. Josie aurait voulu la frapper, la maîtriser, mais, dans l'eau, ses techniques de combat ne lui étaient d'aucune aide. Le duel se poursuivit : Marisol cherchait à lui maintenir la tête sous l'eau suffisamment longtemps pour la tuer et Josie faisait son possible pour retenir son souffle et la repousser. Comment cette femme pouvait-elle avoir autant de force ?

*L'énergie du désespoir*, songea Josie. Elle était face à une femme dopée à l'adrénaline, prête à tout pour garder ses secrets et échapper à son passé. Dans un regain de vigueur, la policière parvint à s'arracher des griffes de Marisol tout en lui assénant un coup de pied dans les côtes. Elle put enfin remplir ses poumons et perçut alors du bruit autour d'elle. Un cri et une sorte de bourdonnement.

Profitant des quelques secondes à sa disposition, le temps que Marisol se remette de son coup, Josie fit quelques brasses pour s'éloigner. Elle devait se ressaisir. Elle avait beau être bonne nageuse, elle était épuisée par cette lutte. Contrairement à Marisol. Celle-ci rattrapa Josie et s'accrocha à l'une de ses jambes, la tirant de nouveau sous l'eau. À force de coups de pied, Josie parvint à se libérer et à regagner la surface, prise d'une quinte de toux si violente qu'un éclair de douleur lui transperça la poitrine. Déjà, Marisol repartait à l'attaque et l'enfonçait sous l'eau. Elle gesticula comme elle pouvait, et tout devint noir.

Puis, tout à coup, elle fut libre. Elle se retourna et fut envahie par le soulagement en voyant Gretchen, couverte de boue mais bien en vie, en train d'agripper Marisol par les cheveux. Celle-ci continuait à se débattre pour échapper à la poigne de sa collègue. Josie se rapprocha pour l'aider à maîtriser la femme quand un objet vint frapper l'arrière de son crâne. Elle reconnut la couleur rouge vif d'un bateau de sauvetage. On tendit une main vers elle.

— Venez, dit une voix familière.

Josie leva les yeux : c'était Sawyer Hayes. Comme elle ne réagissait pas, il insista.

— Attrapez ma main. Montez.

Elle le laissa la hisser et, une fois à bord, son corps se plia en deux, tentant instinctivement d'évacuer la terre et l'eau qu'elle avait ingérées. Lorsqu'elle se redressa, elle aperçut Marisol Dutton s'agiter comme un beau diable entre les bras de Gretchen, réussir à lui faire lâcher prise et disparaître sous la surface. Le bateau s'approchait déjà de l'inspectrice, et Hayes la hissa à bord à son tour. Elle aussi fut prise de spasmes et de quintes de toux. Puis les deux policières s'écroulèrent à l'intérieur de l'embarcation. Josie regarda sa jambe : un filet de sang trempait son jean au niveau de la cuisse. Cette fois, c'était sûr, les points avaient sauté. Près de la rive, là où les arbres étaient tombés, Constance s'agrippait fermement à une grosse branche. Derrière elle, sur la terre ferme, son petit chien faisait des va-et-vient en aboyant. Le bateau fila dans sa direction pour la récupérer.

— Marisol, hoqueta Josie. Où est-elle ?

— Je ne sais pas, répondit Sawyer. Elle a plongé.

— On doit la récupérer.

— Elle vient d'essayer de vous tuer.

— Peu importe, répondit Josie. Je...

Il leva une main pour la faire taire, puis ôta son casque et le lança sur le sol du bateau.

— Je sais, dit-il. Vous n'abandonnez jamais personne. Mort ou vivant.

Puis il sauta à l'eau.

50

Debout devant la pierre tombale de Ray, Josie regardait le personnel du cimetière s'apprêter à faire descendre le cercueil de Beverly Urban dans la tombe voisine. Elle adressa un signe de la main aux personnes rassemblées. Elle n'avait de lien de sang avec aucune d'entre elles, mais elle les considérait toutes comme faisant partie de sa famille. Noah, Lisette, Misty, Gretchen, Mettner, le chef Chitwood et même Amber Watts avaient fait le déplacement pour offrir un dernier hommage à Beverly et Vera Urban.

Après que Sawyer eut repêché Marisol, il lui avait fait un massage cardiaque. Elle avait fini par reprendre connaissance et avait ensuite passé quelques jours à l'hôpital avant de se rendre au commissariat, sur les conseils de son avocat. Elle négociait encore sa peine avec la procureure mais, en attendant le verdict, elle avait accepté de payer les funérailles de Beverly et de Vera. C'est Josie qui avait choisi les emplacements et, par chance, deux places étaient disponibles juste à côté de Ray.

Beverly touchait enfin son rêve du doigt : dans la mort, elle serait en compagnie du garçon pour qui elle en pinçait, et pour l'éternité. Elle aurait un enterrement en bonne et due forme, et

Josie s'occuperait de l'entretien de sa tombe comme elle le faisait pour celle de Ray. Vera avait été mise en terre une heure plus tôt ; avec deux enterrements le même jour, au même endroit, Josie avait décidé que cela méritait une petite cérémonie.

L'un des employés du cimetière indiqua aux proches qu'ils pouvaient désormais présenter leurs derniers hommages à la défunte, et toutes les personnes présentes vinrent se placer à côté de Josie. Misty, qui avait apporté des fleurs, en tendit une à chacun. Un par un, ils prirent le temps de la déposer sur le couvercle du cercueil de Beverly avant de regagner leurs véhicules. Josie et Noah laissèrent les autres partir devant, observant Gretchen et le chef Chitwood qui tenaient chacun un bras de Lisette, et Mettner qui rattrapait Amber chaque fois qu'elle manquait se tordre la cheville à cause de ses talons.

Alors qu'ils se dirigeaient vers le parking à leur tour, Josie entendit une voix familière la héler. Sa sœur jumelle, Trinity, l'attendait à côté de sa voiture. Avec un grand sourire, Josie courut vers elle pour l'enlacer.

— Waouh, souffla Trinity dans les cheveux de Josie. Toi aussi, tu m'as manqué.

Josie relâcha son étreinte et recula d'un pas. Elles se regardèrent mutuellement de la tête aux pieds.

— Est-ce qu'on porte la même petite robe noire ? demanda finalement Trinity.

— Il semblerait, oui, fit Josie en riant. Qu'est-ce que tu fais ici ?

— J'ai pensé que tu avais besoin de moi.

— Non, ce n'est pas ça, la raison.

Ce fut au tour de Trinity de rire.

— Bon, OK. J'avais quelque chose à t'annoncer. A priori, je vais bientôt avoir ma propre émission de télé.

— Mais c'est génial, Trinity ! Félicitations, je suis tellement heureuse pour toi.

— Il faut fêter ça, dit Noah en s'approchant.

— Il a raison, confirma Josie. Tu restes dans le coin un jour ou deux ?

— Pour faire la fête en mon honneur ? demanda Trinity. Évidemment !

Elle leur adressa un clin d'œil et alla saluer Lisette.

Noah vint se placer juste à côté de Josie et glissa sa main dans la sienne. Lisette, Misty et leurs collègues accueillirent Trinity comme si c'était une vieille amie.

— Comment tu te sens ? demanda Noah. Et ne me réponds pas « ça va ».

— Ça va un peu mieux, maintenant que Trinity est là.

Noah se pencha pour l'embrasser.

— C'est la première fois que tu réponds honnêtement à cette question.

Ils restèrent silencieux quelques instants.

— Noah, qu'est-ce que tu dirais d'inviter ma grand-mère et Sawyer à dîner ?

— Seulement si c'est Misty qui cuisine, répondit-il.

Elle lui donna un coup de coude.

— Je suis sérieuse !

Il sourit.

— Je pense que c'est une super idée. Le meilleur moyen de repartir sur de bonnes bases.

# UNE LETTRE DE LISA

Merci beaucoup d'avoir choisi de lire *Sauvez son âme*. Si vous avez apprécié ce livre et que vous souhaitez être tenus au courant de mes dernières publications, vous pouvez vous inscrire en cliquant sur le lien suivant. Votre adresse mail ne sera jamais divulguée, et vous êtes libre de vous désinscrire à tout moment.

*france.bookouture.com/subscribe/*

J'adore lire les avis de mes lecteurs. Vous pouvez me contacter via mes réseaux sociaux, listés ci-dessous, mais aussi sur mon site internet et sur ma page Goodreads. Je vous serais très reconnaissante de bien vouloir y laisser un commentaire et peut-être recommander *Sauvez son âme*. Le bouche à oreille est très important pour aider les lecteurs à découvrir mes livres. Encore une fois, merci pour votre soutien. Il me tarde d'avoir de vos nouvelles, et je vous donne rendez-vous pour le prochain tome !

Merci,

Lisa Regan

www.lisaregan.com

 facebook.com/LisaReganCrimeAuthor

# REMERCIEMENTS

Je voudrais avant tout remercier mes incroyables lecteurs. Votre passion pour cette série m'encourage à continuer à écrire, et vous faites de cette aventure la plus palpitante qu'il m'a été donné de vivre. Merci, comme toujours, à mon mari Fred et à ma fille Morgan pour leur patience et leurs encouragements. Merci de me laisser voyager dans ma tête, des heures durant, à Denton. Merci aussi à mes premières lectrices : Dana Mason, Katie Mettner, Nancy S. Thompson, Maureen Downey et Torese Hummel. Merci à mes lecteurs sur Entrada. Merci à Matty Dalrymple et Jane Kelly. Ce livre n'aurait pas vu le jour sans vos conseils avisés ! Merci à Cindy Doty pour son aide à la relecture ! Merci à mes complices de toujours, ces personnes qui me sont d'un soutien infaillible et font la promotion de mes livres : vous vous reconnaîtrez ! J'aimerais également remercier tous les blogueurs et critiques géniaux qui continuent de lire la série et de la recommander chaudement à leurs lecteurs. Votre passion pour *Les Enquêtes de l'inspectrice Josie Quinn* est une vraie source d'inspiration !

Merci du fond du cœur au sergent Jason Jay d'avoir, comme toujours, répondu à toutes mes interrogations sur la police, et ce en pleine pandémie. Vous êtes vraiment quelqu'un d'exceptionnel. Merci à Michelle Mordan d'avoir répondu à mes nombreuses questions concernant les services d'urgence. Merci à mon cousin, John Conlen, de m'avoir tout expliqué sur le sauvetage en eaux vives, ton aide est inestimable. Merci à John Matz, responsable des services d'urgence du comté de Schuylkill, de m'avoir accordé un samedi matin, toujours en pleine pandémie, afin de répondre à mes questions. Votre générosité m'a laissée sans voix !

Merci à Noelle Holten, Kim Nash et à toute l'équipe de Bookouture d'avoir offert à la vie des airs de normalité alors que le monde entier était en crise et que je n'avais pas le moral, sans parler du travail de l'ombre colossal que vous avez accompli pour faire la promotion de ce livre. Et enfin, merci à l'incomparable Jessie Botterill d'avoir mis le doigt sur les petites merveilles contenues dans ce livre que je ne voyais pas moi-même. Merci de m'aider à donner le meilleur de moi-même et à me dépasser, plus particulièrement en ces temps troublés. Tu es une éditrice et une personne en or : je ne voudrais réaliser tout ça avec personne d'autre que toi !

9 781836 189701